眠れる森の貴婦人

★ ★ ★

キャンディス・キャンプ
杉本ユミ　訳

ハーレクイン®
MIRA文庫

* * *

THE GENTLEMAN
by Candace Camp writing as Kristin James

Published by Harlequin K.K., Tokyo, 2014

眠れる森の貴婦人

★主要登場人物

ジェサミン(ジェシー)・ランドール……ノーラスプリングスで暮らす娘。
アマンダ・ランドール……ジェシーの母親。
スティーブン・ファーガソン……実業家。海運会社の次期経営者。
ヒラム・マクレラン……スティーブンの祖父。海運会社経営者。
エレノア(ノーラ)・マクレラン＝ファーガソン……スティーブンの母親。
ジョセフ(ジョー)・ファーガソン……スティーブンの父親。製材所経営者。
サミュエル(サム)・ファーガソン……スティーブンの兄。製材所経営者。
エリザベス・コールドウェル……スティーブンの婚約者。
チャールズ……スティーブンの従者。
フランク・グリソン……製材所の現場監督。
バーリー・オーエンズ……製材所の従業員。
イライアス・ムーア……銀行家。

プロローグ

　少年の目の前で、母親は慌ただしく動き回り、取っ手のついた大きな布の鞄《かばん》に服をつめ込んでいた。そのいつもと違う、てきぱきとした姿にスティーブンは興奮と同時に不安もおぼえていた。

　手の中の木製の笛をぎゅっと握りしめる。お気に入りのおもちゃ。兄のサミュエル――サムがポケットナイフで作ってくれたものだ。スティーブンはサムが大好きだった。この世で、ママの次に。サムはスティーブンがまだ小さくてできないことをなんでもやってのける、輝く英雄だ。おまけに優しくて、スティーブンにも手伝わせてくれるし、一緒に遊んでもくれる。寒い冬の夜なんて、サムの背中にしがみついてさえいれば、寒さからだけじゃなくこの世のどんな危険からも守られている気がしてほっとできる。兄ほどすごい人はいない、兄ほど頭がよくて、勇敢で、手先の器用な人は絶対にいない。スティーブンはそう確信していた。

　今朝、パパはお手伝いをさせるためにサムを森に連れていった。スティーブンも行きたかったけど、いつものように連れていってはもらえなかった。おまえはまだ小さすぎると。別にむっともしなかった。もう慣れっこだし、気にもならない。だって、ママといつもやっている朝の勉強も楽しいのだ。アルファベットと数字をマスターして、ちょうど読む練習と足し算を始めたばかりだった。

けれど今日、いつもの勉強はなかった。ママが大急ぎでお皿を片づけると、小さな小屋の中をうろうろしながら荷造りを始めたからだ。

今、ママは鞄を閉め、ひと部屋しかない部屋をゆっくりと眺めている。その目の表情に、スティーブンはなぜか叫び出したくなった。スティーブンは駆け寄って脚にすがりつき、スカートを握りしめた。ママが視線を向け、大丈夫よ、と言うみたいに薄い笑みを浮かべた。そして扉のそばに鞄を置くと、テーブルに戻って手紙を書き始めた。

スティーブンもついていき、テーブルに両肘をついてママに軽く寄りかかった。「何してるの？」

「パパにお手紙を書いているのよ」

「どうして？」

「パパとサムが戻ってきたとき、ママたちはここにいないから、どこにいるかお手紙で知らせておくの」

「町に行くの？」声が期待でうわずった。いちばん近い集落でもここからは遠い。だからめったに行くことがなかったのだ。

「ええ。でも本当言うと、もう少し遠くにね」

スティーブンは、濃いまつげに縁取られた大きな茶色い目をさらに大きく見開いた。

「町よりも遠く？」そんなところ、想像もできない。

「ええ。セントルイスまでね。セントルイスのこと、覚えてる？」

スティーブンは首を横に振った。

「そうよね。あの町を離れたとき、あなたは本当に小さかったから。前はセントルイスに住んでいたのよ。すてきなおうちがあって、夏にはお花でいっぱいになるお庭もついていたの。大きな川が流れていてね。あなたは川が大好きだった。ときどきみんなで、あなたのおじいちゃんの会社を訪ねたのよ。そうしたらおじいちゃんはあなたとサムをお船に乗せてくれて」ママは遠くを見るような目で懐かしそうに微笑《ほほえ》んだ。「もうすぐまたおじいちゃんとおばあちゃんにも会えるわね」

「サムも来るんでしょ？　パパも」

そのとたん、エレノア・ファーガソンからつかの間の生気が消え、ただ首を横に振った。

「いいえ。ふたりはここに残るの」

スティーブンは納得できずに眉をひそめたが、母はそれ以上は何も言わせまいとするように、立ち上がってボンネットを被《かぶ》った。顎の下でリボンを結び、スティーブンの帽子を頭にのせる。「さあ行きましょう。早くしないと、日が暮れるまでにカリーヴィルの馬車駅に着けないわ」

そしてスティーブンの手を取って外に出た。庭を横切って家畜小屋に行き、小屋から馬を出して荷馬車につなぐ。スティーブンはそのようすをただ眺めていた。お腹《なか》の中でわけのわからない空《むな》しさがどんどん膨らんでいた。そんな癖はとっくに卒業したはずだったのに、気づくと親指を口に含んでいた。母は馬を荷馬車につなぎ終えると、スティーブンを抱え上げて馬車に乗せた。

それから家に引き返し、すぐに鞄を持って出てきた。ちょうど扉を出たところで、ぴゅーっと陽気な口笛が聞こえてきた。スティーブンは荷馬車の席から体をよじって、音がするほうを振り返った。

少年が家の反対側からやってきていた。にこにこして口笛を吹きながら。そしてスティーブンたちの姿に気づくと、ふいに立ち止まって、びっくりした顔で見つめた。「ママ？」

間に合ったとうれしくなって、スティーブンは兄に手を振った。母はまるで地面に根が生えたように立ちすくんで、サムを見つめていた。やがてふいに荷馬車のそばまで駆け寄ると、鞄を投げ入れた。そして身をかがめてサムにキスをし、荷馬車のスティーブンの隣によじ登る。

「早く早く！」スティーブンは手招きしながら兄に声をかけた。「おじいちゃんのところに行くんだよ。ぼく、笛も持ってきた」

「ママ！　どこへ行くの？　ぼくも行っていい？」サムが荷馬車の脇に駆け寄った。

スティーブンは母に目をやった。顔が紙のように真っ白だった。母の目には、見ているだけで心が冷たくなるような悲しみが浮かんでいた。「ママ？」

母の目に水晶みたいな涙が光ったかと思うと、つうっと頬をこぼれ落ちた。「さよなら、スウィートハート。愛しているわ。ママはあなたを愛している」声が割れていた。そして母は顔を正面に向け、馬をぴしゃりと手綱で打ちつけた。「さあ、行くわよ！」

「ママ！」サムの叫び声が空気を切り裂いた。

「だめえ！」スティーブンはなんとか止めようと、母の腕にしがみついた。「サムがまだだよ！　サムも一緒に行く！」

「あの子は行かないの」母はかすれた声で言い、手綱を打ちつけた。

背後でサムが声を張り上げながら、追いかけてきていた。スティーブンは席の上で膝立ちになって後ろを振り返った。「やだよ！」スティーブンは叫んだ。「やだ！　サム！　ぼくはサムと一緒に行きたい！」

「ママ、行かないで！」サムは気を引くように、手にしていたものを高く掲げ上げた。

「行くな、スティービィー！　釣りに連れていくつもりで――」

スティーブンは涙にむせびながら、大声で泣き叫んだ。両手を必死に兄に伸ばしても、指は届かなかった。「サーム！　サーム！」

母は目を閉じ、涙を頬にあふれさせた。そして強く馬の背に手綱を叩《たた》きつけた。馬たちはとたんに足を速め、荷馬車は大きく揺れながらサムを残して走り去った。

1

一八八八年九月

スティーブン・ファーガソンは帽子を手に、磨き抜かれた胡桃材《くるみ》の棺《ひつぎ》に寄り添っていた。ふさふさとした黒髪とチョコレート色の瞳の、すらりとした長身の若者だ。端整きわまりない目鼻立ちとその目を縁取る黒っぽく濃いまつげのせいで、ややもすればかわいらしい印象すら与える顔立ちだが、引きしまった屈強な顎と大きな口元がかろうじてそれを阻んでいる。体にぴたりと合った黒いスーツを身に着け、腕には喪章。悲しみに沈んでいてもなお、どこから見ても上品で非の打ちどころのない紳士だった。

スティーブンは、見事な薔薇《ばら》でびっしりと覆われた棺を見つめた。母が大好きだった乳白色の薔薇。涙が目に染みた。いつかこういう日が来ることは覚悟していた。だがこんなにも早く、こんなにも突然だとは思っていなかった。まだ五十二歳、死ぬには早すぎる年齢だ。五日前、スティーブンはニューヨーク市でいつもと変わらぬ日常を過ごしていた。

ここ五年、毎日してきたように、マクレラン&コールドウェル海運会社で祖父の商売を頭に叩《たた》き込んでいた。そこへ、母が脳卒中を起こして危篤だという電報が届いた。即座にセントルイスに向かう西行きの列車に飛び乗り、どうにか最期には間に合った。だが手を取って話しかけても、見慣れた愛《いと》しい母の顔を食い入るように見つめても、母が再び目を開けて、あの美しく穏やかな茶色い瞳で見つめ返してくれることもなければ、言葉を返してくれることもなかった。エレノア・ファーガソンは意識を取り戻すことなく逝った。そして今、スティーブンはこうして母の棺が墓場におさまるのを見守っている。みんな逝った——父も、兄も、母も、父親のように思っていたリントン・コールドウェルさえも。誰も彼も永遠に手の届かないところに行ってしまった。

スティーブンは隣の祖父に目をやった。老人ながらしっかりと立っている。七十代後半、年々薄くなる髪は真っ白で、体の前で帽子を握りしめている手は加齢による染みだらけだ。それでもその老いた体に、弱々しさは微塵《みじん》も感じられなかった。背筋はしゃんと伸び、指も震えていない。スティーブンはどこか愉快な誇らしさをおぼえた。たとえ悲しみが相手だろうと、ヒラム・マクレランが何かに屈すると思うほうが愚かだ。

ヒラムの隣では、彼の妻が夫の腕にすがりついていた。年齢こそ十歳ほど若いが、祖母のほうは祖父ほど気丈ではなかった。黒いベールの奥で目から涙が止めどなく流れていた。皺《しわ》が刻まれた顔は蒼白《そうはく》で、古い羊皮紙に匹敵するほどくしゃくしゃだ。

頑固さゆえに表には出さなくても、ヒラム・マクレランも同じように悲嘆に暮れているのはわかっていた。二年前、長年の共同経営者だったリントン・コールドウェルを亡くし、そして今、ひとり娘のエレノアだ。おそらくこれまで以上に孫の自分を頼るようになるだろう。スティーブンは家族の絆《きずな》で自分がますますがんじがらめにされる気がした。だが次の瞬間、その思いは罪悪感に変わった。罰当たりもいいところだ。祖父母は母と自分を受け入れ、慈しみ、最高の環境で育ててくれたというのに。ふたりには恩がある。いやそれ以上に、ふたりを愛している。そのことのほうが、たまに胸をよぎるざらりとした感覚より大切に決まっている。どこか別の場所で、何か別の仕事をすることを空想することがあったとしても、そんなものはただの夢だ。男として、責任は理解し、受け入れている。紳士として責務は果たすように育てられてきた。

柔らかな手袋を着けた手がそっと腕に滑り込み、スティーブンを現実に引き戻した。顔を向け、婚約者に優しい笑みを向ける。エリザベス・コールドウェルはどちらかといえば長身で、透き通るような緑色の瞳と豊かな黒髪を持つ魅力的な女性だ。知的で、洗練されていて、男が女性に求めるすべてを兼ね備えている。スティーブンは彼女が髪を振り乱したところを見たこともなければ、その口から不適切な言葉を聞いたこともなかった。どこを取っても淑女そのもの、自分のような男には完璧《かんぺき》な妻だ。しかも、エリザベスは子供のころからの友人だ。彼女の父とスティーブンの祖父は南北戦争以前から共同経営者として海運業を営み、家族ぐるみで親族同様に付き合ってきた。一緒に育ったも同然なのだ。結婚するのはごく自然な流れに思えたし、双方の家族の希望でもあった。

エリザベスが小さく励ますような笑みを向けた。そこでふたりは向きを変え、墓地を離れた。祖父母も続いた。四人は黒い布で覆われた葬儀用の馬車に乗り込み、ゆっくりと蛇行しながら墓場をあとにした。

午後はひっきりなしに弔問客が祖父母の家を訪れた。そういうものだ。きちんと挨拶をして弔意を受けなければならない。スティーブンも頭ではわかっていたものの、今はそうした礼儀正しい社会的体面を保つのは辛《つら》かった。悲しみで胸が張り裂けそうだった。できれば自分の部屋に引き上げて、ひとりで悲しみに浸りたかった。もちろん、そんなことはできるはずもない。

だからエリザベスが腕に手を置いて、こう言ってくれたときには本当にありがたかった。

「なんだか少しめまいがするの。しばらく庭に出られないかしら?」

「もちろんだとも」エリザベスがめまいを感じるなど、スティーブンはこれまで見たことも聞いたこともなかった。この場を逃れる当たり障りのない口実を提供してくれたのだろう。

スティーブンはそれまで会話に加わっていた小さな集団に詫《わ》びを入れると、エリザベスを伴って裏手にある庭園に出た。人々や社会的責務を逃れ、庭の静寂に包まれたとたん、ほっと長いため息がもれた。「ありがとう、エリザベス。どれだけ抜け出す口実がほしかったか。どうしてわかったんだい？」

エリザベスがうっすらと微笑《ほほえ》んだ。「長い付き合いだもの、そぶりで気づいたわ。疲れて……追い込まれたみたいな顔をしていた」

「きみはすごいよ、いつもながら」スティーブンは深々と空気を吸い込むと、エリザベスとふたり、小さな池の脇にあるベンチにゆっくりと向かった。色鮮やかな金魚が機敏に動いて水中できらめく。ふたりは並んでしばらく腰を下ろし、金魚を見つめていた。エリザベスがスティーブンの手を取り、ぎゅっと握りしめた。

スティーブンは頭を巡り続けていた悲しみからどうにか心を切り離し、エリザベスに気持ちを集中させた。「きみは元気だった？」スティーブンは尋ねた。「ごめん。自分のことばかりに気を取られて、きみのようすを尋ねもしなかった」

エリザベスは首を横に振った。「謝らなくていいの。あなたのほうがずっと大変だったんだから」緑色の瞳に涙が光った。「お母さまにはよくしてもらったわ。わたしもどんなに寂しいか。父が亡くなったときのことは今でも覚えてる。この世の終わりみたいな気がした」

「彼はいい人だった」

エリザベスはこくりとうなずいた。「父さえ生きていてくれたら……」

スティーブンはエリザベスを見つめて、目を細めた。「何かあったのかい、エリザベス？　お義母《かあ》さんと何か？」

エリザベスの唇が苦々しい一文字に結ばれた。「なんとかできるとは思うの。でも……厄介な人で。自分にわたしの人生を決める権利があると思い込んでいる。あの人は……だめ、よしておくわ。こんなときにつまらないことであなたを煩わせられない」

「いや、続けてくれ。きみが煩わしい思いをしているなら、つまらないことじゃないだろう。お義母さんがどうしたんだ？」

「わたしを結婚させたがっているの」

「ん？　ぼくたちの結婚を急《せ》かしているってことかい？」

「そうじゃないの。相手は別の人」

スティーブンは目をみはった。「別の？　しかし……」そこではっとして、言葉を切った。「エリザベス、ひょっとしてきみはその男と結婚したくなったとか？」

エリザベスが驚いたように顔を上げた。「まさか！　よして。彼と結婚したいなんてこれっぽっちも思っていない」

「だったら、どうしてお義母さんはそんなことを？　ぼくという婚約者がいるのに」

「それはあの人もわかっている。でもあなたとの約束をなしにして、結婚しろとしつこいの……」エリザベスはため息をついて、顔を背けた。「ジャッジ・ソープと」

「ジャッジ・ソープ！」スティーブンは思わず立ち上がっていた。「お義母さんは頭がどうかしたのか？　きみとは倍も年齢が違うだろう！」

「倍近くね。でもどういうわけか、わたしに関心を持ったんですって。わたしを誘ってもいいかと義母《はは》に許可を求めて、義母が受け入れた。なにしろ権力のある人でしょう。財産も影響力も。義母は権力が好きだから」

「どうもわからないな。それは、いったいいつから？」

「数カ月ほど前から。あなたと婚約しているからと何度も言ったんだけど、義母は聞き入れてくれなくて。彼をお茶やパーティに招いたり、彼が出席しそうな集まりがあると、わたしを連れていったりしている」

「知らなかったよ。手紙で知らせてくれればよかったのに。お義母さんにはぼくが話そう」

エリザベスは肩をすくめた。「無駄よ、義母に話したところで無駄。自分がこうと決めたら、てこでも動かない人だから」

「だとしたら、きみはお義母さんと一緒にいてはだめだ。もっと早く正式に結婚しておくべきだったんだろう。悪かった。ぼくがのんびりしすぎていた。きみの喪はとっくに明けていたのに。ニューヨークで仕事にかかりきりで、時の経《た》つのも忘れていた」

二年前、死の床にあったエリザベスの父リントンは、自分の死後エリザベスがどうなるかをひどく気にかけていた。そのリントンからエリザベスと結婚してほしいと頼まれたのだ。スティーブンは快く受け入れた。臨終間際のリントンの頼みは拒否できなかったし、それに自分も心のどこかでいずれエリザベスと結婚することになるだろうとは思っていた。

スティーブンはすぐにエリザベスに結婚を申し込み、承諾を得た。しかし当然ながら、喪が明ける前に式を挙げるのは作法に反する。そこで、時間を置くことにした。エリザベスの喪はしばらく前に明けたが、スティーブンもエリザベスも現状にすっかり甘んじて、結婚の日取りを決めることも、計画を練ることも先送りにしてきてしまったのだ。だがネッタ・コールドウェルのおかげで、これ以上はぐずぐずできなくなった。

「日取りを決めよう」スティーブンは続けた。「できるだけ早く。そうすればお義母さんも邪魔のしようがない」

「でも、義母のせいで結婚するなんて」

「お義母さんのせいで結婚するんじゃない。ぼくたちはとっくに結婚の約束をしていたじゃないか。もっと早く決断すべきだった」スティーブンはエリザベスを見つめた。彼女はいったい自分をどう思っているのだろう？　愛してくれているのだろうか？　たしかにいい友人同士だ。だがそこに燃えるような熱く深い愛情があるかとなると？　いや、想像もつかない。それにはエリザベスは理性的で、礼儀正しすぎる。

スティーブン自身は愛している確信があった。ただし、その愛は穏やかで優しいものだ。

時折愛人に感じる類いの激しい情熱はない。エリザベスのことが頭から離れないこともなければ、知人たちの大半が恋人なり愛人なり細君なりののろけ話をするときみたいに、周囲がうんざりするほど彼女の瞳や髪や白い肩の美しさを語り聞かせることもない。身を焦がすほどの激しい愛とはいったいどんなものなのだろう。ときどきふとそう思うときもある。エリザベスに対する感情は、そういうものに比べればかなりおとなしいものだ。

というより、とスティーブンはすぐに思い直した。きっと自分は愛に溺れるタイプではないのだろう。それにどれだけ情熱的な恋であっても、いずれは酒で悲しみを紛らせたり、女神が単なる人間だったと苦々しく思い知らされたりするものだ。エリザベスとの尊敬や友情のほうが、結婚生活を築く土台としてはより強固なものになる。

「いつにするか考えよう」スティーブンは続けた。「日取りさえ決まれば、お義母さんもきみがぼくと結婚するという事実を受け入れざるを得ない」

「なんにせよ、あの義母がかかわるとそう簡単にはいかないのだけど。でもそうね、日取りは考えてみる」エリザベスは言葉を切り、にっこりと微笑んだ。「ありがとう。優しいのね、自分がこんなに辛いときにわたしのことにまで気を遣ってくれて」

「水くさいことを言わないでくれ。きみにはぼくがついている。困ったことがあれば、なんでも言ってくれていいんだよ」

それから数分、さりげない沈黙をやりすごしたあと、ふたりは立ち上がって責任を果たすために家の中に戻った。しばらくすると弔問客はまばらになり、やがて途絶えた。そのころにはエリザベスも義理の母親と共に帰途についていた。スティーブンは使用人に、自分の夕食はトレイにのせて運んできてくれと申しつけ、自室に引き上げた。

従者のチャールズがいつものように部屋で待ち構えていた。内心ではそうでないことを願っていたのだが。ひとりになりたかった。出ていってくれと噛《か》みつきかけて、言葉を押し殺した。いや、何もチャールズが悪いわけではない。彼は英国人で、英国の使用人作法を捨てていないだけだ。スティーブンが従者を空気のような存在ととらえていないと知れば、チャールズのほうが肝をつぶすだろう。

チャールズがいそいそと主人の着替えを手伝い、衣類を片づけてようやく部屋を出ていくと、スティーブンはため息をついてどさりとベッドに横たわった。そして深緑色の天蓋を見つめながら、母を思った。エレノアは唯一の家族だった――肉親はエレノアと祖父母だけ、その祖父母に残された時間がそう長くないのはわかっている。父と兄のことはほとんど記憶になかった。母に連れられて父の家を出たのは、五歳のとき。それ以来、父にもサムにも二度と会うことはなかった。セントルイスに着いて数カ月後、母からふたりが材木の事故で亡くなったと聞かされた。最初のころはふたりのことばかり考えていた。だが月日と共に記憶は薄れ、今では姿形もはっきりとは思い出せない。

父と兄について母に尋ねたことはある。けれどそのたびに母の顔が悲しみで憂い、だんだん口には出せなくなった。祖父母は父を嫌っていた。それは祖父の言動からひしひしと感じられた。一度はっきりと、ジョセフ・ファーガソンが下品で野蛮な人でなしだから、母はあの男のもとを離れたのだと言われたことがあった。そのあとは祖父から、そんな野蛮な人でなしの一面を父から受け継いでいないかと常に見張られている気がしたものだ。その後の厳しい社会教育のおかげか、そういう一面が表面に出ることはなかった。いや、趣味でボクシングをやっているときは出ているかもしれない。プリンストン大時代に始めたものだ。紳士のスポーツではあるが、祖父はいい顔をしなかった。祖父はフェンシングかボートをやってほしかったようだった。

だが母は老紳士と違い、ジョセフ・ファーガソンについて非難めいたことを一度も口にしなかった。ただ何もない広大な土地での孤独や凍《い》てつく気候に耐えられなかった、と言っただけだった。成長して大人になってから、母が父のもとを離れた理由がなんとなく理解できるようになった。こういう裕福で文化的な家庭で育った女性にとって、モンタナの荒野での暮らしはさぞかし過酷で、孤独なものだっただろう。文化と教養しか知らなかったのだ。自分のために手足となってくれる使用人に囲まれていたのだ。そこで暮らすのはどれだけ大変だったことか。

そこで、か。それがどこなのか、正確にはわからなかった。誰も〝あの奥地〟としか言わなかったし、スティーブン自身も特定できるだけの記憶はなかった。覚えていることといえば、辺り一面に木々がそびえていたこと――そして夜ベッドで兄に寄り添って横たわったときの温《ぬく》もりと安らぎぐらいだ。

スティーブンはため息をついて、身を起こした。いったいなぜ今さらこんなことを？　あの漠然とした生活につながる最後の手がかりだった母が逝ってしまったからか？　今となってはなぜ母が父のもとを去ったのか、さらに不思議なことに兄まで置いて出たのか、話してくれる人は誰もいない。兄がどんな姿だったのか、どんなところに住んでいたのかを知る人は、それがどこにあるのか教えてくれる人は誰もいないのだ。そのうち母に、自分たちがどこに住んでいたのかを尋ねてみようと思っていた。その場所を訪ね、父と兄の墓参りをしたいと思っていた。だがそれももう叶《かな》わない。

そう思うと鬱積《うっせき》がさらに膨らんだ。この数カ月、締めつけられているような、身動きが取れないような……息苦しさを感じていた。何から、とは断言できなかったが、とにかく逃げ出したくてたまらなくなっていた。仕事の重責がますます肩にのしかかってきているせいなのか、結婚式の日取りを決めなければならないせいなのか、母の死で永遠に子供時代を失ったせいなのか。わからないが、とにかく息がつまりそうだった。

そのとき控えめなノックが聞こえ、執事のハリソンが入ってきた。意外だった。ハリソンは使用人の中では最も重要な立場にある。用事で二階に上がってくることなどめったにない。

「旦那さま」執事は小さくお辞儀をした。「少しお時間をいただいてもよろしいですか？」

「もちろんだとも」スティーブンは執事が手袋をはめた手で掲げる小さな木の箱を興味深げに見つめた。「なんだい、ハリソン？」

「わたくしは、亡くなったお母さまを少女のころから存じております」ハリソンはゆっくりと慎重に切り出した。この話はいったいどこに行き着くのだろうとスティーブンは首をひねった。母の死を悼む言葉なら、とっくにかけてくれたはずだ。「立場は違えど、お母さまはわたくしを友人と思ってくださっていました。ですから病に伏せられたあと、わたくしをお部屋に呼ばれてこれをお預けになったのです」ハリソンは箱を差し出した。「そしてこうおっしゃいました。自分が死んだら、この箱をあなたさまに渡してほしいと。わたくしなら中をのぞき見るようなことがないと信頼してくださったのでしょう」

「わかるよ。ぼくもおまえのことは誰より信頼している」スティーブンは手を伸ばして、箱を受け取った。「ありがとう」

スティーブンはマホガニーの蓋に手を這《は》わせ、真珠で描かれた薔薇をなぞった。ハリソンがそっと部屋を出ていったことにはほとんど気づかなかった。蓋を開けると、母が使っていたラベンダーのにおい袋の香りがほのかにした。涙が目を刺激した。目を閉じると、初めて母と祖父の家に来たときのことが思い出された。あのころ、しょっちゅう夜中に目を覚ましては泣いていた。母はいつも駆けつけてきて、祖父が世話係としてつけてくれたナニーを押しとどめ、自分の腕に抱きしめてくれた。母に抱かれたときの柔らかくて温かい安らぎと、ローブから漂ってきたラベンダーの香りがはっきりと思い出される。

スティーブンは息をのみ、こみ上げる涙を拭って腰を下ろした。箱のいちばん上に、薄い灰色の封筒が入っていた。見覚えのある母の文具だ。表に、母の品のいいカッパープレート書体で書かれたスティーブンの名前。スティーブンは封筒を手に取ると、中の便箋を取り出して開いた。そこにあったのもたしかに母の筆跡だった。けれどもその文字は記憶よりずっと震えていて、あちこちにインクの染みがあった。スティーブンは読み始めた。

親愛なるスティーブンへ

残念ながら、わたしの病状はかなり深刻なようです。お医者さまから険しい顔で、また発作が起こるかもしれないと言われました。だからこうして、これまで勇気がなくて話せなかったことを伝えておこうとペンを執りました。あなたには本当に申し訳ないことをしました。でもこれだけは信じて。わたしはよかれと思って、あなたの幸せを考えてしたことなの。

あなたがまだほんの小さなころ、わたしがあなたを父親や兄から引き離して、実家に戻ったことは覚えているわね。でも誤解しないで。わたしがそうしたのは、あなたのお父さんを愛していなかったからじゃない。ジョセフ・ファーガソンはいい人だった。心から愛していたわ。でもわたしは弱かったの。体も丈夫じゃないし、それが不安でたまらなかった。だから実家に逃げ帰ったの。あなたを連れて出たのは、あなたがまだ幼くて母親が必要な年齢だったから。それにわたし自身も、せめてどちらか一方の息子はそばに置きたかった。ジョーからすべてを、妻も息子ふたりも奪うなんてひどいことはできなかった。サムはあなたより大きくて、父親にも懐いていた。見るからに父親の生活スタイルも気に入っていた。だからあの子を父親のもとに残したの。あの子に愛情がなかったからじゃない。それだけはわかってね。わたしは身を切られるような思いだった。

あなたはまだ幼くて、ジョーとサムのことはきっとすぐに忘れてくれると思っていた。でも間違っていたわ。あなたは毎晩のように悪夢にうなされて泣き叫んでいた。毎日わたしに、サムはどこ、パパはどこ、いつふたりのところに戻るのと訊《き》いてきた。すっかり元気をなくしたあなたを見て、わたしは胸が張り裂けそうだった。辛くてほかにどうしようもなくて、あなたにふたりは亡くなったと言ってしまったの。そうすれば、あなたがまたふたりに会えると思うのをやめてくれると思って、ふたりのことを忘れて、元気を取り戻してくれるんじゃないかと思って。しばらくすると、効果が見えてきたわ。あなたは少しずつふたりが亡くなったことを受け入れて、忘れ始めてくれた。ここでの暮らしに慣れてくれた。

でもあれは嘘《うそ》。本当は、ふたりは亡くなったりしていない。わたしの知る限りでは今もモンタナの、ノーラスプリングスという町で暮らしている。

時が経つにつれて、自分のしたことが間違いだったと気づいたわ。成長したあなたを見るにつけて、本当なら自分の父親や兄に会って、旧交を温めることだってできたはずなのにと思うようになった。最初は弱さで、次は愚かな嘘で、わたしはあなたから持てたはずの家族を奪ってしまったの。

そのあとも本当のことを言わずにいたことで、わたしはさらに罪を深めてしまった。嘘をついたことで、こんなに長い間あなたを騙《だま》して、ジョーやサムから引き離したことで、あなたに恨まれるのが怖かったの。だから本当のことを言えないまま、ここまで来てしまった。年々、嘘が重くなって、そうなるとますます自分のしたことを明らかにするのが怖くなった。

でもこの罪を胸に秘めたまま死ぬわけにはいかない。あなたが恨まないでくれることを願って、打ち明けるしかない。どうしようもなく愚かで自分勝手なことをしてしまったけれど、わたしはあなたを言葉にできないほど愛している。どうか、わたしを許して。わたしが長年サム宛に書き続けてきた手紙もあなたに託すわね。あなたなら、きっとあの子に届けてくれると思うから。

心から愛をこめて。

母より

手紙を最後まで読み終えると、スティーブンの目は再び驚愕《きょうがく》の一文へと戻っていた。父と兄は生きている。全身の力が抜け、便箋がはらりと膝に落ちた。サム。父さん。

ふたりは生きている！

スティーブンは膝の箱に視線を戻した。片側に、水色のリボンで束ねられた小さな手紙の束が入っていた。封筒の表には兄の名前。スティーブンはその黒いインクにすっと指を這わせた。兄や、記憶の奥底に押し込めてきた暮らしとどこかつながっている気がした。

手紙の束の隣に、荒削りの小さな木の笛が入っていた。それをそっと持ち上げる。お気に入りだったおもちゃだ。はっきりと覚えている。肌身離さず、首から紐《ひも》でぶら下げていた。子守りか祖母かに見つかって、せっかくの高級な子供用スーツが台無しだからそんな安物は外しなさいと咎《とが》められたとき以外は。親指と人指し指でそっと触れてみる。子供のころ、同じように指でいじっていたときの記憶がよみがえった。そうしていたときのつかの間の安らぎも。サムが作ってくれたものだ。小さくて素朴な小屋、そびえ立つ細い木々の光景が一瞬まぶたに閃《ひらめ》く。何かしらの常緑樹で、大人ですら小さく見えるほど背の高い木々だった。

笛の下に、本型になった小さな銀細工の額縁が入っていた。左右の絵を閉じ込めるように優美な蝶番《ちょうつがい》で留められている。開くと、左右の卵形の窓にそれぞれ、専門家の手による油絵の小さな肖像画が入っていた。片方は、瞳も髪もスティーブンと同じ色の少年だった。顔立ちも子供のころのスティーブンによく似ている。いや、それより少し腕白そうだろうか。少年は満面の笑みを浮かべ、その幼い顔に入りまじる少年らしい茶目っ気と純粋さを画家は上手くとらえていた。スティーブンは胸がどきどきした。これはサムだ。

もう片方は大人の男性だった。ちょうど今のスティーブンぐらいの年格好だ。男性は絵の中からにこりともせずに見つめていたが、目元がどこかしら明るく、それが内に潜むユーモアを感じさせた。顔立ちそのものはスティーブンよりもごつごつして荒削りだが、目元と口の形はそっくりだ。血のつながりは否定しようがない。これは間違いなく父だ。

そうしてふたりの顔を見ていると、記憶が次々とよみがえってきた。父のパイプのにおい、父の膝に座って頬で感じたフランネルの肌触り。暖炉の前で、サムがナイフで木を削るのを隣で見ていたこともあった。絵の中の男性に頭上に高く抱え上げられ、肩車をしてもらったこともあった。それから、あの最後の日の朝、胸に感じた鋭い痛みも体がよじれるほどの恐怖もはっきりと思い出せた。母がサムを残したまま、馬車を出したときのこと。

スティーブンは本型の額縁をぱたんと閉じ、手のひらで額に押しつけた。肌に触れる額縁は冷たくて固かった。ふたりが生きていた。自分がここでこうして暮らしている間、ふたりはまだあの地で暮らしていたのだ。訊きたいことが山ほどあった。それ以上に、胸を揺さぶる強い感情があふれていた。ふたりは肉親だ、家族だ。ふたりに会いたい。

すぐに発《た》とう、とスティーブンは思った。荷物をまとめ、エリザベスと祖父母に行き先だけを告げて。祖父母は怒り狂うだろうが、エリザベスならきっと冷静に受け止めてくれる。結婚式を挙げるのは少なくとも一年後、数カ月留守にしたところで問題はないと。

スティーブンは箱を閉めて立ち上がり、壁際の呼び鈴の紐を引いた。数分後やってきた従者に衣類の荷造りを命じると、チャールズの唖然《あぜん》とした好奇のまなざしは無視して、急いで階下の祖父の書斎へと向かった。一方の壁に大きなアメリカ合衆国の地図がかかっていた。もちろんそこには西部も含まれている。モンタナがあった――こんなに北か！ 指で地図上をたどり、ようやく捜していた地名を見つけた。州の北西部、フラットヘッド川沿いの山間部をカナダ国境近くまで北上したところにある小さな点。ノーラスプリングス。ここだ、目的地は。ここに行けば、離れ離れだった兄と父に会える。興奮が体を駆け巡った。

モンタナ、ノーラスプリングス！

馬の足が速まった。疲れているはずの馬がどうして速度を上げたのかと、スティーブンはカーテンの端をわずかに持ち上げて、窓の外をのぞいた。行く手に小さな小屋と納屋が見える。脇に柵の囲い。どうやら、また通過駅らしい。ため息が出た。ついに目的地かと密《ひそ》かに期待していたが、目の前にあるのがノーラスプリングスでないのは明らかだ。

スティーブンはカーテンから手を離し、頭を椅子の背に寄りかからせた。長く、退屈な旅だった。この旅のことを打ち明けたときには、予想どおり祖父は猛反対だった。エリザベスは思っていたとおりにわかってくれた。実に芯の通った女性だ。婚約者が常に付き添わなければならないタイプではないし、結婚式の日取りは一年先と決めたから、それまでに戻りさえすればなんの差し障りもない。エリザベスは父と兄が生きていると知ったスティーブンの驚きを理解し、ふたりとの関係を築き直したいという思いにも賛同してくれた。

それからほとんど間髪を入れずに出発した。しかも従者を伴ってだ。チャールズには、同行する必要はないと何度も説得を試みた。目的地はいまだ開拓されていない荒野だ、困難な旅になるのは目に見えている。それでもチャールズは一緒に行くと言い張った。もともと西部に強い憧れを抱いていたらしい。西部の英雄や無法者の武勇伝を掲載した低俗な雑誌を読んでいるのを何度か見かけたことがある。そうまで言われると置いていくわけにはいかず、結局スティーブンはその英国人の同行を認めたのだった。

はやる思いで出発したときには、期待で胸を膨らませていた。わくわくして仕方なかった。家族との再会だけでなく、西部へ旅することに、新たな土地を見ることに、見知らぬ未踏の地へ足を踏み入れることに。列車が北へ西へと進む間、スティーブンは窓にへばりつき、ひたすら風景の変化を眺めていた。眼前の見慣れた風景が広大な大草原へ、そしてついにはモンタナの荒野とも言える大地へと変わった。どこまでも広がる、何もない土地。

あるのは点々と生えているヨモギだけだ。それ以上に印象的だったのが空だ！　見たことがないほど青く、高く、果てしなかった。それが広大な大地の上を、まるで大きな青いボウルを逆さまに被《かぶ》せたように地平線まですっぽりと覆っていたのだ。

鉄道はミズーラまでで、そこから北西のノーラスプリングスに行くには駅馬車を使うしかなかった。スティーブンと従者は次のノーラスプリングス行きの駅馬車が出るまで丸三日待ち、しかもそこから馬車に揺られる時間は、自宅のある町から列車に乗った時間よりはるかに長いものとなった。山間部は登り道が多く、弱った馬たちは足取りが鈍った。馬車は馬を交換するために、たびたび小さな通過駅で停車した。最初は険しい山国の壮大な風景に魅せられ、旅の不快感もほとんど気にならなかったが、そのうち、高くそびえる山々を見ても、見上げんばかりの松の木を見ても、勢いよく流れる小川を見ても、乗り心地の悪い乗合馬車の揺れや窓から入り込んで喉を塞いでくる埃《ほこり》から気をそらすことはできなくなった。進み具合はうんざりするほど遅く、夜になると小さく風通しの悪い通過駅に宿泊した。そして埃と馬のにおいが充満するなか、固い簡易ベッドで睡眠をとり、味気ない食事で腹を満たした。

それでもチャールズは朝になるとスティーブンのスーツにブラシをかけ、糊《のり》のきいた白いシャツを出してくれた。どのみちすぐに砂埃だらけになるのはわかっていてもだ。乗客は全員男で、大部屋での宿泊だった。チャールズがそうやってスティーブンの衣類を新しく取り替えたり髭《ひげ》を剃《そ》ったりと、こまごまと身のまわりの世話を焼くようすに、ふと気づくとほかの乗客たちから遠巻きに好奇の視線を向けられていた。物心ついたときから使用人にかしずかれ、同じようにかしずかれることに慣れた人々の間で生きてきたスティーブンだが、さすがにこの状況には気恥ずかしさをおぼえずにはいられなかった。ここは過酷な土地だ。人々の暮らしも当然過酷で、彼らの手にはたこができ、肌は日に焼けてがさついている。ここでの日々は自然との戦いだろう。他人の手を借りなければ着替えひとつできない男を見る目に、ある種の驚きが宿るのも無理はなかった。

スティーブンは複雑な思いに囚《とら》われた。これはいったいなんなのだろう。周囲にばかげた人物像をさらしている気まずさか、人から好奇の目を向けられる驚きか。これまで人から弱いとか軟弱だとかと評されたことは一度もなかった。生きてきた世界では強い男だった。紳士としても、富も権力もある実業家としても。

この状況がどうにも不慣れで落ち着かず、スティーブンはほかの乗客とほとんど口をきかなくなった。それでますます旅が退屈になった。列車の中では世間話をしかけてくれる行きずりの男たちがいた。だが馬車では、外の風景を眺めるしか気晴らしの手段がなかった。

通過駅に着くと、スティーブンはほかの四人の乗客と共に馬車から飛び降りて、周囲を歩いて筋肉の凝りをほぐした。ノーラスプリングスまであとどれぐらいかかるのだろう。

まだ午前の半ばだ。今日中には着いてくれるだろうか。あの悲惨なくらい固い簡易ベッドではなく、ホテルの本物のベッドで夜を過ごせたらどんなにほっとするか。

スティーブンは囲い柵にもたれ、駅の労働者と御者が馬を取り替えるのを眺めた。つばの大きな帽子を被った細い少年がそこに加わって、手伝い出す。ふたりは満面の笑みで少年を迎え、肩をぽんと叩いた。少年は見るからに力こそなかったが、器用な手つきでてきぱきと仕事をこなしていた。そしてその間も御者たちと笑い声をあげながら、次から次へと話題を変えて話し続けていた。

駅馬車の出発準備が整うと、少年は御者と助手席の散弾銃持ちと共に乗り込んだ。察するところ、馬の交換の手伝いと愉快な会話の見返りに無償で乗せてくれとでも頼んだのだろう。馬車が再び走り出しても、スティーブンはその少年のことが気になってならなかった。どこがどうとは言えないが、なぜか頭の隅から離れなかった。表情豊かな顔立ちに不思議な魅力があった。小さく、女性的とも言える顔立ちで、体の大きさも入れるとおそらくまだ十代に入ったばかりだろう。それでも馬を扱う手つきは、手慣れたものだった。なぜ少年のことがこんなにも心に引っかかるのだろう。スティーブンは眉をひそめた。あの少年には何かある……なんなのか、はっきりしないが。

結局スティーブンは心の中で肩をすくめて考えるのをやめ、少し眠ろうと馬車の隅に身を寄せた。だが溝や瘤《こぶ》だらけの悪路では、なかなかそれも叶わなかった。数分ごとに揺り起こされ、頭をしたたかに壁にぶつけられるのだ。目を閉じていても、馬車が再び山道を登り出したのがわかった。また馬車が停止して、頂上まで歩いてくれと言われなければいいがとスティーブンは願った。これまでも何度か、とりわけ険しい傾斜で歩かざるを得なくなったのだ。そのうち馬車が下りに入り、速度が増した。道は平坦《へいたん》そうだったが、それでも馬たちは快調に飛ばしている。スティーブンは腕時計に目をやった。前の駅を出てから一時間あまり。ひょっとして次の通過駅が近いのだろうか？　馬は取り替えたばかりだが、馬車を引いて坂道を登るのは重労働のはずだ。

スティーブンは窓のカーテンを少し寄せて、外をのぞいた。前方に予想もしなかった建物が見える。カーテンを大きく開けて外を見渡した。そこは、周囲を山に囲まれた谷間だった。馬車は水の流れに沿った脇道を突き進んでいる。しかも流れているのは小川ではなく、れっきとした川だ。そして町……胸の鼓動が速まった。ついにノーラスプリングスに着いたのか？

馬車は町外れに停止した。ノーラスプリングスという標識が見える。スティーブンは胸が引きしまるのを感じた。もうすぐだ、もうすぐ父と兄に会える。どんな再会になるだろう？　すぐに家族に戻れるだろうか？　それとも永遠に他人のままか？

駅馬車が小さな建物の脇に滑り込むように停《と》まった。ポーチに男がふたり立っていた。ひとりはどこにでもいそうな若者。もうひとりは白髪まじりで、厚い髭をたくわえた年かさの男だ。その男が通りにぺっと茶色い液体を吐いて、声をかけた。「よお、ジェス！」

「バーリー、カーター」少年はすばしっこい動きで馬車から這い下りると、地面までの残り数十センチを飛び降りた。「ふたりとも、なんでこんなところで油売ってるの？」少年は御者を振り返った。「ありがと、ハリー」

「いつでも乗ってけ、ジェス。遠慮するな」

「そりゃそうだろ」ポーチにいた若いほうの男がからかうように言った。「おまえの母さんの料理は最高だからな。おまえを馬車に乗せるぐらい、たいしたことないぜ」

「ま、そういうこった」御者は悪びれるようすもなくうなずくと、馬車を降りた。

　スティーブンもほかの乗客と共に馬車を降り、そのまま待機した。御者が後部に回り、くくりつけていた乗客の荷物を解く。スティーブンが御者の手から荷物を受け取ったところで、チャールズがすっ飛んできた。

「スティーブンさま、なんてことを！　わたしがお持ちしますのに」声を聞くだけでも、スティーブンが自分の荷物を持つことに従者がどれだけ愕然としているかがよくわかる。従者は革の鞄《かばん》をふたつ手に取ってしげしげと眺め、その有様に首を振った。「おやまあ。すり傷がふたつ。それにへこみも。まあ、手荒な人たちなのはわかっていましたけれども」

　スティーブンは薄く微笑んだ。「鞄に傷もつけずに旅をするのは無理だろう。それにぼくに何も持たせないのは不可能じゃないか？　まだトランクもあるんだ。おまえだけでは手が足りないだろう」スティーブンは周囲を見回した。ポーターの姿はどこにもなかった。旅に出る前なら驚いたかもしれないが、今は意外でもなんでもない。そのとき先ほどの少年が目に留まった。ポーチの前で親指をポケットに引っかけて突っ立ったまま、ほかの男たちと立ち話をしている。「そこの、ぼうや！」スティーブンは声をかけた。駅馬者の御者にただ乗りさせてもらっていたぐらいだ。小遣い稼ぎになるとなれば、喜んで応じてくれるだろう。スティーブンはポケットのコインを探った。「この町でいちばんいいホテルはどこだい？」

少年とポーチにいるふたりの男が一様にぽかんとした表情を浮かべて振り返った。スティーブンは少年に向かってコインを指で弾《はじ》いた。少年はとっさに受け止めたが、それでもまだ腑《ふ》に落ちない顔で見つめている。

「連れのトランクを持って、いちばんいいホテルまで案内してくれないか」スティーブンは丁寧に言った。この子、頭が鈍いのか？　「きみだよ。ぼうや」御者はなんと呼んでいた？　「ジェス」

少年が体をこわばらせた。足を開いて両手を腰に当て、全身から怒りを発している。

「誰に話してる？」

「もちろん、きみだ」いったい何が気に入らない？　手間仕事を依頼しただけだというのに、これではまるで侮辱したみたいじゃないか。「おいおい、手間賃がほしくないのか？」

ポーチの男たちが突然高笑いを始め、そこに御者と散弾銃持ちも加わった。男たちのひとりが少年を指さし、笑いながらからかった。「そうだぞ、ぼうや。こちらの紳士の鞄をお持ちしたらどうだ？」

ジェスはそう言った男を激しく睨《にら》みつけてから、スティーブンを振り返った。手を伸ばして帽子を外す。長い、真っ赤な三つ編みが二本、背中にこぼれ落ちた。

スティーブンは唖然とした。なんてことだ！　ジェスと呼ばれていたこの少年は、女の子か！

2

女だからといってどうして邪魔でしかないペチコートやスカートをはかなくちゃならないのか、ジェサミン・ランドールにはどうしても理解できなかった。自立心旺盛なジェサミンはそういうものは断固拒否し、どっしりと重い作業靴と同じく、〈スウェンソンズ・マーカンタイル〉取引所で手に入れた少年用サイズのズボンとフランネルのシャツを身に着けることにした。そんなことをしたら母親をおろおろさせるだけだとわかってはいたけれど、そもそもそうなるきっかけを作ったのはその母なのだ。

ファーガソン伐採場の木こりだった父は、ジェサミンが幼いころ、倒れてきた木の下敷きになって亡くなった。父の死はジェサミンの母アマンダを、経済的にも精神的にも打ちのめすこととなった。求婚する男は大勢いたものの、母には愛する夫を亡くした直後に再婚するようなまねはできなかった。幸い、ジョセフ・ファーガソンがいい人で、幼子を抱えた母が暮らしを成り立たせられるように仕事を世話してくれた。以来母は伐採場で作業人たちの食事の世話をして、ジェサミンを育て上げた。荒れた土地で、しかもモンタナ北部の冬は過酷だ。娘に男の子の服を着せることにしたのもうなずける話だった。けれどそれが母にとっては後悔の種となった。伐採場の荒くれ男たちにかわいがられ、すっかりおてんば娘と成長したジェサミンは、そののち母がどれだけ娘らしい格好をさせようとしてもことごとく拒絶するようになったのだから。

でも、それも無理のない話だった。飾り気のない男の服のほうがずっと動きやすいし、暖かい。しかもジェサミン自身、女らしく装うことになんの関心もないのだ。それより女性でいることになんの利点も感じられない。男たちはみんなおもしろそうな仕事をしているのに対し、母を含めて女たちの仕事ときたらせいぜい料理や後片づけ。冒険や楽しいことはみんな男のものだ。木を伐採するのも、それを材木に裁断するのも、ジョセフ・ファーガソンの製材所で形を整えるのもみんな男。権力を持てるのも、金を稼げるのも。女にはそういったことは何ひとつ許されなくて、何かしら雑用みたいな仕事に就くか結婚するしか生きる術《すべ》はない。でもジェサミンはそのどちらも気が進まなかった。

マリアン・スローンみたいに、結婚して子供を産もうとは思えなかった。人生のすべてを夫や八人の子供に捧《ささ》げて、三十歳になったばかりで五十歳みたいな見た目にはなりたくなかった。かといって、母みたいに料理や掃除でどうにか生計を立てていくのもごめんだ。ドレスを着るつもりはない。どうすれば男の気を引けるかとか、どうすれば男が喜ぶかとか、そんなことには興味の欠片《かけら》もない。愛なんてもののせいで、母親みたいに――まわりの女たちみたいに——ただ服従して苦しいばかりの人生に引きずり込まれるなんてまっぴらだ。

　いやだった。絶対に。だから自分を、母がつけてくれた、やたらと長くて乙女っぽい〝ジェサミン〟ではなくて、〝ジェシー〟と呼ぶことにしたのだ。女らしいドレスも行動も避けた。そして、自分を育ててくれた商売について学べるだけ学んだ。そのかいあって十七歳のときに、ついにジョセフ・ファーガソンからその努力を認めてもらえた。製材所で一人前の仕事を任せてもらえるようにもなった。女だからこの仕事に就けたんじゃない。頭脳と決断力のおかげだ。それを周囲にわかってもらうには、自分が女であるという事実をできるだけ意識させないようにするしかなかった。

　努力を積み重ねて、ようやく製材所や伐採場周辺の男たちからは仕事仲間として受け入れられたが、それでも腹立たしいことに、男たちはそれからも子供をからかうような態度をやめなかった。しょっちゅう悪ふざけをしかけて、ジェシーから女特有の甲高い悲鳴や怒りの金切り声を引き出そうとしたり、女か男かという話題を持ち出しては笑いものにしたりしている。そんな状況だ、誰かがジェシーの性別、とりわけ少年と間違うような言動をすればここの男たちは大喜びし、ジェシーを怒らせるに決まっている。この見慣れない男から〝ぼうや〟と呼ばれ、これで鞄《かばん》を運べと言わんばかりにコインを投げられた瞬間、ジェシーの全身を激しい怒りが突き抜けていた。

ジェシーは怒りを煮えたぎらせ、二、三発お見舞いしてやるつもりで振り返った。ところが相手の姿を目にしたとたん、顎の力が抜けていた。見たこともないような男だったのだ。そもそもスーツ姿なんて、この辺りではめったに見かけない。せいぜい銀行家か葬儀屋ぐらいのものだ。しかも目の前の男が着ているスーツは、その銀行家や葬儀屋のものとは段違いの代物だ。彼らのような黒ではなく光沢のある灰色で、柔らかそうな、いかにも高級そうな生地でできている。デザインも違っていて、男の体型にぴたりと沿うものだ。おまけにスーツと同じ灰色の薄い手袋まではめていて、足もとも作業靴ではなく、実用的な普通の靴でもなく、足の形に完璧《かんぺき》に合った品のいい黒の革靴。磨き抜かれてぴかぴかな靴は、砂埃《すなぼこり》の中など歩いたこともなさそうだ。首元のシルクのネクタイには控えめな真珠のピンまで留められている。

これほど上品で、穏やかで、美しい男を見たのは初めてだった。博打《ばくち》打ちは身なりがいいともっぱらの評判だけど、ノーラスプリングスの博打打ちなんてこの人の足もとにも及ばない。となると、この人はいったい何者？　都会の詐欺師、きっとそうだ。でもこんな姿、ここじゃ一日だって持ちはしない。ここまで来られただけでも驚くぐらいだ。

男も同じくらい驚いた顔でジェシーを見つめていた。どうやら少年だとばかり思っていた相手がよくよく見れば少女とわかって、口もきけないでいるらしい。ジェシーにとっては初めて遭遇する表情でもなかった。いいわよ、気のすむまで見てちょうだい。気にしない。ジェシーはそう自分に言い聞かせた。

「も、申し訳ない」ようやく男が、抑制のきいた優雅な声で言った。「気づかなくて……いや、つまり……どうかぼくの無礼を許していただきたい」

口調まで、ジェシーには聞いたことがないものだった。この辺りでは自分ほどまともな言葉を話す人間はいないと大口を叩《たた》く銀行家のイライアス・ムーアでさえ、ここまで流《りゅう》暢《ちょう》で、上流階級そのもののアクセントでは話さない。

「いいって。初めてでもないし」ジェシーはせいいっぱい、平気なふりを装った。男に、とりわけこんな……めかし屋に感情を傷つけたと思われるのは癪《しゃく》だ。ジェシーは男に向かってコインを弾《はじ》き返した。親指を使って、難なく空中に見事な弧を描いてみせる。そして背を向けて、地面に唾を吐いた。六つのとき、若い木こりに教え込まれた技だ。幼いころ、その現場を母に見つかってお仕置きされたのは一度や二度じゃない。ジェシーはそれ以上唾を吐くのはやめたが、目の前にいる男の気取った口調やこちらの服装や仕草を見たときのいかにもびくついた表情には苛立《いらだ》ってならなかった。ジェシーは言った。「ここにホテルなんかあるもんか」わざといつも以上にぞんざいな声で続けた。「特に、おたくみたいな人が泊まるところはね。ここじゃひと部屋に四人で寝て、風呂に入るのに一ブロックは歩く」

目の前の娘が唾を吐くのを見て、スティーブンは目を大きく見開き、乱暴な住環境を聞いて言葉を失った。これまで想像すらしなかったことだった。「そうか」

「あなたが泊まるとしたら、賄いつきの下宿屋がいちばんましじゃないかな。うちの母が町でやってる。たしか、ひと部屋空いてたはずだけど」

スティーブンは一瞬ためらった。灰色の髭《ひげ》の男が言葉を挟んだ。「こいつの言うとおりだ。ミセス・ランドールのとこがいちばんましだな」

「まあ、そういうことなら。そこにはチャールズの部屋もあるだろうか？」スティーブンは少し後ろに控えるようにたたずむ男に目をやった。

ジェシーはもうひとりの男に目を向けた。連れの男性に目を奪われすぎていて、その人がそこにいることにも気づかなかった。こっちの人も身なりがきちんとしているにはしているけれど、立派さはこれまで話していた人の半分にも満たない。「空いてる部屋はひとつだけ。だから、お友達とは相部屋ね」

「ええっ！」チャールズが声を張り上げた。そのあまりに愕然《がくぜん》としたようすには、スティーブンも頬を緩めずにはいられなかった。「使用人用の部屋がないのでございますか？」

チャールズを見つめ、ジェシーもようやく事情がのみ込めた。「使用人？」さらに驚きを増して、スティーブンに視線を戻す。「使用人を連れて、旅してるって？」

チャールズは背筋をしゃきっと伸ばし、毛穴という毛穴から英国人の尊大さをにじませた。「紳士というのは、どこへ行くにも従者をお連れになるものです」

ジェシーはまるで珍しい植物か動物でも見るようにチャールズをしげしげと眺めた。

「で、どうする？」

スティーブンは一瞥《いちべつ》でチャールズを黙らせると、ジェシーに向き直った。「それでは、ミス……ランドール、だったかな。その下宿屋への行き方を教えてもらえるだろうか？」

「だったら、連れていってあげるよ。どうせついでだし」

「それは助かる。感謝するよ」

「いいって」ジェシーはトランクに向かいながら、肩越しに声をかけた。「チャールズ、あなたがそっちを持つなら、わたしはこれを持ってくよ。母の家はここからすぐだし」

スティーブンはすばやい動きで、ジェシーとトランクの間に割り込んだ。「ミス・ランドール！」動揺した声だった。「トランクを持つなんて、そんな無茶なことを！」

ジェシーは愉快そうな目を向けた。「どうして？　じゅうぶん力はあるけど？」

「レディにそんなことをさせられるわけないだろう」

「レディ？」ジェシーは目をぱちくりさせて繰り返した。生まれてこのかた、そんなふうに呼ばれたことなど一度もない。

「チャールズにはぼくが手を貸す」スティーブンは続けた。

「スティーブンさま！」チャールズが抵抗した。雇い主に何かを持たせるなど、彼としてはあるまじき行為なのだろう。だがスティーブンは目で黙殺した。

「多少の物は自分で運ぶといつも言っているだろう、チャールズ？」

「わかりました」とは言いながら、チャールズはきりりと結んだ唇とこわばった背筋で不満を露《あらわ》にしていた。

ジェシーはふたりの顔を順繰りに見比べた。おかしな人たち。都会の男たちっていつもこうなわけ？　ジェシーは肩をすくめて、足もとにあるふたつの鞄に手を伸ばした。「わたしのことなら、おかまいなく。トランクはあなたが持つのね。だったら、わたしはこっちを持ってく」

スティーブンは目をみはった。生まれてこのかた、女性が他人の荷物どころか、自分の荷物すら持ち上げるところを見たことがなかった。スティーブンの知る女性はみな、淑女らしくないことをするくらいなら何時間でもただじっと待ち続ける。だが目の前の女性は、女性らしく見えるかどうかなど気にかけてもいない。着ているものを見ても明らかだ！　旅行鞄を持とうと身をかがめた彼女の、デニムパンツの尻にふっと視線が向かった。ななんてことだ！　なぜ彼女を少年などと思い込む前に気づかなかった？　ほっそりとはしているが、あの曲線が少年のもののはずがないのに。

「ミス・ランドール、お願いだ、よしてくれ。あとでチャールズに取りに来させるから」

その光景をポーチの男たちが興味深げに眺めていた。スティーブンの慇懃《いんぎん》さが彼らには女々しさに映り、荒々しい気性をくすぐられたらしい。

「そうだぞ、ミス・ランドール」若いほうの男がスティーブンの使った呼び名をわざわざ裏声を使ってまねた。「そんな鞄、女の子には重すぎて持てないだろ。あ、違った。レディには、だったな。だろ、ジェス?」

スティーブンは男を振り返って、眉をひそめた。粗野で不作法な連中だ。いつもなら相手にもしない類いの。しかし、誰であれ――たとえズボン姿の女性でも――女性に対してそんな失礼な物言いをするのは見過ごせない。はっきりと思い知らせてやろう。スティーブンがまさにそうしようとした矢先、少女が先手を打って振り返り、男たちに言った。

「そのとおり!」彼女は鞄を手から落とすと、挑むように拳を腰に当てて言い返した。

「で、あなたは怠け者の、役立たずの、酒飲みの大ばか者ってわけ!」そして年かさの男に目をやった。「いい加減にしておいたら、バーリー。こんなくずとつるむのは」

年かさの男がにっと笑った。「そうだな、ジェシー、ちょうど俺もそう思っていたところだ」

スティーブンはジェシーの逆襲に眉を吊り上げた。男の真っ赤になった顔を見る限り、どうやら口添えをするまでもなさそうだ。ちらりと従者に目をやった。いつもは無表情な彼の顔が笑いと非難の間で引き裂かれそうになっている。「行こう、チャーリー。こちらのレディについていったほうがよさそうだ」

「はい、旦那さま」

スティーブンたちはそのままジェシーについて馬車駅を離れ、ノーラスプリングスの大通りを進んだ。町も、さっき出会った男たちと同じくまったく洗練されていなかった。土埃の舞う広い通りの両側に立ち並ぶ木造の建物。地面も今は固いが、それでもくっきりと刻み込まれた轍《わだち》や穴が、春先、雨が降って通りが泥地と化したときの状態を物語っている。木造の建物もほとんどペンキすら塗られておらず、入り口にどうにか判別できる文字――それもたいてい綴《つづ》りが間違っているもの――が書かれていた。大通りと交差してもう一本比較的大きな通りがあり、そちらにもあと何軒か商業施設らしきものが見えた。めぼしいものといえば窓に格子の入った石造りの銀行と、スティーブンには用途のわからない大きくて今にも崩れそうな木造建造物くらいだが。この通りを渡るとそこから先は商業地ではないらしく、同じような大きさと品質の家ばかりが続くようになった。

歩きながら、スティーブンはそれとなくジェシーに並び、往来側を歩いた。ジェシーが通りの反対側に渡ると、またすぐに隣に追いついて、どういう物であれ車輪が通る可能性があるほうを歩いた。ジェシーは内心で首を傾《かし》げていた。レディファーストが体に染みついているスティーブンは、そうすることになんの意識も持っていなかった。女性の通り側を歩くことは食事や睡眠、さらには育ちがいいと呼ばれる少年はみな幼いころに叩き込まれるほかの伝統的な礼儀と同じくらい自然なことだったのだ。

ジェシーは時折ちらちらと男に目をやった。彼にはどこか親しみを感じる。どうしてなのかはわからないが、どことなく見覚えがある気がするのだ。どこかで会ったのか、写真で見たのか。でもわけがわからなかった。この人に会っていたら、忘れるとも思えない。それでも何か引っかかる。それが何か、突き止められるといいんだけれど。

ジェシーは広くて感じのいいポーチのついた、大きくて温かな雰囲気の家の前で立ち止まった。家は水色に塗られ、雨戸は清楚《せいそ》な白だ。広々とした庭にはぐるりと取り囲む低いフェンスの柵があり、基礎の土台に沿って低い植木まで植えられている。

「ここがわたしの母の家」ジェシーは誇らしげに言った。

「すてきな家だ」スティーブンは正直に答えた。ここまで目にしてきたものと比べたら、手入れの行き届いたこの家は宮殿にも思える。セントルイスで自分の家族が住む邸宅とは、どう控えめに言っても比べようがなかったが。

「そう。母の自慢の家」その表情から察するに、どうやらここはジェシーの知る最高の家らしい。ひょっとすると彼女はこの州から出たことがないのかもしれない。ややもすれば、ノーラスプリングスからも。「入って。母に紹介する。それがすんだら、わたしは仕事に行くから」

仕事か。スティーブンは仕事をする女性にも慣れていなかった。もちろん働く女性がいるのはわかっている。実際、自分の屋敷にもメイドや家政婦はいるし、大半は移民だが、工場で働く女性がいるのも知っている。目の前の女性も、おそらく彼女たち同様に仕事をして金を稼がざるを得ないのだろう。しかしだったらなぜ母親の下宿屋で働かない？　だいいちこの辺りに彼女が掃除をするような家があるのか？　それに彼女の雰囲気は、青白くやつれた貧しい工場労働者の女性たちとは違うし、伏し目がちで従順なメイドたちとも違う。

スティーブンはジェシーに続いて埃っぽい道を歩き、ポーチに立った。ジェシーが扉を開けて、母親を呼びながら中に入る。スティーブンもチャールズと共に玄関に入り、ほっと息をついてトランクを床に置いた。中年の女性が清潔そのもののエプロンで手を拭きながら出てきた。どこもかしこも清潔そうな女性だった。かつては娘と同じ色だったとおぼしき髪は色こそかなり褪《あ》せて、白髪もまじっているものの、柔らかく束ねて首の後ろで小さく丸められている。肌の色は赤毛らしい白さで、目元と口元には皺《しわ》が見られるが、それも笑い皺らしく優しさと笑みを彷彿《ほうふつ》とさせて、かえって表情にふわりとした温《ぬく》もりを与えている。瞳も青く、その色も髪同様に歳月で褪せたように娘より薄い。小柄でぽっちゃりとしていて、いかにも優しい母親らしい雰囲気だが、その目の奥には、ただ生ぬるいだけではない人生を送ってきたと感じさせる何かがあった。スティーブンはひと目で彼女が気に入っていた。

「いらっしゃい。アマンダ・ランドールよ」アマンダは少し息を切らして言うと、スティーブンの上品な衣類や、背後に控えるチャールズにさっと視線を走らせた。

スティーブンはまるで裕福な上流階級の淑女に対するように、アマンダの手を取って身をかがめた。「ミセス・ランドール。お会いできて光栄です。すてきなお宅ですね」

「まあ、ありがとう」アマンダは頬を染め、とっさに膝を曲げてお辞儀をしそうになった。

ジェシーには初めて出会うタイプでも、母のアマンダはボルティモア育ちだ。上流階級の紳士はひと目見ればわかる。「ジェシーったら、紳士をこんなところでお待たせして。ちゃんと応接間にお通ししなくちゃだめじゃない」

ジェシーは肩をすくめて、目をぐるりと回した。呆《あき》れた、王子さまが家にやってきたわけでもあるまいし。「この人、部屋を見に来たのよ」

「宿泊するなら、ミセス・ランドールの下宿屋が最高だとうかがったものですから」スティーブンは説明した。

アマンダの顔が輝き、娘は眉をひそめた。ママったら、いったいどうしちゃったわけ？初対面の軟弱男がキスをせんばかりに手を取って、おべっかを使ったからって、まるで特別な相手みたいに舞い上がってる。この人のどこがすごいわけ？　ジェシーにはわからなかった。だって、身のまわりの世話をする使用人を連れてなきゃどこにも行けない人よ。小さい子が母親と一緒でないといけないみたいに。

「まあ、うれしい」アマンダが答えた。「最高に清潔なことだけは保証するわ。今、空いているのはひと部屋だけなんだけれど、ご覧になる、ミスター……？」

「申し訳ありません。自己紹介がまだでした」スティーブンはジェシーが女の子だったことに驚きすぎて、名乗ることすら忘れていた。「不作法なことをしてしまいました。ぼくはスティーブン・ファーガソンです」

「ファーガソン！」ふたりの女性が同時に声をあげ、まじまじと目をみはった。

「やっとわかった！」ジェシーが続けた。「誰かに似ている、誰かに似ているって、ずっと思ってたの。サムだ。あなた、サム・ファーガソンに似てるのよ……どことなく」

もちろん、体つきはサムほど立派じゃない。肩幅もそれほど広くないし、腕もたくましくない。それにこの人のほうが色白だ。サムのほうがごつくて凛々《りり》しい顔立ちで、ハンサムだけれど。ジェシーはサミュエル・ファーガソンに何度も救われていた。彼はジェシーにとって英雄そのものだった。サムと比較できる人なんてこの世には存在しない。それでも、サムと目の前の男はどこか似ている気がした。ほぼ同じくらいの背丈、同じ豊かな黒髪、お尻の引きしまった体つきもそっくりだ。

「本当に」アマンダも賛同した。「ジョーとサムのご親戚か何か？」

スティーブンは喉がこわばった。口にするのは奇妙な感じだ。「ぼくはジョセフ・ファーガソンの息子です」

アマンダの顎が落ちた。「それじゃあ……あなた……」

「誰って？」ジェシーは焦れたように尋ねた。「何を言ってるの、ママ？　サムに兄弟なんていないじゃない！」

「いるのよ」アマンダは静かに告げた。「いるの。ジョーには……息子がもうひとり」

ジェシーがまじまじと見つめた。最初は母親、そしてスティーブン、それからもう一度母親を。「だったら……だったら、どうしてわたしが知らないの？」

「個人的なことだから。ジョセフ・ファーガソンは自分の私生活を誰彼なく触れ回る人じゃないでしょう」

ジェシーは傷ついた。どうしてサムとジョーはわたしに話してくれなかったわけ？　ジョーはしょっちゅうここで食事をしている。わたしとサムは友達だ。ママが知っていて、わたしが知らないなんて不公平だ。しかもママまでわたしに話してくれなかった。

「驚いた！」アマンダは続けた。「すごいサプライズよ。ジョーはきっと大喜びするわ」

アマンダは娘を振り返った。「ジェシー、あなた、ミスター・ファーガソンを製材所までお連れしてジョーに紹介……いえ、引き合わせておあげなさい」アマンダは吐息をつき、輝く顔をスティーブンに向けた。「なんて、すばらしいことかしら」

「どっちにしたって、わたしは製材所に行くから」わずかに棘《とげ》のある声でジェシーは言った。自分がこうして疎外感を抱くのも、この人のせいという気がしてならなかった。ばかばかしいとはわかっているけれど、不快感がどうしても拭えない。「一緒に来るのは、別にかまわないけど」

「ジェシー！　お客さまにはもう少し礼儀正しくなさい」

ジェシーは顔をしかめた。

「ありがとう」スティーブンは言った。「ぼくとしては、ぜひご一緒させてもらいたい。父のところに連れていってもらえるなら」そしてアマンダに視線を移した。一瞬その濃い茶色の瞳に気弱さがよぎる。「あなたがおっしゃるように父に喜んでもらえるなら。本当のところ……ぼく自身はあまり自信がなくて」

「その心配は無用よ。あなたに会えて、大喜びするのは目に見えているわ。彼はあなたのことを一瞬だって忘れたことなどないわ」

「それはぼくもです」

ジェシーが重い作業靴をずしずしと鳴らして玄関ドアにたどり着いたところで振り返った。「そっちがいいなら、わたしはそろそろ行けるけど」

「長旅でお疲れなんだから、少しゆっくりさせておあげなさい」アマンダは娘を睨《にら》みつけて言った。「まずはお部屋にご案内するわね、ミスター・ファーガソン」

「いいえ、その点はお気遣いなく。ぼくもできればすぐに父に会いたいので」

ジェシーはドアを開けた。「だったら、ついてきて。行くよ」

スティーブンはジェシーと共に町の中心部に戻り、先ほど奇妙な外観の建物を見かけた大きな交差道路へと入った。歩きながら、おそらくそれが目的地なのだろうとスティーブンは気づいていた。何やらごみのようなものが山積みになっていて、奇妙な円錐形《えんすいけい》の建物も隣接している。

歩きながら、ふたりともひと言も口をきかなかった。何かまではわからないが、ジェシーが何かしらに機嫌を損ねているのはスティーブンにもわかった。どうやらかなり気難しい娘のようだ。それでも好奇心に負けて、スティーブンは尋ねていた。「あの建物はなんだい？」

ジェシーは奇妙な目を向けた。「製材所のこと？　あれがファーガソン製材所。知らなかったの？」

「ああ。残念ながら、父のことをほとんど知らなくてね。つまり、ここに来る途中で見かけた松の木をあそこで切りそろえているわけか？」スティーブンは問いかけるように語尾をわずかに上げた。

「そう。伐採場は別にあって、そこで木を切って運んでくる。サムはそっち。伐採場を運営している。製材所はミスター・ファーガソン、つまりジョーがやってるの。わたしもそこで働いてる」

スティーブンは驚きの目を向けた。「製材所で？　そこできみに何ができるんだ？」

ジェシーの顔がこわばった。「女だってだけで、ばかとか役立たずとか決めつけないで」

その辛辣な口調にスティーブンはまたも驚かされた。この娘はどうしてこんなに怒ってばかりいる?「そういうつもりで言ったわけじゃない。ただ、製材工場が女の子の働く場所には思えなくて」

「わたしは女の子じゃない。れっきとした大人。それに材木業に関しちゃ、ほとんど知らないことがないくらいなんだから。いざとなれば自分でも運営できると思う。ジョーの代わりに帳簿もつけてるし、取り引き先の対応もしてる。いろいろと頼りにされてるんだから」ジェシーはわずかに挑むように顎を持ち上げた。「ジョセフ・ファーガソンとは何年も前から一緒にやってきた」

「なるほど。父には父の、ぼくの知らない歳月がある。そういうことだね?」

ジェシーは彼の察しのよさに驚いて、目を向けた。「そういうこと」

「父に、きみのように親身に力になってくれる人がいてよかったよ」

ジェシーはどう答えていいのかわからなかった。ただポケットに両手を入れ、あとからついてきてと言わんばかりに歩調を速めていた。前を歩くデニムに包まれた脚に、スティーブンの目は思わず吸い寄せられていた。売春宿以外で、これほど露な女性の脚を目にしたのは初めてだった。素足だというわけではない。それでも柔らかくたびれたデニムが均整の取れた曲線にぴたりと吸いついていて、真っ昼間、しかも通りの真ん中で、そんな脚や尻を見せられるとなんだか妙な気分になる。大胆で、奔放で、刺激的。しかしジェシー・ランドールにはふしだら女のにおいはいっさいしない。こちらが舐《な》めた気配を見せようものなら、強烈な右フックを見舞ってきそうな気さえする。

スティーブンは自分が彼女の脚に見とれているのに気づいて、視線を引き離した。いったいどうしたんだ？　無礼なおてんば娘の脚なんかより、ほかに考えることがあるだろう。

製材所にたどり着くなり、ジェシーはスティーブンに先だって軽やかに二階に続く階段を駆け上がり、ドアの取っ手に手をかけた。スティーブンは大急ぎで追いついて、どうにか先にジェシーのためにドアを開けた。ジェシーが奇妙なものでも見るような目を向けた。それでスティーブンにもなんとなくわかってきた。そうか、ジェシーは礼儀を重んじる人間を見たことがないのだ。

製材所に足を踏み入れるなり、きぃーんと甲高いうなり音に襲われて、思わず両手で耳を塞ぎたくなった。だがジェシーのほうはまったく気にかけるようすもなく、左側を手で示す。どうやらそちらが作業場の中心部らしい。ジェシーはさらに何か言ったが、苛立たしい騒音のせいで何も聞こえなかった。彼女は右手に折れ、スティーブンを従えて廊下を進んでいった。ごくごくわずかだが、それでも少し騒音は遠ざかった。ジェシーは事務所らしい大きな部屋に入ると、背後でドアを閉め、騒音をいくらか閉め出した。部屋の奥にまた別のドアがあり、ジェシーはそちらにまっすぐ向かった。彼女が二度、大きくノックすると、中からぶっきらぼうながらがら声が聞こえてきた。

ジェシーはドアを開けた。「ジョー、あなたに会いたいって人が来てるんだけど」

「知るか」それはスティーブンにも聞こえた。さらに意味不明な言葉が続く。

ジェシーは首を横に振った。「会わなきゃ、あとで悔やむと思うよ」

しばらくして、ひとりの中年の男がドア口から顔をのぞかせた。ふさふさとした黒髪には大量に白髪がまじり、頑丈そうな体つきも過剰な脂肪でたるみかけている。格子柄のフランネルのシャツは裾をきちんとデニムパンツの中に入れ、足もとには重そうな作業靴をはいている。彼はスティーブンを見て眉をひそめた。その表情がしだいに緩む。「いったい……？」

ジョセフ・ファーガソンが一歩、二歩と歩を進めた。スティーブンも同じだけ距離を縮めた。ジョーは言葉をなくし、ただ見つめている。スティーブンの胸の鼓動も速まっていたが、少なくとも彼のほうは前もって心構えができていた。父とは違って。スティーブンはさらに一歩歩み寄った。「スティーブン・ファーガソンです。ぼくは——」

「スティーブン！　スティービーなのか？」ジョーはこの困惑への答えをなんとか見つけようとするように、部屋の中のあちこちに目をやった。「まさかそんな——」

「あなたの息子です。母はエレノア・マクレラン＝ファーガソン」

ジョーが首を横に振った。「信じられない」目にいっぱい涙をたたえながらも、口元には大きな笑みが広がっていた。「スティービー！」

ジョーは近づくと、不思議そうにまじまじと息子の顔を、懐かしいながらも驚きのつまった息子の顔を見つめた。そして手を伸ばしてスティーブンを引き寄せると、しかと抱きしめた。

「やっぱりおまえだ！　また会えるとは思ってなかった」ジョーは息子をぎゅっと抱きしめてから身を離して、もう一度全身をまじまじと眺めた。また首を横に振る。「なんだか嘘《うそ》みたいだ。あんなに小さかったのに」

「五歳でしたから。それから二十二年」

「二十二年か」ジョーはかぶりを振った。「信じられないな。さあ、中に入ってくれ」ジョーはスティーブンを奥のオフィスに招き入れると、ドアを閉めた。

ジェシーは目の前で閉じたドアをじっと見つめた。あの人、誰？　どうしてこれまで聞いたことがなかったの？　ジョーは彼をわたしに紹介しようともしてくれなかった。

ジェシーは自分の机に向かい、椅子にどさりと腰を落とした。書類をあれこれいじってみるものの、ほとんど頭に入ってこない。ジョーと、ジョーの息子だと主張してどこからともなく現れた男のことで頭がいっぱいだった。サムは彼のことを知っていたのだろうか。このことを知ったらなんて言うだろう？　久しぶりの再会に大喜びする？　それともわたしみたいに何も知らされずにいたとか？

まさか。サムは知っていたに決まっている。それにしてもどうして東部にジョーの息子がいたんだろう？　サムより年下の息子が。わからない。疎外感や憤りよりも好奇心が勝り、ジェシーはただぼんやりといたずらに帳面にペンを走らせながら、スティーブン・ファーガソンの謎について考えた。

これまで会ったことのないタイプだった。それが心に引っかかっていた。出会った瞬間からだ――サム・ファーガソンの兄弟だとわかる前から。どうにも心がざわついた。彼に見られたとき、自分の着ているものが男物だということが数年ぶりに気になった。なぜだか、彼に少年と間違われたことがぐさりときた。理由はわからない。スティーブンは役に立たないタイプの男だ。見ればわかる。誰がどう見たって、ここでは自分の面倒も見られない男だ。あの男が屋外で眠ったりできる？　森で斧《おの》を振り下ろす力もないだろうし、製材所で鋸《のこぎり》を引くのも無理だ。きっと馬にも乗れないだろうし、銃だって扱えない。なんてことのない人だ。そんな相手にどう思われようと気にすることじゃない。

それなのになぜか――あの品のいい服のせいか、目が濃いまつげに縁取られていて、天から落ちる前の堕天使ルシファーみたいに見えたせいなのは察しがついているけれど――彼に全身を眺められたときには、無様な作業靴まで見られたときには、その目にどう映っているかが気になってならなかった。急に自分の手足が大きすぎる気がした。ズボンに染みや泥がついていたのを思い出した。髪が無様なにんじん色なのも、いつものようにお下げ髪からあちこち毛がほつれているのも気になった。気まずくて、恥ずかしくて、だから余計にそれをいつもの冷たく好戦的な態度で覆い隠した。

自分の反応を思って、ジェシーは顔を曇らせた。たかが男に動揺するなんて、ばかみたい。どう思われているかを気にする相手でもないのに。彼から、見たこともない野生動物を見るような目で見られたからって、どうだというの？　女らしくないと思われたからって何？　女らしくなりたいなんて思ったことは一度もない。

ジェシーは大きくため息をついて、帳面にペンを突き刺した。スティーブン・ファーガソンのことをあるあだこうだと考えている自分にうんざりして。ジェシーは椅子を後ろに押しやるようにして立ち上がると、部屋を出て作業場に向かった。空気を切り裂くような機械式丸鋸《まるのこ》の甲高い音にそれを作動させる蒸気エンジンの音、さらにはずんずんと響く機械音にがちゃがちゃと鎖の擦《こす》れ合う音。そんな絶え間ない騒音も、宙を舞って髪や服にこびりつくおがくず同様、ジェシーにはたいして気にもならなかった。ジェシーは足を止め、木びき職人が従えている作業員のひとりと松の長い丸太を回転する丸鋸の刃先に据えるのを眺めた。鋸の刃が丸太に食い込んだとたん、小片やおがくずが大量に飛び散る。機械の迫力で空気まで振動しているようだった。ジェシーはいつものごとく、そのようすにうっとりと見とれた。

突然、誰かに腕をつかまれ、びくりとした。騒音の中にいて、近づく足音にまったく気づかなかったのだ。ジェシーは振り返って、色の濃いブロンドの髪をたてがみのごとく長く伸ばした大男を見上げた。赤みがかったブロンドの髭をたくわえているが、その髭も口のまわりだけ噛《か》み煙草《たばこ》の汁のせいで茶色くなっている。ジェシーの知る中で、サム・ファーガソンより大柄なのはこの男だけだ。首と肩は分厚い筋肉で大きく盛り上がり、まるで首がなくて肩の上に直接頭がついているようで、おがくずが髪にも髭にも衣服にも、さらには肌にまでこびりついている。彼の名はフランク・グリソン。ずっと製材所の仕事をしてきた男だ。かつてはこのファーガソン製材所で最も有能な作業員だった。あいにく木びき職人となるだけの材木を見極める正確な目は持ち合わせていなかったけれども。今はこの製材所で現場監督を務めている。ジェシーはこの男が好きではなかったが、それでも仕事のできる男なのは認めざるを得なかった。彼の命令に背く勇気のある者はこの製材所に誰ひとりとしていないし、製材所の経営がどういうものなのかも知り尽くしている。

グリソンが薄汚れた歯を見せて、にっと笑った。欠けた歯が三本。年月をかけて職場の足場を固める中で、幾度となく繰り返した喧嘩《けんか》で失ったものだ。彼からは煙草と何日も洗い流していないひどい汗のにおいがして、ジェシーはなんとかそれを吸い込むまいと口で息を試みた。幸い、グリソンはジェシーをその場から比較的静かな廊下へと連れ出した。

「よお、ジェシー」グリソンはまだ顔をにやつかせていた。「俺を捜してたのか?」

ジェシーは鈍い、無表情な目を向けた。どうしてかわからないが、ジェシーはこのグリソンに惚《ほ》れ込まれていた。ぞっとする半面、それは驚きでもあった。自分のことをきれいだと思ったことなど一度もない。真っ赤な髪はオレンジみたいだし、白い肌は厄介だし、青い目は色が薄すぎる。どうあれ自分をそんな目で見る男がいるなど、想像もつかなかった。ただフランク・グリソンは趣味もよくないが、さほど度胸もない男だった。ことあるごとに言い寄ってくるだけだ。

それでも、厄介は厄介だった。ジョーかサムが一緒だと近づいてもこないが、ひとりのときを見つけようものなら、すかさず腕や肩に手を置いたり、今みたいにいやらしい目で笑いかけたり、自分で勝手にセクシーだと思い込んでいるやり方で話しかけたりしてくるのだ。グリソンのうっとうしい低俗な言葉には嫌悪感しかおぼえなかったし、体に触れられると虫酸が走った。おまけに最悪なのは、品のない小さな目を斜に構えて、まるで服の下を見透かそうとするみたいにじろじろと体を眺め回してくることだ。それまではただ頭の悪い腕力だけが取り柄の男だと思ってきたが、ここ一年は嫌悪感すら抱くようになっていた。

グリソンからこんなふうに煩わされていることをジョーとサムが知れば、決してグリソンを許さないだろう。数カ月前、グリソンのこうした言動をたまたまサムが聞いていたことがあった。サムはグリソンに選択を迫った。ジェシーにこうした態度をとり続けるか、仕事を続けるか、と。そうなるとグリソンは、しぶしぶ詫《わ》びを入れたのだった。ジェシーがもし不満を言えば、サムはきっとグリソンを解雇する。けれど、それはそれで問題だった。グリソンは有能な現場監督だ。仮にグリソンがクビになれば、サムが伐採場から戻ってこざるを得なくなる。でなければジョーに仕事の負担がのしかかるか。ふたりが抱えているさまざまな問題を思うと、何があろうとこれ以上ファーガソン親子に負担はかけられなかった。

それにいつまでもサムやジョーの背中の後ろに隠れているというのも癪に障る。男たちと同じように自分の身は自分で守れるというのが、ジェシーの誇りだった。ジェシーが男を測る物差しにしているサムなら絶対に、煩わしい相手を取り除いてくれと父親やほかの権力に泣きついたりしない。自分のことは自分で解決する男だ。だからジェシーもそうすると心に決めていた。フランク・グリソンのことはファーガソン親子を巻き込むまでもなく、自分で対処する。こちらがきっぱりとした態度さえとっていれば、グリソンがどれだけしつこくても、どれほど鈍くても、こちらに興味がないことはわかるはずだ。

ジェシーはここ数カ月、グリソンとふたりきりになるのを断固として避け続けてきた。避けきれないときは、まとわりつかないでくれと言いきった。それでも避けきるのは、とりわけ製材所関連では難しかった。しかもグリソンは鈍くて、どれだけ示してもこちらがいやがっていることに気づく気配がない。

「一日中、おまえのことばっかり考えてたよ」グリソンが続けた。「なあ、今夜一緒に散歩しねえか」

「無理」

「だったら明日はどうだ?」グリソンはにっと笑って、肩に手を置こうとした。
ジェシーはすぐに後ずさりした。「よして」
笑みがますます広がった。「怖がることねえだろ、ジェシー」
そういう舐めた口調がかちんとくるんだってば。ジェシーは肩をいからせ、顎を上げて
グリソンと向き合った。「あなただろうが、誰だろうが、わたしは怖がったりしない」
「だったら、なんで俺から逃げ回るんだ? かわいいジェシーちゃん?」
目が怒りに燃えた。「そんな呼び方しないで」
「なんで? そのとおりだろ? 腰なんて、ほら俺が両手でつかめそうなくらいじゃない
か」グリソンがウエストの細さを立証しようとするように、両手を伸ばして近づいた。
ジェシーは彼の手を払いのけて脇に避けると、背後に回った。「誰かに頭でも叩かれな
きゃわからないの! わたしはあなたになんて興味がないの。あなたと散歩に行くつもり
も、何かをするつもりもない。絶対に。これで、わかった?」
グリソンは上唇をめくり上げてせせら笑った。「ああ、ああ、わかったよ。自分は俺み
たいな男にはもったいないってか? で、誰ならいいんだ? ファーガソンの倅《せがれ》が言い
寄ってくれるのを待ってんのか?」鼻を鳴らす。「高望みしたって、時間の無駄ってもん
だぜ」
ジェシーは顔を真っ赤に染めた。「わたしは何も望んでなんかない。あなたと時間の無

駄をするつもりはないってだけ！」

ジェシーは踵《きびす》を返すと、つかつかと事務所に引き返した。背後でグリソンの不快な笑い声が響く。「待ちくたびれたら、教えてくれ！　サムのこたあ、俺が忘れさせてやるぜ！」ジェシーは身震いを感じた。どうあれ、サム・ファーガソンを好きになる女性がフランク・グリソンみたいな男に目を向けるわけないじゃない！

ジェシーは事務室の扉を叩き閉めると、どかりと自分の椅子に腰を下ろした。そして顔をしかめて乱暴に帳簿を開き、仕事に取りかかった。

3

スティーブンは父に続いてオフィスに入った。ジョーは机の端に腰かけ、スティーブンにその前の椅子を手で示した。それからしばらく、ふたりは互いをただ見つめ合っていた。

長い間、父については漠然とした記憶しかなかった。思い出せるのはせいぜい体の大きさや声ぐらい。マホガニーの箱に入っていた肖像画で改めて父の顔を思い出し、その絵をここに来る途中で眺めすぎたせいか、どこまでが自分の記憶でどこからが肖像画の印象なのか、はっきりとわからないくらいだった。だがこうしてジョーを前にすると、この目にはたしかに覚えがあると思った――明るく、生き生きとしていて、黒とも言えるほど深いチョコレートブラウン。変わっていなかった。黒かった頭がごま塩になり、顔が二重顎で厚みを増していても、目は昔のままだ。その目を覚えていた。父を覚えていた。

「どれぐらいぶりだ?」ジョーは不思議そうに首を横に振った。「もう二度と会えないと諦めてた。今もセントルイスに住んでいるのか? 結婚はしたか? 子供はいるのか?」そこで小さく落ち着きのない笑い声をあげた。「変だな。知っている相手なのに、初対面みたいな気がする」

スティーブンは微笑《ほほえ》んだ。「ぼくも同じですよ」この人が父。根本的なところでつながりは感じるが、実質的には見知らぬ他人も同然だ。「まだ独身で、子供もいません。ただ婚約はしています。ここ数年はニューヨークに住んでいましたが、そろそろセントルイスに戻ろうかと思っているところです」

「おじいさんとおばあさんは？　まだご健在かな？　それに……ノーラは？　エレノアはどうしてる？」

スティーブンが言葉を返す前に、その目に宿った痛みからジョーは瞬時に返事を察していた。「母は……母は亡くなりました。つい最近。本当に突然に」

「死んだ？」父の体がいっきに縮んだ気がした。まるで体から何かが抜け出たようだった。

「まさか。まだ若いのに？」

スティーブンはうなずいた。「ぼくたちにも衝撃でした。医師によれば、脳卒中だったそうです」

ジョーは、目には見えない何かを見つめるようにただ床に視線を落として、ゆっくりと首を横に振った。「美しい人だったよ、ノーラは。とっくに別れた相手だが、それでもやはり……辛《つら》いな」

「でもそれがあったから、ぼくはここに来たとも言える」

「サムと俺に、知らせるためにか？」

「ええ。でもそれだけじゃないんです。実は、母が亡くなるまでぼくはあなた方がどこにいるのか知らなかった。それどころか、まだ生きていることさえ」

「え？」スティーブンの言葉がジョーを現実に引き戻した。「どういうことだ？」

「亡くなったと思っていたんです、あなた方ふたりとも」

「なんと！　それで会いにも来てくれなかったのか。てっきり俺たちのことは忘れたのかと、それどころか会いたくないのかと思ってた」

「いえ。そんなことはありません。現にあなた方が生きていると知ってすぐに、こうして飛んできたんですから」

ジョーは微笑んだ。「うれしいよ。だが、いったいどうして俺たちが死んだなどと思い込んだんだ？」

「母からそう聞かされて。セントルイスに戻った当初、どうやらぼくは向こうになじめなくて、こちらに戻りたがって仕方がなかったようです。それで母はあなた方が亡くなったことにした。ぼくがなんとかその事実を受け入れて立ち直ると、今度は母が真実を告げられなくなった。嘘《うそ》をついたことを認めるのが怖くて。それで結局ずるずると今まで」

父はため息をついた。「かわいそうに。ノーラが人の苦しむところを見ていられるわけがない。相手がおまえならなおさらだろう。ノーラなら言いそうなことだと思うよ。目の前の問題はなるたけ早急に、なるたけ楽に片づけようとする女性だった。いったん立ち止まって、先々どうなるかなど考えてもみない。しかしまあ、そんな彼女を衝動的だと悔やむわけにもいかないな。だから俺と結婚してくれたわけだから」

「ということは、母と結婚したことを悔やんでいないんですね?」スティーブンは父を見つめた。遠い昔、自分を捨てた女性に苦い思いはないのだろうか?

「もちろんだ。どうして悔やむ? あれは俺の人生で最高に幸せな時代だった。息子をふたりも授かったんだ。いい思い出がたくさんある」父は肩をすくめた。「辛いことや苦しいことがあったからってその前の美しいものまで壊す必要もない。思い出は自分で壊さん限り、思い出として生き続けるものだ」そして薄く微笑んで、机から立ち上がり、窓辺に歩み寄って外に目をやった。「俺だって聖人じゃない。ノーラが出ていったあと、何度罵ったことか。何もかもノーラの責任にしてな。だが心の奥底ではわかってたんだよ。ノーラひとりのせいじゃない。彼女は家族や都会の暮らしを恋しがっていた。寒さや孤独をいやがっていた。彼女にここでの暮らしはさぞかしきつかったと思う。俺が別の土地では暮らせないように、ノーラもここでは暮らせない人間だった。何カ月も前から、不満を抱えているのはわかっていたんだよ。俺を愛してくれているのもわかっていた。そして俺も愛していた。俺たちはただ、人生を共にできる運命じゃなかっただけだ」

父は息子を振り返った。

「ノーラには幸せになってほしかった。それに何もかも俺から奪っていったわけじゃない。サムを残していってくれた。きっと心が引き裂かれる思いをしただろうに。俺への愛情からしてくれたことだ。俺が独りぼっちにならないように」

「ずいぶん優しいんですね」

「現実的なだけだ。おまえだって雪の中で薔薇《ばら》が咲くとは思わんだろう。俺みたいな男が、たとえわずかな間でも、彼女のような女性と暮らせたのは運がよかったと思ってる」そこで顔が輝いた。「それに今またこうして、息子がふたりになったしな」

スティーブンはぐっと唾をのんだ。涙が内側からまぶたを刺激していた。言葉も見つからなかった。父は机に戻ってきて軽く腰かけると、身を乗り出して膝を叩《たた》いた。

「そうだ、早くサムにも会ってやってくれ。きっと喜ぶぞ。子供のころ、どれだけ仲がよかったか。覚えてるか?」

スティーブンはうなずくと、上着のポケットに手を入れた。「よく覚えています」そして手のひらを上向けてジョーに差し出す。そこには小さな木彫りの笛がのっていた。「ぼくにこれを作ってくれたんです。どこへ行くにも持ち歩いていた。たしか、たまたま出先に忘れて大騒ぎしたこともあった」

「ああ」ジョーが手のひらから持ち上げ、ひっくり返してしげしげと眺めた。「これならよく覚えている。このころからサムは木を削って物を作っていたんだ。今もやっているんだよ。暇を見つけては、いろんな物を作っている」

「サムはどこに？　ここで働いているんですよね？　いつ会えます？」

「しばらくは無理だな。製材所のほうは俺がやって、サムには伐採場を任せている。つまり材木を切るために、森の中にいるわけだ。ここからだと往復に馬で丸一日はかかる。しかし一週間もすれば、サムのほうから町に戻ってくるよ。うちが使っている丸鋸《まるのこ》の刃が壊れてね。新しいのを注文するしかなくなった。今は古いので間に合わせているが、大きさも切れ味も今ひとつだ。新しいのは来週汽車で届く。サムがいったんここに寄ってからミズーラまで受け取りに行く予定だ。そのときになれば、会える」

「そうですか」スティーブンの表情がわずかに沈んだ。「すぐにでも会いたいと思っていたんですが……」一瞬口ごもってから、スティーブンは尋ねた。「あの、ぼくが馬でその伐採場を訪ねることはできませんか？　どこかで馬を借りて、行き方も教えてもらって」

父の顔が曇った。「どうかな。いや、もちろん馬は借りられる。なんなら俺の馬を使ってくれてもいい。しかしなあ、おまえひとりでとなると。この辺りの土地勘がないわけだろう。すぐに道に迷いかねない」

「行き方さえ教えてもらえれば。そうだ、地図を描いてください。方向にはわりと強いほうなんです」

ジョーが困ったような表情を浮かべた。「それは都会での話だろう。ここは違うんだよ。

伐採場まで道なんてものはありはしない。目印を頼りに進むしかないが、それだっておまえには慣れないものばかりだ。しかも辺り一面が山なんだぞ。木に視界を遮られて方向感覚も何もあったもんじゃないし、起伏も激しいから距離も正確には言えん。俺はどうかなと思うよ。おまえがサムに一刻も早く会いたい気持ちもわかるし、できるものなら会わせてやりたいが……」そこで父は言葉を切り、表情の苦々しさをわずかに緩めた。「そうか、誰かを同行させればいいのか。たとえばジェシー。あの娘《こ》なら明日、行かせてやれる」

「いえ、いいんです。そこまでしてもらわなくても」

しかしジョーはすでにドアに歩み寄っていた。「かまわんよ。そのほうが俺も安心だ」

スティーブンはジェシーにあまりよく思われていないことに気づいていた。衣服を眺める彼女の目にはかすかな軽蔑が宿っていた。しかも使用人を連れて旅をしていると知ったときに浮かべた、あの表情。どうせ過剰にめかし込んだ、役にも立たない伊達男《だておとこ》ぐらいに思っているのだろう。そんな自分にサムの伐採場まで同行しろと言われて、彼女が喜ぶはずがない。

それにスティーブン自身もごめんだった。奇妙な娘だ。扱い方もわからないし、そんな娘からつまらない男と、苛《いら》つく相手だと思われていること自体も腹立たしい。成人してからずっと、女性たちからは理想の結婚相手と見なされてきた。嘲笑《あざわら》うどころか、関心を引こうと躍起になる女性たちばかりに囲まれてきた。そういう女性たちからは女らしい控えめな態度で追い回されたり、甘い言葉で迫られたり、こちらが何か話そうものなら、その一言一句にすがりつくみたいに澄んだ大きな瞳で見つめられたりしてきたのだ。煩わしいと思ったことも多々あったが、ジェシー・ランドールと会って初めて、その逆はさらに癪《しゃく》に障ると思い知らされた。

「ジェシー！」ジョーがすぐそばの机で、帳簿に集中している少女に声をかけた。「ちょっと来てくれ。息子のスティーブンは知ってるな。さっきおまえさんが連れてきてくれた」

呼ばれたジェシーは立ち上がって、ドアに近づいた。だがジョーが説明を始めてもなんの反応も見せず、ただ冷ややかな表情で聞いているだけだった。

「それで、長い年月を経てやっと再会したってわけだ。で、スティーブンは今すぐサムにも会いたがっている。伐採場まで行きたいそうなんだが、悪いが、明日案内してやってくれないか」

ジェシーの眉が跳ね上がった。一瞬言葉をなくして見つめ返している。だがその状態はそう長く続かなかった。「でもジョー、わたしには仕事があるの。給与計算もしないといけないし、それに月末だからやることが――」

「おいおい、おまえが来る前はそれをいったい誰がやってたと思ってる？　大丈夫だ、給与計算は俺がなんとかする。長時間、鞍《くら》に座ることを思えば、今の俺にはなんだって楽勝だよ。数年前に脚を折ってから、馬に乗るのが本当に苦痛になっちまった」

「それはわかっているけど……」ジェシーはこの東部の伊達男の子守りは気が進まなかった。しかもジョーから、本来の仕事を放り出して、と言われたことにも傷ついた。そんなにも軽く見られていたなんて。これでは、ジェシーの仕事など誰でも代わりがきくと、たいしたことではないと言われているも同然だ。ここ数年、この仕事をどれだけきちんとこなせるかを証明しようと、女でも製材所で一人前に働けることを証明しようと必死にがんばってきた。なのにここでジョーに、いてもいなくても同じだと言われるなんて。

でもどんなに気が進まなくても、拒絶は難しい。ジョーには数えきれないほどの恩がある。その彼からの頼みだ。無下にはできない。乗馬がもたらす痛みを持ち出されては特に。ジェシーは視線をスティーブンに向けた。憤りと不満を彼に集中させる。「サムは一週間もすれば町に帰ってくるのよ！　それまで待てばすむことでしょう？」

「待てって？」ジョーが繰り返した。「おいおい、二十年も待ったこの男に、また待てってのか？」

「そこまで待ったんなら」ジェシーは吐き捨てるように言った。「あと数日待っても同じじゃない」

ジョーが顔をしかめた。「サムはスティーブンの兄なんだぞ。当然だろう」

ジェシーは唇をぐっと噛《か》みしめた。とてもジョーには言えない。あなたの息子はなんでもかんでも他人にやらせることに慣れてる、わがままで甘やかされたお坊っちゃんだ。自分が何かを望んだら、相手はそれまでしていることを放り投げて自分に尽くすのが当然だと思っている、だなんて。ジョー自身がそう思ってもいないのに、わたしがそんなことを言ったらただ感情を傷つけるだけ。

「よしてください」スティーブンが椅子から立ち上がった。彼女に嫌われていることはこれ以上ないほどよくわかった。ここでジョーに無理やり伐採場まで案内させれば、嫌悪感がさらに増すだけだ。「ミス・ランドールの助けは本当に必要ありませんから。大丈夫ですよ、お父さん」その呼び名がすんなりと口から飛び出し、それにはスティーブン自身も驚いた。「ひとりでちゃんと目的地にたどり着けます。地図さえ用意していただければ」

「よそ者はこれだから」ジェシーは反論した。彼を案内などしたくなかった。それでも自信たっぷりの舐《な》めた口調が気に障った。なんでもわかっていると思い込んでいる類いの男だ。腹の中で、こっちをただの田舎者だと思っているに決まっている。「悪いけど、ここには道路標識なんてないんだからね」

「それはよく存じていますよ、ミス・ランドール」スティーブンの声が冷ややかになった。苛立ちが無意識のうちに上流階級らしい口調を強めたのだ。「ですが、ぼくはここよりもっとなじみのない外国も何度かひとりで旅したことがあるんです。どうお思いかは知らないが、何もできない男というわけじゃない」

「いや、そういうことじゃなくてね」ジョーがなだめるように口を挟んだ。

だがジェシーはそれを押しとどめた。腕を組み、じっとスティーブンを睨《にら》みつける。

「ここは別。地図なんてなんの役にも立たない。こと、危険に対してはね」

「危険?」スティーブンの声は不審に満ちていた。

「そう。野生動物――狼《おおかみ》とか熊とかも出るし。おまけに、あなたを見つけたとたんに殺そうとする人間って動物まで出没する」

「なんだか、チャールズがいつも読んでいる荒唐無稽な話みたいだな」

「いや、それに関しちゃ、この娘の言うとおりだ」ジョーが言った。「安全で、楽な土地じゃない。まともなやつなら、伐採場に向かうときは銃を携帯する――しかもその使い方をじゅうぶん心得たうえでな」

スティーブンの顔がこわばった。「だから彼女を案内役につけようとしたんですか?　ぼくの身を守るために?　安全のために女の子を同行させようとした?」

「そう悪く取らないでくれ。悪気はないんだ」

「悪気はない?　ひとりじゃ伐採場にもたどり着けない間抜けだというだけじゃなくて、いざとなれば女性のペチコートに隠れるほど意気地のない弱虫だとぼくのことを思っていたのに?　いや、失礼。こちらの女性はそういったものは身に着けられないんだった」スティーブンがジェシーを睨《ね》めつけた。「スカートでは、熊との格闘や銃を撃つ邪魔になる」

「頭が悪いと、人の話が聞けないのと同じようにね」

「わかったから、よせ、ふたりとも。俺の事務所で全面戦争はごめんだ」

ジェシーは反抗するように歯を食いしばった。だがスティーブンは怒りを堪《こら》え、父親にうなずいて薄い笑みを浮かべた。「そうですね。申し訳ありません。ぼくも言葉が過ぎました」そしてジェシーに向かって軽く頭を下げてみせた。「ミス・ランドール、どうか許していただきたい。ぼくが無礼だった。お父さん、ご心配いただいて感謝します。ですが、あなたもミス・ランドールもぼくを見くびっていらっしゃる。ここ数年、自分のことは自分でやってきました。馬にも乗れるし、方向感覚もあるし、あのパリの古い町並みの中でも一度も道に迷わなかった。もし森が本当にそれほど危険なら、身を守る銃を貸してください。それで明日サムに会いに行きます。もちろんひとりで」

一瞬、沈黙が落ちた。ふたりの男が無表情で互いを見つめ合う。やがてジョーの顔に笑みが弾《はじ》けた。「やっぱり、サムの弟だな」ジョーは言った。「理性的な男なのかと思ったら、兄に負けないくらい石頭らしい。まあいいだろう」そして肩をすくめた。「どうせ止めても無駄だろう。今夜、地図を描いてやろう。馬と銃も貸してやる」

「ありがとう」スティーブンも笑みを返した。「それじゃあ、ぼくはこのへんで失礼して、いったんミセス・ランドールのところに戻ります」

「ああ、そうしてくれ」ジョーは言葉を切った。「本当ならうちに泊まってほしいところなんだが。おまえと一緒に過ごしたいし。ただ、最近家を他人に貸して、今はここのひと部屋で寝泊まりしている状態なんだ。サムは伐採場暮らしだし、俺もほとんどここに住んでいるみたいな状況だったから、別に家を維持するのも無駄かと思ってね」

「いいんですよ」自分の家を他人に貸して、製材所の一室に住んでいる？　スティーブンには奇妙な話に思えた。ひょっとするとファーガソン製材所は財政難なのだろうか？　口に出して尋ねるのも無粋な話だ。これから数日、少し注意して見ておこう。もし製材所が何かしら問題を抱えているようなら、父や兄の力になれるかもしれない。

「でもまあ、夕食で会えるな」ジョーが穏やかに続けた。「食事はほとんどアマンダのところでとってる。町中どこを探してもこれ以上の料理はない。なあ、ジェシー？」

「当然」ジェシーは呆然《ぼうぜん》とジョーを見つめた。こんなにやすやすと引き下がったジョーを見るのは初めてだった。

スティーブンは通り過ぎざまにジェシーに軽く会釈して、事務所を出ていった。ジェシーは彼の後ろ姿を見送って、ドアが閉まるなり、ジョーに向き直った。「ジョー、あなた、本気？　本気で明日、彼をひとりで行かせるつもり？」

「仕方ないだろう。俺の息子だろうが、もう一人前の男だ。無理やり引き止めるわけにはいかない」

ジェシーは落ち着きなくお尻をもぞもぞさせた。スティーブンを伐採場に案内するのを渋ったことに罪悪感をおぼえた。たぶんそれが彼を苛立たせたのだ。そのうえ出しゃばって、どんなに危険かまで口に出してしまった。あんなことを言われたら男なら誰だって、怯《おび》えてなどいないことを証明しようと思うだろう。わたしが背中を押してしまったようなものだ。そのせいでスティーブンは明日ひとりで行くことになった。もしスティーブンが道に迷ったりピューマに襲われたりしたら、山に潜む危険に遭遇したりしたら、わたしのせいだ。そんなことになったらジョーに申し訳が立たない。

「でもジョー、彼がどうなるか考えてみて。二年前の夏にマサチューセッツから来た男がどうなったか忘れた？　山の斜面を滑落して、両脚を骨折して帰っていったじゃない」

「覚えているとも。だが俺にはスティーブンになんの権限もない。初対面も同然なんだから」

「だけど、このまま好きにさせてはおけないでしょ。彼の案内で丸一日つぶされるのはごめんだけど、かといってあなたに息子を失わせるなんてできない！」

ジョーが頬を緩めた。「だったらひとつ、俺の頼みを聞いてくれ」

「え？」ジェシーは警戒の目を向けた。ひょっとしてジョーには最初から何かしらの計画があったの？　それでいて素知らぬ顔でわたしを断れない状況に追い込んだの？

「スティーブンをつけていってくれ。絶対に気づかれず、それでいて、何かあればすぐに駆けつけられる距離を保って。何事もなく伐採場にたどり着いたなら、わざわざ知らせるまでもない。だがもし道に迷ったり、熊の機嫌を損ねたりしたら、おまえが助けてやってほしい」

ジェシーにとっては喜ばしい仕事ではなかった。誰かのあとをスパイみたいにこっそりつけるなど、どう考えても気が進まない。でも自分が引き受けなければ、きっとジョーがやる。そうなると彼の脚がどれほど痛むか。そのうえ今のこの罪悪感だ。しかもファーガソン父子には母娘ともども長年の恩がある。「あなたの頼みを断れるわけがない」

「こうするのがいちばんだと思ってね」ジョーがにっこりと微笑んで、ジェシーの頬をちょんちょんと突いた。「おまえが優しい娘なのはわかってたよ」

ジェシーはにっと笑った。「わたしはいつだって、おじさんの言うとおりにするわよ」

ジョーが目をぐるりと回した。「おやおや。もう何年か前にそう言ってくれてたら、もう少し真っ当な道を歩かせてやれたのに」

ジェシーは踵《きびす》を返して、自分の机に戻りかけた。ふと足を止めると、今度は真剣な顔でジョーを振り返った。「ここで寝泊まりするようになった理由を息子さんに話さなかったのね」

ジョーは肩をすくめた。「再会したばかりの息子に、面倒なことを打ち明けても仕方ない。あいつはセントルイスで別世界の暮らしを送っている。ここにはそう長くもいないだろう。一緒にいられるわずかな時間に、どこかのろくでなしに丸鋸を壊されたなんて、不景気な話は聞かせたくない。それに話したところで、どうなるもんでもないだろう」

「それはそうだけど」ジェシーは言った。たしかに数週間前この製材所に押し入って、大型の丸鋸を壊した犯人を見つけるのにスティーブン・ファーガソンが役立つとは思えない。「でも誰かに相談したほうがいいんじゃない？　そもそもここにひとりで寝泊まりするのはどうかと思う。犯人がまた来たらどうするの？　怪我《けが》でもさせられたら」

ジョーは傷ついた表情を浮かべた。「つまり俺を、卑怯《ひきょう》な侵入者も扱えない男だと？」

ジェシーはため息をついた。ジョーとは前にも同じことを言い争った。丸鋸を見て、それが自然に壊れたのではなく、故意に壊されたのだと気づいたときに。以来ジョーは、今度侵入者が来たら現場を押さえてやるのだと、製材所に泊まり込んでいる。息子が伐採場を投げ出して自分の手助けをしようとしてはいけないからと、サムにすら話さずに。

「わかった」ジェシーは降伏を示して両手を挙げた。「余計な口出しはしない」

ジェシーは机に戻ると、帳簿を手元に引き寄せた。けれどもなかなか数字に集中できず、気づくと丸鋸を壊した人間のことばかり考えていた。いったい誰があんなことを？　ジョーの仕事を横取りしようと目論《もくろ》みそうな同業者はいない。それにこの製材所を痛めつけようとする人間がいるとも思えない。製材業で成り立っている町だ。そんなことをしたら町全体の経済が弱りかねない。ジョーは自分かサムに個人的な恨みを抱く人間だろうと思っている。その可能性があるとは思いつつも、ジェシーはどこかすっきりしなかった。ファーガソン親子にそこまでの強い恨みを抱く者がいるだろうか。

ジェシーは肩をすくめて、その考えを頭から追い出し、再び帳簿に気持ちを集中させた。明日一日無駄にするなら、今のうちにできるだけ仕事を進めておこう。


ジェシーは両手にひとつずつ重いボウルを持ってバランスを取りながら、背中で両開き戸を押し開け、食堂に入った。母の食事を食べに来る男たちはみな、たいそうな働き者ばかりだ。おのずと食欲も旺盛で、彼らの毎晩の夕食ときたらものすごい量になる。料理を盛ったいくつもの大皿や中皿を、ジェシーはいつもアマンダと手分けして運んでいた。

その夜、食堂に入っていくと、男たちの大半はすでに長い食卓に着いていた。けれどひとりだけ、まるで何かを待つように両手を後ろで組んで立ったままの男がいた。スティーブン・ファーガソンだ。

その姿を目にすると、ジェシーは息をのまずにいるだけでせいいっぱいだった。彼は午後会ったときに着ていた服を着替えていた。いったい何度着替えるわけ？　それだけでも驚きだったのに、度肝を抜かれたのは新しい衣類を着た彼の姿だ。こんな人を見たのは初めてだった。こんな……目がくらくらするような人は。どうやら旅の汚れをさっぱり洗い流したらしい。ふさふさした髪は艶やかで、まさに漆黒といった色だし、顔立ちは昼間よりくっきりとしたように見える。スーツは黒。これまで昼間見た灰色のスーツより品がいいものはないと思っていたけれど、これがまさにそうだ。上着とベストの代わりに着ているのは、体にぴったりとした丈の短いフロック・コート。そのフロック・コートの襟の折り返しから輝く、真っ白なワイシャツの胸元。首元にも白いネクタイ。それを飾る高価そうな金の飾りピン。そろいの金のカフスリングが手首でも輝きを放っている。

仰々しさはどこにもなかった。宝飾品の類いはネクタイの飾りピンとカフスリングだけ。ジェシーの知るこの手の男たちは、たいていは博打打《ばくち》ちだけれど、金の指輪をいくつもはめて、大きな宝石のついたネクタイピンやカフスリングを身に着けて、さらにはごてごてと飾った小さなポケットから金の懐中時計と鎖をのぞかせていた。けれどスティーブン・ファーガソンは違う。着こなしは静かで、控えめですらあるけれど、どんな愚か者でもそれが育ちのよさや長年の富の結晶なのが見て取れるものだ。

しかもそれが彼にはよく似合っていた。どきりとするほどハンサムで、その外見のよさをシンプルで高級な服がさらに引き立てている。どうせこの人の住む金持ち社会では、大勢の女性たちが彼の気を引こうと競っているんでしょうよ。ジェシーの頭に自分のデニムパンツとフランネルのシャツが思い浮かんだ。洗濯を繰り返してすっかり色褪《いろあ》せ、パンツは膝が白くなっているし、シャツのポケットは隅がほつれている。スティーブンの目にはきっとどうしようもない田舎者に映ってるわね。そう思うと、あんな人にどう見られようと知ったことじゃないとどれだけ自分に言い聞かせても、恥じらいで顔が熱くなった。

「ミス・ランドール」スティーブンが軽く会釈した。

「ミスター・ファーガソン」さりげなく見えますようにと祈りながら、ジェシーはせいいっぱい冷ややかな声を返した。彼の脇を通り過ぎて卓上にボウルを置き、自分の席に戻って椅子を引こうとする。

驚いたことに、その椅子をスティーブンが先に引いてくれた。ジェシーはいったん彼に目をやってから、その目を椅子に落とした。変なの。そう思いながら腰を下ろし、椅子を食卓に近づけようとしたときには、どうやらすでにスティーブンが椅子を押しかけてくれていたらしい。椅子の座面からわずかに腰を浮かせた状態で椅子を食卓に近づけようとした瞬間、スティーブンの押した椅子が膝の裏に当たり、無様にどすんと座ってしまったのだ。それにはさすがのジェシーも顔が赤くなり、目を伏せたまま上げられなかった。

スティーブンが背後から立ち去ると、ジェシーは目の隅で彼を追った。母が食堂に入ってきて、自分の皿を置いた。今度もスティーブンは急いで母の後ろに回り込んで椅子を引く。母が気負わない優雅な仕草で腰を下ろし、ありがとうとにっこり微笑むのを見て、ジェシーは悔しくなった。皿を睨みつけながら、すぐさま無言で食事に取りかかる。動揺していた。それが苛立たしかった。そのふたつの感情を引き起こしたスティーブン・ファーガソンに腹が立った。

男たちの大半は、ジェシーと同じく食事に集中していた。だが母とジョーとスティーブンは食べながら生き生きと会話も続けていた。男たちの中には、興味深げにスティーブンにちらちらと視線を投げかけている者もいた。けれどジェシーが半ば期待していたように、あからさまな好奇心や侮蔑のまなざしを向ける者は誰ひとりとしていなかった。小さな銀行の事務員をしているJ・D・ボーデンに至っては、すり寄るような気配さえ見せていた。まあ、さもありなん。スティーブンのような最先端の衣装はとうていまねできなくても、それに感銘を受けるタイプの男だ。ボーデンもまた汗水垂らして働くわけでなく、ただイライアス・ムーアの金を数えて暮らしている。どんな天候だろうと関係なく、いつも同じ保守的な黒いスーツに白いシャツという出《い》で立《た》ちで。しかもそのシャツは袖と襟がセルロイドで、襟に至ってはそのうち息がつまるんじゃないかと思うほどきつそうな代物だ。ボーデンのことだ、きっともうスティーブンの着ているものの総額を見積もっているのだろう。おそらくそれがボーデンを感心させるだけの額だったに違いない。

　意外だったうえにむかつきさえしたのは、それ以外の三人の男たちもスティーブンに敬意を払っていたことだ。三人は肉体労働者だ。それなのになぜスティーブン・ファーガソンを役にも立たない伊達男と思わないのか、ジェシーには理解できなかった。この世には、富の象徴に畏敬の念を抱く人たちがいるということなのかもしれない。

　アマンダとファーガソン家のふたりは何度かジェシーを会話に引き込もうとしたが、そっけない返事で加わる気はないことを示すと、それから先はジェシーに目を向けることもなければ言葉をかけることもなく、三人の会話は進んでいった。ばかげているとはわかっていたけれど、そうして会話から完全に閉め出されると、ますます不満が募った。

夕食がすむと、ジェシーは母を手伝ってテーブルと食器の後片づけをした。「失礼でしょ」男たちに声が届かない状況になるなり、アマンダは言った。「新しいお客さまにあんな無愛想な態度をとって」

「何もご機嫌とりをしなくても」ジェシーは冷ややかに言った。

アマンダが手を止め、腰に手を当ててしばらくじっと娘を見つめた。「わたしがそうしていると？」

ジェシーは母の目を見たくなくて、肩をすくめた。心の底では母が機嫌をとっていたわけでないのはわかっていた。だからいっそうたちが悪いのだ。本当の意味で彼を気に入っているということだから。「だって、ほかに言いようがないし」

「感じのいい若者よ」

「あの人の雰囲気とか優雅さが気に入っているんでしょ？　わたしからすると、なんだかばかばかしい。わたしたちの椅子をあんなふうに引いてみたり……まるでわたしたちがひとりでは椅子にも座れない人間みたいに」

「礼儀正しいだけよ」

「礼儀正しいって！　それって男が帽子のつばをちょっと傾けてみせたり、〝どうぞ〟とか〝ありがとう〟とか〝失礼〟とか言ったりすることでしょ」

「あなたのためにドアを開けたり、あなたを先に通したり、椅子を引いたりするのもそう」

「まだ言ってなかったけど、それも好きじゃない」

「それは、そうされることがほとんどないから。ここは乱暴な人が多いしね。品のいい人も世慣れた人もあまりいない。でもあなたがいつも男の子みたいな態度でいなかったら、もう少し丁寧に接してくれると思うわよ。これぱっかりは、あなたがやりすぎ。だからみんな、あなたを本当に男の子だと思ってる！」

「品だなんて、くだらない飾りはいらないわよ。そんなの、なんの役に立つ？」

「特別な気分にさせてくれるわ。自分は女なんだと実感させてくれる。あなたは自分が女として扱われているかどうかなんて、気にならないんでしょうけど」

「女としてなんて、扱われたくない。わたしは対等に扱われたいの」

「ズボンをはいて、作業靴でのし歩いたからって対等にはならないわよ」話しながらテーブルの食器を片づけ始めていたアマンダが、手にしたフォークの先をジェシーに向けて言葉を強調した。「それで尊重してもらえると思ったら大間違い」

「そんなことない！」ジェシーはびくりとして言い返した。

「そんな格好をして、自分がどう見えているかわかってる？　少年よ。男じゃないわ。大人の女でもない。ただの子供。本音を言ってあげましょうか？　わたしはね、あなたは怖がってそういう格好をしているんだと思ってる」

「怖がってるって！」ジェシーは憤慨も露《あらわ》に短い笑い声をあげた。

「そうよ、怖がってるの」

「わたしは誰も怖がってなんていない」

「自分を怖がってるじゃない。でなきゃ男の人かしら。女性らしく振る舞うことを、自分が女だと認めることをあなたは怖がってるの」

ジェシーはじっと母を凝視した。母とは、着るものについてこれまでもさんざん言い争ってきた。それでもここまで容赦なく言及されたのは初めてだ。「ママ！」

アマンダはため息をついた。「ごめんなさいね。でもスティーブンみたいにすてきな若者が、あんなに魅力的な人がこの町に来ると、つい思っちゃうのよ。あなたさえ――」

「スティーブンて！　ママ、本気で言ってる？　本気で、わたしがあの人に興味を持つと思ってるの？　あんな伊達男に？　あんなひよっこに？　あの人は、自分がどれだけ無知かもわかってないのよ。手垢《てあか》も何もついてなくて、糊《のり》もアイロンもばしっときいていて、まるでたった今誰かが箱から出したみたいな人よ」

「ジェサミン・ランドール！　なんて恥ずかしいことを言うの。着ているものや出生で人を判断するなんて。人は見かけじゃなくて、中身でしょう」

「違うの！　そうじゃない。着ているものだけじゃなくて……ありとあらゆることでよ。たとえば、そう、どこへ行くにも使用人を連れていくこととか。自分で身支度もできないのかって言うの。スティーブン・ファーガソンは、何ひとつ自分ではできないんでしょうよ。できたとしても、絶対にやらない。そんなことをしたら上着が汚れちゃう。でなきゃ、手が汚れちゃう」ジェシーは大げさに怖がるふりをしてみせた。

「ほとんど話をしたこともない人のことをよくもそこまで知ったかぶりができること」

「会ったもの。話すのも聞いたし、行動も見た」

「わかったわ」アマンダが浮かない表情を浮かべた。「礼儀正しくて魅力的だから、余計彼が怖いのね」

ジェシーは目をぐるりと回した。「ママったら、いい加減にして。わたしは男になんて興味ないんだから。とりわけスティーブン・ファーガソンにはね。尊敬もできない男に愛情が持てるわけないでしょ？」

「どうかしらねえ」アマンダは首を横に振った。「この先尊敬できる相手に出会えればいいけど。でもこのまま会う人会う人をサムと比べるのをやめないと、どうなることか」

ジェシーは目を細めて微笑んだ。「だってサムは最高だもん。サムみたいな人はいない」

アマンダはため息をついた。「わかってるわ。でもね、サムに期待をしても無理よ」

「サムがわたしなんかと結婚しないのはわかってる！」認めたくはなかったけれど、そんな日を夢見たことは一度や二度ではなかった。一生結婚はしないと言いながら、心の奥底では、サムから申し込まれたら一瞬もためらわないとわかっていた。物心ついたころからずっと憧れてきたのだ。ジェシーの知る限り、サム・ファーガソンはまさに完璧《かんぺき》。彼から笑みを向けられたり、よくやったねと声をかけられたりするたびに、誇らしさとうれしさで胸がいっぱいになる。「わたしだってばかじゃない。自分がサムの結婚相手になるような女じゃないのはわかってる。だいいち、まだ子供だとしか思われていないし」

自分がサムの愛情や欲望の対象にならないことはジェシーもわかっていた。せいぜい妹、それどころか、弟だ！　サムとの結婚なんて、月に向かって手を伸ばすようなもの。絶対に手に入らない、考えるだけ時間の無駄というものだ。

「あなたが彼にふさわしくないってわけじゃないのよ」母が慰めるように続けた。「あなたと結婚できる男性は誰であれ、幸運だと思うわ。でもね、サムとは年が離れすぎている。あなたが本当に小さかったころから知っているのよ。あなたを大事には思ってくれてるけれど、それは――」

ジェシーは、自分の母親にサムからどう思われているかを気にしているふうには思われたくなくて、ふいに肩をすくめてみせた。「わかってるってば、ママ。男が結婚したいと思う女を大事にするのとはわけが違うってことでしょ。いいの。わたしは結婚したいなんて思ってない。わたしは今のままで幸せなんだから」

アマンダはわずかに疑わしげな表情を浮かべたが、それ以上は何も言わなかった。ジェシーと言い争っても、生来の意地っ張りをどうしようもない強情さに変えるだけだ。母娘は無言で食卓を片づけ終えた。

ジェシーは二階の自室に向かった。そこで服を脱ぎ、すばやく汗を洗い流して質素な白い綿のナイトドレスに着替える。そしてベッドの上掛けを折り返した。早寝早起きはいつものことだ。けれど今夜はどういうわけか気持ちがざわつき、すぐに横になる気がしなかった。代わりに窓辺に近づき、外を眺めた。町の向こうに、山々の大きな影が浮かび上がっている。そのちょうど峰の上に、黄色い満月がかかっていた。まるで黒っぽい先端に貫かれたような形で。ジェシーは窓枠に寄りかかり、ぼんやりと物思いに耽《ふけ》りながらそれを見つめた。かすかな物音にその恍惚《こうこつ》から引き離され、下の庭に目をやる。満月が、庭にたたずむ男を浮かび上がらせた。男は葉巻を吸っていた。吸い込んだときだろう、時折その先端が赤く輝く。ジェシーに背を向ける格好で顔は見えなかったが、それでもそれが誰かはわかった。スティーブン・ファーガソン。就寝前の葉巻を吸いに外に出てきたのだ。なるほど礼儀正しい――母の家を葉巻の悪臭で満たすなど、彼には考えられないことなのだろう。

ジェシーはスティーブンを眺めた。彼もまた、山脈にかかる月を見つめている。彼の目にこの風景はいったいどう映っているのだろう。都会から来た人に、この殺伐とした美しさが本当の意味で理解できるとは、自分のように魂の奥で感じ取れるとはとうてい思えなかった。それでもスティーブンは見つめていた。自分と同じく微動だにせずにじっと。

そろそろ二階の部屋に戻って寝ればいいのに。ジェシーはほんの少し苦々しさを感じた。一日で伐採場に行って戻ってこようと思うなら、明日はかなり早起きしないと大変なのに。顔が歪《ゆが》んだ。スティーブン・ファーガソンのことだ、どのみち八時か九時ごろまでベッドから出るつもりもないのだろう。なんといっても、お気楽な紳士さまだから。

ジェシーはため息をついた。そんな時間までぐずぐずと待たなきゃならないなんて。ああ、彼のあとなんてつけたくない。でもジョーに約束してしまった。一度口に出したことは引っ込められない。彼のあとをこっそりつけて、もし道に迷うようなことがあれば、手を引いて伐採場まで連れていく。ああ、長く退屈な一日になりそう。

眼下でスティーブンが葉巻を地面に落とし、揉《も》み消して、くるりと振り返った。ジェシーは万が一彼が目を上げても見えないようにと、慌てて窓の脇に身を潜めた。スティーブンが家の中に向かうのが見えた。月明かりに照らされた顔は白くて、美しかった。きっと大半の女たちは彼を魅力的だと思うのだろう。夢中になって大騒ぎするかもしれない。でもわたしは違う。絶対に。

4

ジェシーの予想に反して、スティーブン・ファーガソンが朝食に下りてきたのは翌朝の六時、ちょうどアマンダが給仕を始めた直後だった。ジェシーが食卓でコーヒーを飲みながら、スティーブンが起きてくるまでいったいどれくらい時間をつぶせばいいだろうかと考えていたところに、ドアを開けて入ってきたのだ。

驚いて眉が跳ね上がった。時間が早かったからだけじゃない、服装も驚きだったのだ。てっきりまた別のお上品なスーツで現れるとばかり思っていた。清潔そうなことに変わりはなかった。髪も乱れていないし、皺《しわ》もない。けれどシンプルなデニムパンツに濃紺のフランネルのシャツ、それに革のベストという、この辺りの男と同じような格好なのだ。しかも、つやつやとした滑らかな茶色い革製で、顔が映し出せそうなほどぴかぴかに磨き上げられてはいるけれど、紛れもない乗馬靴まではいている。

ジェシーの表情を見て、スティーブンが微笑《ほほえ》んだ。「今日はカジュアルな服装のほうがふさわしい気がしたのでね。昨日の午後、ミルバーン雑貨店に行って購入してきた。どうかな？　これならあまりよそ者には見えないと思うが」

どことなくからかうような口調だった。ジェシーはむっとして肩をすくめた。「見かけは関係ないでしょ。肝心なのは中身」

スティーブンはくすりと笑った。「いやあ、きみには敵《かな》わないな、ミス・ランドール」

「気を落とさないで」ジェシーは気取って、顎を上げてみせた。「勝てる男なんていないんだから」

スティーブンの目が楽しげにきらめいた。「だろうね」

「で、こんなに早く発《た》つの？」

スティーブンはサイドボードから卵料理とベーコン、それにスコーンを皿に盛りながらうなずいた。「ええ。そのほうが賢明かと思ってね。父から道がかなり険しくて、時間がかかると聞いているもので」

「なんで普通に話さないの？」

「なんとおっしゃいましたか？」スティーブンが戸惑うように目を向けた。

「なんでみんなと同じように話さないのかって訊《き》いたの」

スティーブンはジェシーの言葉を頭の中で咀嚼《そしゃく》するように言葉を切った。「いいえ。みんなと同じですよ。ただこの辺りの人たちとは違うだけで。でしょう？」

ジェシーはふっと楽しげに鼻を鳴らした。「そうかもね」

「だからきみに嫌われているのかな?」スティーブンは穏やかに尋ねた。「ほかの人たちと違うから」

「嫌いだなんて言ってないけど」

「なんとなくそういう印象を受けたもので」

「あなたの受ける印象まではどうしようもない」

「だったらぼくが好きですか?」

「そうとも言っていないけど」

「なら、いったいどうなんです?」

「だって、わたしはあなたのことを知らないし。好きか嫌いかなんて考えてない」

「なるほど。そう言われるとそうだ」

ジェシーはカップを下ろして、席を立った。スティーブン・ファーガソンと話していると、なんだか気分が落ち着かない。それに彼の出発前に自分の鞍《くら》をつけ、彼が町の外に出るのを待ち構えるつもりだったから、こうなったら急がないと。

「さてと、話せて楽しかったわ、ミスター・ファーガソン。じゃあまた」

「こんなに早く仕事に出るんですか?　ぼくに気を遣わないでください」

ジェシーはどきりとした。「気を遣ったりしてないわよ。やることがあるの、それだけ」

スティーブンはうなずいた。「それなら。いってらっしゃい、ミス・ランドール」

「じゃあ」ジェシーは背を向けると、彼の視線を痛いほど意識しながら食堂をあとにした。

三十分後、ジェシーはうっそうと茂る木立と群生するエルダーベリーの木陰に身を潜めるようにして、大きな岩の上であぐらをかき、スティーブンが通りかかるのを待っていた。馬はそばの、エルダーベリーの低い枝につなぎとめていた。

ようやく忍耐が報われ、固まった泥を打ちつける鈍い蹄《ひづめ》の音が聞こえてきた。ジェシーは転がるように岩を下りると、自分の馬に飛びついた。声を出さないように雌馬の鼻づらに手を当て、木立の合間から道のようすを見守る。一瞬置いてスティーブンが、ジョーの借りてやった馬で通り過ぎた。ゆっくりと馬を走らせながら、周囲を物珍しそうに見回している。ジェシーはため息を押し殺した。あんなに風景に気を取られていては近道どころか、方角の手がかりすら見逃してしまう。注意散漫もいいところだ。

ジェシーはスティーブンがじゅうぶん先に行くのを確信してから、いったん馬を道に引いて出ると倒れた丸太を足場にして鞍に飛び乗った。そしてスティーブンのあとを追った。見失う心配はなかった。湿った土の上に蹄の跡がくっきりとついていたし、途中で見失っても、相手の居場所を確かめられる見晴らしのいい高台にいくつか心当たりがある。

意外にも、スティーブンは伐採場までの近道を見逃さなかった。〝道〟といっても、実際のところは伐採場まで供給品を運ぶ荷馬車がかろうじて通れるだけの獣道だ。その道に入ってしまうと、地面は柔らかな松葉で覆われ、跡をたどるのは難しい。そこでジェシーは空き地の手前で立ち止まり、木によじ登ってスティーブンの姿を捜した。やっとのことで、長細い空き地の反対側の端で木立の中に消えようとしているスティーブンの姿をとらえた。よかった、彼はまだ道を外れていない。

　ジェシーは木から下りると、しばらく間を置いて彼に木立を進ませてから、空き地を抜けた。ここまでは、ジェシーの予想をはるかに上回る出来だった。スティーブンが道に迷ったのは、さらに四十五分経《た》ってからだった。

　原因は川だ。そこまでスティーブンは間違うことなく地図どおりに進んできて、少し余裕すら感じていた。そんなときだ、流れの速い小川に行き当たったのは。うれしくなって馬を降り、冷たい水を手ですくって飲んだ。そして馬にも水を飲ませながら、しゃがんで川底の小石をしげしげと眺めた。まるで石畳の道路のように、大小さまざまな、滑らかで平たい小石が川底を覆い尽くしていた。石の色もよくある黒やチャコールグレーだけでなく、薔薇《ばら》色や青や緑や黄褐色の色味がかったものまである。いくつか拾い上げて手にかざしてみて、わかった。乾くと鈍くどんよりとした色合いになる石が、水の中ではきらきらと、まるで宝石のような澄んだ光を放つのだ。

　馬を引きながら石を眺め、かがんで時折それを拾い上げるうち、無意識のうちに少しずつ下流へ移動していたらしい。ようやく川を渡ったところで、予定よりはるかに南東に来ていることに気づいた。そこで過ちを正そうと北へ進路を取った。地図上では次の目印である黄色がかった岩が数メートル先にあることになっている。岩を見逃したと気づくまでに長くはかからなかった。引き返してもみたが、無駄だった。そこからはひたすら目印を捜してさまよった。

スティーブンはひとつ大きく息を吸って、ロッジポール松の木立の中で途方に暮れていた。迷うわけにはいかない。父の警告をあれほど軽く流したのだから。とにかく道を捜そう。こんなことを知られたら、父のもとで働くあのおかしな少女に笑い飛ばされる。彼女の笑い顔を思い浮かべて唇を一文字に引きしめ、スティーブンはさらに馬を進めた。やがて高い松の木が密集した木立を抜け、高山植物の小さな草地に出た。そこでようやくほっと息をついた。

今朝、町を出てからずっと登りで、すでにかなり高い位置にいた。見渡すと周囲には、山と渓谷の連なる壮大な光景が広がっている。そのあまりの雄大さにスティーブンは息をのんだ。ここまで大自然そのものの美しい風景を見るのは初めてだ。

けれどその感動を不安が蝕《むしば》むまでにそう長くはかからなかった。いまだ自分の位置がわからないことに変わりはない。木立は抜けたが、ここから先は上か、下か、それとも脇か？　太陽が再び見えるようになったから、北方へ進路を取ることは可能だ。しかし出発地点が違っていれば、北への進行はますます伐採場から遠ざかることにもなりかねない。ひとりで行くのを、父が心配した理由が今ようやくわかった。これほど雄大な土地だ、伐採場のような小さな場所を見つけるのがどれだけ困難か、どれだけ目印を見失いやすいか。案内人もなしで伐採場に馬で行こうとした自分が無謀だった。

くそ！　どうしてぼくはこうも頑固なんだ？　なぜこの土地をよく知る父の忠告に耳を貸さなかった？　あのときどうしてジェシーの愉快そうな表情に苛立《いらだ》って、ひとりで行くと言い張ったりした？　愚かしい男の自尊心、まさにそれだ。あんな子供みたいな娘の案内がなければ、たどり着けないと思いたくなかった。ジェシーにもそう思われたくなかった。

スティーブンはひと言悪態をついて馬を降りると、草地を歩き出した。今さらおのれの愚かさを嘆いたところでどうなるものでもない。今はとにかく、この状況を抜け出すことだ。

歩きながら考え込んでいると、ふと物音が聞こえて顔を向けた。草地のはるか先に、馬に乗った人影が見えた。スティーブンは背筋を伸ばし、頬を緩ませた。助かった、誰かが通りかかってくれたらしい。これで伐採場への行き方がわかる。スティーブンはすばやく馬の背に乗ると、人影に向かって馬を走らせた。見知らぬ相手もこちらに向かい出す。距離が縮むにつれて、相手の顔がはっきりと見えてきた。見知らぬ相手などではなかった。スティーブンは手綱を引いて馬を止めた。ジェシー・ランドールだ。

顔に血が上った。よりにもよって！　なぜ彼女なんだ？　これでは彼女に抱かれていた印象が裏づけられてしまうじゃないか。

そのときふと、彼女が本当に通りかかるなどあり得ないことに気づいた。いくらなんでも偶然すぎる。きっとあとを追ってきたのだ。迷うことがないように父から送り込まれたのだ。これ以上の屈辱はない。

スティーブンはじっとその場でジェシーを待った。戸惑いと内心で燃え上がる苛立ちを無表情という仮面で覆い隠して。この慇懃《いんぎん》な仮面は、社交界や仕事上で何年も鍛錬を積み、ようやく手に入れたものだ。他人には一瞬たりとも弱さを見せないための術《すべ》。

しかしながら、草地を彼に向かって近づいていたジェシーには、その凍《い》てついた表情はただの傲慢さにしか見えなかった。腹が立った。何さまのつもり？　こんなところで道に迷ったら、どんな危険が待っていたと思うの？　野生動物はいるし、飢えるし、喉は渇くし、夜は寒いし。それをわたしが救いに来たのに。なのに、偉そうに馬の上でふんぞり返って。まるで仕事に遅れた使用人でも待つみたいに。ジェシーはぐっと奥歯を嚙《か》みしめ、スティーブンから一メートルほどのところで馬を止めた。

「ミスター・ファーガソン」ジェシーはそう言って、短く会釈した。

彼女の目に明らかな侮蔑が浮かんでいるのがスティーブンにもわかった。近づいてくるとき、唇にかすかな笑みらしきものが浮かんでいるのも見えていた。屈辱感がますます強まる。ジェシーから一人前の男ではないと思われているのは明らかだ。そんなことが気になる理由を今ここで分析する気にもなれない。スティーブンは内心の動揺を抑えるように、さらに背筋を伸ばし、口元を引きしめた。「ミス・ランドール」

ジェシーは草地を見回し、からかうように眉を吊《つ》り上げた。「ここでひと休み？」

スティーブンは顎の筋肉がひくひくするほど強く奥歯を噛みしめた。ばつの悪さがしだいに怒りへと変わる。そんなふうに痛い点を突くとは、女性らしい優しさの欠片《かけら》も備えていない女だ。「まさか」スティーブンは歯を食いしばったまま、大理石のように硬く冷ややかな目で言った。「気づいているでしょう。道に迷ったんですよ」

「へえ、そう？　全然そんなふうに見えないけど」

「申し訳ない」申し訳ないとはほど遠い口調でスティーブンは言った。「少し卑屈さが足りなかったようだ。もっと謙虚に感謝の気持ちを示さないといけなかったかな？」

皮肉な口調に、ジェシーの頬がかっと熱くなった。「そんなこと言ってない！」

「だけど、意味は同じだろう？　きみが女らしい外見にも女らしい態度にも関心がないのは気づいていたが、男にも男らしい態度をとらせたくないとは初めて気づいた。目的はなんだろうね？　男を足もとに這《は》いつくばらせて、その間自分が男のふりをしたいとか？」

「男らしい態度って？」ジェシーは帽子をさっと脱いだ。三つ編みに編み込んだ、赤みがかった金色の髪が太陽にきらめく。

おかしなことに、スティーブンの下腹部に欲望がこみ上げていた。野性的で気性が荒くて扱いにくくて、明らかに好戦的な態度で挑んでくるのに、突如、この女性を最も基本的な形で征服したいという、うずくような欲望をおぼえたのだ。それは息が奪われるほど急激で鋭い欲望だった。編み込んだ赤い髪を手で引き寄せたくなっていた。可能な限り、彼女が脱力して身を震わせるまで、深く激しいキスをしたかった。そのあまりに衝撃的な思いに体が震え、スティーブンは自分を責める彼女をただ見つめることしかできなかった。

「男らしいってのがどういうことか、わかるの?」ジェシーは熱い口調で続けた。「あなたみたいにかけ離れた人、見たことがない。まるで仕立て屋のマネキンみたいよ。結局、なんにもできないいんだから。だから、大変なことは全部やってくれる使用人を連れて歩いてるんでしょ。あなたってば、本当に……」

「本当に、何かな?」スティーブンは言い放った。腹立たしかった。自分自身が、ジェシーに苛立ちながらも奇妙に欲情する自分の体が。「ひよっこ? 新参者? たしか前にもきみにそう呼ばれた気がする。ぼくは西部の人間じゃない、だから男じゃないとでも? きみには意外かもしれないけどね、ミス・ランドール、世の中は広いんだよ。このモンタナのちっぽけな場所だけじゃない。その多くの場所ではね、木を切り倒したりとか未開の地を突き進んだりとか、嚙み煙草《たばこ》を吐き捨てたりとか数メートル先の昆虫を叩《たた》き落としたりとか、そんなことは男の基準じゃないんだ。教養、礼儀作法、善良さ、名誉と義務の精神――男に必要なのはそういうものになるんだよ。分厚い筋肉や銃の腕じゃない」

「ばかばかしい！」的確な反論が浮かばなくて、ジェシーはせせら笑った。

「まあ、きみには価値もないものばかりだな」スティーブンは冷ややかな口調で言った。

「誤解しないで。わたしは何も筋肉の分厚さが男の基準だなんて言ってない」

「違う？　だったらきみの理想は？」

「わたしの、何？」

「きみの好みのタイプだよ」

「それは……そう、すごいと思える人よ。尊敬できる人。強くて、行動的で、頭も切れて。自分の身は自分で守れて、さらには人の面倒まで見て。必要なときにはいつも駆けつけて、助けてくれる。信頼できて、誠実で、勇敢で。絶対に約束を破らない」

話しながらジェシーの顔がうっとりとほころび、しまいには目を輝かせ、夢見るような顔で遠くを見つめた。

「まるで、実在の人物のことのようだ」スティーブンの声が尖《とが》った。ジェシーの夢見るような表情に苛立って仕方がなかった。

ジェシーが偽りのない大きな目でスティーブンを見つめた。「だってそうだから。サムのこと。サミュエル・ファーガソン」

「ぼくの兄か」

「そう」

「男の見本が兄だと聞いてうれしいよ」だがしかし、とスティーブンは思った。サムはこのちょっと変わった娘が自分に夢中だと知っているのだろうか？　知っているのかもしれない。いや、受け入れているのかも。言動は変わっているが、美しい娘であることに変わりはない。燃えるように赤い豊かな髪に、真っ青な大きな瞳。男なら、愛人にしたいと思うことだろう。この毒舌と乱暴な行動に我慢できるものなら。もちろんセントルイスやニューヨークならあり得ないことだが、ここでは……。

だがそうは思いきれないものがあった。彼女をサムの愛人とはどうにも考えにくい。いくらなんでも若すぎる。それに言動は変わっているが、かなり純情な娘の気がする。母親は完璧《かんぺき》な淑女だ。兄がジェシーのあからさまな恋心につけ込むとも考えたくない。

ジェシーはスティーブンにちらりと目をやった。このことでサムに軽口を叩いたりしないでくれればいいんだけど。どうして言ってしまったんだろう。自分でもわからない。サムへの想《おも》いをあからさまに口にしたことをほんの少し悔やんでいた。ほかのこともそうだ、どうしてあんなことを言ってしまったのか。スティーブンへの攻撃をジョーが知ったら、いいえサムでもだ、きっと呆《あき》れられてしまう。どんなに傲慢で女々しい男でも、ふたりにとっては血のつながった家族なんだから。それにママ！　ママの反応は考えたくもない。

それにしても、我ながらどうしてこんなに苛つくのか。スティーブンが道に迷うことは最初から予測していたことだ。それでもここまでひとりで来たのだ、予想以上に健闘したと言っていい。それに彼が怠惰であろうと、役に立たない伊達男《だておとこ》であろうと、それがいったいどうだというんだろう？　自分にはなんの関係もないことだ。

たしかにスティーブンを見つけるのに手間取って、もう永久に見つけられないんじゃないかと不安になりかけていたのも事実だ。地面が松の葉に覆い尽くされていて、足跡をたどれないままロッジポール松の林を抜けたときには、ぞっとした。草地に出たところでやっと姿が見えて、心底安堵《あんど》したのだ。ほっとして思わず笑顔で駆け寄っていた。けれどその先に待っていたのは、無表情という壁だった。

スティーブンはうれしそうな顔ひとつ見せなかった。ここまで道に迷えば、普通は助けを見て喜ぶものだと思うのに。さすが傲慢なミスター・スティーブン・ファーガソンだ。反応がまったく違っていた。まるで来るのが遅いと言わんばかりに、顔をしかめて見せただけ。あげくにお高くとまった口調で、わたしが、もっと卑屈になるのを求めているとかなんとかと責め立てて、おまけに女らしさに関して軽い皮肉まで。快適な服を着るのが好きだと、女じゃないわけ？　それとも自分より有能だから、女らしくないとでも？

スティーブンのうぬぼれたいやみな言葉は導火線にたいまつを近づけるようなものだった。いっきに炎が燃え上がった。どうしてジョーみたいなすてきな人に、こんなに腹立たしい息子がいるんだろう。スティーブンほど神経を逆撫《さかな》でする人はいない。これは絶対に楽しんでやってる。

ジェシーは肩をいからせた。ここで怒りをむき出しにしたら、この人の思う壺《つぼ》。そんなことさせるものですか。せいぜい好きなだけ苛立っていればいい。わたしは無視するだけ。

伐採場までの残りの道のりは静かなものだった。

伐採場のキャンプは、ジェシーがたどってきた細い道の突き当たり、森の中に人工的に切り開かれた空き地に設置されていた。真ん中に勾配のきつい屋根のついた大きな丸太の建物、隣にもうひとつ小さめの建物もある。

「あっちが宿泊棟」ジェシーが大きいほうの建物を指して言った。「で、あれが調理小屋ね。奥には馬小屋もある。あの小さいほうの建物が本部になってて、サムはそこにいるから」

調理小屋から男が出てきて、バケツの汚水を地面にぶちまけた。

「やあ、クッキー」ジェシーが声をかけた。

小柄で貧弱な体つきの男が目を上げて、にっと笑った。髪は白くて薄く、歯も半分ない。

「なんだ、ジェシーじゃねえか。わざわざどうした?」

「ちょっと急な用でね。サムはいる?」

男が今にも倒れそうな建物を示した。「そこだよ。そこで、書き物だか計算だかをしてる。邪魔してやったら喜ぶんじゃねえか」

ジェシーはにっと笑った。「だね」そしてスティーブンを振り返ったところで、笑みを消した。「こっちへ」

ジェシーはクッキーの示した建物に向かうと、軽やかに馬を降り、手綱をそばの低木に結びつけた。スティーブンもそれにならった。胸の鼓動が激しさを増していた。興奮で喉が膨らむ。やっと、やっと何十年かぶりにサムに会える。顔がにやつきそうな、駆け出してしまいそうな、不思議な気分だった。

ジェシーについて、天井の低い建物に入る。大柄で、黒っぽい髪の男が窓のそばのテーブルで仕事をしていた。ジェシーが入ってきた気配に気づいて、何事かと顔を上げる。

「やあ、サム」ジェシーが挨拶をした。

「どうしてここに？」サムは反射的に立ち上がった。「父に何かあったのか？」

ジェシーは慌てて、ジョーは元気だと言った。壁側に狭いベッドがあり、男がひとり、横になっていた。その男が声で目を覚まして起き上がる。昨日、駅馬車の駅にいた年配の男だとスティーブンは気づいた。ジェシーはなんと呼んでいた？　バーリー、たしかそんな名だった。

男がスティーブンに目を留め、あんぐりと口を開けた。「いったいどうなってんだ？」声を張り上げる。「ひょっとして、あんた！」

サムがふっと目を向け、そこで初めてスティーブンをまともにとらえた。そして見つめるにつれ、ぴくりとも動かなくなった。

スティーブンも見つめ返した。心臓が大きく弾んでいる。男を見つめ、自分と似ている点を探すのはおかしな気分だった。その男が子供だったころの顔を思い出し、その面影を探るのも。背丈はスティーブンとほぼ同じで、同じように肩幅のがっしりとした体つきだった。ただ筋肉の量はサムのほうがはるかに多い。髪の色も濃いが、それでもスティーブンよりは明るく、鼻の下には黒い口髭《くちひげ》がたくわえられていた。顔つきもずっと険しく、肌も自然にさらされてがさついている。それでも似ていることは否定のしようがない。

「久しぶり、サミー」

「スティーブンか？」サムの声が問いかけるように跳ね上がった。「まさか」サムが近づいてきた。抱きしめるつもりだ、とスティーブンは思った。だが両手を伸ばしかけたとき、サムの顔に浮かびかけていた感動がためらいに変わり、やがて彼は握手を求めて手を差し出した。他人行儀な仕草だった。よそよそしくさえあった。目には用心深さが浮かんでいた。兄は、弟が戻ってきたことを手放しに喜んでいいものかどうか決めかねている。

スティーブンの心はわずかに沈んだ。父に諸手《もろて》を挙げて迎えられ、サムも同じように歓迎してくれるものと思っていた。だが考えてみれば、別れたとき、サムもまだほんの子供だった。それから別々に成長したのだ。おそらく弟のことは少しずつ遠い記憶になっていったのだろう。兄として、自分のように胸を熱くして弟を思い出すこともなかった。もはや弟など、サムにとってはさほど意味のない存在なのかもしれない。

スティーブンはなんとか微笑んだ。サムに、諸手を挙げて弟を歓迎しなければならない理由などない。そうされると思っていたのが、子供っぽい夢だったのだ。

「ずいぶんと久しぶりだな」サムがゆっくりと言った。

「ああ。二十二年」

それからふたりは頻繁に長い沈黙に陥りながら、ぎこちない会話を続けた。サムは明らかにじっとしていられないようすで、落ち着きなく部屋の中を動き回っていた。

スティーブンはしだいにいたたまれなくなった。互いに話すことはほとんどない。ジョーとは、あれほど自然に次から次へと会話が弾んだというのに。

母親の死を伝えても、サムは弔意すら見せなかった。「俺が彼女の死を悼むとでも？」サムはスティーブンに言った。「死のうが生きていようが、俺には同じことだ」

母を思って、怒りの言葉が喉元までせり上がった。だがスティーブンはぐっと堪《こら》えて目をそらした。母を愛している。だがそれは自分がこれまで母の優しさや愛情を実感してきたからにほかならない。サムは母を知らないも同然だ。おそらく母と聞いて真っ先に思い浮かぶのは、自分を置いて出ていったときのことだろう。それはかりはどうすることもできない。スティーブンは胸が重くなり、突如どっと疲労を感じた。

これ以上ふたりの間で話すこともない。スティーブンは母がサム宛に遺《のこ》した封筒の束を取り出して、兄に渡した。サムはリボンで結ばれた束を受け取ると、見向きもしないで乱雑なテーブルの上に放り投げた。

またも長い沈黙が流れた。サムの背後で、ジェシーはお尻をもぞもぞさせていた。ちらりとサムのようすをうかがう。彼が母親をどう思っているかはわかっていた。もう彼の中では決着がついていて、二度と触れようとしない。その気持ちはジェシーにもわかる気がした。我が子を置いて家を出る母親など、無情もいいところだ。さらにひどいのは、ひとりは連れて出たことだ。お気に入りの子だけ連れて、もうひとりは残していった。いらない子。選ばれなかった子。サムはずっとその痛みを胸に抱えて生きてきた。でもこういう人だ。それを口にしたことは一度もない。

スティーブンが突然現れて、それを思い出すことになったサムがジェシーは気の毒でならなかった。スティーブンのことも、たしかに好きな相手ではないけれど、気の毒に思わずにはいられなかった。サムからあの冷たい視線を向けられるのがどれだけ辛いかは、いやというほど知っている。体がぎゅっと縮こまってしまうのだ。それになんといっても、母親が出ていったのはスティーブンのせいじゃない。エレノア・ファーガソンがサムではなくスティーブンを選んだのも、スティーブンのせいじゃない。

ジョーは長い間会わなかった弟が現れればサムが喜ぶと思っていたようだったが、ジェシーはなんとなくそうではない気がしていた。とはいえ、久々の再会を喧嘩《けんか》に発展させるのはあんまりだ。放っておけばサムは今にもそうしかねない雰囲気を漂わせている。サムの手でぼこぼこにされた末息子を連れ帰ったりしたら、ジョーがなんと思うか。

ジェシーは足を踏み出し、兄と弟の間に割って入った。「じゃあ、そろそろ戻らないと。ジョーから暗くなる前に戻るように言われてるから」

スティーブンはためらいながらも、うなずいた。これ以上ぎこちない時間を長引かせても仕方ない。少し時間を置けば、サムの態度も変わるだろう。スティーブンはドアの前で立ち止まって兄を振り返った。「じゃあ、サム。ここを離れる前に、また会えるね？」

「たぶんな。何日かしたら、俺も山を下りる。週に一度は父に会いに行くようにしてるから」サムが当てつけるように言った。

スティーブンはジェシーについて外に出ると、一緒に馬のところに向かった。「彼はいつもあんな調子なのか？」スティーブンは鞍にまたがりながら、尋ねた。

「サムにはサムの理由があるから」ジェシーはほんの少し、弁護に躍起になった。「母親は自分を捨てたんだと思い知らされるのは、あまり気持ちのいいものじゃないだろうし」

「違うんだ」スティーブンはいったん話しかけたところで思い直した。いや、母親のことをこの娘に説明したところで仕方がない。そして話題をすり替えた。「しかし残念だったな。ここで作業が見られるかと期待していたんだが。材木業のことは詳しくなくてね」

ジェシーは呆れて目をぐるりと回した。「当たり前でしょ。この時期、ここで作業が見られるわけない。木の伐採は冬しかやらないんだから。サムと調理人は、作業員用のキャンプを設置しに来ているだけ。作業員は来月の初めまで来ない」

「真冬に作業を?」スティーブンは好奇心に満ちた目を向けた。「考えたこともなかったが、どちらかといえば逆だと思っただろうな。雪の中でどうやって丸太を運び出すんだい?」

「その寒さを利用するの」たとえ気に入らない男が相手でも、好きな仕事の話をするのはジェシーにとってもやぶさかではなかった。「道が凍って、傾斜した水路みたいになるからね。そりに丸太をくくりつけてそこを滑らせる」

スティーブンは眉をひそめた。「そんなことをしたら、途中でばらばらにならないか?」

ジェシーは即座に問題点に気づく彼の理解力に驚いた。「そのために干し草係、つまり運搬係のほかに助手も乗っていて、速度を緩めなきゃならないときにはそりの前の道に干し草を投げる」

「なるほど。きみはこの仕事に詳しいんだね」

ジェシーは肩をすくめた。「だってここで育ったから。父は木こりだったし、そのあとは母がファーガソンで働いた。そして今はわたし」

ジェシーはさらに材木業について語り続けた。木こりたちがふたりひと組となって両刃鋸《のこぎり》を使ってどう木を切り倒すかとか、全工程がすむと、雪解けのあとは最も身のこなしが軽くて勇敢な仲間が丸太を川に流して運ぶこととか。

スティーブンは興味深げに耳を傾け、時折その洞察力の鋭さにジェシーが驚くような質問を投げかけた。ジェシーが木々の伐採について話し終えると、スティーブンは周囲の植物について尋ね始めた。ジェシーは、あれはロッジポール松、あれはエルダーベリーの木、川の土手に群生しているのはマウンテンウィローの木と、木々や低木を指さしながら次々に答えていった。彼の田舎への関心も驚きだったが、ジェシーにとっては、彼がサムの無愛想さにどれだけ傷つこうとそのことでジェシーに八つ当たりをしないどころか、逆にせいいっぱい会話を弾ませようと気を配っていることも同じくらい驚きだった。

この人は感情を抑制できる人なんだ、とジェシーは思った。そういう性格の男にはあまり慣れていない。ジェシーは自分で自分の気持ちがわからなくなった。よくわからないけれど、でも態度が変わったらまったく煩わしくない人だと思うとほっとして、うれしくなったのも事実だ。今朝の言い争いから、自分はスティーブンが嫌いなんだと思っていた。でもこうなってみるとよくわからない。

太陽が傾き、山の向こうに隠れ出して、影が周囲を覆い始めた。ジェシーとスティーブンは流れは急ながら、一年のこの時期はかなり水かさの少ない小川を渡り、木立を抜けて小さな草地に出た。ジェシーは何かしら声をかけるためにスティーブンを振り返り、それで丘の中腹で夕日に光った金属の輝きを見逃してしまった。

だが谷間に響く炸裂音《さくれつおん》、さらにはスティーブンが体をびくりとのけぞらせ、痛みというより驚きの表情を浮かべるのははっきりとわかった。彼が片手を胸に当てる。真新しいシャツが突如真っ赤に染まった。撃たれたのだ！

5

銃声にスティーブンの馬が動揺し、そうしている間にまたも銃声が轟《とどろ》いた。

「降りて！」ジェシーは声を張り上げ、鞍《くら》の鞘《さや》のライフルを手に自分も馬から飛び降りた。

スティーブンの馬は暴れて後ろ脚立ちになり、スティーブンは地面に強く振り落とされた。そのすぐ背後の地面に三発目の銃弾が着弾し、馬たちが走り去る。ジェシーはライフルで応戦しながらスティーブンに駆け寄った。彼に覆《かぶ》い被さるようにして、銃弾が飛んできた方向に闇雲に弾を撃つ。正確な位置が特定できないままで、命中するはずもなかった。ただ、反撃することで相手が仕事をやり遂げる前に逃げ出してくれることを願うだけだ。

背後でスティーブンがうめき、起き上がろうとした。ジェシーが即座に地面に押し戻す。

「死にたいの？　まだ伏せてて！」

「どけ！　やめろ！」スティーブンは起き上がろうともがいた。「女性の後ろに隠れていられるか！　こうしている間に――」

ジェシーの弾が尽きた。

周囲が突如、心臓が止まりそうなほどに静まり返った。火薬の焦げるにおいが鼻をつく。ジェシーは伏せたまま微動だにせずに体をこわばらせて、待った。脇で、スティーブンも同じくじっとしていた。再度銃撃が始まったら、そこで命運が尽きるのはわかっていた。馬からライフルを取り出すのがせいいっぱいで、鞍袋に入れていた予備の弾薬にまで考えが至らなかったのだ。

「こっち」ジェシーはスティーブンの腕をつかんで引っ張り上げるように立ち上がった。「走って!」

スティーブンもぐらつきながら起き上がると、よろめくように空き地を抜けて木立に駆け込んだ。銃弾は追ってこなかった。ふたりは木立の奥深くに入り込んだところで足を止め、攻撃者がいたはずの丘に目をやった。息を殺して数秒待つ。

ジェシーはようやくふうっと息を吐いた。「逃げたかな」

「もしくは山腹をくだって、仕留めることにしたか」

ジェシーはうんざりした目を向けた。「あなたって本当、いけ好かない――」それ以上は言葉が続かなかった。

スティーブンは顔面蒼白《そうはく》で、目を細め、松の木にぐったりと寄りかかっていた。シャツの前面が真っ赤に染まっている。彼が最初に銃弾を受けたとき、もうだめかもしれないと思った。けれどそれから会話もできたし、動けていたし、おまけにどうにか走れたので、たいした傷ではなかったのだと過信していたのだ。それが間違っていた。

「大変」ジェシーは木にライフルを立てかけてスティーブンのそばに行くと、すばやくボタンを外してシャツを開いた。銃弾は左肩に当たっていた。一面、血で真っ赤だ。

ジェシーはシャツを脱がせると、何本かに細長く裂いた。そのうちの一本を丸めて傷口に当てる。スティーブンの息が荒くなり、顔色はさらに青ざめた。それでも彼は何も言わなかった。ジェシーは震える手で彼の腕を取って背中を向けさせた。穴はなかった。つまり弾はいまだ体内に留《とど》まっているということだ。ジェシーは彼の肩ににわか仕立ての包帯を当て、出血が多少なりともおさまるのを、さらには自分の体の震えが止まるのを待った。

彼を死なせるわけにはいかない。町に連れ帰らなくては。医者がいる町に。ジェシーは周囲に目を配った。暗殺者が木立の中に回り込んで、忍び寄っているかもしれない。馬から予備の銃弾を取ってこなければ。けれどスティーブンの傷も取り返しがつかないことになる前に手当てしなければならない。どちらを優先するべきか。

ジェシーは目を閉じ、気持ちを集中させた。こういうときこそ計画が肝心だ。大事なことから先に取り組まないと。出血をしているスティーブンをここに残して、馬を捜しに行くわけにはいかない。下手をすれば遺体を町まで運ぶことになる。まずは、彼の手当てが先。

決断をくだせたことで少し自信も取り戻し、ジェシーはある程度震えのおさまった指で血の滴る布を傷口から外し、新しい布をてきぱきと畳んだ。「持ってて。今、包帯を巻くから」

畳んだ布を傷口に当てて、そこに彼の手を置いてそのまま持たせる。そしてシャツを切り裂いた布を結んで長い包帯を作り、それを肩から胸にかけて何度もきつく巻きつけた。ようやく巻き終え、後ずさりして自分の仕事を確認する。母の足もとにも及ばない、雑な出来だ。負傷した男たちに母が応急処置をするのを長年見てきて、やり方はわかっていた。でも上手くできたためしがない。それでも出血を止めるにはじゅうぶんきつく巻けたから、肝心な点は満たしている。今はこれがせいいっぱい。

ジェシーはスティーブンの顔を見た。目を閉じていて、肌はどことなく灰色を帯び始めている。ジェシーは唇を噛《か》みしめた。ああ、神さまお願い、彼を死なせないで。「馬を捜してくる」ジェシーはスティーブンに告げた。

聞こえた証《あかし》に、彼が小さくうなずいた。

「すぐに戻るから」スティーブンをひとり、自衛の手段もなく残していくのは後ろ髪を引かれる思いだった。でも今はどうしようもない。「これを」ジェシーは彼の脇にライフルを置いた。「弾は入っていないけど、脅しぐらいにはなるかもしれない」

「ああ」スティーブンは目を開けて、薄く笑みを浮かべてみせた。「銃を持ったぼくを見たら、さぞかし怯《おび》えるだろう」

ジェシーはほんの少しほっとして、頬を緩めた。冗談が言えるぐらいなら、きっとまだ大丈夫。「休んでて。そうしたら体力も回復するから」

気休めなのはわかっていた――出血多量で弱った体がそう簡単に元に戻るわけがない。でもそのことを知らなければ、この言葉で多少気が楽になってくれるかも。

ジェシーは俊敏な動きで立ち上がると、周囲に目を凝らした。馬の気配はどこにもなかった。木々の間では闇が急速に深まりつつある。そのうち、顔の前にかざした自分の手も見えなくなる。

ジェシーは馬たちが走り去った方向へ急いだ。馬たちの、もしくは殺人者の気配はないかとしきりに周囲に目を配りながら。銃撃犯が自分たちを捜して、いつ、どこから現れても不思議はなかった。相手に気づかれるより先に、その存在に気づく必要がある。

ようやく前方にちらりと白いものが見えた。ジェシーの馬は茶色に白の斑《まだら》模様だ。思いきってそっと口笛を吹く。荒い鼻息と、何かが動く気配がした。そしてようやく雌馬の姿が確認できた。ジェシーは周囲に目を配りながら、そっと前進した。馬を驚かせるわけにはいかなかった。小声で名を呼び、おやつがあるよと言わんばかりに手を差し出す。雌馬は馬勒《ばろく》をじゃらじゃらと鳴らして首を振ると、ジェシーに向かって歩み寄った。馬は不安を解き、ジェシーと再び合流できたことにほっとしたようすで、りんごかにんじんはないのかと手に鼻をすりつけてきた。そして鼻息を噴き、責めるような目をジェシーに向ける。

「ごめん。無事に町まで連れ帰ってくれたら、ほしいものはなんでもあげるから。約束する」

スティーブンの馬の気配はどこにもなかった。まあいい、そっちはたいした問題じゃない。少なくともこれで鞍袋の拳銃と銃弾は手元に戻った。一頭いればふたりで町に帰れる。

ジェシーはスティーブンのところに馬を引いていった。彼は同じ場所に腰を下ろし、木に寄りかかって目を閉じていた。「スティーブン」ジェシーは身をかがめると、もう一度彼の名を呼んでその手からライフル銃を外した。スティーブンの目が瞬《まばた》きを繰り返しながら開き、戸惑うようにジェシーを見つめる。

「わたしよ。ジェス」ジェシーは告げた。「馬は見つかったわ。もう一頭は見つからなかったけど、ノーラスプリングスまでならわたしの馬にふたりで乗っていける。そんなに遠くないから」話しながら、ジェシーはライフルに弾をこめた。

スティーブンははっきりした目で、うなずいた。よかった。少なくとも意識はあって、何が起こっているかもわかっている。それでも動くと肩の痛みが増幅するのだろう。スティーブンはぎこちなく起き上がりながら、顔をしかめた。ジェシーは彼の片方の腕に両手を添え、起き上がらせた。そのときふと気づいた。銃弾を受けたときも、包帯をしたときも、こうして起き上がったときも、傷がひどく痛むに違いないのにスティーブンは声ひとつあげない。驚きだった。この人にこれほど忍耐強い一面があるとは想像もしていなかった。

「次は馬に乗ってもらわなきゃならないんだけど」ジェシーは彼を雌馬のほうへ連れていきながら、言った。

スティーブンがジェシーに目を向けて、眉を上げた。「できるかな」彼は鞍の先を右手でつかんだが、馬に寄りかかるのがせいいっぱいだった。

「くそ！　いや、失礼」

スティーブンが詫《わ》びた理由が自分の前で毒づいたからだと気づき、これほど追いつめられた状況でもまだ礼儀作法を重んじようとするおかしさに、ジェシーは思わず口に手を当てて笑いを噛み殺していた。

「体に力が入らない」スティーブンの声にかすかな驚きが感じられた。

「あれだけ出血したんだから」ジェシーが説明した。

スティーブンがうなずいた。「そうか。なにぶんぼくは撃たれたのが初めてだから」

この人、正気？　発作のような笑い声が喉の奥からこみ上げた。「まあ、それはお互いさま」笑いの発作を静めるために、ジェシーは歯切れよく言った。「わたしだって、誰かが撃たれるのを見たのは初めて」

「本当に？」スティーブンが目を向けた。「うちのチャールズは、この辺りじゃ日常茶飯事だと言っていたが」

「気づいたことないけど」

「レディのまわりでは控えているのかな」

ジェシーはむっと顔をしかめた。「ひと晩中、世間話を続ける気？　それともこの馬に乗る？」

「できれば、避けられないかな」スティーブンの顔は紙のように蒼白で、上唇には汗が浮かんでいた。「それだけの体力があるとは思えない」そして後ずさりした。「どうだろう。きみが町に下りて、助けを呼ぶというのは。ぼくはここで待つ」

「ばかなこと言わないで。戻ってきたらどうする気？」

誰が、とはスティーブンも訊《き》かなかった。理由を追及するほど冷静にはなれないが、誰かが自分を殺そうとしたことははっきりしている。「わかっている。だがここでぐずぐずとぼくを馬に乗せようとあがいても仕方ないだろう。それこそ、ふたりとも殺されかねない」

「置いていってはいけない」ジェシーは笑みを浮かべて空気を和ませようとした。「あなたを置いていって死なせたりしたら、ジョーに殺されちゃう。少なくとも、こっちのほうがまだ望みはある」

スティーブンは首を横に振ったが、それ以上は反論しなかった。ジェシーは辺りを見回し、少し離れた場所に切り株があるのを見つけた。

「こっちへ」ジェシーはスティーブンと馬を切り株まで連れていった。「この切り株を踏み台に使おう。きっと上手くいく。わたしもよくそうやって乗るから。切り株に上がるときは、わたしの肩を支えにして。大丈夫、こう見えて結構頑丈だから」

スティーブンはうなずくと、ジェシーの肩に手を置いて体を支え、切り株に足をかけた。だが体を持ち上げるのは大変だった。一瞬頭がぐらついた。ジェシーが手綱を引いて馬を引き寄せると、スティーブンはジェシーの細い肩に置いた手で体を支えたまま、ぎこちなく鞍によじ登った。足はあぶみの下に垂れ下がっていたし、両手で鞍の先端をつかんで体は前のめりに沈んでいたけれど、それでも少なくとも馬の背に乗れていた。

ジェシーはひび割れた切り株の上に軽やかに飛び乗った。「できるだけ後ろに寄って。わたしが前に乗るから。そうしたら倒れないようにわたしの体に寄りかかれるでしょ」

スティーブンは再度うなずくと、両手を鞍の先端に残したまま後ろににじり寄った。ジェシーはそっと鞍にまたがった。先ほどのスティーブンとさほど変わりないほど動きはぎこちなくなった。後ろのスティーブンを蹴り上げないためには、脚を前から回してまたぐしかなかったからだ。しかも鞍には、どれだけふたりが細身でもふたり分の広さはない。鞍の先端の突起が脚の間の敏感な部分に食い込み、ヒップはスティーブンの脚と骨盤に包み込まれていた。思えば、恥ずかしい格好だった。これまで男性と体を寄せ合ったこともないのに、ましてやこんな格好!

でも、今はそんなことを考えている余裕はない。ジェシーは手綱を強く握りしめた。スティーブンを医者に診せるのが遅れたら、手遅れになる可能性がある。とはいえ、馬を急がせることもできない。下手をすると、スティーブンが鞍からずり落ちてしまう。今でも、こうして背中に寄りかかるようにして座っているだけでせいいっぱいなのだから。

馬特有の緩やかな揺れる足取りがスティーブンの体をジェシーにすり寄せた。一歩ごとに、彼の太腿や胸や腕が体をくすぐる。しかも前部では鞍の先端がジェシーの秘めやかな部分を擦《こす》りつけるように食い込み、快感とも痛みとも知れぬ感覚を呼び起こしてくる。胸がぞくぞくとうずいていた。胸の先端がまるで寒気にさらされたようにきゅっと縮んでそそり立つ。ああもう、いったいどうしたっていうの? 正気を失った? 体の奥底に、こんなおかしな火照った感覚をおぼえたのは初めて。しかも傷ついた男を背中に抱えて、人殺しが追ってきているかもしれないこの状況でこんなふうになるなんて、どうかしてる。きっとショックのせいだ。いろいろあって混乱して、心がおかしな方向に飛び散ったのだ。とはいえ、正確には飛び散ったのではなく、ある一方向だけに飛んだという事実は無視できなかった。

ようやく前方の闇の中にノーラスプリングスの町が浮かび上がったときには、心底ほっとした。夜だが、月明かりのおかげでどうにか道に迷うことなく、町の姿をとらえるところまでたどり着けたのだ。ジェシーは焦《じ》れったさに苛々《いらいら》しながらも緩やかな速度を保って町に入った。背後から伝わる気配でスティーブンが意識をなくしているのはわかっていた。彼はもはや腰にしがみついてもおらず、わずかでも速度を上げれば道に転がり落ちそうな状況だ。そうでなくても片側に傾きかけていて、ジェシーが後ろに手を回して鞍から落ちないようにと支えているくらいだ。

ジェシーはまっすぐ母の家に向かい、近づきながら、大声で母の名を叫んだ。通りで馬を止めるころには、母は明かりの灯《とも》った灯油ランプを手に玄関先まで出てきていて、暗闇に目を凝らしていた。「ジェシー？　あなたなの？　どうかした？」

「そう、わたし。ママ、医者を呼んで。それと男たちに、出てきてスティーブンを降ろすように言って」

アマンダは質問して時間を無駄にすることなく、さっさと家の中をのぞいて、たむろしている男たちを呼び集めると、自分は急いで通りに出てランプを掲げ、ジェシーと馬上の積み荷を照らした。ジェシーの背中に力なく寄りかかっているのがスティーブン・ファーガソンだと気づいて、アマンダは息をのんだ。「まあ、なんてこと！　いったい何があったの？　落馬したとか？」

「撃たれた」

「撃たれた？」アマンダは声をつまらせたが、それ以上質問をする時間はなかった。数人の男たちがアマンダの招集に応じて駆け出てきた。アマンダは彼らを振り返り、てきぱきと指示を出した。間髪入れず、ひとりはホルツワース医師の家に向かって駆け出し、ほかの数人は慎重にスティーブンを鞍から降ろし始めていた。

ジェシーは背中から彼の重みが消えるのを感じて、ようやく体の力を抜いた。やっと着いた。自分にやれるだけのことはやった。これでひとまず肩の荷は下りた。ジェシーは鞍を降りると、手綱を無言で男のひとりに渡した。全身の筋肉がうずいていた。なぜかわからないが、涙まで出そうだ。

ジェシーは母について家に入ると、二階に向かった。一階に留まっても、自分の部屋に行ってふかふかの大きなベッドに潜り込んでもよかった。自分は目を閉じて不安と疲れを癒やし、傷ついた男の世話は有能なアマンダに任せて眠ってもよかったのだ。それでもジェシーは気づくと、スティーブン・ファーガソンの部屋へと向かっていた。どういうわけか彼の命に対する責任の荷はまだ下ろしきれなかった。

男たちはスティーブンをベッドに横たえると、後ずさりして、アマンダに場所を空けた。アマンダはジェシーが胸に当てた原始的な包帯を丁寧に切り開いて、取り除いた。傷口に当てた布は乾いた血で張りついてしまい、いったん湿らせてからでなければ剥がすこともできなかった。

スティーブンが目を開け、唇の間からうめき声をもらした。そしてアマンダに目を向けた。「ジェシー?」周囲を見回す。「ジェシー?」

「ここよ」ジェシーは彼の視界に入る場所に足を踏み出した。「無事に戻れたから。すぐに医者も来てくれる」

スティーブンの唇にうっすらと笑みがよぎった。「よかった。きみは……無事だったんだね?　あれからは何も?」

「ええ、何も」

彼はうなずいた。視線がアマンダに向かう。「それじゃあ、あなたは……ミセス・ランドール。そうですね?」

「ええ。でもそれはいいから。とりあえず今は静かにして、傷の手当てをさせて」

スティーブンの使用人が廊下の人だかりを肩で押しのけながら進み出て、ドアを抜けたところで立ち止まった。「スティーブンさま!」大声で叫んで、駆け寄る。「どういうことですか?　いったい何が?」

ジェシーが目をやった。両手を揉《も》み合わせながら、今にも泣き出しそうな顔をしている。

母が穏やかな声で答えた。「撃たれたのよ。でもきっと大丈夫だから」

チャールズは椅子の背を握りしめ、ひたすら主人を見つめていた。「彼のことは母とわたしに任せて、あなたは自分の部屋に戻って」

「できません。主人を残していくなんて、絶対に」

　ジェシーは肩をすくめると、男を無視して母に目を向けた。アマンダは布を濡《ぬ》らし、スティーブンの胸の血をきれいに拭い始めた。やがて銃弾によって空けられた赤黒い小さな穴が露《あらわ》になる。ジェシーは母の巧みな手の動きを見つめていた。軽やかで、決して不必要な痛みは与えていない。これまでこういったことを学ぼうともしてこなかった。役立つことだとも思っていなかった。奉仕技術——料理や掃除と同様に、軽蔑をこめてそう呼んできたのだ。けれどこういうときには、こうした技術が腕力や知性よりはるかに役立つことがようやくわかった。

「助かるわよね、ママ？」ジェシーは手を揉み合わせながら尋ねた。

「なんとも言えないわ。とにかく弾を取り出さないと」アマンダはいまだドアロにたむろしている男たちに目をやった。「トム、誰かジョセフ・ファーガソンに知らせてくれた？」

「ああ。ジェシーと彼が着いてすぐ、バートンが製材所に走った。ついでに保安官のところにも」

「よかった」アマンダは男たちをざっと眺めてから、静かな、母親らしい威厳すら感じさせる声で告げた。「あなたたちはそろそろ自分たちのことに戻ったら？　ここでただ突っ立ってても、この人を助けられるわけじゃないんだから」

「何かできることはないかな？」ほかの者たちが立ち去り始めるなか、トムが尋ねた。

「ジェシーがいるから大丈夫」アマンダはチャールズに顔を向けた。「あなたも行って。

今はできることは何もないわ」

「わたしはここを離れません」

アマンダは肩をすくめて、娘を振り返った。「ブーツを脱がすのを手伝って。できるだけ体を楽にしてあげたいの」

ジェシーはスティーブンの足もとに移動し、靴の片方を引っ張り始めた。乗馬靴はぴたりと脚に張りついていて、上質の柔らかな革で多少は伸縮性があるものの、なかなか脚から離れようとしなかった。しかも男の靴を脱がせるのは初めてで、どことなく照れくさいような奇妙な感じがしてならない。背中で感じた彼の体の感触や、重みや温《ぬく》もりが思い出されて、ジェシーは顔が熱くなるのを感じた。この顔の赤みを照れからではなくて体を動かしているせいだと母が誤解してくれればいいけれど。

「ああ。ちょっと失礼」チャールズがそばにやってきた。「これなら、わたしのほうがおふたりよりも上手くできる」

ジェシーとアマンダはその仕事をチャールズに譲ってベッドから後ずさりした。血の気の引いた顔にほんの少し生気が戻っていた。「何があったの、ジェシー？」アマンダは低い声で尋ねた。

「誰かが撃ってきたの。誰かはわからない。山腹の木立の中に身を潜めてたから。突然、銃声が聞こえたと思ったら、スティーブンが胸を真っ赤に染めてた」

「狩りをしていたんじゃないの？　事故だったとか？」

ジェシーはきっぱりと首を横に振った。「ない。絶対にあり得ない。ママ、相手は三発撃ったのよ。三発！ 一発目がスティーブンに命中して、そのあともまた発砲した。だけどスティーブンの馬が暴れて、彼は落馬して。そうしたら、そこでまた撃ってきた。間違って三発も撃つ人間がどこにいる？」

「そうね」アマンダの額に皺《しわ》が寄った。「でも誰が？ なんのために？」

ジェシーは首を横に振った。「わからない。スティーブンを知る人なんて、ここには誰もいないし」

ジョーが部屋に飛び込んできた。再会したばかりの息子がベッドの上に微動だにせずに横たわっているのを見て、真っ青になる。「なんてことだ。話を聞いて、まさかと思ってたが。なんでこんなことに、ジェシー、いったい何があった？」

ジェシーが先ほどの話を繰り返そうとしたそのとき、ロブ・マックスウィニーがどたどたと階段を駆け上がってスティーブンの部屋にやってきた。困りきった顔だった。「ミセス・ランドール、先生はいなかった。奥さんの話だと、今日はランサムに行く日なんだそうだ。一週おきにあっちの住人を診に行ってるとかで。いつも泊まりがけだから、戻るのは明日になるって言うんだ」ロブは言葉を切り、アマンダを見つめた。「どうする？ 馬でランサムまで迎えに行こうか？」

「いや」ジョーがきっぱりと告げた。「下手をすれば、迎えに行って戻るまでスティーブンの命は持たない」ジョーはジェシーの母親に向き直った。「アマンダ、こうなったらきみがやるしかない」

アマンダはぎょっとした表情を浮かべた。「だめよ、だめだめ。銃弾を取り出すなんて、とても」

「昔、伐採場で医者代わりをやってくれてたじゃないか。あのころは本物の医者なんていなかった。きみが代わりになんでも治療してくれてた。そのへんの医者よりきみのほうが腕がいいくらいだ」

「でも昔のことよ。もうすっかり忘れて――」

「その手の技術は忘れたりしないもんだ。いざってときには、すぐに戻ってくる。ほら、スイード・ガスタフソンが酔っ払ってブラッキー・ロスコーを撃ったときのこと、覚えてるだろ」

「ええ」アマンダが鼻を鳴らした。「デリア・カルバートソンを巡ってね」

「それにデイブ・ウィルソンのときだってそうだ。脚を切って木片を取り出して、ちゃんともとどおりに縫い合わせたじゃないか」

「ええ、でもね……でも、もし失敗して、あなたの息子さんを死なせるようなことになったらと思うと」

「アマンダ、もしやらなければ、今度は確実にこいつを死なせることになるんだよ」

アマンダは一瞬ジョーを見つめた。「そのとおりね。だとするとやるしかない」

「とんでもない!」スティーブンの従者が声を張り上げた。「やめてください! 無茶もいいところだ。あなたは医者じゃない。きっと主人を痛めつける。医者を呼んでください。ミスター・ファーガソンは裕福なお方です。料金ならいくらかかっても——」

アマンダは厳しい目で従者を見据えた。「どれだけお金を積んでも、今は医者を間に合わせることはできないの。彼の父親が助けてくれと頼んでいるのよ。わたしはやるわ。これ以上騒ぐなら、ジョーにあなたをここから連れ出してもらう。あなたもミスター・ファーガソンを助けたいなら、その口を閉じて、わたしの言うとおりにして。いいわね?」

「彼女に任せよう」その場にいた全員がぎょっとして、弱々しい声が聞こえたベッドのほうを振り返った。スティーブンの目が開いていた。痛々しかったが、それでも冴《さ》えた瞳だ。

「ぼくは彼女を信じるよ、チャールズ。ミセス・ランドールに銃弾を取り除いてもらうことに同意する」

チャールズはうなずいて、後ずさりした。アマンダがジェシーを振り返った。「わかったわ。ジェシー、手伝ってちょうだい」

アマンダがてきぱきとした口調で必要になりそうなものをリストアップすると、ジェシーはそれらをかき集めるために一階に駆け下りた。この先のことは頭から追い払い、とにかく急いだ。母は伐採場で食事の世話をしていたころ、必要に迫られてたびたび簡単な医療行為を行っていたし、ジェシーもそれを手伝っていた。けれど何年も前の話だ。ホルツワース医師がノースプリングスに来てからは、そんなことは一切なくなった。母がスティーブンから銃弾を取り出すのを手伝う。考えただけでジェシーは吐きそうなほど怖かった。

でも今はあれこれ考えている余裕はない。やらなければならないことがある。

部屋に戻ると、ジョーと従者、そして母の三人がスティーブンの枕元に集まっていた。サイドスタンドがマットレスにぴたりと押し当てられ、その上に炎を最大にした灯油ランプがふたつのっている。ランプはもうひとつ、化粧だんすの上にもあった。煌々《こうこう》とした部屋を廊下の薄暗さが余計に際立たせている。サイドテーブルの上には洗面器と畳んだタオルが数枚、ピンセット、糸を通した縫い針。目にしただけで胃がぎゅっと縮んでひっくり返り、ジェシーはぐっと唾をのみ込むしかなかった。

母に湯の入ったやかんと研ぎ澄まされたキッチンナイフを渡してから、脇に抱えたバーボンのボトルを引っ張り出す。そしてそのバーボンをグラスにたっぷりと注《つ》いだ。指が震えてならなかった。

ジェシーはスティーブンのベッドに近づいた。彼が目を開けて、見る。「お母さんがぼくを切り開くのを手伝うのか?」弱々しく、聞き取るだけでやっとの声だった。「さぞかし楽しいだろう」

ジェシーは再度唾をのんだ。「もちろん」この声の震えに気づかれなければいいけど。「これを飲んで。楽になるから」

ジェシーは彼の頭の下に手を入れて持ち上げ、そのまま支えた。スティーブンがグラスに口をつける。ひと口飲んだところでひどく咳《せ》き込み、うんざりとした目を向けた。「もういい。どけてくれ。安物のバーボンは飲めない」

ジェシーは顔をしかめた。「ごめん、あなたが上等のブランデーに慣れてるのはわかってるけど、そんなのはここじゃ手に入らないから。さあ、もう一回飲んで」

「飲みたくない」スティーブンが首を横に振った。

「飲まなきゃならないの」ジェシーは口ごもり、ちらりとジョーを見てからスティーブンに目を戻した。「痛み止めに」

「なんと！」従者が息をのんだ。

スティーブンが目を見開き、ジェシーを見つめた。「どういうことだ？　クロロフォルムは使わないのか？」

ジェシーは首を横に振った。「ないから」

「医者のところに……」

「医者が持って出たらしいの。マックスウィニーに訊いた。だから……だから今はこれしかない」

そう告げたとき、自分が彼のどんな反応を期待していたのかはわからない――泣き叫ぶと思っていたのか、懇願すると思っていたのか、それともアマンダに銃弾を取り出してもらう決断を覆すと思っていたのか。それでもこの反応だけは絶対に考えてもいなかった。スティーブンは一瞬、瞬きもせずに見つめたあと、言ったのだ。「もう一杯入れてくれ」

痛みが鈍るだけじゅうぶん酔いが回ったところで、アマンダは小さなキッチンナイフとピンセットを指が白くなるほど強く握りしめて、身を乗り出した。そしてジョーに目をやった。「彼を押さえてて」

ジョーがうなずいた。アマンダはちらりとスティーブンを見た。彼の目は、酒と痛みと失血のせいでうつろになりながらも開いていた。彼が唇を濡らした。言葉をきちんと発しようともがいているのがジェシーにはわかった。「なせばなる」不明瞭な声。しかも目の焦点も合っていない。

アマンダは息をのみ、傷口に身を乗り出した。「さあ。彼をしっかり押さえて」

チャールズはベッドのスティーブンの隣に正座して、主人がのたうち回らないように腕で体を押さえつけ、ジョーはその反対側から息子の肩と腕をきつく握りしめていた。ジェシーは母の隣で息を殺し、母が求めるものをすぐに手渡せるように身構えた。

アマンダが傷口を探り始めた。スティーブンの唇から低いうめき声がもれる。ジェシーの胃がぎゅっと縮んだ。

「切るしかなさそうね」アマンダはそう言って、スティーブンの肌にナイフを当てた。従者が奇妙な声をあげて白目をむき、気を失って、ベッドのスティーブンの脇に倒れ込む。「勘弁してくれ」ジョーが毒づくと、いったんスティーブンから手を離して従者をベッドから押しのけた。「ジェシー、ここへ来て押さえてくれ」

ジェシーはベッドに這《は》い上がると、スティーブンの腕と肩をきつく握った。ナイフが肉に食い込むようすを見たくなくて顔を背けてはいたが、それでもスティーブンの押し殺したうめき声や息を吸い込む音で、気配ははっきり伝わってくる。スティーブンの腕が張りつめて石のように硬くなった。彼は思っていたよりはるかに強かった。母のナイフが食い込むたびに、ジェシーの手の下で筋肉が盛り上がる。一度などは、弱っていながらも、ジェシーの体をベッドから数センチも浮き上がらせたほどだ。

この時間が永遠に続くような気がした。目を上げると、ピンセットで傷口を探るアマンダが見えた。ジェシーはすぐに顔を背けた。スティーブンがまたもうめき声をあげる。ジェシーはいつしか狂ったように頭の中で祈りを捧《ささ》げていた。ふいに押さえ込んでいるスティーブンの体から力が抜けた。顔に目をやる。どうやらついに気を失ってくれたらしい。ありがたい。

一瞬置いて、母が声をあげた。「あったわ!」ゆっくりと、慎重に、ピンセットを引き抜いて掲げる。尖《とが》った先端に、ひしゃげてべっとりと血がついた金属の破片があった。アマンダは弾をテーブルに置いてからタオルで手を拭くと、今度は針を手に取り、傷口をしっかりと合わせてから細かな目で丁寧に縫い始めた。ジェシーは、いつになったら終わるのだろうかとじりじりしながら顔を背け続けていた。

「終わった」アマンダがベッドから一歩後ずさりした。

ジェシーはスティーブンに目をやった。傷口のまわりは血だらけだが、それでも傷口は小さな青い縫い目で閉じられている。体がぶるぶると震えた。アマンダは包帯を巻く前に、手についた血を洗いに向かった。そのアマンダをジョーがとらえて、腕に抱きしめる。ジェシーはベッドから這い下りると、一瞬躊躇《ちゅうちょ》したものの、結局慌ててドアに向かった。裏の階段を庭に向かって駆け下りる。

頬をくすぐる夜の空気がひんやりとしていて、ありがたかった。アマンダはやり遂げた。ジェシーもなんとか自分の仕事をやって面目を保てた。でも今は胃がひっくり返って、うねりを上げている。ジェシーは低木の茂みの陰で、激しく思いきり嘔吐《おうと》した。

しばらくして少し気分が落ち着くと、ジェシーはそっと家の中に戻って二階に上がった。自分の部屋に引き上げ、顔を洗い、鏡を見る。鈍い明かりの中でも顔は土色で、目ばかり大きく見えた。ベッドに腰を下ろし、作業靴を脱いでひんやりとしたベッドカバーの上に横たわる。いまだ気が高ぶっていた。おそらくさっきまで直面していた危険と恐怖のせいだろう。とても眠れそうになかった。

　スティーブンのことを考えると、彼の部屋から飛び出したことを思い出して恥ずかしくなった。母の治療の仕上げを手伝うこともできなかった。いつもはこんなにやわじゃないのに。スティーブンはどうしているだろう。ジェシーは起き上がると、静かに廊下を渡って彼の部屋に向かった。ドアがほんの少し開いていて、隙間から中をのぞく。灯油ランプの炎が今では小さく絞られ、部屋を鈍く照らしていた。母がベッドの脇に立ってカバーをかけ直している。ランプがその影を反対側の壁にぼうっと大きく投げかけていた。スティーブンはベッドに横たわっていた。そのあまりに静かなようすに、ジェシーの胸の鼓動がわずかに速まった。まだ生きているわよね？　でも顔も真っ青で、ぴくりともしない。

　ドアを開いて、そっと中に足を踏み入れる。アマンダが振り返って、小さく微笑《ほほえ》んだ。

「どんな具合？」

「なんとも言えないわね。今のところは落ち着いているけど。でも目が覚めたら、ひどく痛むんじゃないかしら。熱が出る恐れもあるし。でも健康な若い男性だから、きっと無事に乗り越えてくれると思う」

　ジェシーはさらに近づいた。スティーブンの胸にはシーツがかけられていたが、肩と腕までは覆われていなかった。白いガーゼの包帯が一方の肩に巻かれ、男らしくたくましい肩に少しばかり弱々しさを加えている。目は閉じて、深い眠りに入っていた。まつげが頬に濃い影を落とし、笑いたくなるほどきれいだ。ジェシーは胸の奥で何かがよじれるような感覚をおぼえた。「わたしさえもっと気をつけていたら」

「何を言うの。たとえあなたでも、どうしようもなかったわ」母が元気づけるように肩に腕を回した。「誰かが彼を撃つつもりで潜んでいるなんて、わかりっこない」

「そうだけど、でもジョーに世話を頼まれてたのに。世話をするって約束したのに。その約束を果たせなかった。道順は示しても、危険には気を配ってなかった。わたしさえ、もっと気をつけていたら。油断してなかったら」

「ジョーはあなたを責めたりしない。誰かが待ち伏せしているなんて、どうしてわかるの？　たとえ気を配っていたとしても、ミスター・ファーガソンが撃たれる前に犯人の存在に気づいたとは言いきれないでしょう？　結局は同じ結果になっていたかもしれない」

「だけどその場合は、できるだけのことはやったと自分で納得できるじゃない。でもやらなかったら、やらなかったという事実を一生抱えて生きていくしかない」

「そうね、あなたは完璧じゃなかったかもしれない。でも人があなたにそこまでの完璧さを求めるかしら……そんなのは、たぶんあなただけ。考えてもみて。この若者はあなたと一緒で運がよかったのよ。あなたがいなかったら、今ごろはきっともう死んでいたわ。ひとりだったらどうなっていたと思う？　もしジョーがあなたほど動きも頭の回転も速くない人を彼につけていたとしたら？　あなたは彼を守った。犯人を追い払った。生きたまま連れ帰った。あなたが救ったのよ、ジェシー。ジョーもきっとそう思っていると思う」

「そうかな」ジェシーは静かに眠るスティーブンを見つめた。こうして見るとても ハンサムだ。どんな傷も上品な顔立ちまでは損なえないということだろう。サムとは似ても似つかなかった――少なくとも、こうして間近に見るぶんには。もちろん、サムのほうが好みは好みだ。彼の顔には過酷な人生体験が個性となって刻まれている。それでも、目の前のこの人がハンサムきわまりないことは否定のしようがない。

しかも想像していたよりはるかにタフな人だ。あの状態で町まで戻ったときも不平ひとつもらさなかった。馬が一歩歩くごとに、飛び上がるほど傷が痛んだはずなのに。母が肩から銃弾を取り出そうとしたときも、痛みを和らげるのはバーボンしかなかったにもかかわらず、ただ顔を歪《ゆが》めて耐えていた。銃撃を受けたときだって、うろたえたようすもなければ、動転もしていなかった。声をかけると、すぐに起き上がって一緒に木立に駆け込んだのだ。逃げた馬を捜しに行っている間だって、弾の切れたライフルを手に勇敢に待っていた。今夜のスティーブン・ファーガソンには脱帽だ。結局彼にも、ジョーやサムと同じ血が流れているということかもしれない。

「今夜はわたしが看《み》てるから」ジェシーは母に言った。「ママは休んで」

母親は意外に感じて、娘に目をやった。いつもは病人を嫌い、なんだかんだと言い訳をして看病を逃れようとするのに。「あなたはそれでいいの？」

ジェシーはうなずいた。

アマンダは娘を抱きしめると、真っ赤な髪に顔を寄せた。「彼は助かるわ。きっと。今、死ぬわけないでしょう。やっとジョーと再会できたのに」

アマンダは部屋を出ると、そっとドアを閉めた。ジェシーは背もたれのまっすぐな椅子をベッドの脇に引き寄せて、腰を下ろした。ランプの明かりがちらつき、スティーブンの顔に影を投げかける。ジェシーはおずおずと手を伸ばし、スティーブンの手に重ねた。彼が眠ったまま反射的に手をひっくり返し、ジェシーの手を握りしめる。ジェシーはそのまま彼と夜明けを待った。

6

スティーブンは目覚めてすぐに、目を覚まさなければよかったと悔やんだ。頭ががんがんするうえ、口の中がからからに乾き、おまけに左肩が燃えるように熱い。うめき声をあげて頭を横に向けて目を閉じ、どうかこれがひと晩中手を変え品を変えてまとわりついてきた過酷な悪夢の続きでありますようにと祈った。だが、そうでないのは本能的にわかっていた。痛みが鋭くて、現実的すぎる。再度目を開けてみた。そこは簡素で質素な家具が備えられた、見慣れない寝室だった。

のっぺりとした地味な顔の従者が心配そうにベッドの上にかがみ込んでいた。「旦那さま? お具合はいかがです? 痛みますか?」

スティーブンはぐっと悪態を噛《か》み殺した。「痛くないわけないだろう。ほかに考えられるか? あの女性に切り刻まれたというのに」

そのときにはすでにここがどこで、何があったのかはおおかた思い出していた。ジェシーと町に戻る途中に狙撃されたのだ。そしてジェシーが——あの勇敢で判断力のある娘が、連れ帰ってくれたのだ！　撃たれたあと意識は途切れがちになったが、それでも馬に乗せられ、この家に運び込まれたのはなんとなく覚えている。運の悪いことに、アマンダ・ランドールが肩から銃弾を取り出そうとしたのは、意識が戻りかけていたときだった。気づくとジェシーが脇に来て頭を支え、安物のバーボンを飲ませようとしていた。飲みはしたが、それが痛みの緩和に役立った記憶はない。どうやら結局は気を失ったようだ。撃たれただとすると頭ががんがんするのも、口の中にいやな味がするのもうなずける。撃たれた傷に加えて、二日酔いもあるのだろう。

「申し訳ありません」チャールズはひどく不安げなようすだった。「止めようとしたのですが、こうするしかないと言われまして。町に医者がいないと言うんです。そんなこと、聞いたこともない」

アマンダが処置している間、ジョーが自分を全力で押さえつけ、それをジェシーが手伝っていたのを覚えている。押さえつける父の顔は苦しげに歪《ゆが》み、その目はまるで拷問でも受けているようだった。あの表情ほど息子への愛を感じさせるものはないだろう。

「ここの人たちはタフだ」スティーブンはつぶやいた。この地にあの美しくはかなげな母を思い浮かべようとしたが、できなかった。母がセントルイスに戻ったのも無理はない。母が男にバーボンのボトルを手渡し、キッチンナイフとピンセットで男の体から銃弾を取り出す場面など想像もできない。

「ミセス・ランドールから、あなたさまがお目覚めになったら知らせるようにときつく言いつかっておりますので」

スティーブンはうなずいた。「もちろんだ。知らせに行け」

従者が出ていって数分後、アマンダ・ランドールが部屋に入ってきた。トレイを持ったチャールズがあとに続く。母親と一緒かと期待していたジェシーの姿はそこになく、スティーブンは奇妙な失望感をおぼえた。

「あらまあ」アマンダが微笑《ほほえ》みながらベッドに近づいてきて、スティーブンの手を取った。「具合がどう、なんてことは訊《き》かないわね。ひどい気分に決まっているんだから。でもこうして起きてくれて、本当にうれしい。それに熱もないみたい。いい兆候だわ」柔らかで母性あふれる女性だ。そばにいてくれるだけで癒やされる。

「ありがとう」スティーブンは彼女の手をなんとか握ろうとしたが、どうやら握力が出ないほど体が弱りきっているらしかった。「あなたのおかげだ。まさに白衣の天使ですよ」

アマンダはくすりと笑った。「あら、夕べはたしかそんなふうに呼んでいなかったわよ」

「すみません。正気じゃなかったんでしょう。何を言ったかはわかりませんが、もし気を悪く――」

「違うの、違うの。からかっただけ」アマンダは優しい顔に不安を浮かべ、急いで訂正した。「痛みのせいで口走ったことよ、わたしは気にもしていない。本当、もっとひどいことを言った人だっているんだから。わたしが銃弾を取り出そうと体にナイフを入れてなくてもね」

　スティーブンはかすかに頬を緩めた。どうしようもなく体に力が入らなかった。肩もずいている。目がおのずと閉じかけ、スティーブンは再度まぶたを持ち上げた。「ジェシーは？」

「ジェシー？　製材所に行っているわ。今朝ぐらいゆっくりすればと言ったんだけど……遅くまであなたの看病で起きていたから。でも聞いてくれなかったの。いつも以上にジョーを放っておけないって。そのとおりなのよ。ジョーはあなたが心配で、目も当てられない状態だったから」アマンダは微笑んだ。「でもそう心配しないように言っておいたの。丈夫な家系だもの。あなたならきっと乗り越えられる。サムもね」

　まぶたがまたも重くなり、閉じようとするのを必死で堪《こら》える。「すみません」全身をのみ込む疲労感と闘いながら、スティーブンはつぶやいた。「なんだかひどく疲れて……」

「当然よ。眠りに勝る薬はなし。でもその前に少しだけスープをのんで。夕べはかなり出血したから、栄養を補っておかないと。濃くておいしいミートスープを作ったのよ。チャールズ、彼の頭を支えておいてもらえる？」

　自分でもおかしなほど体に力が入らなかった。頭をひとりで持ち上げることすらできない。従者に両手で頭を持ち上げてもらい、アマンダにミートスープをスプーンでのませてもらう間も支えてもらうしかなかった。最初のひと口は胃がむかむかした。けれどしだいにそれもおさまり、少しはのむことができた。アマンダはチャールズに言って、頭を下ろさせた。そしてスティーブンがぐっすり眠ったのを見届けて、部屋をあとにした。

「このミスター・ファーガソンを狙いそうな人間に心当たりは？」保安官がジョーに尋ねた。保安官は帽子を後頭部に押しやるようにして被《かぶ》り、両方の親指をベルトに引っかけ、無表情で立っていた。ジェシーが、昨夜馬で帰宅する途中に自分とスティーブンを襲った出来事を説明する間もそうだった。母に話して、ジョーに話して、同じ説明をまた繰り返すのにはかなりうんざりしたが、昨夜ジョーからひととおりの話を聞いたウェイマン保安官が、直接ジェシーの話を聞きたいと今朝製材所にやってきたのだ。

「いや」ジョーは複雑な顔で首を横に振った。「だいいち、この町に来てまだ二日だ」

「そう」それはジェシーも同感だった。「たしかに苛《いら》つく人間だけど、でもこんな短い時間に、殺したいって思われるほど人の怒りを買うとも思えない」

「やっぱり事故だったのかも」ジョーが言った。

「それで三発もか？」ウェイマン保安官が呆《あき》れた表情を浮かべた。「彼を狙って三発も撃ってきたんだろう？」

「ええ。彼だと気づかずに撃ったとは、考えられない状況だった」

「ひょっとすると犯人はここの人間じゃないとか」保安官が言った。「彼を殺すためにセントルイスからつけてきたのかもしれんぞ。東部で何かがあって」

「だったらそっちで狙うだろう。こんなところまでつけてこずに」ジョーが切り捨てた。

保安官が肩をすくめた。「きみが狙われてたってことはないんだな、ジェシー？」

ジェシーは保安官にうんざりとした表情を向けた。「だとしたら、犯人は救いようがないくらい射撃が下手ね。三発撃って、三発ともスティーー―ミスター・ファーガソンを狙ってたから。わたしじゃない。それにいったい誰がわたしを殺したいなんて思う？」

「きみが少々人を怒らせるって話は耳にするぞ」ウェイマン保安官がくすりといたずらっぽく笑った。「それでもまあ、銃で狙う動機としてはふじゅうぶんだな。追いはぎのほうがまだあり得る。しゃれた格好の都会者を見かけて、これなら簡単に金を奪えると踏んで発砲して、落馬したところで金を奪うつもりだった」

「だとしても、ひとつ腑《ふ》に落ちないところがあるのよね。彼は金持ちっぽい格好をしてなかった。馬で行くのに、わざわざ普通の服を買いそろえてたから。見かけはほとんど変わらなかったのよ、保安官ともわたしとも、それに……」ジェシーはふいに言葉を切り、目を大きく見開いた。「ジョー……彼、似てなかった？」

ジョーはすぐにぴんときた。「サムにか？　スティーブンがサムと間違えられたってのか？」

「ちょっと待ってくれ」ウェイマン保安官が話に割って入った。「その東部から来た親戚の男っていうのは、誰かが見間違うほどサムに似ているのか？」

「ただの親戚じゃないんだよ、ウェイマン――俺の息子だ。サムの弟なんだ。そっくりってほどじゃない。近くで見たら、スティーブンをサムと見間違うことはない。しかし、似てるのは似てる。背丈も黒っぽい髪も、体つきも」

「遠目だと、区別がつきにくいかも」ジェシーは続けた。「日が暮れかけてたらなおさら。それに彼はわたしと一緒に馬に乗ってた。サムとわたしが友達だってことは、みんな知ってる。昨日の朝、わたしが馬で伐採場に向かうのを見かけた人だっているかも」

「ああ。それに俺も仕事場で何人かに話したよ。ジェシーは伐採場に行ったって」ジョーが言葉を挟んだ。「姿が見えないがどうしたんだって訊かれたから」

「わたしが伐採場に行ったのを知ってる人間が、わたしと一緒にいるサムに似た人を見たら、当然その人をサムだと思う」

「連中はきみが伐採場に従業員の給料を持っていったと思ったのかもしれんな」保安官が仮説を紡ぎ始めた。「で、つけていって――いや、だめだ、それだとつじつまが合わん。だとすれば伐採場に向かう途中で襲われたはずだ。サムが給料を持って町に向かうとは思わんだろう」

「サムからお金を盗《と》るのが目的じゃなかったのかも」

「おいジェシー、今はその話はよせ」ジョーが低くうめいた。

「どうして?」

「どの話をよせって? ジェシー、ジョー、いったいどういうことだ?」

「うちの丸鋸《まるのこ》の刃を壊したやつがいるの……わざと」ジェシーは説明した。「ジョーへのいやがらせに」

「あれは事故じゃなかったかな」ウェイマン保安官が戸惑いの表情を浮かべた。

「あなたがそう決めつけたんでしょ」ジェシーは言った。声から鬱憤《うつぷん》が滴るのはどうしようもなかった。「事故しか考えられないって。手を加えた形跡がどこにもないからって」

「そうだ。なのに、どうして事故じゃないと?」

「壊れてなかったから。わたしは知ってるの。前の晩、製材所を閉めるときはなんともなかったんだから。なのに、次の日の朝一に壊れたなんて。しかもあんなにきれいに。まわりに金属の破片も飛び散らずに、真ん中に大きな亀裂が入ってすぱんと割れてたのよ。誰かがそうなるように傷でもつけてない限り、そんなことあり得ない。これはジョーも同意見。だからそれ以来、ずっと製材所で寝泊まりしてる」

保安官が驚きの目をジョーに向けた。「どうして話してくれなかった?」

ジョーは肩をすくめた。「証拠がない。それはジェシーも同じだ。どれだけ確信していようとね。推論は推論だ」

「しかし、おまえの息子にそっくりな男性が銃撃されたのは推論じゃない。丸鋸の刃を壊した相手に心当たりはないのか？　製材所か、おまえにいやがらせを企てそうな相手に」

ジョーはため息をついた。「そこだよ。相手にはまったく心当たりがないが、おそらく俺かサムに強い恨みを抱く男なんだろう。そいつがうちの商売に痛手を負わせて困らせてやろうと、大型の丸鋸の刃を壊した。だが思惑が外れて、サムが新しい刃を注文しただけで製材所は小さい丸鋸で操業を続けている。だったら直接サムを痛めつけてやろうか、と、まあそう考えた可能性もある」

保安官は首を横に振った。「すぐには信じがたい話だな」

「わかる。俺も脳みそがねじれるほど考えた。自分がいったい誰に何をしたのか。ここまで恨まれて、復讐《ふくしゅう》を企てられるような何をしたのか。なんせことは深刻だ。丸鋸の刃の一件だけでなくて、息子まで殺されかけたとなると……」

ウェイマンはため息をついた。「明日、現場に行って、調べてみる必要がありそうだな。何か痕跡が見つかるかもしれん」保安官は帽子に手をかけて、扉に向かいかけた。つと足を止め、ジョーとジェシーを振り返る。「何か思い出したら、知らせてくれ」顔が真剣になった。「またおかしなことがあった場合は、特に。いいな？」

「わかってる」ジョーはうなずいた。「しかし相手は卑怯者《ひきょうもの》だ、サムを殺したと思って、とっくにこの辺りからはとんずらしてるだろう」

「そうだな」保安官の顔はとうていそうは思っていなかった。

保安官が出ていくと、ジェシーとジョーは一瞬、無言になった。やがてジェシーが息をついた。

「そろそろサムに話さないとね。弟が狙撃されたのに、いつまでも隠しておけない。それに犯人が狙っているのがサムだとしたら、それなりの心構えがいるでしょ。いつでも反撃できるように」

「サムが反撃しないときがあるか？」ジョーはそう言って、口の端を持ち上げた。

「わたしが言っている意味がわかってるくせに。身の危険に備えろってこと」

「ああ、それはわかってる。俺だって誰かがこっそり伐採場に忍び込んで、サムを傷つけるかと思うとぞっとする。だがこの一件をやつに話したら、間違いなく自分も製材所で寝泊まりすると言い出してくる。製材所を俺ひとりに任せておけないと、新しい刃を取りに行くのもやめるかもしれん。バーリーひとりで大丈夫だと」

「そうなったら、サムを説得するしかないわね。犯人はバーリーが新しい刃を持ち帰るのを阻もうとするかもしれない。サムがついていて、絶対そうさせないようにしないと」

「そうか」ジョーの表情が一瞬晴れやかになった。「サムが何か言ったら、その手を使おう」そしてまたも曇った。「しかしな、それもまた本当のことだ。くそ！　どうすりゃサムが無事でいられる？　考えてみると、犯人はスティーブンをセントルイスから追ってきたやつだというほうがまだ楽だな。少なくともサムは危険にさらされていないし……スティーブンが瀕死《ひんし》になったのが俺たちを訪ねてきたせいだと思わずにすむ」

ジェシーはジョーの腕にそっと手を置いた。「どこかのばかがあなたを狙ったからってあなたが悪いわけじゃない。スティーブンはたまたま運悪く巻き込まれちゃっただけ」

「それにおまえもな」

「わたしは怪我《けが》しなかったから」

「今回は、だ。だが次はどうなるか、考えてみろ。今度は巻き込まれるのはおまえか？　またスティーブンか？　それともサムか？」

「まあね、たしかに可能性はあるけど。でもだからってどうするの？　降参する？　町を出ていく？」

ジョーの表情が引きしまった。「俺がそんな人間だと思うか？」

「だったらなんでそんなことを言うの？」

「俺はおまえもうちの子供たちも危険にさらしたくないんだよ。おまえは、ここの仕事を辞めたほうがいいかもしれない」

「あのねえ。どのみちスティーブンは動けるようになったらすぐに帰っていくと思う。彼みたいな都会のお坊っちゃんが銃撃されてまでここにいるはずないし。だけど、わたしはどこにも行かない。サムは自分の身は自分で守れる。それはわたしも同じ。絶対にびびって逃げ出す日なんて来ないから。わたしはここから絶対に動かないんだから」

ジョーはじっと険しい顔を向けたあと、突如にっと笑った。「おまえがそう言うのは話す前からわかってたよ」

「だったら言わなきゃいいのに」

「口の減らないやつだな。いったいどうしてあんなに優しい母親からおまえみたいな強情な娘が生まれたんだ？」

ジェシーはくすりと笑った。「そう思うってことは、まだママをわかってないね。スカートをはいて優しく微笑んでても、中身は鉄の女なんだから」

ジョーの笑みがさらに広がった。「たぶんそれもおまえの言うとおりだろう」

スティーブンはその日の大半を眠って過ごした。目を覚ますたびにチャールズとアマンダが控えていて、目覚めている数分の間にスープを数口流し込むように口に運んだ。食欲は皆無で、胃は一日中むかむかしっぱなしだった。それでもアマンダはなんの栄養もとらさずに放っておいてはくれなかった。午後の半ばに医師が来て傷口を診察し、痛み止めにアヘンチンキを置いていった。アマンダがその液体をスプーン一杯のませてくれると、肩のうずきも和らいで眠るのも楽になり、それまでのようにむやみに荒々しい、わけのわからない夢にうなされることもなくなった。

次に目を覚ましたときには、窓の暗さで夜だとわかったが、ベッドのそばの椅子にはチャールズに代わってジェシー・ランドールの姿があった。スティーブンはどんよりとした頭を少しでもすっきりさせようと、目を瞬いた。肩がまた焼けるように熱かった。「やあ」自分の声の弱々しさにうんざりした。

「ハイ」ジェシーが立ち上がってベッドに近づいた。身をかがめ、額に手を当てる。彼女の肌はいい具合にひんやりしていた。

顔に当てられた手の感触が心地よかった。このまま外さないでほしいと思った。スティーブンは目を閉じた。ばかげているが、なぜかジェシーがそばにいると落ち着いた。と同時に、弱った姿を見られるのが恥ずかしい気もした。

「少し熱っぽいかも」ジェシーが言った。「冷やしてあげる」

ジェシーは洗面器に向かうと布を濡《ぬ》らして絞り、それを額に置いた。ひんやりとした。それでも心地よさは彼女の手にはほど遠い。

「痛む?」ジェシーが尋ねた。「ママの話だと、そろそろアヘンチンキをのんでも大丈夫ってことだけど」

「いや、それはあとでいい」本音を言えば、これがほかの誰かなら喜んで薬をのんだことだろう。だがジェシーから軟弱に見られているとわかっていながら、ここで痛みは認められない。もう少しぐらいなら耐えられる。

ジェシーは椅子に戻ると、膝の上で両手を組んで座った。スティーブンを見つめる。

彼の目が再び閉じ、どうやら眠りに戻っていったようだった。手持ちぶさただった。けれど裁縫や編み物や刺繍《ししゅう》といった女らしい手仕事はやったことがないし、本もあまり読まない。動き回ることには慣れているが、じっとしているのは難しい。病人に付き添うなど、普通なら絶対にやらないことだ。なのにどうしてスティーブンに付き添おうなどと思ったのか。たぶん彼を守り損ねたからだろう。こうなったことに責任を感じているから。

「チャールズは？」スティーブンが唐突に尋ね、ジェシーはびくりとした。

「え？　ああ、しばらく休んでもらった。一日中ずっとあなたに付き添ってたから。休憩して、何か食べる必要があると思って」

「優しいんだね。彼を気遣ってくれて」

ジェシーは肩をすくめた。別にチャールズのことを思いやって、夜の看病を代わったわけではないことは話すつもりもなかった。

何かせずにはいられず、ジェシーは立ち上がると、彼の額の布を濡らし直して再び額にのせた。スティーブンの頬に赤みが差していた。瞳も潤んでいる。熱のせいとはわかっていながらも、彼がますますハンサムに見えることは否定のしようがなかった。

後ずさりしかけると、スティーブンの手が伸びてきて、手首をつかんで引き止めた。ジェシーは驚いて、その場で硬直した。心臓の鼓動がやけに速まる。手首を包んだ彼の手は温かく、しかも驚くほど力強かった。そうして手首をつかまれていると、なぜか一瞬、はかなげな気持ちになった。

「ジェシー？　まだ行かないでくれ。話がある」

「どこにも行かないけど」

「なら、いいんだ」彼の指がどこか名残惜しげに手首を離れた。「きみにひと言、礼を言いたくてね。きみに命を救われた」

ジェシーは控えめに首を横に振った。「たいしたことじゃない」

彼の唇がほころびかけた。「ぼくにはそうだよ。もう少し、生きていたいからね」

「そういう意味じゃなくて。なんて言うか……どのみち同じことをしたから――」我ながらなんて失礼な言い方だろうと気づき、ジェシーは口をつぐんだ。

「誰が相手でも」スティーブンはしかめっ面で、ジェシーの言葉を代弁した。「わかっている。それでもぼくのためにしてくれたことだ。それには礼を言いたい。きみは頭がよくて、勇敢だ。きみほど迅速に判断したり、行動したりできる人はそういないと思う」

ジェシーはくすぐったさをおぼえて、肩をすくめた。「いい教師がいたからね。サム・ファーガソンっていう」

スティーブンはわずかに引っかかるものを感じた。兄を英雄視する彼女の口調がどこか癇《かん》に障る。スティーブンは短くうなずくと、顔を背けた。

ジェシーは椅子に戻りかけたところで、足を止め、再度スティーブンを振り返った。「わ……わたしも言っておこうかな」

スティーブンは興味深げに目を向けた。

「あ、あなた、すごかった。泣き言ひとつ言わなくて。思ってたよりずっとタフだった」

スティーブンの口元がぴくぴくした。「褒め言葉と受け取っていいのかな」

ジェシーは疑わしげに目を細めた。これって、からかってる？　しかもよりによって、感じのいいことを言おうとしたときに！「どうぞお好きに」

「いや、待って。怒らないでくれ。きみがそう言ってくれてうれしいんだよ、本当に」

「別に、どうでもいい。感謝とか、そういうのを期待して言ったわけでもないし。ただ知っておいてほしかっただけ。あなたが勇敢だったたってこと」

それはサムと同じぐらいという意味だろうか？　スティーブはその辛辣な言葉を胸におさめて、ジェシーが元いた椅子に戻るのを見守った。ふたりはしばらくそのまま無言でいた。時間が経《た》てば経つほど、肩の痛みが悪化して気を取られた。痛みに気を取られれば取られるほど、痛みは増した。熱もだんだん上がっているのがわかった。だがそれをジェシーに告げるわけにはいかなかった。しぶしぶとはいえ、勇敢だと認められたあとは特に。

しばらくしてアマンダが、例の尽きることのないスープのボウルを持って入ってきた。彼女はスティーブンをひと目見るなり、娘をきつく睨《にら》みつけた。「ジェサミン・ランドール、あなたそこに座って何しているの？　彼、痛がっているじゃない。当然、熱だって上がっている。あなた、わたしが言ったとおりアヘンチンキをのませてあげた？」

ジェシーは不機嫌に吐き捨てた。「いらないって言うから」

「またもう！　呆れた！」アマンダは切り捨てるような仕草をした。「男の人なんてものはね、自尊心の塊なの。素直にいるなんて言うわけないでしょう。どうあろうと、それをきちんとのませるのがあなたの役目」アマンダはトレイを置きながら、隅にある背の高いたんすを顎で示した。「そこの粉薬の包みを取って。発熱したときのために先生が置いていってくれたの。あなたはアヘンチンキを取ってきて、スプーン一杯を彼にのませてあげて」

スティーブンはアマンダの介入に内心ほっとしていた。ずっと歯を食いしばって痛みに耐えていたのだ。痛みに屈してジェシーに薬を頼むぎりぎりのところだった。スティーブンは片肘をついてどうにか体を起こし、ジェシーが差し出すスプーンの液体を口にした。

アマンダが包みの粉薬をグラスの水に溶かしている間、ジェシーはスティーブンの負傷していないほうの腕を取って自分の肩に回させ、上半身を起こすと枕を膨らませて背中に当てた。快適ではなかったが――まあ、それが可能だとも思っていなかったが――少なくともこの形ならほかの薬も、あの執拗《しつよう》に追いかけてくる薄いスープも飲むことができる。

アマンダが唇にグラスを押し当てると、スティーブンはひと口飲んで、その味に顔をしかめた。砂をのんだように口の中がざらついている。「ひどいな。ぼくを殺す気ですか？」アマンダがいったんグラスを唇から離した隙に、スティーブンは苛立ちをぶつけた。

「その逆」アマンダは穏やかに答えた。「さあ、残りも飲んで」

「とても無理だ」

「大丈夫、飲めるから」アマンダはなだめるように言った。「さあ、口を開けて」

スティーブンは重いため息をつくと、残りをなんとか飲み干した。一瞬吐きそうになったが、目を閉じて、とにかく胃が落ち着くまで浅い呼吸を繰り返した。

アマンダが微笑んだ。「ほら。ちゃんと飲めたでしょ」彼女は娘に目をやった。「わかった？　少しだけ強制して、少しだけ我慢してもらう。男の患者は扱いにくいものなのよ。さ、今度はあなたがこのスープを飲ませてあげて」

ジェシーは不安な顔を母親に向けた。「でも、ママ……それはママがやるんじゃないの？」

「わたしは時間がないの。夕食の後片づけがあるんだから。それにそろそろジョーが来る時間よ。この人のできるだけ元気な姿をジョーに見せてあげたくない？」

「それは、もちろん」ジェシーは半ば横たわるような、半ば起き上がったような格好のスティーブンに目をやった。この彼にスープをのませると思うと、どうにも気持ちが落ち着かない。「でもやったことがないし。やり方もわからない」

「すぐにこつがつかめるわよ。難しいことじゃない」

ジェシーはスープのボウルを手に取ると、おそるおそるベッドに腰を下ろした。スプーンをボウルに浸し、スティーブンの唇まで運ぶ。スプーンの半分ほどは、彼の顎からシーツに滴り落ちた気がした。

「どうしよう」ジェシーはうろたえてスープの染みに目をやった。

「一度にたくさん入れなければいい」スティーブンが静かに言った。

「え？　ああ、なるほど」ジェシーはわずかに顔を赤らめた。どんなことであろうと、自分を無能に感じるのは嫌いだ。どうしてこんなことをやると言ってしまったんだろう。それどころか正直に言えば、どうしてチャールズに代わってあげるなんて申し出たんだろう？　ジェシーは、今度は控えめにスプーンを満たした。

「きみのお母さんは膝にボウルをのせて、ぼくの顎の下にタオルを当てる」

このほうがずっと上手くいくじゃない。それに気づいてからはそう悪くなかった。もちろん、おもしろい仕事とまでは思わなかったが、それなりには楽しめた。これまで誰かの世話をしたことなどなかった。無理やりやらされている感じでもなく、それどころか気分よくやれていることが自分でも意外だった。スティーブンの顎の下に手でタオルを当てて、唇に何度も何度もスプーンの先を近づける。じっと彼の顔を見つめながら。ほかに目のやり場はなかった。こんなにも男の口元を見つめたのは初めてだった。下唇のほうがわずかにふっくらとしているが、引きしまった唇だ。時折スープの滴がその下唇に垂れ、舌がそれを舐《な》め取った。一、二度はにかんだように微笑んだときには、そこに白い歯もきらめいた。見つめれば見つめるほど、ジェシーは自分の唇を強く引きしめていた。

ついにスティーブンが首を横に振り、それ以上のスープを拒絶した。ジェシーはボウルとタオルをトレイに戻したが、まだベッドからは立ち上がらなかった。スティーブンは横たわったまま見つめていた。その目はうつろで、アヘンチンキが効き始めているのはジェシーにもわかった。ジェシーはさっきしたように、熱を確かめようと額に手を当てた。

「いい気持ちだ」スティーブンはつぶやき、その自分の言葉にぎくりとした。呂律《ろれつ》も回っていないし、心細いことに心の抑制もきかなくなっているらしい。ジェシーはこのまま手を当て続けてくれないだろうか。視線が無意識に、男っぽいシャツの開いた襟元からのぞく喉に、フランネルの奥の柔らかな胸の膨らみに吸い寄せられた。「優しい手だね」スティーブンは言った。「意外だったよ」

ジェシーはびくりと手を持ち上げた。どうしようもなく気まずかった。スティーブンの声は低くてちょっと不明瞭で、なんとなく……耳に心地よい。体の奥底で何かが震えた。首筋から上が熱くなるのが腹立たしくて、慌てて視線を周囲に散らした。「わ、わたしも意外だった」ジェシーはなるたけ軽くふざけた調子で答えた。「こうやって病室でじっとしてることなんて、めったにないしね」

スティーブンはジェシーを見つめた。体が重くてほかにできることがなかった。頭すら動かせない。それに彼女は見ていて気持ちがいい。エリザベスみたいな、冷たいカメオの美しさはない。それでもこの大きくて率直な青い瞳や大きめの口元、逆三角形の顔立ち、鼻と頬に散る金色のそばかすには、心を引きつける何かがある。炎のような色の髪は二本の三つ編みにきつくまとめられているものの、完璧《かんぺき》には編み込みきれず、ほつれ毛が柔らかな弧を描いて顔の周辺に散っていた。この髪を肩に下ろせば、どんなにかすばらしい眺めだろう。その姿を目にした男はいるのだろうか？　彼女の心を溶かした男は。

「どうして隠すんだい？」スティーブンはまるで独り言のように静かに尋ねた。

ジェシーはぎくりと体をこわばらせた。その目に疑念が浮かぶ。「隠すって、何を？」

「女性だってこと」頭がますますぼんやりしてきていた。それでも必死に表現する言葉を探る。「そういう服を着て、タフなふりをして」

「だってタフだから」ジェシーは胸の前で腕を組み、燃えるような目でスティーブンを睨みつけた。「何も隠してなんてない」

「だがきみはすごくきれいだ。その気になればなれるのに……魅力的に」

魅力的！　ジェシーは言葉をなくした。そんなこと、誰からも言われたことがない。やっとの思いで言った。「頭がどうかしたんじゃない？　思ったより熱がひどいのかも」だがその乾いた皮肉な言葉もほんの少し息切れしていた。胸の奥が奇妙に締めつけられる。

　スティーブンはふっと頬を緩めて、首を横に振った。しだいにまぶたが重くなり、それをぐっと持ち上げる。まだ言い残したことがあった。彼女の自嘲的な言葉に何かしら返したかった。だが意識が朦朧《もうろう》としてどうにもならない。スティーブンは唇を濡らした。「ジェス……」

「何？」ジェシーはほんの少し身を寄せた。声がくぐもっていて、しかも聞き取るには低すぎる。

「きみの本当の名前は？　ジェスじゃないだろう」

「ああ、それ」ジェシーは顔をしかめた。自分のフルネームを好きだと思ったことはなかった。妙に繊細で、きらきらしすぎている。「みんなはジェシーと呼んでるけど」

「ジェシーでもないだろう？」灯油ランプの鈍い明かりに、彼の目が暗く柔らかく照らし出されていた。瞳孔が大きく開いている。「本当の名前は？」

　こんなに弱々しく横たわっている人に嘘《うそ》はつけなかった。「本当はジェサミン」

「ジェサミンか」スティーブンが微笑みながら繰り返した。「ジェサミン」そうやって呼ばれると、ひどく落ち着かない気分になった。「かわいい名だ。かわいいジェサミン」

　スティーブンはかすかな笑みを浮かべたまま、眠りに落ちた。

　ジェシーはそのあともずっと、眠るスティーブンのそばに付き添っていた。普通なら退屈でどうしようもなかったはずだが、今夜はスティーブンから言われた言葉を繰り返して考えるのに忙しく、退屈どころではなかった。〝魅力的〟そんな言葉を使う男は身近にいなかった。あれはどういう意味で言ったんだろう？

きっと熱に浮かされていたんだ。ジェシーはそう自分に言い聞かせた。正気の男が、こんな古いフランネルのシャツとデニムパンツと膝まで届きそうな編み上げの作業靴をはいた女を、魅力的などと呼ぶはずがない。かわいい女どころか、女にすら見えないのに。

いいえ待って、彼は魅力的だと言ったわけじゃない。魅力的になれると言っただけ。つまり、スカートをはいて、髪を頭のてっぺんでまとめて、優しくて従順な表情を取り入れたらってことだ。そんなこと、どれひとつやる気はない。どんな男のためでも。スティーブン・ファーガソンみたいな人に好印象を与えるため、なんてもってのほか。

スティーブンが、袖口と襟元にレースをひらひらさせて、首元には優しい雰囲気の小さな真珠のネックレスなんかをつけた女が好きなのはわかりきっている。扇で口元を覆いながら甘い言葉をささやくようなタイプが、女はこうすべき、なんてあれやこれやとややこしい規則でがちがちになっているタイプが好みなんだろう。母が読んでる本に出てくる、あのばかげた女たちみたいなタイプが。命を救ったことには感謝してくれた。それでも女らしくないと見られていることに変わりはない。

ジェシーは鼻息を荒らげそうになるのをかろうじて堪えた。昨夜、誰かが襲撃してきたとき、そんなフリフリのご立派な淑女が一緒だったらどうなっていたと思う？　いいえ、あのときはたしかにわたしがタフで普通の女らしくなくて、パニックに陥ることなく彼を窮地から救い出したことを喜んでくれていた。なのに今になって、女らしくない格好や振る舞いを指摘する？　でも、まあいい。ジェシーはスティーブンの寝顔をじろりと睨みつけた。なんの関係もない人だ。そんな人に自分の外見をどう言われようと、それこそ関係ない。

それでも数分後、ジェシーは我慢できずにそっとたんすの上の小さな鏡に近づいていた。薄暗い中、右を向いたり左を向いたりして、あらゆる角度で自分の顔を映し出してみる。魅力的？

ジェシーはため息をついた。とてもそうは見えない。鏡に映っているのはにんじん髪に薄い赤茶色の眉、鼻に広がるそばかす。青い目はまだいい。男は青い目が好きらしいから。けど、たとえ青い目でも、ぶしつけな遠慮のない視線は望むところではない。そう、男が好きなのはパン屋のガーティ・ハスキンスみたいな焦点の定まらない澄んだ青い目。控えめにちらりと見てから、まるで吸い込まれるようにじっと見つめてくる類いの目だ。

ジェシーは鏡の自分に顔をしかめた。わたしったら、いったい何をやっているんだろう？　鏡の前でぼんやりしたりして。こんな暇があるなら、もっとやるべきことがあるのに。スティーブン・ファーガソンに外見をどう思われたってかまわないじゃない――何が欠けていると思われたって。

ジェシーは椅子に戻ると、脚を投げ出してどさりと座った。揺り椅子の背に頭を寄せかけ、チャールズが交代に来てくれるのを待つ。どうすればいいのか、もうわからなかった。

7

朝にはスティーブンの熱もだいぶ下がり、それからは時間を追うごとによくなっていった。肩の痛みもいくぶん和らいだ。ジェシーが仕事から戻るころには、目覚めて意識もはっきりしていた。自分に何があったのか、何点か彼女に確認しておきたいことがあった。

「だいぶ気分がよさそうね」ジェシーは部屋に入ってくるなり言った。スティーブンは上半身を起こし、枕を支えにベッドの頭板に背中を当てて座っていた。

「ああ。チャールズが手を貸して座らせてくれた。かなり気分もいい」

チャールズは、教育の行き届いた使用人らしく、ジェシーが着くなり音もたてずに部屋を出ると、礼儀作法に則《のっと》って薄くドアを開けて去っていった。ジェシーはそんな彼を見送ると、首を振りながらスティーブンに向き直った。

「あの人、何も話さないの？」

「なんのことだい？」

「こんにちは、とか、ちょっと失礼、とか、じゃあまた、とか。そういうこと」

「話すよ、声をかければね」

「はあ？　つまり、あなたが声をかけなきゃなんにも話さないわけ？」

「そうだ」

「どうして？」

　スティーブンは困惑した表情を浮かべた。「気配を消すのも職務だから」

「どういう意味？」スティーブンはいつもこんな話し方をするのだろうか？　それともこちらの無知を思い知らせるためにわざとやってるの？

「自分の存在を意識させないことだよ。空気みたいになること」

「なぜ？」

「使用人だから。彼は……そう教育を受けている」スティーブンはそれ以上の説明を諦めた。どう言おうと、彼女は理解しそうにない。

　ジェシーは肩をすくめた。ベッドに歩み寄り、封書を差し出す。「あなたに電報が来た。だいぶよくなったから、そろそろ読んでもいいんじゃないかってママが。ミズーラの郵便局に届いてたのを、今日駅馬車で持ってきてくれたの。製材所に届いた。ファーガソンといえば、そこしか心当たりがなかったんだと思う」

「電報？」スティーブンは眉根を寄せて、封書に手を伸ばした。封を開けて、目を通す。

「まいったな」スティーブンは再度読み返した。二度目もただ困惑を増しただけだった。

「どうかした？」

「ぼくの婚約者からだ。セントルイスからミズーラ行きの列車に乗ると知らせてきた。明日発《た》つらしい」

「婚約者！」ジェシーは眉を吊《つ》り上げた。婚約してたなんて！　なぜこんなにも驚くのか、自分でもわけがわからない。でも突如息苦しささえおぼえていた。「婚約してたんだ」

「ああ。しかし、なぜ急にこっちへ来ようなんて思ったのか。エリザベスは、いつもは限りなく冷静な女性なんだよ」

そうでしょうよ。しかもきれいで、女らしい高級ドレスなんかを着こなして、ライラック か薔薇《ばら》かそういった類いの香りをさせているんでしょ。「理由は書いてないの？」

「ああ。行くから、迎えに来てほしいとだけ」

「あなたから捨てられそうだと思ったとか」

スティーブンはぎろりと睨《にら》んで押し黙らせた。「エリザベスはそんなに愚かじゃない。ぼくとは子供のころからの付き合いだ」

「じゃあ、あなたを待ちきれなかったんじゃない？　早く結婚したくなったのかも」

あの冷静沈着なエリザベスが、これ以上離れていたくないからこのモンタナ地方の大自然に飛び込んでくる？　考えただけで、口元がほころんだ。「まあ、それはないだろう」

ジェシーは奇妙な目を向けた。婚約者との再会を控えた男とは思えない反応だ。そういうときはもっと興奮して大喜びするものとばかり思っていた。こんなに穏やかで、おもしろがるような口調ではなく。「理解できない」

「きみはエリザベスを知らないからだよ。まさにレディそのものといった女性でね。何をするにも的確で、なんというか……凛《りん》としている」

凛と？　自分の愛する若い娘の描写としては、なんか変わってる気がするけど。

「彼女のことだ、それ相応の理由がなければこんな性急なまねはしないだろう」スティーブンの眉間に皺《しわ》が戻った。エリザベスは義理の母親との間に何かあったのだろうか。ネッタから何かしらいやがらせをされて、スティーブンがセントルイスに戻るまで彼女と同じ屋根の下で過ごすことに耐えきれなくなったとか。しかし、それならなぜうちの祖父母のもとに行かなかったのだろう？　しかもこの状態でミズーラまで彼女を迎えに行けるのか？「エリザベスを出迎えもなく到着させるわけにはいかない」

ジェシーは首を横に振った。「この状態で馬に乗るのは無理。まだベッドから起き上がることもできないのに」

たしかに。明日運よく起き上がって部屋を歩き回れたとしても、ひとりで馬に乗れるようになるには数日かかる。「だがエリザベスはどうすればいい？」

「駅馬車には乗れないの？」

「ひとりで？」スティーブンの眉が跳ね上がった。「それは、無理だ、考えられない。だいいち、エリザベスはぼくが迎えに来ていると思っている。電報を打ったのは数日前だ。それが届くのにこんなに長くかかるとは、彼女には想像もつかないだろう。当然ながら、ぼくが怪我《けが》をして迎えに行けないことも」

「となると、あなたが彼女に伝言を送るしかない。そうだ！　サムがバーリーとジム・トゥ・ホーシーズを連れてミズーラに新しい丸鋸《まるのこ》の刃を取りに行くんだった。今日の午後、町に来たんだ。明日早朝にミズーラに発つと言ってた。サムならあなたの婚約者に伝言を持っていってくれるんじゃないかな。それより、彼女をここに連れてきてくれるかも」

スティーブンは二の足を踏んだ。自分で迎えに行けないとなると、ここまで兄に付き添ってもらうのがたしかにエリザベスにとっては最善だが。「しかしサムは引き受けてくれるだろうか？　この前会ったとき、あまり喜んでいなかった気がして仕方がなくてね。ひょっとするとぼくは現れないほうがよかったんじゃないかと」

「そんなことないって。サムはいつだって頼りになる男なんだから。弟の未来の妻を送り届けるのをいやだなんて言うはずない。いくら――」ジェシーは自分がどんなに気のきかないことを言っているか気づいて、はっと口をつぐんだ。

「いくらぼくのことが嫌いでも」スティーブンが代わりに続けた。「だろう？」

ジェシーはわずかにお尻をもぞもぞさせた。「そんなことは言ってない」

「無理しなくていいよ。どう贔屓目《ひいきめ》に見ても、ぼくへの感情が複雑なのは明らかだ」スティーブンの顔が突如冷たくよそよそしいものになった。遠い昔、身に着けることを学んだ社交上の仮面。「仕方ないだろう。二十年以上も経《た》つわけだ。気持ちが変わらないと思うほうがどうかしている。ここに来て、ぼくも気づいた」

この人は誰に対してもこんなに冷静なのだろうか、とジェシーは思った。婚約者。兄。自分以外の誰かに対する感情に欠けているのか、それとも単に感情を隠すことに長《た》けているだけなのか。口数の少ない男にはジェシーも慣れていた。ただそれは苦しみに対してだけで、少なくとも興奮や怒りや喜びはたとえ言葉にしなくても表情には表していた。でもスティーブン・ファーガソンが今この瞬間何を感じているかは、想像するのさえ難しい。

「まあでも」ジェシーは言った。「一度頼んでみたらどう？　ひとりで駅馬車に乗れないとなると、そのレディをここに連れてくる方法はほかにないわけだし」

ジェシーの言うとおりだ。先日のサムの対応を考えると頼み事をするのは気が進まないが、それでもエリザベスを西部の荒野の町で立ち往生させるよりはずっとましだろう。

「そうだな、きみの言うとおりだ。頼んでみるよ」

「ならサムが夕食に来たときに、ここへ来るように言っとく」ジェシーはドアに向かった。自分でも次の行動に迷っていた。ここへ来たときは、前の晩のように夜通しスティーブンについているつもりだった。けれどここまでよくなっていたら、その必要もない。そうなると、どうにも気まずかった。

「ありがとう」スティーブンはドア口に向かうジェシーを見つめた。どことなく去りがたそうにも見えるが、考えすぎだろう。彼女は礼儀作法というものがわかっていないだけだ。彼女に会ったエリザベスがどんな反応を示すだろう。考えただけでスティーブンの頬は緩んだ。

ジェシーが出ていくと、スティーブンは浅い眠りに陥り、夢と現実を行ったり来たりした。一度目を覚ましたときには、エリザベスの思いがけない電報への驚きと心配が先立って、撃たれたときの状況をジェシーに尋ねるのをすっかり忘れていたことを思い出した。次に目を覚ましたのは、ノックの音が聞こえたときだった。チャールズが部屋への勝手な侵入を遮るように、即座に駆け寄ってドアを薄く開けた。ぼそぼそと低い声が聞こえた。

「誰だ、チャールズ？」

従者が顔だけ振り返った。「お名前はうかがっておりません、スティーブンさま」

ドアの外から、ざらりとした皮肉っぽい声が聞こえた。「ノーラスプリングスのファーガソン家のサミュエル・ファーガソンだ。弟に会うのに約束が必要なのか？」

スティーブンは頬を緩めた。突如胸が軽くなった気がした。サムが会いに来てくれた。ジェシーはああ言ったものの、来てくれないのではと不安を抱いていたのだ。チャールズが正式にサムに挨拶をして中に通す間に、スティーブンはベッドに起き上がった。兄に弱った姿を見せるのはいやだった。

スティーブンが下がるように命じると、チャールズは音もたてずに部屋を出ていった。サムはドアのそばの椅子に帽子を放り投げ、ベッドに近づいた。ばつの悪そうな顔でスティーブンを見つめる。

サムは椅子に腰を下ろすと、スティーブンはベッドの脇の椅子を示した。「座って、サム」

スティーブンは咳払《せきばら》いをした。「襲われたのは、気の毒だった」やっと言葉が出た。まるで喉の奥から無理やり引きずり出したようだった。「ジェシーと馬に乗っていたから、俺と間違われたのかもしれない」

スティーブンはうなずいた。沈黙が落ちた。「ここじゃ、こういうことがよく?」凍《い》てついた空気を溶かそうと、なるたけ軽い口調で言った。

「よく、とまではいかないが、ときどきは」サムがじっと見つめた。突如その顔に笑みが広がる。「まったく、おまえにしてみれば、とんだ歓迎だったな」

「本当に」スティーブンも軽い笑い声を返し、そのあとは打って変わって和やかに会話は進んだ。

二時間後、サムが部屋を出るころには、互いに離れ離れだった間の過去を、母親の話題だけは気を遣って避けながらもたっぷりと語り合っていた。サムはエリザベスをノーラスプリングスまで連れ帰ることも承諾してくれた。スティーブンがうっかり礼を申し出て、サムを怒らせるというトラブルはあったけれど。サムは明らかに気を悪くしていた。それでもなんとかスティーブンがなだめ、友好的な状態で話を終わらせることができた。

ステイーブンはふっと微笑《ほほえ》んだ。サムはとっつきやすいタイプではない。だがとりあえずは一歩前進した。今ではもうこの前伐採場で会ったときのような冷ややかな他人ではない。もとどおりの関係に戻るのには時間がかかるかもしれないが、少なくとも今は、自分には兄がいると、またそう思える。

その夜スティーブンは夢を見た。夢の中ではセントルイスの自宅にいて、ジェシーも一緒だった。そこは暗い廊下だった。ちょうど前方を歩くジェシーに追いつこうと、足を速めたときだった。突如現れた男がジェシーにつかみかかった。彼女がスティーブンの名を呼んで、懸命に手を伸ばした。顔は真っ青で、ひどく怯《おび》えていた。スティーブンは助けようと駆け出すが、どういうわけか一向に前に進まない。どれだけ懸命に足を動かして手を伸ばしても、ジェシーにも襲撃している男にもどうしてもたどり着けない。まるで床にこぼれた糖蜜か何かに足が張りついてしまったか、ふたりとの距離がどんどん伸びているみたいに。ジェシーが悲鳴をあげ、スティーブンは彼女の名を呼んで、必死に、必死に……。

肩と脇腹の痛みではっと目が覚めた。なんとか起き上がろうと腕を伸ばす。傷が焼けつくようだった。苦悩の息を吸い込んで、ばたりとマットレスに倒れ込む。

夢だ。今のはただの夢だ。それにしてはひどく現実的で恐ろしかった。スティーブンは目を閉じた。心臓の鼓動が速まっていた。じっとりと汗をかいている。

ドアが開き、ひとりの女性がそっとためらいがちに入ってきた。彼女が手にしたガラスの灯油ランプで部屋の中を照らし、それでようやくそれがジェシーだとわかった。それでも、自分の知るジェシーとは別人のようだった。ウエストをベルトで結んだ長くどっしりとしたローブ、しかも部屋の奥に向かって歩き出すと、その前部の合わせ目から下に着ている青白いナイトドレスがちらちらとかいま見える。髪は背中と胸にかけてゆったりと下ろし、薄暗い部屋の中では赤茶色に沈む髪も、光を受けるとそこだけは赤銅色に輝いていた。

女性らしい姿のジェシーを見るのは初めてだった。しかも彼女の髪は思っていたよりずっとすばらしく、サテンの輝きを放つ豊かな滝のようだ。「ジェサミン」彼女の名を呼ぶ声がささやきとなった。

「スティーブン？」ジェシーはそっと歩み寄った。「大丈夫？　大きな声が聞こえた気がしたんだけど」聞こえたのが自分の名前だったことはあえて言わなかった。

「ああ。大丈夫だ。夢を見ていたらしい」

ジェシーはうなずくと、ベッドサイドの小さなテーブルにランプを置いた。身を乗り出し、スティーブンの額に手を当てる。汗でじっとりとしていたが、異常に熱くはなかった。シーツをめくって肩を出し、ランプを近づけて包帯の状態を確認する。ジェシーは小さく舌打ちして首を横に振った。「傷をちょっとかきむしったみたい」ジェシーの髪が腕と胸をかすめていた。くすぐったい。上質のシルクみたいな柔らかな感触だ。

ジェシーはせいいっぱい落ち着いた手さばきですばやく胸の包帯をほどくと、傷に当てられたガーゼを慎重に剥がした。ガーゼが傷に張りついていなかったことに安堵《あんど》しながら、また新たにガーゼを畳んで傷口に当て、その当てたガーゼが剥がれないように上から長細い綿布を胸に巻きつけていく。

ジェシーは自分でも認めたくなかったけれど、どうにも気持ちが落ち着かなかった。彼の上半身がむき出しになっていることがやけに意識される。包帯を巻きながら、時折手が彼の肌に触れ、その肌の滑らかさに触れるたびに指がうずいて仕方なかった。自分の服装もまた気恥ずかしい。たとえ銃撃されて伏せっている相手でも、未婚の娘が男とこうしてふたりきりでいるのはやはり非常識、と、そう思ったところでジェシーははっと我に返り、自分をばかみたいだと思った。まったく、いったいいつからジェシー・ランドールは自分の行動が常識的かどうかなんて考えるようになったわけ？

「どんな夢だった？」その会話がぎこちなさを少しでも和らげてくれることを願って、ジェシーは尋ねた。

「はっきりとは覚えていない」スティーブンにしたところで、必死にジェシーを救おうとしていたなどと言えるはずもなかった。夢で感じた無力感が、いまだ口の中に苦い味を残している。それに話したところで、ジェシーは笑い飛ばすだけだ。自分は誰かに救ってもらう必要はない、自分の身は自分で守れると言って。

たしかに。銃撃を受けたときも、彼女は自分の身だけじゃなく同行者の身まで守った。

そう思うと、いたたまれない気がする。

「さてと」ジェシーは包帯の端を結び終えると、身を引いてランプを手に取った。包帯は少したるんでいるし、母の仕事に比べたらかなり雑だけれど、母が新しいのに取り替えるまでならほどけないでいてくれるだろう。「これでよし。じゃあ、またゆっくり寝て」

踵《きびす》を返そうとしたとき、スティーブンがローブをつかんだ。「いや、待ってくれ」

ジェシーはいぶかしげな顔で振り返った。「どうかした?」

「そうじゃない。きみに訊《き》きたいことがあってね。さっきはうっかりしていた」

「そう」ジェシーはほんの少し落ち着かない気分で待った。

「撃たれたときのことだよ。どうしてあんなことに? 誰の仕業だい?」

「それはまだ」ジェシーは首を横に振った。「今、保安官が調べているところ」

「しかし、あれはわざとだったのかな? 保安官はどう考えている? 故意か、事故か」

ジェシーは内心身もだえした。どう答えればいいだろう。この状態のスティーブンをむやみに脅かして動揺させたくないし、かといって、嘘《うそ》をつくのも気が咎《とが》める。「まだわからないみたい」結局は言葉を濁すしかなかった。

その沈黙が逆にスティーブンに知りたかったことを伝えていた。「彼らはぼくを狙っていた」額に皺を寄せて考え込む。「発砲も一度ではなかった。そうだろう？　執拗《しつよう》にぼくの命を狙ってきた。事故のわけがない」

ジェシーはためらいつつも、結局はうなずいた。「そう、連中は撃ち続けた。だけど、誰かはまだわかっていない。なぜノーラスプリングスの人間があなたを殺そうとする？」

「そうだね。ここでの知人は父とサムだけだ」

「そう、そしてそのふたりではない」ジェシーは肩をすくめて、スティーブンのそばを離れた。「ひょっとしたらサムと間違われたんじゃないかとみんな思ってる。遠目に見ると、あなたたちはよく似てるから」

「らしいね。サムがそんなふうなことを言っていた」スティーブンは言葉を切った。「しかしサムをそこまで憎む人間がいるのか？」

「頭のおかしなやつはどこにでもいるから。だからこっちも頭がおかしくなったみたいに、ジョーとママと三人で、あなたはサムじゃないってあちこちで触れ回ってる。これでもう今度あなたを見かけても、撃ってくることはないんじゃないかな」

「だがサムは？　彼はまだ危険なんじゃないのか」

「サムなら大丈夫。頼りになる男がふたりも一緒だし、町からも離れてるし。ジョーもわたしも、サムのことはそう心配いらないと思ってる」

「そうか」ジェシーの言葉に裏づけられ、スティーブンは安堵した。それでもまだ彼女が真実を話してくれていない気がしてならない。少なくとも何か隠されている気がする。

「心配しなくていいって」ジェシーが言った。「この前撃ってきた相手もあなたが何者か知ったら、もう襲ってこない」

「しかし、サムは違うだろう？　町に戻ってきたときはどうする？　人殺しがつけ狙う」

ジェシーはうなずいた。「たぶん」ジョーともども、今度の襲撃が個人的なものではなく仕事に関連することだと考えていることを、ここでスティーブンに説明するつもりはなかった。まだ体が弱っているスティーブンをこんなことで心配させたら、ジョーに申し訳が立たない。ジョーだってスティーブンには打ち明けたくはないはずだ。でもこのままスティーブンから質問攻めにされたら、どうすればいいのか。

「だとしたら、何か手を打たなくてはね。警察は？　保安官は何をしているんだ？」

「もちろん、犯人を捜してくれてる。あなたを撃ったとき、犯人が隠れていた場所も見つかった。逃走経路もある程度はたどれたけど、途中で見失ったらしい」

「つまり、収穫はなしか」スティーブンは眉をひそめた。「何か引っかかるな。ここは個人的に探偵を雇ったほうがいいかもしれない。一度仕事上の問題で雇ったことがあってね。我々がうすうす疑っていた窃盗犯を、彼はすぐに暴き出してくれた。よかったら彼に電報を打ってみてもいいんだが」

「その人に何ができる？」ジェシーが鼻であしらうように言った。「都会者がこの山奥で」

スティーブンは苛立《いらだ》ちで唇がぴくぴくするのを感じた。ジェシーが都会の人間をどう思っているかは明らかだ。「荒野で犯人を追跡するのは無理でも、動機や手がかりを探るのは、セントルイスだろうとモンタナだろうと大差ないと思うよ」

「でも、ジョーとサムが絶対首を縦に振らない」

スティーブンはエリザベスの乗り物代を渡そうとしたときにかいま見た、兄の自尊心の高さを思い出した。それはジェシーの言うとおりかもしれない。探偵代をこちらが支払うことはサムの自尊心が許さないだろうし、周囲の反応も気になるだろう。自分のことは自分で、がここの人たちの最も重要なポリシーだという気がする。「わかった。探偵を雇うのはよそう、今はまだ。その前に、自分たちで探り出せることがありそうだ」

「たとえばどんな?」

「サムに悪意を抱きそうな人物。最近解雇した人物か、雇用を断った者でもいい。まずはそこからだ。きみは経理を預かっているんだったね。だとすれば調べがつくだろう?」

ジェシーは驚きの表情を押し隠した。スティーブン・ファーガソンがこれほど実務的というか、鋭い意見を出せる人だとは思ってもいなかった。それに、これぐらいのこと、どうして自分で思いつかなかったんだろう。

「もちろん、個人的なことの可能性もある」スティーブンが不安げにちらりとジェシーに目を向けた。「きみが首を突っ込む話じゃないかもしれない」

ジェシーはにっと笑った。「お上品なわたしには聞かせられない話が出てくる?」

スティーブンは鼻の頭に皺を寄せた。「つまりきみは、その可能性はないと?」

「それより可能性のあることを教えてあげましょうか。本当はゆっくり養生しなくちゃいけないあなたにこんな話を聞かせたと知られたら、うちの母とおたくのお父さんからぼこぼこにされちゃうこと。わかってる? 今は真夜中」

「わかっているよ」スティーブンの目がちらりとジェシーのローブの胸元をとらえた。襟元から青白いナイトドレスがのぞいている。

ジェシーは思わずローブの襟元に手をやって、きつく重ね合わせた。ほんのりと頬が染まる。我ながらその反応が意外だった。男にローブ姿を見られたぐらいで動揺するなんて、ばかみたい。思わせぶりな言葉すら言われていないのに。ジェシーは手の力を抜いてだらりと脇に下げ、強いて涼しい目でスティーブンを見つめた。「おやすみ」

「おやすみ」ジェシーはドアに向かいかけた。「ミス・ランドール」

足を止め、肩越しに彼を振り返る。

「ようすを見に来てくれてありがとう。きみはすばらしい看護師だ」

その言葉に胸が熱くなったが、ジェシーはただ肩をすくめた。褒められるとどう反応していいのかわからない。特にこの人には。「たいしたことないって。いいから、もう寝て」

「ああ。おやすみ」

ジェシーが出ていくと、部屋は闇に包まれた。スティーブンは横たわったまま、窓の外の上弦の月を見上げた。エリザベスは今ごろどこにいるのだろう？　なんのためにここに向かっているのか。なぜ自分は――いや、サムは狙われたのか。そして思った。あのローブを脱いだジェシー・ランドールはどんなふうなのだろう。

スティーブンは本来健康な若者で、癒えるのも早かった。あっという間に従者の手を借りてベッドを出られるようになり、ゆっくりとでも部屋の中を歩けるまでになった。窓辺の椅子に腰かけるのが日課となり、その時間も日を追うごとに長くなった。それでも体力の低下は顕著で、スティーブンには回復に気が遠くなるほど時間がかかっている気がした。体は弱っているのに気力だけが先に回復しているせいだろう、とにかく退屈だった。

ジョーは毎晩見舞いに立ち寄ってくれた。父子はその時間の大半を製材所や材木業の話で費やした。スティーブンはさまざまな商売に関心が高く、材木業にも興味津々だった。ジョーは嬉々《きき》としていろいろと教えてくれた。サムの存在を除けば、材木業はジョーの人生そのものだった。大半の男たちが自分の仕事に抱くより、はるかに深い愛情を仕事に注いでいた。一心同体も同然だった――土地、森、鋸《のこぎり》の振動音と。この分野で、ジョーに経験のない職種はなかった。知らない側面もなかった。ありとあらゆる側面を愛していた。昔の話もしてくれた。森に設置する伐採場の規模がもっと小さくて簡素で、たいていは小屋がひとつだけだったころのことだ。丸太を川下りさせるときの足を踏み外したら一巻の終わりという、はらはらした気分。製材所を始めたときのこと、おがくずに火がついてたちまち燃え上がった数年前の火事のこと。商売には何が起こるかわからない。だが父とサムは手を取り合って再出発を果たした。父の話を聞けば聞くほど、スティーブンの仕事への関心は高まった。自分の弱った体がふがいなくて仕方なかった。早くまた製材所に行って、父に中を案内してもらいたかった。

父と過ごす時間はすばらしかった。なんでも話せて、冗談も言えた。祖父のことは愛しているが、それでも祖父はどこか他人行儀で堅苦しく、愛情あふれる親しい間柄にはなれなかった。どちらかといえばエリザベスの父親のほうが父の存在に近く、相談したいことや元気づけてもらいたいときには彼のところに行っていたくらいだ。それでもどちらも、ジョセフ・ファーガソンでないことに変わりはなかった。どちらも、スティーブンが五歳まで慣れ親しんでいた、あの温かくてよく笑う、多少荒っぽいが優しい父親ではなかった。どちらも、スティーブンを膝にのせて、大胆不敵な男たちの冒険物語を聞かせてくれた男の代わりにはなれなかった。口笛を吹きながら小屋の中をうろつき、長くて寒い冬の夜にはその口笛を歌に変え、妻を抱いて小屋の中で踊り回る男の代わりにはには。

スティーブンが片時も忘れず、心の奥で思い続けていたのはこの男だった。その父とまたこうして一緒にいられるのは奇跡としか言いようがなかった。ジョーは仕事やこの土地への思いを語るときもあれば、スティーブンやサムの子供のころを懐かしそうに語るときもあった。亡くなって久しい自分の両親のことも話してくれた。恋に落ちたころの母のことも話してくれた。父と過ごす時間が増せば増すだけ、父の人生がわかった。昔の話を聞けば聞くほど、当時の感情や出来事を知れば知るほど、父が身近に感じられた。

ジョーほど頻繁ではなかったが、ジェシーも時折訪ねてきた。けれど彼女は、ただ具合はどうかと訊くだけでほとんど話さず、そのうち沈黙にしびれを切らして出ていくといった具合だった。そのたびに、スティーブンは自分がふがいなくて仕方がなかった。女性と会話の糸口を見つけるのに困ることなどこれまでなかった。社交の場には慣れているし、相手がどれだけ口下手でも会話を円滑に進められたのだ。セントルイスの社交界では、女主人たちからそれなりに重宝されてきた。なのにこの辺境の地で、男の身なりで男みたいに振る舞う娘を相手に何も話すことが見つからないとは！　情けないにもほどがある。

ジェシーと話したかった。ジョーの見舞いを除けば、毎日が死ぬほど退屈なのだ。チャールズと世間話をしようにも、むやみに話しかけたら驚かせるだけだし、アマンダは忙しくてゆっくり話す時間もない。荷物に入れてきた唯一の本もとっくに読み終えていて、アマンダの家には古い教科書以外の本は見当たらなかった。可能なときは庭に出て腰を下ろしたが、九月の後半ともなるとこの辺りの気候はすでに肌寒く、そのうちすごすごと家の中に引き返すはめになる。そして結局、大半の時間をうとうとしたり、目的もなく窓の外を見つめたりして過ごしているのだ。

だから気晴らしは大歓迎だった。だがジェシーと話したい理由はそれだけではない。彼女に惹《ひ》かれるものを感じていた。おもしろい女性だと思った。理由は深く考えたことはないが、ジェシーのことをもっと知りたいと思った。だが彼女の興味を引きそうな言葉が見当たらなかった。ほかの女性たちに対するような当たり障りのない話題を持ち出したところで、一笑に付されるだけだろう。スティーブンの住む場所や知識のある事柄にジェシーが関心を示すとも思えない。それどころか、どんな話題を好むのかはわからなくても、それがスティーブンの知識がまったく及ばないことだということだけははっきりしている。そうしてジェシーとの間にはいつも決まって沈黙とぎこちない空気が流れ、そうなると彼女はなぜ自分に会いに来るのだろうかと首を傾《かし》げたくもなった。

スティーブンにはわからなかった。なんせジェシーですらも不思議で仕方がなかったくらいだ。スティーブンは目に見えて回復してきていて、毎晩ようすを見に行く必要がないのは明らかだった。しかもその訪問自体、楽しくもなんともない。それなのになぜか、毎晩帰宅すると足が彼の部屋に向いてしまう――しかも、痛み止めのアヘンチンキで朦朧《もうろう》としていたあの夜、彼が言った言葉を繰り返し考えながら。〝魅力的〟になれるって言葉を。

あれには驚いた。けれど惹きつけられた。これまでなら、外見なんてまったく気にしていないと言い放っていただろう。できれば、目立ちたくなかった。そうすれば男たちから話しかけられたり、ちょっかいを出されたりしないですむ。けれどあの夜スティーブンからそう言われてからというもの、鏡のそばを通るたびに気づくと自分の姿を確認していた。夜、自分の寝室でひとりきりになったときには、鏡をのぞき込んで、顔の造作をひとつひとつじっくりと見つめることもあるくらいだ。この顔のどこに美の可能性が眠っている？　この顔で、この体で男性を惹きつけられる？　サム・ファーガソンみたいな男性でも？

自分の気持ちはごまかせなかった。何年も前からずっとサムに憧れている。最初は年の離れた妹として、それからはもう少し大人の複雑な感情で。サムに心の見返りを期待したことはなかった。こんなにおてんば娘だ。痩せっぽちで、一度サムと歩いているのを見かけた派手な女みたいな膨らみもない。肌も赤毛らしく鼻と頬がそばかすだらけだし、髪はまさににんじん色だ。男が求める女らしさなどどこにもない。そう見せかける術《すべ》すら知らない。それに本音を言えば、女らしくなりたいとも思っていなかった。それがミスター・スウェンソンの娘のオルガみたいに妙な作り笑いをしたり、くすくす笑ったりすることなら。体を締めつけるスカートとかおかしな帽子を身に着けることなら。でも……。

でも、少年でなく女だと知ったときの、スティーブン・ファーガソンの目に浮かんだあの衝撃は忘れられなかった。あのときの胸の痛みが今も心を蝕《むしば》んでいる。ほかの男たちからどんなにからかわれても侮辱されても、あんなふうに感じたことなどなかったのに。女だというのが、彼には信じがたいようすだった。嫌悪感さえ伝わってきた。彼が放った、あの痛烈な言葉。もちろん、スティーブン・ファーガソンのような人にどう思われようと知ったことじゃない。でも傷ついたのはたしかだ。この胸の痛みは否定できない。だから思わずにはいられないのだ。この胸の痛みにつける最善の薬は、きれいになってあのスティーブンをうっとりさせることなんじゃないかと。でも本当にそんなことができる？

自分は、母たちやほかの女性が知っていることを知らずに来てしまっただけなのだろうか？　ジェシーは、ドレスを着て髪を結い上げた自分を思い浮かべた。そんな姿を見たら、サムはどう思うだろう？　ただ愉快な妹としてではなく別の目で見るようになってくれる？　男たちにこれまでとは違う目で見られるのはどんな気分だろう？　微笑んだり、色目を使ったりしてくる？　それともめかし込んだ姿に腹を抱えて大笑いする？

時が経つにつれ、その思いはどんどん膨らんでいった。一度、こっそり母の部屋に忍び込んで、母のドレスを着てみたこともあった。でもドレス姿の自分を想像する参考にはならなかった。母のほうが大柄で胸も大きく、従って母のドレスはぶかぶかで、ずた袋を着ているようにしか見えなかったから。それでわかった。女らしくなるのも一朝一夕にはいかない、少なくともドレス一着と新しい髪型は必要だ、と。それに立ち居振る舞いも、話し方も変えなくてはならない。ばかな思いつきのために、そこまでするのは気が重かった。そうでなくても、どこから手をつけていいのかさえわからない。上手くいっているのか、恥をさらしているのかの区別もつかない。助けが必要だろう。でもこの町の人に、そんな心当たりはない。

でもスティーブン・ファーガソンなら。

ふと頭に浮かんだその案を、ジェシーはすぐに打ち消した。どうかしてる。あんな鼻持ちならない男に、女らしくきれいになろうともがくところを見せるなんて考えられない。笑いものにされるに決まっている。だって、彼は美しくて洗練された女性たちを知っているんだから。ジェシーの給料より高いドレスを着て、宝石で着飾った女性。男たちにどう接して、どう話せばいいかを心得ている女性。眉をくいと持ち上げるだけで、男を駆け寄らせることができる女性。彼の婚約者のような女性。スティーブンに頼んだところで、ばかな女だと思われるだけ。きれいになる努力を哀れまれるだけだ。いや。スティーブンにだけは、このばかげた、叶《かな》うかどうかもわからない小さな希望を打ち明けたくない。

だけど、彼がどう思おうと知ったことじゃないでしょ？　関係のない相手だ。それにスティーブンなら、わたしが目指すところがわかっている。サムのような人に頼んだところで、肩をすくめて、きっとこんなふうに言うだけだ。〝女……ねえ。そんなの、わかるだろ〟いいえ、わからない。でもスティーブン・ファーガソンならわかってる。

彼ならきっと喜んで手を貸してくれる。命の恩人だと感謝してたもの。彼の前でばかみたいに見えたところで、ほんの数週間でいなくなる相手だ。かまいやしない。

その考えはいったんジェシーの心に根づくと、どんどん成長していった。そしてついにある夜、スティーブンの部屋で会話も見つからず、さりとて立ち去りがたくてぐずぐずしていたとき、大きく深呼吸してから切り出したのだった。「スティーブン、わたしを女にする気はない？」

8

スティーブンの顎が落ちた。「今なんて？」まさか、そんなことをジェシーが言うはずがない。

「もしもわたしが――もしも、だから！――ほかの女たちみたいになりたいって言ったら、やり方を教えてくれる？　話し方とか振る舞いとか、そういうの」

「ああ、そういうこと」驚愕《きようがく》したのは、ジェシーからベッドに誘われたと思い込んだからだった。もちろん彼女がそんなことをするはずがない……それはぼくも……。

「どうなの？　できるの？」ジェシーはせっつきながらも、そんなことを頼む自分がますます愚かに感じられた。やっぱりばかな考えだった。スティーブンはきっと引き受けない。無理だったんだ。誰にも奇跡は起こせない。それにわたしだって、心底変わりたいと思っているわけじゃない。

「そ、そう言われても。すぐにはなんとも。なんせあまりに思いがけなくて……」

ジェシーは肩をすくめた。「たいしたことじゃないから、別にいい。答えなくても。ちょっと興味を持っただけだし」ジェシーが部屋を出ていこうと背を向けた。

「いや、待って！　行かないでくれ。たいしたことじゃないなら、わざわざ頼んだりしないだろう。勇気がいったと思うよ。少しだけ考える時間をくれないか。きみはぼくに手を貸してほしいんだね。もっと女らしくなるために？」

「たぶんそう。自分でもよくわからなくて。ただあなたに女らしくないと言われたことがずっと頭から離れなかった」

「申し訳ない。ぼくが余計なことを言ったから。あのときはきみに苛立《いらだ》って、つい毒を吐いた。きみにはぼくを苛立たせる特殊な力があるらしい」スティーブンは微笑《ほほえ》んだ。

ジェシーも笑みを返した。「別にあなたにだけ有効な力じゃないけどね」

「だろうね」スティーブンはベッドから脚を下ろして、立ち上がった。パジャマの上に重そうなサテン地キルトのガウンを羽織っている。

彼がもう一枚別に濃紺のベルベットのガウンも持っているのは、ジェシーも知っていた。でもどうして男が旅に二枚もガウンを持参するの？　これがサムなら、二枚どころか一枚でもびっくり。しかもどうひっくり返ってもこういうものじゃない！　こんな高級そうな生地、一度銀行家の妻が着ているのを見たことがあるだけ。しかも晴れ着として。それにしても、彼はこのガウンがよく似合う。被弾してから数日しか経《た》っていないというのに、現実の男とは思えないくらいハンサムだ。

スティーブンが近づいてきた。「言っておくが、ぼくが役に立てる保証はないよ。なにしろ、レディらしい振る舞いの秘訣《ひけつ》や極意に精通しているわけじゃないからね」

「ううん、あなたはわかってる。だって、わたしがそうじゃないとわかってるじゃない。だったらどうすればいいかもわかるはず」

「まあ基本的なことぐらいなら……しかし、きみは本当にそうしたいのかい？　なんだって急にレディらしくなりたいと？」

ジェシーの頬が染まった。あなたに魅力的だと言われたことが気になって、などと認めるわけにはいかない。女らしくないという侮辱が胸に突き刺さったからとも言いたくない。家庭や夫や家族というものに、内心ほのかな憧れを抱いていたなんて打ち明けるのは、それこそ問題外だ。ジェシーは肩をすくめて、立ち去り始めた。「いやなら、別にいい」

「ちょっと待って」スティーブンはジェシーの手首をとらえて、引き止めた。「きみって人はいつもこんなに気難しいのか？」

ジェシーは顎をくいと持ち上げて、振り返った。「たぶん」

「いいかい、こっちが何か言ったり問いかけたりするたびにへそを曲げるなら、ぼくではとてもきみの力にはなれない。もっと協力的になってもらわないと」

ジェシーは疑わしげな目をスティーブンに向けた。「つまり、やってくれるってこと？」

スティーブンはため息をついた。「ぼくにできることはね。何も保証はできないよ。ぼくは侍女でもなければ、マナー講師でもない。だが思いつくことは全部教えてあげよう。ただし、それにはひとつ条件がある」

ジェシーの顔がさらに引きしまった。「そうくると思った」

「ぼくの指示には文句を言わずに従うこと」

「ぼくの指示には？」ジェシーが目を大きく見開いた。「それってどういうこと？」

「大丈夫。不埒《ふらち》なことはさせない、約束する」

「ちょっと、それじゃあよくわかんないじゃない。もっとわかりやすく言って」

「つまり、悪いことを指示するつもりはないってことだ。だが指示したひとつひとつにきみからいちいち反論されて、ややこしい思いはしたくない。これまでのことでじゅうぶん、きみがそうしそうな人なのはわかっている」

「しないってば！　教えてくれってこっちから頼んだのに、どうしてそんなことをするの？」

「理由はわからないが、そんな気がするものでね。ぼくが、レディはこうこうこうすると言ったら、きみはきっとこう言う。〝はあ？　嘘《うそ》でしょ？　ばかじゃないの！〟」口調をまねたその言い方があまりに上手くて、ジェシーは思わずくすりと笑っていた。

「てことは、ばかみたいなことを思いっきりさせるつもりなんだ？」

「きみはそう思う気がする」

ジェシーの表情が揺れ動き、やがて顎が引きしまった。「わかった。気に入らなくても、ばかみたいに思えても、絶対に文句は言わない」

「そのうえで指示に従うと約束するんだね？」

「約束する」ジェシーの口元がぐっとこわばった。「でも、あなたもわたしを絶対にかつがないでほしい」

「かつぐ？」

「そう。わざとおかしなことをさせて、レディはこうするんだと嘘を教えたり」

「ジェシー！　ぼくはそんなことはしない」スティーブンは面食らって彼女を見つめた。

「ぼくがどうしてきみに、おかしなまねをさせるんだ？」

「わからないけど。でも、男はいつもそういうことをするから」

「そうか、でもぼくはしないと約束するよ。これで、契約は成立かな？」

ジェシーはごくりと唾をのんだ。未知の世界に足を踏み入れるのは不安だった。ひょっとしたら全部なかったことにしたほうがいいのかもしれない。でもそれは無理。理由はどんなにおかしくても、やり遂げなくちゃならない。「そう」ジェシーは手のひらをズボンの脚に擦《こす》りつけて隠しきれない湿り気を拭って、手を差し出した。「よろしく」

「こちらこそ」スティーブンはジェシーの手を握った。女性とこうした握手は初めてだった。いつもは挨拶のときに軽く手を取ってお辞儀をする程度だから。なんだか奇妙な感触だ。彼女の手は小さくて華奢《きゃしゃ》で、それでいてたこだらけで固く、握力も強い。ふと、以前夜中にこの部屋に来たときの、彼女の姿が思い浮かんだ。ふさふさとした赤い髪がシルクのケープのように肩を覆っていた。触れたいと思った。その気持ちは今も変わらない。

自分が常識より長くジェシーの手を握り続けていることに気づき、スティーブンははっと手を離した。一歩後ずさりする。この娘に欲望のうずきを感じるなど、どうかしている。女らしいところなど何ひとつない娘じゃないか。エリザベスのような優雅さも教養もない。正反対と言えるほどかけ離れている娘だ。髪に触れることを考えただけで欲望を感じたのは、そう、このところ身近な女性はアマンダを除けば彼女だけだったから、それだけのことだろう。ほかに女性との交流がなかったから。

もしキスをしたら――もしくは炎のような髪を撫《な》でたら――ジェシーはどう反応するのだろう。顎に右アッパーカットを食らわされるか。想像すると、スティーブンの唇はわずかにほころんだ。

「さてと」ジェシーが明るい声で言った。「それじゃあ何から始める?」

スティーブンは彼女に目をやった。「今ってこと? きみは今すぐ始めたいのか?」

「いけない? だって時間の無駄じゃない。もう二、三日もすればあなたは床を離れるだろうし、そのうち婚約者も到着するだろうし」

そうか、サムが戻ってくるのか。ジェシーが自分の女らしい姿を見せつけたい相手は兄かもしれないとスティーブンは思った。そういえば、伐採場でサムを見るときの彼女の目にはたしかに憧れが宿っていた。ジェシーが兄を振り向かせる手助けをするのかと思うと、なんとなく複雑な気分だった。「わかった」それでもそんな気持ちはおくびにも出さずに、スティーブンは言った。「何から始める？」

「わたしにはさっぱり。だからあなたに頼んだんだから」

スティーブンは腕を組んで、ジェシーを見つめた。「はっきりしているところがいくつかあるな。たとえば、服装。レディはズボンをはかない」

「ドレスは持ってない」

スティーブンは目を瞬いた。「一着も？」

ジェシーは首を振った。「体に合うものはね。前にドレスを着たのは十四のときだから」

「なるほど。だとすれば、一着縫えるかな？」

ジェシーが首を振り始める前から返事はわかっていた。「だめ。習ったことない」

「女性の格好をする気がないんだから、まあそうだろうね。縫えれば助かったんだが」

「ママの服なら着られると思う。それに町には縫い物を引き受けてくれる女性もいるし。お金を払ってわたし用に一着縫ってもらってもいい」

「よし。まずはそこからだ。それと舌打ちや悪態はやめること。レディは毒づかない」

「めったにしてないのに！」ジェシーはいきりたった。

「絶対にしないことだ。レディは絶対に毒づかない。それときみの話し方は……」スティーブンは言葉を探した。「乱暴すぎる。品がない。ぶしつけだし、率直すぎる」

「それはそうかも」

「これから一緒に直そう。それと――これは重要なことだよ――レディは唾を吐かない」

「唾！　わたしはそんなこと……」ジェシーは躍起になって否定しかけたところで、初めてスティーブンと会ったときの自分の行為を思い出した。「いや。いつもはしないんだけど。あの日はあなたがあんまり威張ってたから、つい」

「威張っていた？」

「だってほら……自分はほかの人間より偉いって言わんばかりの態度でさ。見た目も……やたらとぴかぴかで、店に並んだ人形みたいだったし。完全に見下してた」

「だから、脅かすために唾を吐いたと」ジェシーはうなずいた。「そうか、それで」スティーブンはふっと笑った。

彼が怒らなかったことが、ジェシーには意外だった。打ち明けながらですら、彼が怒りを爆発させるんじゃないかと不安だったのだ。それなのに、彼は笑った。ジェシーはスティーブンに好感すらおぼえていた。

「しかしだ」スティーブンはどうにか顔を真顔に戻した。「人を驚かせるのもレディのすることじゃない」

「なんだかレディってのは、何もしない人みたい」

「もちろん、彼女たちにもすることはあるさ。歌って、踊って、会話をして、笑って、楽しむ。ただし、きみよりずっと穏やかで上品にだ。違いは行動そのものより、態度にあると思う。きみは長年、自分が女性じゃないと周囲に思わせようとしてきただろう？　男のように考えて、話して、行動してきた。女性であることがきみにとっては自然なことなのに、それをせいいっぱい隠してきた。自分自身からも」

ジェシーは顔をしかめた。「なんのことかわからない」

「たとえば、きみの名前」

「わたしの名前がどうかした？」

「ジェシー。男の名のような響きだ。ときにはジェスさえ使っている。だが本当のところ、きみの名はジェサミン。愛らしい名前だ。優雅で、しかも女性らしい。きみはその名前すら否定して、男っぽいものに置き換えた」

「よくもまあ！」

「ジェシー……」スティーブンは傷ついた顔をした。「言っただろう、レディは毒づかない」

「〝よくも〟もだめなわけ？」

スティーブンがうなずいた。

「たまに使うのも？」ジェシーは顔を曇らせた。「だって……それじゃあ、怒り狂ったときはどう言うの？」

スティーブンは返事に窮し、母やエリザベスが怒ったときのことを思い起こした。「言葉は普通かな。大声をあげたり、悪態をついたりはしない。ぶん殴ると脅すようなことも」

ジェシーは目を細めて、不快感を露《あらわ》にした。「ちょっと……わたしがいつあなたの前でそんなことを言った？」

「きみなら言いそうな気がしてね。人を殴るのはそれこそレディらしくない行為の最たるものだ」

「てことは、銃を撃つことも」

「そうなるね」

「だけど、それじゃあどうやって女は自分の身を守るわけ？」

「そのために男がいる」

ジェシーは呆《あき》れて鼻を鳴らした。「ばかばかしい。ほかの誰から身を守るのよ、男以外に？」

「もちろん、すべての男が女を守ろうとするわけじゃない。だが紳士には女性を守る義務がある。危険だけじゃなく――困難や不快なことや、人生の荒波からも」

「だとしたら、わたしのまわりには紳士はいないね。それにわたしは、自分の身は自分で守りたい。いつもいつも女の救助に走り回ってたら、男だって疲れちゃうでしょ」

愉快さに堪《こら》えきれず、スティーブンの口の端がぴくぴくと痙攣《けいれん》した。「なかにはあまり助けが行き渡らない女性も出てくるかな」

「そ、それどころかまったく助けてもらえない女も出てくる」

「たしかに、きみの言うことも一理ある」スティーブンはいったん言葉を切って続けた。「しかし、どうも論点がずれてきているようだ。今は、きみがどう振る舞うべきかを話し合っているんじゃなかったかな?」

「そう」ジェシーはため息をついた。「変わった自分を嫌いになったらどうしよう」

「そうなったら、また戻ればいい。でもまあ、気が進まないならここでやめてもいいが」

「ううん」ジェシーはぐっと奥歯を噛《か》みしめた。「決めたんだからやる。前進しなくちゃ」

「がんばれ、ジェサミン」

ジェシーにレディらしさを教えるのは、根気が必要で苛立つことも多かったが、それでも体調が回復するまでの間の退屈しのぎにはなった。翌日の夜、ジェシーは夕食をすませると、いかにも母親のものらしいキャラコのドレスでドア口に現れた。どう見てもぶかぶかで、小さな腰で結んだサッシュベルトがそこで生地に大きな皺《しわ》を寄せている。決してきれいなドレスではなかったものの、それでもいつもより柔らかく女性らしい雰囲気に見えた。

「なかなかいいじゃないか」スティーブンは言った。

ジェシーはその言葉に軽く頬を緩めて、部屋に入ってきた。自分の姿に照れているのか？　ジェシーが廊下にちらりと目をやってからドアを閉めるようすが、スティーブンのその推測を確信に変えた。「本当にそう思う？」

「ああ。これだけでずっとレディに見える」それでもスティーブンは、脚と腰の線が露になったデニムパンツ姿を思い浮かべずにはいられなかった。ドレスはウエストの華奢さ以外、すべてを包み隠している。

「ママのドレスなんだけど」ジェシーは服を自信なさげに見つめ、ゆったりとした身頃を引っ張った。「なんか大きくって。とりあえず引っ張り出して被《かぶ》ってみた」彼女がドレスとペチコートの裾を引き上げると、いつもの編み上げ靴とその上にはズボンも見えた。

スティーブンは唇をきつく合わせて笑みを隠した。「しかし……」それでも愉快そうな響きを声から閉め出すのはひと苦労だった。「しかし、その靴はどうかな。作業靴ではレディらしく歩きにくい」

ジェシーは顔を歪《ゆが》めた。「わたしもそう思う。だけどほかに持ってないの。ママの足はわたしより小さいし。明日、買いに行こうかな。ボタンがけのハイシューズ」

ジェシーの頬がかすかに染まった。「照れている？」スティーブンは愉快になって尋ねた。

ジェシーは肩をすくめて、目をそらした。弱さを認めるのは苦手だ。「と思う」

「どうして？　れっきとした女性だろう。女性ものの靴を買うのにどうして照れる？」

「わからない。たぶん笑われそうな気がするからかな」

「考えすぎだ。靴を売ろうとする者が笑ったりするはずがない」

「それはね。でもほかの人に言うかもしれないし、買ってるところを誰かに見られるかもしれない。そうしたら製材所の連中から絶対に笑いものにされる。〝ほうら、見てみろ。ついにあのジェシーが女に目覚めたぞ！〟」ジェシーは男のからかい口調をまねた。「〝どうした、男でもできたか？〟」

「ジェシー」スティーブンは衝動的にジェシーの手を取っていた。「そんな下品な連中が笑ったからどうだというんだ？　連中は自分たちの無知や不作法をさらけ出しているだけだ。きみがどう見えようと何をしようと、連中にはなんの関係もない。肝心なのは、きみがどう思っているか。それに二、三日もすれば、連中も慣れる」

ジェシーは床を見つめた。「だといいけど」

「おいおい」スティーブンはジェシーの顎の下に指を当てて持ち上げ、顔をのぞき込んだ。「いったいいつからジェシー・ランドールはそんなに臆病になった？　自分は自分、ばかな男たちは放っておけ。そうだろう?」

ジェシーは薄く微笑んだ。「そうだね」顎を自ら持ち上げる。「これはわたしのこと、連中は関係ない。それにもし連中がいちゃもんをつけてきたら、一発ぶん殴ってやる」

「おいジェシー」スティーブンはそう言いかけたところでジェシーの目がきらりと光るのを見て、それが冗談だったことに気づいた。笑い声がこみ上げ、それにジェシーも加わる。突如彼女を身近に感じ、胸の奥が温かくなった。ジェシーの両手を握りしめてから、ゆっくりと離す。なぜか急に手のひらに寂しさをおぼえた。「よし。まずは歩き方からだ」

「歩き方って! それぐらい、わたしだってわかってる」

「ドレスを着たときの歩き方だよ。きみのいつもの歩き方はこうだ」スティーブンはわざと大股に歩いてみせた。

「そう。そうなんだけど、このスカートとペチコートが邪魔で」

「ぼくが言いたいのはまさにそこだ。スカートではそんなふうに歩かない。もう少し歩幅を狭くして、品よく、もっと――」

「レディらしく」ジェシーが歌うような声で代わりに続けた。ふっとため息をつく。「わかった。こんな具合?」

ゆっくりとスティーブンに向かってくる。

「いいね。だがもう少し歩幅を狭くするんだ。そんなにゆっくりと歩かなくていいから、ただ歩幅を小さく」

ジェシーが鼻に皺を寄せた。「わたしには無理かも」数歩ちょこちょこと歩いてみる。

「ずっとよくなった」

「今のは冗談だったのに」

「いや、よかったよ」

ジェシーはうんざりしたように目をぐるりと回した。

「じゃあ今度は、歩きながらちょっと揺れてみて」

「揺れる?」ジェシーは体をくねらせた。「あなた、正気?」

「違う、そうじゃない。こんなふうに」スティーブンは両手を控えめに自分のウエストに当て、そっと腰を揺らしながら歩き始めた。

その滑稽な姿にジェシーが噴き出して大笑いする。

スティーブンは振り返り、わざと険しい顔で睨《にら》みつけた。

「ごめん、真剣にやるから」

ジェシーがまたすぐにも噴き出しそうな声で答えると、スティーブンはにやりと笑った。

「それならいい。ぼくの言っている意味がわかったね?」

「う、うん」ジェシーは息をのんだ。背筋を伸ばし、ほっそりとした腰を大げさに揺らしながら部屋の奥へと歩いていく。スカートが翻り、脚にまつわりついた。そして足を止めると、腰を一方に傾け、誘惑するように唇を突き出してポーズを取る。

スティーブンは低くうなった。「だめ、だめ。それじゃあまるで――」

「尻軽女？」ジェシーはにっと笑って、ポーズを崩した。「道楽娘？」

スティーブンは首を横に振った。「お手上げだな」

「だよね」ジェシーはレディとはほど遠い仕草でマットレスにどすんと座ると、ベッドの横木に靴の踵《かかと》を引っかけた。

「いや、そういう意味じゃない。きみはちゃんとやり遂げると思うよ。だがあまり協力的じゃない」

「だって、始めたのはそっちじゃない」

「始めたって何を？」スティーブンはなんのことかわからないと言わんばかりに尋ねた。

ジェシーはうんざりした視線を投げかけると、おもむろに立ち上がった。「わかった。やる」今度は慎重に歩き始めた。歩幅は狭く、腰はさりげなく揺らして。けれど慣れない動きに体が上手くついていかず、立ち止まり、地団太を踏んで声を張り上げた。「もうっ！　わたしには無理！」

「続けて。あまり頭で考えないようにするんだ。余計に動きがぎこちなくなる」ジェシーは再び始めた。「よくなったよ。だがまだ少し大げさすぎる」スティーブンは歩いているジェシーの背後に近づき、彼女の腰に両手を添えて揺れ幅が適度になるように押さえた。

ジェシーは体が熱くなるのを感じた。きっと顔は真っ赤だ。軽く腰を包む彼の指や押し当てられた手のひら以外、何も考えられない。集中力が欠けたせいだろう。ジェシーは足を踏み誤り、よろめいて転びそうになった。スティーブンが体を支えようとウエストをつかみ、指が食い込む。その指の一本一本がジェシーにははっきりと感じられた。触れた場所だけ、焼けつくように肌が熱かった。

「大丈夫？」

ジェシーはうなずいた。全然大丈夫ではなかったけれど。ちくちくするような、ぞくぞくするような、そんな奇妙な感覚が全身を駆け巡っていた。笑い出したいのか、逃げ出したいのか、自分でもわからなかった。

スティーブンがウエストの両手を腰に戻した。「よし。それじゃあもう一度最初から」彼の声が低くかすれて聞こえた。スティーブンもこうして親密に体に手を置くことに何か感じているのだろうか？　もちろんペチコート、スカート、ズボンとじゅうぶんに身は守っているけれど、それでも知り合い程度の関係で互いに触れ合う場所でないのはたしかだ。

ジェシーはなんとか手ではなく足もとに神経を集中しようともがきながら、再度歩き始めた。簡単ではなかった。彼の指はほっそりとして長く、なのに驚くほど力強い。一歩歩くごとに右へ左へと押し戻されている気がする。

「いいよ。すごくいい」スティーブンの手が撫でるような動きでヒップから滑り落ちた。

ジェシーの心臓がびくりと跳ね上がり、突如高速で不規則な鼓動を始めた。触れられた場所が、火がついたように熱い。自分の受けた影響を表情から読み取られるのが怖くて、ジェシーは顔を背け続けた。

「紳士と一緒に歩くときはね」スティーブンがそう言って、隣に立った。「こうやって、手を彼の腕に置く」そしてジェシーの左手を取ると、自分の腕の内側、ちょうど肘の上辺りにかけた。そうして自分は肘を外に突き出すようにして曲げる。ジェシーは彼の腕に指を回した。「そう、それでいい。それじゃあ、一緒に歩くよ」

ふたりは並んで歩き出した。とはいえ、直後はなかなか同じリズムでは歩けなかった。手を男の腕に置いて、こうして寄り添って歩くのはなんだか奇妙な感じだ。スティーブンが外出着ではなくガウン姿だというのも、その奇妙さに拍車をかけていた。サテンは手触りが滑らかでひんやりとしていた。思わず撫でつけて、きゅっと指を埋《うず》めたくなる。こんなに優雅な気分は初めてだった。感覚がいつもより敏感になっている。とりわけ触覚が。指がこの柔らかくて魅惑的な生地をまさぐらないように食い止めるだけでせいいっぱいだ。

スティーブンが目を向けた。ジェシーはじっと顔を伏せ続けていた。「顔を上げて。下を向くんじゃない」スティーブンがジェシーの顎を手ですくい上げた。

ジェシーが目を向けた。その瞳は大きくて明るく、ランプの光で深い青に輝いていた。スティーブンは表情に、これまでには見たことがないどこか開放的な柔らかさがあった。

息がつまった。目の前の彼女は美しかった。

それはドレスや身に着けたばかりの歩き方に起因するものではなかった。ジェシーが押さえ込み、封じ込め続けてきた生来の美しさだ。だが彼女の中で何かが緩み、変わりかけていた。そして一瞬、心のガードが外れたのだろう。

いや、ガードが外れたのはこちらのほうかもしれない。初めて、着ているものや振る舞いに惑わされることなく生身の彼女を見たのかも。

スティーブンはふいに足を止め、ジェシーも驚きながらそれに従った。ふたりは互いを見つめ合った。その間に心臓が一回、いや百回打つ。スティーブンはじっくりとジェシーを見つめた。柔らかく大きな口元、輝く肌、ひとつひとつの顔の造作。

最初に視線を外し、目をそらしたのはスティーブンのほうだった。ジェシーはそのとき初めてはっとした。自分たちがどれだけ近くに立っているか、自分がどれだけ長くスティーブンの顔を見つめていたかに気づいて。すぐさま後ずさりする。スティーブンはいったんジェシーを見てから再度目をそらし、そこで咳払《せきばら》いをした。

「ま、まあ、今夜のところはこれくらいでいいかな」スティーブンは突如、驚くほどの無力感をおぼえていた。まるで回復し始めたころのようだ。「また明日この続きをしよう」

「わかった」ジェシーはうなずいた。スティーブンのようすがどこかおかしい気がした。自分も内心は似たようなものだったけれど。「大丈夫？」ジェシーは一歩近づいた。「ひょっとして傷が痛む？」

「いや、大丈夫だ。今日はちょっと張りきりすぎたかな。なんだか急に疲れてね」

「チャールズを呼んでくる？」

「いや。少し休めば元に戻るから」今はとりあえず使用人に大騒ぎされるのは避けたい。

「わかった。それじゃあ、わたしはこれで。また明日の夜ね？」

スティーブンがうなずくと、ジェシーは部屋を出ていった。このとき彼女が立ち止まって廊下に人がいるかどうかを確認することもなく、颯爽《さっそう》と出ていったことにスティーブンは気づいた。

ふっと息をついてどさりと椅子に座り込み、目を閉じる。おかしなことになってきた。ジェシーがほしいとは。いや、ジェサミンか。自分が欲望を感じたのはその女性だ、ジェシーの奥底に隠された女性。短気で、ズボンをはいた、口の悪いおてんば娘のジェシーでは断じてない。どうして色褪《いろあ》せたデニムパンツに作業靴姿の女性に、それどころか少女と言っていいほどの娘に欲望を感じたりする？　女学生みたいに髪を三つ編みにした娘だぞ？　馬も銃も会計帳簿も同じようにやすやすとこなしてしまう娘だぞ？　これまでまわりにいた女性とはタイプの違う娘だ。こちらの世界をまったく理解していない娘だ。いい本にも上質の音楽にもきっとなんの関心もないだろう。演劇もオペラも鑑賞したことがない。舞踏場で踊ったこともない。甘い言葉を使うことも、男の気を引くようなそぶりのひとつもしたことがない。官能をくすぐる香水も身にまとっていない。

だったらなぜあの瞬間、身を焦がすような熱い欲望を感じたんだ？　それに、認めよう、あれが初めてではなかった。予兆がまったくなかったわけではなかった。ちらちらと情熱の光をかいま見たことはあった。だがなぜだ？

スティーブンの脳裏に、彼女の脚の形が、ズボンに覆われた尻が浮かんだ。デニムパンツが女性の入り口を強調せんばかりに、両脚の付け根を覆うようすも。スティーブンは椅子の上で身をよじった。なんてことだ！　彼女のことを考えるだけで体が熱くなる。

髪を下ろしたローブ姿のジェシーを間近で見たときのことが思い出された。炎のような赤い髪はふさふさと柔らかそうで、手を埋めたくてたまらなかった。顔を埋めたくてたまらなかった。母親のドレスのサッシュベルトできゅっと締められた、あの細いウエスト。男物のフランネルのシャツを大きく張りつめさせていた、胸の膨らみ。第一ボタンだけを開けた襟元からのぞく、白い喉元。

ジェシーがひと筋縄でいかない女性なのは間違いない。タフで、頭がよくて、自分の身は自分で守れる。温室の花では決してない。それでも彼女には、きらきらした一種の純粋さがある。彼女となら、普通の女性とよりずっと甘い時間が過ごせる気がする。

スティーブンはその考えを振り払うがごとく、首を横に振った。いや、だめだ。たとえこちらがジェシーにそそられたとしても、彼女が関心を持ってくれるはずがない。ジェシーにはせいぜいよそ者の伊達男《だておとこ》ぐらいにしか思われていないだろう。彼女はおそらく兄に恋をしている。たとえそうでないとしても、どう見ても自分向きの女性ではない。こちらの世界にはなじまない相手だ。いや、結婚に向かない女性だというのではない。たしかにレディの定義にはそぐわないかもしれないが、高い道徳意識を持つ女性なのはわかっている。それより何より肝心なのは、自分にはほかに結婚を約束した女性がいるということだ!

スティーブンはエリザベスを思い浮かべた。愛する女性、妻になってほしいと申し込んだ相手。彼女は、これから一生寄り添える非の打ちどころのない妻だ。ずっと前から愛していた。互いのことも知り尽くしている。だがエリザベスと知り合ってからのこの長い年月、彼女には一度も、今しがたジェシーに感じたみたいな、あの突然激しい閃光《せんこう》に体を貫かれるような欲望を感じたことがないのも事実だ。エリザベスを愛しているが、似合いの相手だとわかっているが、それでも彼女に情熱を感じていないことは認めざるを得ない。しかし情熱などなくとも結婚をした人々は大勢いる。エリザベスや自分のような人間には、ほかに考慮すべきことがあるのもたしかだ——仕事や社交面、今後の生活。そしてエリザベスの父親との約束も。

スティーブンは立ち上がってベッドに向かい、歩きながらローブのベルトをほどいた。全身がぐったりしていた。ひょっとするとジェシーに教えるのに疲れすぎたのかもしれない。もうやめたほうがいいだろうか。いや、やめたくない。

スティーブンはベッドに横たわった。肩の傷が包帯の奥でずきずきと痛む。疲れているのに、寝つけなかった。考えまいとしてもすぐにジェシーのことが頭に浮かんだ。そしてエリザベスのことも。兄を思い出した。サムなら、何が正しいかなどといちいち思い悩んだりはしないだろう。相手に欲望をおぼえなければ、結婚もしない。行く手を遮るものなど何もない。そんなふうに生きるのはどんな気分だろう。本能のままに行動し、常に先陣を切って戦いに向かうというのは。その一瞬スティーブンは、兄をうらやましく思った。

9

　スティーブンは翌朝、落ち着かない気分で目を覚ました。ここ二日そうしてきたように、服を着替えて朝食に下りていく。すでに誰の姿もなく、アマンダがひとり、台所で洗い物をしているだけだった。スティーブンはひとりで食事をしながら、あまりの退屈さにうんざりした。ここ数日は毎日少しずつ歩く距離を伸ばしてきた。昨日は製材所とのほぼ中間地点まで歩いたのだ。ひょっとすると今日は製材所まで足を伸ばせるかもしれない。

　唇に笑みが忍び寄った。挑戦はいい。この甘やかされた状況にはほとほとうんざりだ。それに、医師も肩はおおかた治っていると言ってくれている。銃で撃たれてからすでに一週間あまり。内にこもり続けたエネルギーをそろそろ発散させてやらないと。

　従者がコートを着るのに手を貸してくれた。「本当に、大丈夫でございますか？　病床にあった方がお出かけになるには、いささか寒すぎる気がいたしますが」

「大丈夫だよ。そう気を揉《も》むな、チャールズ」使用人に着替えを手伝ってもらうのも、苛《いら》立《だ》たしいものだとスティーブンは思った。こうしてコートをかけてもらうのを待つより、さっさと自分で羽織ったほうがどれだけ早いか。放っておいてくれればいいのに。

「そうでございますか」

スティーブンはふっと吐息をついた。「すまないね、チャールズ。ここ数日はどうにも苛立って仕方がない。閉じ込められるのにはうんざりだ」

「お気持ちはわかります。わたしも、まさかこちらの気候がここまで寒いとは」

「ああ。ぼくもセントルイスとここまで気候が違うとは思っていなかった。愚かだったな。ここはカナダも同然なのに。もっと暖かいコートを買うしかないだろうね」

「こちらで、ですか?」チャールズがぎょっとした顔になった。「またご冗談を。あなたさまが身に着けられるようなお召し物がこの町にあるはずがございませんでしょうに」

スティーブンはにやりと笑った。「おそらくね。しかし今のぼくには品質より温《ぬく》もりが肝心に思える」

「ですが……そんなに長くこちらにいらっしゃるおつもりで?」

スティーブンが笑みを広げた。「どうした、チャールズ?　来てみたら、西部は好きになれなかったか?」

「率直に申し上げて、少々殺伐としすぎていますね。わたしが読んだ本ではそうでもなかったんですが。それに本ではもっと……刺激的なところに思えたんです」

「ぼくが撃たれたぐらいでは刺激が足りないと?」

「いえ、それはじゅうぶんすぎるほど。ですが、その件は楽しいというより不安が先に立ちますでしょう? 本での印象はもっと、なんと言いますか、違っていたのです。いい意味で」

「おまえの言っているような本は読んだことがないが、しかし、ぼくは思っていたよりここが気に入っているよ」

「なんと! ですが銃撃されたじゃありませんか!」

「それは気に入らないさ、もちろん。だが何か惹《ひ》かれるものがあるんだよ……ここには」

「はあ」声の調子からして、チャールズにとっては思いも寄らない反応だったようだ。

「そうだ」スティーブンは再び微笑《ほほえ》むと、ドアに向かった。

「わたしもご一緒いたしましょうか?」

「いや。今日はひとりで行きたい。おまえまでこの寒さにさらされる必要はないよ」

「ありがとうございます」

スティーブンは外に出ると、きびきびとした足取りで製材所に向かった。実際、ここ数日より気温は低かったが、その気候すらスティーブンにはすがすがしく感じられた。以前の健康で丈夫な自分に戻った気がした。足取りも軽い。製材所に向かっているのだと思うと、気持ちが弾んだ。父の驚く顔を見るのが楽しみだった。何日も父から話に聞いてきた、操業中の製材所を見るのが楽しみだった。そしてジェシーに会うのも。

いや、もちろん、そんなことのために向かっているのではない。

ジェシーは目の前の帳簿にいつしか落書きをしている自分に気づいてはっとした。どうやらここ数分、仕事もせずにぼんやりと無意識に鉛筆を動かしていたらしい。ジェシーは苛立ちの吐息をつき、消しゴムを手に取って絵を消した。ハートと葉っぱと花の組み合わせ。ああもう、なんてばかなことを！

どうして今日はこう仕事に集中できないのだろう。足し算を三度も間違うし、どこを間違ったか捜すために数えきれないほど計算を見直した。こんなに無駄なことばかりするなら、仕事に来なかったほうがましに思えるくらいだ。ジョーが、伐採場にサムの留守中のようすを見に行っていて、助かった。まずい仕事ぶりを見られずにすんだ。

ジェシーは椅子から立ち上がって、事務室の中を歩き始めた。何もかも、くそ腹の立つスティーブン・ファーガソンのせい。苛立ちながらそう思ったところで、だめだめ、と心の中で訂正した。〝憎たらしいスティーブン・ファーガソン〟と言わなくちゃ。ひょっとして〝憎たらしい〟もレディには乱暴すぎる？　だったらどう言えばいい？

ああ、もうどうでもいい。そもそもこれが面倒のもとなんじゃない。何がよくて、何がいけなくて、どう振る舞うべきかなんて、そんなことばかりずっと心配しなくちゃならないから――くそスティーブン・ファーガソンがレディのまね事ばっかりさせるから。

心の中で禁止用語を使ったことで胸がすっとして、ジェシーは先生を出し抜いた生徒のように満足げに微笑んだ。そのスティーブンにレディの振る舞いを教えてほしいと頼んだのが自分だということには、この際目をつぶった。その代わりに、ここ数日スティーブン・ファーガソンが自分にした悪行の数々を列挙していった。自分にやらせた屈辱的でばかばかしい行為を。〝こうするんだ。そうじゃない〟ああもう、ああだこうだ言うから、こっちは混乱して何がなんだかわからなくなるんじゃない！

昨夜はスティーブンや彼のレッスンのことを考えて何時間も寝つけなかった。手を添えたときの彼の腕の感触や、ヒップを支えて揺らし方を示す彼の指の感触。神経が高ぶって、胸が締めつけられて、とても眠るどころではなかった。スティーブンといると、どうにも調子が狂う。混乱して、苛々して。彼が心をかき乱して、おかしくするのだ。だって頭がまともなら、こんなばかげた〝レディトレーニング〟なんてすぐにやめているはず！

事務室のドアが開く音でふっと我に返り、ジェシーはくるりと振り返った。そこにフランク・グリソンが立っていた。にやにや笑いながら、腕を組んでドアの側柱に寄りかかる。

「どうした、ジェシー、うさぎみたいにびくびくして。何かあったのか？　落ち着かないのか？　俺がリラックスさせてやってもいいぞ」

ジェシーは顔をしかめた。グリソンのいやらしい目を見ると、すでに苛立った神経が余計に苛立つ。「余計なお世話！」ジェシーはぴしゃりと言い返すと、猛然と机に戻った。

「で、なんの用?」

「別に。おまえの顔が見たかっただけだ。このところ、あんまり見なかっただろ」

ジェシーは肩をすくめた。「忙しかったのよ」

「ああ、聞いてる。お袋さんとこにいる、あの女男をかいがいしく世話してるんだってな。銃で撃たれたそうじゃねえか。いったい何があった? 銃口がどっちか確かめようとして、自分の足を撃っちまったか?」

ジェシーはむっと唇を引きしめると、挑むようにヒップに両手を当てた。「そんなわけないでしょ。誰かに待ち伏せされて、そうなったの。それぐらい、あんただって知ってるでしょうに。この一週間町中の噂《うわさ》だったんだから」

グリソンは肩をすくめた。「噂話なんざ、知ったことか。俺が関心あるのはおまえのことだけだ、ジェシー。そんな、自分の身も守れねえ都会者にゃ興味もねえ」

「奇襲されたのに、どう身を守れっての?」ジェシーは熱くなって言い返した。「わたしも一緒だったんだから。わたしだってどうしようもなかった」

「たまんねえな」グリソンがドア枠から身を起こして、ジェシーに向かってきた。「その間抜けを大声で庇《かば》うのはやめろ。そいつのことで喧嘩《けんか》をするために来たわけじゃない」

「わかってる、わたしの顔を見に来たのよね? もうじゅうぶんでしょ? さあ、出てって」

「何をわかってるって？　まったく頑固な女だぜ」グリソンは机の前で足を止めた。欲望でぎらつく目でジェシーの体を舐《な》め回す。「しかしいい体だ。おまえもわかってやってんだろう？　ぴちぴちのズボンなんぞはいて跳ね回りやがって」グリソンの目が両脚の付け根のV字を物ほしげに見つめていた。そして自分の股間に手をやる。「そりゃあわかってるよな、そんな格好でうろついたら男がどう思うかぐらい」

ジェシーの喉は干上がった。男の浮かべた表情にぞっとする。「出てって、グリソン。これからそういういやらしい話は、ひとりのときにやるのね。わたしは聞きたくもない」

「よく言うぜ」グリソンが舌なめずりをした。目はまだジェシーの体に釘《くぎ》づけのままだ。「だったらなんで、ズボンなんぞはいて自分の体を見せつけてる？　男がほしいと叫んでるようなもんじゃねえか」

ジェシーは唾をのんだ。顔が恥ずかしさと怒りで燃え上がる。自分の格好をそんなふうにとらえたことはなかった。男の服を着るのは女らしさとは真逆の行為だと思っていた。絶対に男の欲望を刺激しないことだと思っていたのだ。「わたしはなんにもほしいなんて叫んでないから。特にあんたはね！　さあ、出てって」

「そりゃあ無理だ」グリソンが大きな頭をゆっくりと左右に振った。「この件が片づくまでは。今日ならジョーの邪魔も入らねえ。おまえと俺にはたっぷり時間がある」

「笑わせないで！」ジェシーは小ばかにしたように唇を歪《ゆが》めた。「あんたとわたしに時間があるわけない」怒りに任せて机に両手を突き、前のめりになる。「それとジョーに守ってもらう必要もないから。自分の身ぐらい、自分で守れる！」

「ほう？」グリソンがにやりとした。「だったら、試してみようか。おまえと俺で」

　逃れる間もなく、グリソンが机越しにジェシーの両腕をつかんで、体ごと持ち上げた。唇に口を強く押しつけ、ジェシーの両腕を脇に押しつけるようにして腕ごと抱え込む。苦しくて息もできなかった。ジェシーはなす術《すべ》もなくもがいた。グリソンのばか力に腕をきつく押さえつけられて、身動きひとつできない。机越しに持ち上げられているから床から足が浮いていて、どんなにばたつかせても机を蹴ることしかできない。

　それでもほかにどうすることもできず、ジェシーは固い木の机を蹴り続けた。なんとか少しでもグリソンから離れるきっかけがつかめないかと藁《わら》をもつかむ思いだった。グリソンがジェシーの背中をのけぞらせると、ますます息が苦しくなった。背筋もずきずき痛んでくる。ぬめりと分厚い舌が口の中に押し込まれた。ジェシーはぞっとして身震いがした。吐きそうだった。力なくもがくなか、グリソンの含み笑いが伝わってくる。グリソンは片腕でジェシーの動きを封じ込めると、もう片方の手を股間に押し込み、乱暴に擦《こす》った。

　その腹立たしい行為に、ジェシーはさらに激しく脚をばたつかせた。グリソンが内腿を思いきりつねる。ズボンの上からとはいえ、痛かった。目尻に涙がにじんだ。

　グリソンが口を離し、ジェシーは息を喘《あえ》がせた。「荒っぽい目に遭いたいのか？　ま、俺はかまわねえよ。どのみち誰かがおまえの鼻っ柱をへし折らねえとな。本当はとっくに男にけつを叩《たた》かれていなきゃならなかったんだ」グリソンがぎゅっと尻をつかんだ。「それが俺ってだけだ。どうせことが終わるころには、自分からせがんでるぜ」

ジェシーはそこで思いきり空気を吸い込み、声を張り上げた。

グリソンがほくそ笑んだ。「いいぞ。せいぜい好きなだけ叫べ。製材所のこの騒音だ、いったい誰に聞こえる?」

グリソンの手が胸元を這《は》い上がり、指先で乳首をつまんだ。そしていっきにシャツの前面に手を振り下ろしてボタンを弾《はじ》き飛ばし、胸の膨らみをわしづかみにする。「ほう。思ってたより発達してるな、嬢ちゃん」またもほくそ笑んだ。「おじさんとたっぷり楽しもうぜ」

ジェシーは何度も何度も金切り声をあげ、必死に身をよじって抵抗した。自分は大丈夫なんて、なんてばかな自信を持っていたんだろう? あのとき身を乗り出すんじゃなかった。その代わりに引き出しを開けて、拳銃を取り出していたなら。

耳の奥でごうごうと音がうなっていた。気が遠くなりかけているらしい。叫びすぎで酸欠になったのだ。

だからジェシーに廊下の足音は聞こえなかった。けれど背後からグリソンに何かが突進したときの衝撃は伝わった。とっさにグリソンの手が緩み、ジェシーは弾かれるように身を離した。頭が混乱していて、目の前の光景がすぐには理解できなかった。スティーブンだ！　スティーブン・ファーガソンがフランク・グリソンに飛びかかったのだ。

「スティーブン！」涙がこみ上げた。喉の奥から甲高い歓喜の声がこみ上げるのを歯を食いしばって堪《こら》える。スティーブンが助けてくれた！

　スティーブンの目が自分の突進した男から、ちらりとジェシーに移った。もちろんほんの一瞬だけでそれ以上視線を向けているほど愚かではない。だがそれでも彼女の顔に留《とど》まる恐怖やシャツの状態は見て取れた。前身頃がだらりとはだけ、奥の綿の下着も裂けていた。スティーブンがジェシーの悲鳴を聞いたのは、ちょうど製材所に足を踏み入れたときだった。とっさに駆け出していた。激しい恐怖が全身を駆け巡り、体のだるさもどこかに消え去った。部屋に突進したときには、ただただ本能で動いていた。自分がやろうとしていることを冷静に考える間もなく、グリソンの脇腹に殴りかかる。

　だがグリソンがジェシーに何をしていたかに気づいた今は、体中に冷たく猛然とした怒りがあふれていた。スティーブンは男に向き直ると拳を固く握りしめ、逆に体からは力を抜いてゆったりと戦いに備えるボクサーの体勢を取った。撃たれてから一週間、床に伏せっていたことは頭から吹き飛んでいた。製材所までの長く疲れた道のりも頭から消えていた。あるのは、目の前の男に思い知らせてやるという強い決意だけだった。

　グリソンは息を整え、低くうめいて振り返った。大男のグリソンに逆らう者はほとんどいない。いたところで、ハムのような手で一発お見舞いすればそれまでだ。自らがパンチを浴びたことなど皆無に等しい。グリソンはジェシーとの計画を邪魔されただけでなく、自分に刃向かう者がいたことに猛烈な怒りを感じた。だが相手が誰か気づくと、顔に不敵な笑みが広がった。

「おやおや、誰かと思えば。俺に遊んでもらいたいのか、坊主？　ちょっとだけだぞ。ほら、かかってこい」グリソンは、両手の指をくねらせておいでおいでの仕草をした。

グリソンの言葉はほとんどスティーブンの耳には届いていなかった。ただひたすら目で男を見極めていた。大男だが目方も重い。強烈なパンチを繰り出すだろうが、動きは鈍そうだ。スティーブンはグリソンの反応を試すようにゆっくりと円状に動き、軽やかに踏み込んで最初の一発を打ち込むきっかけを待った。間違いなく叩きのめす自信はあった。グリソンがどれだけ体格で勝っていようと、それはプリンストン大学時代にボクシングで鍛えた技術とスピードで補える。しかも校内では敵なしだったのだ。最近の怪我《けが》のことやそのせいで体力が低下していることは頭になかった。全身に怒りの力がみなぎっていた。

だがジェシーはそうは思わなかった。スティーブンの体はまだ癒えていない。誰かと戦えるだけの体力はない。まして相手はフランク・グリソンみたいな化け物だ。銃創で一週間伏せったあとでなくても、スティーブンが敵《かな》うわけがない。背も低くて体重も軽くて、しかも喧嘩のけの字も知らない人だ。なにしろ温室育ちの紳士なんだから。グリソンと戦ったりしたら、きっと殺される！「スティーブン！　だめ！」

　ジェシーの金切り声にスティーブンが一瞬気を取られ、無意識に目を向けた瞬間、グリソンが足を踏み出し、巨大な拳をスティーブンの顔面にサイドから打ち込んだ。スティーブンの体が背後の壁まで吹き飛んで、崩れ落ちる。意識をはっきりさせようと首を振りながら起き上がろうとしたところに、とどめを刺そうとするグリソンがのしのしと近づく。

「フランク、だめ！　やめて！」ジェシーは駆け寄り、スティーブンを守ろうと腕を左右に大きく広げてふたりの間に立ちはだかった。「お願い！　考えてみて、フランク！　彼はジョーの息子よ。サムの弟よ。あのふたりが黙っているわけ――」

「よさないか、ジェシー。どういうつもりだ？」スティーブンはよろめきながら立ち上がると、腕でジェシーを押しのけた。このぼくを守ろうとしているのか？　喧嘩もできないほど情けない男だと思っているのか！　憤りが全身にうねりとなって押し寄せていた。

　グリソンがジェシーの腕をつかんで、脇に押しやった。「こいつの陰に隠れるのは無理だぞ、坊主。痩せっぽちすぎる」

　スティーブンは唇を引き結んだ。もう少しで怒り任せに飛びかかりそうになったが、ぐっと堪える。グリソンに主導権を握らせるわけにはいかない。スティーブンは軽やかに足を弾ませながらフェイントを繰り返し、相手の腹部にジャブを入れて、また元の体勢に戻った。グリソンは驚いて目を大きく見開いたが、タフな男だ。一発くらいで、さほどダメージは受けない。スティーブンもそれは期待していなかった。ただグリソンを挑発して、彼の反射神経や瞬発力や技術を試しただけだった。

スティーブンの唇に薄い笑みが浮かんだ。ぞくりとするほど冷たい笑みだ。やはりグリソンの戦闘力は思っていたとおりだ。スティーブンが体を弾ませ、本格的に戦闘態勢に入ったそのとき、大きな音が部屋中に響き、何かが天井を打ちつけた。男たちはその場で凍りついた。銃が発砲されたのだ。

「動かないで！」ジェシーは声を張り上げ、銃口をフランク・グリソンに向けた。ジェシーはグリソンに振り払われてすぐ、机の引き出しに潜ませていた拳銃のことを思い出していた。そして急いで駆け寄って取り出したのだ。振り返ると、まずは天井に向けて発砲してグリソンの注意を引き、そして今ゆっくりと銃口を彼の体の中央に向けていた。「動かないでよ、フランク。あんたのお腹《なか》に照準を合わせてるんだから。それだけ体がでかけりゃ、わたしとしても的を外しようがない」

グリソンは両手を挙げた。「わかった、ジェシー。まあそう、かっかするな」

スティーブンは屈辱と怒りで顔面蒼白《そうはく》になった。それから猛烈に毒づき始めた。強い自尊心と激しい憤りにのみ込まれて、まとまりのない言葉を長々と激しく。

ジェシーはそんなことは無視して、銃口をもうひとりの男に向け続けた。「わかったんなら、フランク、さっさと仕事に戻って頭を冷やして。そうしたらわたしがあんたをジョーとサムから救ったも同然だとわかるから。今度わたしにちょっかい出したらどうなるって、サムは言ってた？　そのあんたが自分の弟を叩きのめしたりしたら、サムはどう思う？」

「ジェサミン・ランドール！」スティーブンが怒鳴った。「もういい！　たくさんだ！すぐにその銃を下ろして、この――」

「ちょっと黙ってて、スティーブン」ジェシーは視線すら向けなかった。「今はあなたの高慢さに付き合ってる暇はないの」

スティーブンはぽかんと口を開けた。一瞬、言葉が出なかった。グリソンは肩をすくめると、そっとドアに向かった。「わかったよ、ジェシー。わかった。そのかわいいぼうやには手を出さねえ」蔑むような視線をスティーブンに投げかけてから、ジェシーに目を戻し、意味ありげににやりと笑った。「おまえとのことは……まだ片がついてねえからな。まあ、そのうち機会もあるだろう。楽しみにしてな」

「あるわけないでしょ！」

グリソンはにっと笑ってドアを出ると、ぴしゃりと後ろ手に閉めていった。

スティーブンはジェシーにつかつかと歩み寄ると、言葉を強調するためにどんと足を踏みならした。「いったいどういうつもりだ？　どうして間に立ちはだかったりした！」

鼻孔が狭まり、口のまわりに深い皺《しわ》が浮き上がっていた。目も赤く充血している。

ジェシーはスティーブンに目をやると、大げさに息をついた。「男の沽券《こけん》にかかわる？

わたしはあなたの身の安全を守ってあげたのよ。怒ることないでしょうに」

「身の安全を守ってあげた？　きみはなんにも守ってない！　あのとき、流れは完全にぼくのものだったんだ。これからってときに——」スティーブンはうんざりとしたように息を吐いて、顔を背けた。「言っても無駄か。女性にスポーツが理解できるとも思えない」

「スポーツ？　スポーツって？　事務室の中で乱闘するのがスポーツだって言うの？　顔中ぼこぼこになるのが？　鼻が折れて、唇が切れるのが？　あちこちに黒や青の痣《あざ》を作って、傷口がまたぱっくり開くのが？　それがスポーツ？」

「顔中ぼこぼこになるのは、ぼくじゃなかったはずだった。たぶんきみは信じないだろうがね。どうせぼくのことを、馬にも乗れず、喧嘩もできず、銃も撃てない、軟弱で頼りない男だと思っているんだろう。違うか？　だからぼくを守らなくちゃと思ったんだろう？　だからどこかの大男にぺしゃんこにされないように、自分が銃をぶっ放して間に飛び込んだ！　実にありがたいよ、ミス・ジェサミン〝アマゾネス〟ランドール。しかしぼくだってね、この二十七年、きみに守られなくても自分の身は自分で守ってきたんだ。それに、いいかい、ぼくはきみを守るためにここに来た。あの人間のくずを懲らしめてやろうとしたときに、きみがしゃしゃり出てきて——」

「守ってほしいなんて、頼んでない！」ジェシーは売り言葉に買い言葉でかっとなって言い返した。本当は、自分が助けを必要としていたことは身に染みてわかっていたけれど。

「自分の身ぐらい自分で守れる！」

「ぼくがここに来たときのように？　悲鳴をあげていたじゃないか。ぼくには助けを求めているとしか思えなかった。わかった、心配しなくていい、次からは気にしないから！」

ジェシーの顎がつんと跳ね上がった。いかにも強情そうに。「どうぞ、お好きに」シャツの前を両手できゅっと合わせ持ってはいたが、その表情は厚かましい使用人をはねつける女王さながらだ。

スティーブンは顔をしかめた。ズボンから埃《ほこり》を払い、ドアに向かう。肩の傷がまたもうずき始めていた。くそ、傷が開いたか。考えてみると、筋肉のあちこちが妙に震えている。

ジェシーは無言で、彼がドアにたどり着くまで目で追った。「あの……」背中に呼びかける。声がかすかに震えた。「その、誰にも言わないでくれる？　このこと」

スティーブンは驚いて、くるりと振り返った。「言わないさ！　どうしてぼくが？」そのとき彼女の目にきらりと光るものが見えた気がした。涙のようなものが。首筋にはすでに小さな痣が浮いている。シャツの前をしっかりと合わせ持つ手がはかなげで痛ましい。

怒りが潮のように引いていき、スティーブンは息をのんだ。「ごめん。ついかっとなった。謝るよ。怒鳴ったりして悪かった。きみは恐ろしい目に遭ったばかりなのに」

ジェシーは涙を見られるのが恥ずかしくて、顔を伏せた。「わたしは大丈夫」

「ばかなことを」それでもスティーブンの声は軽やかで心配そうで、怒りを感じさせるものではなかった。「どこか痛むのかい？　その、ひょっとして――」

ジェシーはすぐに首を横に振った。「違うの！　ただ、わたしはなんて愚かなんだろうって思って。引き出しに拳銃が入ってたのに。まさか、あんなことをしてくるなんて」

「男は情熱をおぼえると、理性を失うと言われている」

「でもわたしよ？」ジェシーはおどけてスティーブンに上目遣いをしてみせた。「しかもこんな格好」わざと腕を広げて、色褪《いろあ》せたズボンやだぶだぶのシャツや足もとの重い作業靴を見せつける。けれどその仕草のせいで手がボタンの飛んだシャツの身頃から離れ、ちぎれたシュミーズがかろうじて覆う胸元がさらけ出された。

スティーブンの目の前に、ふっくらとした白く柔らかな胸の膨らみが現れた。引きちぎられたシュミーズの生地がたわみ、甘美な膨らみが露《あらわ》になっている。薄い生地の奥にうっすらと胸の先の影も透けて見える。スティーブンは目が釘づけになった。どうしようもなかった。目がその柔らかな膨らみから離れようとしないのだ。想像していたよりずっとふくよかだった。大きなシャツが覆い隠していたのだろう。つんと上向いていて張りもある。見ていると、ちぎれた衣類の端から指を滑り込ませたくてたまらなくなる。その丸い膨らみをたどって、なぞって、手のひらで包みたくてたまらなくなる。

スティーブンの視線の行方に気づいて、ジェシーは顔を真っ赤にして慌ててシャツをかき合わせた。スティーブンは目をそらしたが、それでも頬にかすかな赤みを残していた。

「ボタンをちぎられて」説明するジェシーの声がいつになく小声だった。

スティーブンは自分が好色で下劣な人間になった気がした。ほかの男の身勝手な欲望が残した光景を楽しむなどどうかしている。「悪かった」肩をすくめてコートを脱ぐと、ジェシーの肩にふわりとかけて前を合わせた。「気づかなくて。覆うものが必要だったね」

ジェシーはごくりと唾をのんだ。彼の優しさに心が揺さぶられていた。怒りや辛辣な言葉ではそんなことはなかったのに。「ありがとう」

　スティーブンは改めて唇を噛《か》んだ。なんてことだ。なんの考えもなくあの男と争い始めてしまうとは。本当なら今みたいに、彼女の世間体を真っ先に考えるべきだった。真っ当な女性がシャツを引きちぎられ、いかにも強姦《ごうかん》未遂に遭ったとわかる状態でいる部屋で、騒動を起こしたらどうなっていた？　不名誉に近い状況を世に知らしめたら、レディの名誉を守るも何もあったものじゃない。製材所の者たちが騒動を聞きつけて、この部屋に集まってきていたらどうなった？

　小さな町だ、きっと数時間もしないうちにこのことは知れ渡っていた。ジェシーはたとえ自分に非がなくとも陰口という恥辱に直面することとなっただろう。この地域のことは知らなくても、噂話がどういうものかは知っている。あれは世界中どこでも同じだ。自分が蒔《ま》いた種、人はそう言うだろう。あんなズボン姿で町中を練り歩いて、製材所なんかで男にまじって働いたりするからだ、と。したり顔でこうも言うかもしれない。とっくの昔にそうなっててもおかしくなかったんだ、身から出た錆《さび》だよ、と。

いや、ジェシーがあのとき、あの大男を打ちのめすことを望まなかったのは、彼女の人柄もあったかもしれない。自尊心は傷ついたが、あそこで終わりにしたのは賢明だった。やはり今は、グリソンを追って憂さを晴らすのはやめておこう。時を待つんだ、好機が訪れるのを――ジェシーとなんら関係のない状態での。あの男にはそのときたっぷり償ってもらえばいい。ただですますつもりはないが、こちらも紳士だ、そこは穏便にやらねば。

しかし、今肝心なのはジェシーのことだ。普段と変わらず小憎らしいほど凛《りん》としているが、どれだけ衝撃を受けていることか。「おいで。家まで送ろう」

スティーブンが肩に腕を回した。そこまで内心のざわつきには目をつぶってきたジェシーだったが、自分でも意外なほど彼の腕に心地よさを感じていた。目を閉じて、葉巻と髭《ひげ》剃《そ》り用石鹸《せっけん》と汗の入りまじった、心落ち着くたくましい香りを吸い込む。それまで体を震わせまいとしていた意志が急に萎えていくのがわかった。

「かわいそうに、ジェシー。ごめん」スティーブンの唇が髪に触れた。なんの感触なのか、ジェシーにはわからなかった。気になった。余計に体が震えたから。しかもどことなくこれまでとは違った感覚で。

ジェシーは弱々しく息を吸い込んで、背筋を伸ばした。こんなことで動揺するなんて、どうかしてる。結局、グリソンにはただ驚かされただけだ。実際には何もされていない。驚かされたことは以前にもある。ちゃんと乗り越えてきた。今度だって乗り越えられる。怯《おび》えていることを他人に悟られるわけにはいかない。とりわけグリソンには。怖がって、あんな蛇みたいなやつを喜ばせるわけにはいかない。

「大丈夫」ジェシーはかたくなな口調で言うと、スティーブンの腕から後ずさりした。

スティーブンは腕に寂しさを感じながら、手を脇に下ろした。ジェシーは正面から向かい合い、まっすぐ目を見つめてきた。「もうひとつ、言っておくことがあるの」

「いいよ。なんだい？」

「さっき誰にも言わないでって言ったのは、本当に、誰にもってことだから」

スティーブンは眉根を寄せた。「父にもってことか？」

ジェシーははっきりと大きくうなずいた。「ジョーには、特に」

「しかし父には話すしかないだろう。あの男がきみにしたことを知ったら、このままここで雇い続けないだろうし」

「そう」

「きみはやつをこのままここで働かせ続けたいのか？」スティーブンの眉が吊《つ》り上がった。

「言っとくけど、好きなんじゃないから」ジェシーはぴしゃりと言った。「またあの男に

――口説かれたいって思ってるわけでもない」

「それはわかっているよ。しかし、だったらなぜやつを遠ざけない？　また同じことを繰り返すかもしれないだろう」

「ジョーにはグリソンが必要だからよ。特にサムがいない今は。ジョーはしょっちゅう伐採場に行って作業のようすを確認しなくちゃならない。そうなるとここに、仕事に精通していて、作業員たちのことも掌握できる人間が必要になる。それがフランク・グリソン。フランクがしようとしたことをジョーが知ったら、すぐに彼を追い出すのはわかってる。そうなるとジョーは二箇所の管理でぼろぼろになってしまう」

「二箇所を数日ごとに交代で移動するようにすれば……」

ジェシーはきっぱりと首を横に振った。「だめ。今は重要な時期なの。今のうちに全部加工して船積みしてしまわないと、雪で閉ざされてしまう。ここじゃ、あっという間に冬が来るわ。そうなると大変だから。今のジョーには無駄にする時間なんてない」

スティーブンは眉をひそめた。木材の出荷がそこまで重要なこととは思えなかった。ジェシーの身の安全を犠牲にするほどには。「それじゃあ、きみがしばらく製材所に近づかないと約束できるかい？」

「だめよ！」ジェシーはぞっとした表情を浮かべた。「ジョーにはわたしも必要なんだから。彼を放ってはおけない」

「別に放っておくわけではないと思うが」数日製材所から離れるってだけでジェシーがなぜここまで強く反応するのか、スティーブンにはわけがわからなかった。「わからないな」

「そりゃそうよ！」ジェシーは苛々しながら言い返した。ジョーから彼が資金難に陥っていることは絶対スティーブンに話すなと強く口止めされている。それを知らなければ、ここまで切羽つまって製材所をフル回転で操業させようとするのは異様に思えることだろう。「あなたは暮らしのために働いたことなんてないでしょ？　冬の間、食べ物に困らないように、暖かい衣類を着られるように稼がなきゃならないことがどういうものか、わかりっこない。ここにいるわたしたちはね、どうぞ数えてくださいって山積みにされた札束に囲まれて暮らしてるわけじゃないの」

スティーブンは顔をしかめた。ときどき彼女と話すのがうんざりすることがある。あちこち棘《とげ》だらけの娘だ。いつ辛辣な言葉で攻撃に転じるかわからない。「ぼくが何を知っていて何を知らないか、きみは少しもわかっていない」スティーブンはせいいっぱい穏やかな声で言った。なんといっても、あれだけひどい経験をしたあとだ。一笑に付されるかもしれないが、ここは優しく接するべきだろう。「わかった。きみがそこまで言うなら、父にも言わないと約束する」そうなると、ジョーには告げずに製材所の悪党から確実に彼女の身を守る方法を考えるしかないが、そこまでは口にしなかった。防護策が必要だなどと言えば、またもジェシーが怒りを炸裂《さくれつ》させるのは目に見えている。「それじゃあ、家まで送るのはかまわないかな？　数時間ぐらいは仕事を抜け出せるだろう？」

その皮肉にジェシーはきっとスティーブンを睨《にら》みつけると、答える代わりにつかつかとドア口に歩み寄ってドアから出ていった。スティーブンはふっと息をついて、あとを追った。ミス・ジェサミン・ランドールを安全に守り抜くのはどうやら簡単なことではなさそうだ。

10

ジェシーはこっそりと廊下を渡り、奥の小さな自分の部屋へと向かった。母の部屋の前も通り過ぎたが、幸い母は台所で仕事中で、帰宅したことを気づかれることなく、自分の部屋にたどり着けた。ありがたかった。シャツの上にスティーブンのコートを羽織っていることに気づかれたら、きっと質問攻めにされる。その点スティーブンは戻る途中も何も訊《き》かず、何も責めずにいてくれた。サムなら、グリソンとふたりきりになって、おまけにうかつにもああなる前に引き出しから拳銃を取り出さなかったことを知ったら、どんなにこっぴどく叱ったか。でもスティーブンが怒りを露《あらわ》にしたのは戦いを止めたときだけで、それ以外はただ静かにいたわってくれた。

自分でも意外だったけれど、助けに来てくれたのがサムでなくスティーブンで本当によかったと思った。ジェシーはスティーブンのコートを脱いで丁寧に畳み、ベッドの足もとの横木にかけた。生地にそっと手を触れる。シルク製で、柔らかくて上品な品だった。こんなにも上等な生地のものは身に着けたことすらない。ふとスーツ姿のスティーブンを思い出した。あれは彼の目の色と同じ、艶《あで》やかな茶色いスーツだった。

東部にはスティーブンに色目を使う女性が大勢いただろう。そうに決まっている、彼が婚約する前は。女性なら誰もが結婚したいと願う相手だ。裕福で、着ているものもよくて、ハンサムで。もちろんわたしにはどうでもいいことばかりだけれど、都会の娘たちにはどれも肝心なことに違いない。レディにとっては。

ジェシーは自分の破れたシャツに目をやった。そしてスティーブンや彼の人生を通り過ぎていった女性たちが思い浮かび、唇を引き結んだ。すぐに残ったふたつのボタンを外してシャツをくしゃくしゃと丸め、引き出しの奥に突っ込む。あとで引っ張り出して、ボタンをつけ替えよう。でも今は触れたくも見たくもない。グリソンの記憶が強すぎる。ジェシーは急いで綿のシュミーズのボタンも外して、シャツに続いて引き出しに押し込んだ。これもあとで繕おう。シャツを縫うときに。

ジェシーはピッチャーから水をたらいに注ぐと、石鹸《せっけん》を手に取って泡立て、胸や顔を始めとしてグリソンの触れた場所すべてを擦《こす》り始めた。あのくそ男！　手の感触を思い出しただけで鳥肌が立った。ジェシーはタオルで水滴を拭ったあとも肌が真っ赤になるまで擦った。それから別のシュミーズとシャツを引き出しから引っ張り出して、身に着けた。ベッドに腰を下ろす。さてと、これからどうする？

夕食までまだ一時間はあったし、母には戻っていることを知られたくなかった。それゆえ出かけることも、台所の母を手伝うこともできない。応接間に行くのも気が進まなかった。そこには夕食前に男たちが集まってくる。今は、彼らのいつもの冗談や皮肉に付き合う気になれない。

ジェシーは立ち上がって窓辺に近づいた。このままのんびりしてる？　どこにも行きたくなかったし、何もしたくなかった。でもグリソンと彼の汚らわしい手のことを思い出してしまうのもごめんだ。

心がふっと脇にそれ、スティーブンが頭に浮かんだ。彼が事務所に入ってきたとき、全身に広がった安堵感《あんどかん》がよみがえる。ジェシーはむっと顔をしかめた。それを思い出すのもよくなかった。男に助けてもらったことを手放しで喜んでいいはずがない。自分の身は自分で守れなくてはならないのだから。そうできなかったことが恥ずかしかった。唯一の救いは、助けてくれたのがスティーブンだったことだ。少なくとも彼はそれを冗談にはしない。ノーラスプリングスの男たちならきっとしつこいほどからかったはずだ。

それからグリソンがスティーブンを殴ったときの、胸がつぶれそうなほどの恐怖。あのときのことはほかの何より思い出したくなかった。グリソンがスティーブンの顔を打ちのめすのを目の当たりにしたのだ。不安で不安でたまらなかった。思い出したくなかった。なぜあんなにも怖かったのか、考えたくなかった。

ジェシーは窓辺を離れた。こんなふうにひとり悶々《もんもん》としていたくない。とはいえ誰かと話す気にもなれない。内心がこれほどざわついていながら、元気なふりもしたくない。スティーブン。

そうだ、スティーブンなら何があったかすべて知っている。それに彼ならあれこれ問いつめたり、叱責したりしない。彼になら、自分を取り繕う必要もない。嘘《うそ》をつく必要もない。しかもこちらには彼の部屋に行くれっきとした理由がある。レディらしい振る舞い方を教えてもらうのだ。そうだ、彼の部屋に行ってレッスンを受ければ、こうしたややこしいことは全部忘れられる。だって、この数日がそうだったじゃない。どういうわけか、スティーブン・ファーガソンが心をすべて占領していた。

ジェシーはベッドにどさりと腰を下ろし、作業靴の靴紐《くつひも》をほどき始めた。そして十分後、母親のまた別のドレスに柔らかな室内ばきを合わせ、足音を忍ばせて裏階段からスティーブンの部屋に向かった。そっとドアをノックして、入れと命じる彼の声を聞く。

スティーブンはドアを振り返り、ジェシーが入ってきたときには驚きのあまりぽかんとなった。午後にあんなことがあったあとだ。まさか今夜も彼女が所作のレッスンに来るとは思ってもいなかったのだ。それでもドレスを着ていることからして、彼女がそのために来たのは明らかだった。「ジェシー？　まさか今夜もレッスンをするつもりなのかい？」

「もちろん」ジェシーは慎重に、無関心を装った。いまだ怖くて落ち着かなくて、ひとりになりたくないのだと認めるつもりはなかった。午後の出来事を忘れるために何かせずにはいられないのだとは言いたくなかった。「フランク・グリソンなんかのせいで隠れているのはいや」ジェシーは忌ま忌ましげにその名を口にした。「あんな人、怖くもなんともない」

「しかし少しは休むか……何かしたほうが」

ジェシーは呆《あき》れた表情を投げかけた。「わたしはタフよ、ファーガソン。忘れた？」

「忘れるものか」スティーブンはぼそりと言った。「わかった。始めよう」スティーブンは窓辺を離れた。戻って以来ずっとそこでぼんやりと外を眺めながら、フランク・グリソンをどうしてくれようかと邪悪な思いを巡らせていたのだ。

今日のドレスはジェシーによく似合っていた。デザインは時代遅れだが、少なくとも体にフィットしている。それに足もとも作業靴ではなく室内ばきだ。上流階級のレディがはくものではないにしても、ずっといい。明日にでもお針子を探して、彼女にふさわしいドレスを一着仕立てさせようとスティーブンは思った。流行のデザインで、体にフィットしていて、色も素材も彼女の外見と若さに合ったものを。

「そのドレスはよく似合う」スティーブンはジェシーに言った。「それじゃあ、歩いてみせてくれ」ジェシーはスカートを軽く揺らしながら、部屋の中をゆっくりと歩いた。「よくなったね、ずいぶんとよくなった」それでも、スカートの奥の尻の緩やかな揺れが自分の下腹部に火をつけたことまでは言わなかった。「次の課題は髪だな」

ジェシーはふっと息をついた。「わかってる。押しつぶしたにんじんと同じ色だもんね。だけどわたしにはどうしようもない」

「違う、そうじゃない。色のことを言っているんじゃないんだ。色はきれいだよ。炎の色だ」スティーブンは彼女に歩み寄り、声を和らげた。「いや、夕日かな」スティーブンは手を伸ばして髪に触れた。「どんな男でも……」そこで、自分が危険な領域に足を踏み入れかけたことに気づいて、言葉をのむ。「いやその、ぼくが言おうとしたのは髪の色のことじゃないんだ。髪型だよ。三つ編みは、幼い少女の髪型だ。大人の女性は髪を結わないと」

「でも、大変でしょ。しょっちゅうずり落ちてくるし。違う？」

「いや、気づいたことはないが」

ジェシーが声を落として、顔を背けた。「わたし、やり方を知らないの」

「え？」

ジェシーが向き直ってきっと睨《にら》みつけ、挑戦的に声を張り上げた。「だから、髪の結い方を知らないんだってば。どこへ持ってくの？　どうやって？」

スティーブンは途方に暮れてジェシーを見つめた。そんな基本的なこともわからないまま、どうやってこれまで女性として生きてきたんだ？「どうだったかな。ぼくもそこまではしなかったから」スティーブンはかつて愛人だった女優の豊かな金色の髪にブラシをかけてやっていたことを思い出していた。あの、手のひらを流れるような滑らかで官能的な手触りが好きだった。「あのときは……」スティーブンは自分が口走りかけた言葉に戸惑って、口ごもった。ジェシーといるとつい状況を忘れて、頭に浮かんだ最初の言葉を口にしそうになる。そして咳払《せきばら》いをした。「まずは、そうだね、三つ編みをほどかないと」

「あ、そりゃそうよね」ジェシーはわざとらしい顔を作って左の三つ編みをつかみ、先からほどき始めた。「こっちはわたしがやる。もう片方はあなた、お願い」

スティーブンは目を見開いた。ジェシーの髪に触れることになるとは思ってもいなかったのだ。利口な考えではない。彼女の髪が肩の周囲にふんわりと広がると考えるだけで、全身の血がざわつく。それなのに髪をほどくなど自滅行為だ。誘惑が大きすぎる。

それでも指がひとりでにジェシーの長く艶やかな三つ編みに近づくのはどうすることもできなかった。髪を手に取り、ジェシーがリボン代わりに結んだフランネルの布の結び目をほどく。それで先端はいくらか広がったものの、縄そのものにほとんど変化は見られなかった。どうやら指でほぐしていくしかなさそうだ。スティーブンは手を伸ばしながら、自分の指がかすかに震えているのに気づいた。スティーブンは指を髪に埋《うず》め、小刻みに動かしてほぐしていった。ジェシーの髪は豊かでひんやりとしていて、柔らかかった。さらさらと滑らかに指の間を滑り、スティーブンは息が速まった。

なんてきれいな髪だ。艶やかな赤銅色で。「どうしてこの色がそんなに悪く思える？」

スティーブンはぼそりとつぶやいた。「まるで液火だ。男が夢見る温《ぬく》もりだ」

ジェシーはびくりとして目を上げた。スティーブンの瞳が色を深め、奥から強い熱気を発している。思考が風に舞う木の葉のように散った。ジェシーはただ彼を見つめることしかできなかった。

彼の指が髪を梳《す》いた。頭皮に軽く引っ張られるような刺激が走る。ジェシーの目が彼の口元に落ちた。大きくて、優しそうな口元。下唇がふっくらとしている。その唇が自分の唇と重なる場面が頭に浮かんだ。いったいどんな感触だろう。

ジェシーは彼から視線を引きはがして、後ずさりした。体の奥の奇妙に熱い感覚に衝撃と危険を感じていた。いったいどうしたってわけ？　どうしてこの人といると、こんなおかしなことになっちゃうの？「わたし……ブラシが」

「化粧台の上だ」

ジェシーは化粧台に急いだ。裏板が銀の男性用ヘアブラシと銀の櫛《くし》が、銀の取っ手がついた剃刀《かみそり》が入った髭剃《ひげそ》り用マグカップの隣に並んでいる。男の洗面用具のそんな光景にすら動揺をおぼえてしまう。ジェシーはブラシに手を触れた。スティーブンの手もこのブラシに触れたんだわ。頭がそのことでいっぱいになった。火照った肌に触れる銀はひんやりと冷たかった。ジェシーは震える指でブラシを持ち上げて、髪に走らせた。うねってもつれた髪は頑固で、なかなかブラシが通らない。焦《じ》れて勢いよく引くと、頭皮に痛みが走った。

ジェシーは化粧台の上の鏡をのぞいた。午後あんなことがあったばかりだというのに男のキスのことを考えるなんて、我ながらどうかしている。首筋に、すでに大きくなりかけた痣《あざ》が見えた。唇も少し腫れていて、グリソンの髭が柔らかな肌を擦ったせいだろう、上唇には赤いすり傷もできている。ぬめりとした、気持ちの悪い唇の記憶がよみがえった。口に押し込まれた舌のことも。吐き気がこみ上げた。

「いつもあんななの?」低く、ささやき声にしか聞こえない声で、ジェシーは尋ねた。

「え?」髪を梳くブラシに気を取られていたスティーブンが、熱い甘美な空想から我に返った。鏡の中のジェシーの顔が突如蒼白《そうはく》になり、怯《おび》えたように目を大きく見開いている。

スティーブンは本能的に歩み寄っていた。「いつもあんな、とは?」

「男と……男とキスをするってこと」ジェシーが振り返った。その目は柔らかく、頼りなげだった。「グリソンがしたやつみたいなの?」

「いや、違う」スティーブンは胸が締めつけられた。ジェシーは痛々しいほど幼く、不安そうに見えた。無理もない。どんなにタフに振る舞っていても、本当は純粋で繊細な若い娘なのだ。男とのことなど明らかに何も知ってはいない。スティーブンの体を欲望が走った。いったいどういうことなのだろう。ジェシーのことを大事に守ってやりたいと思いながら、同時にこの純潔さがなくなるまで、体を激しく押しつけてキスをしたいと思うのは。

「紳士が相手の場合は、きみを愛して大切に思う男が相手の場合は、まったく別物だ」

「どんなふうに？」ジェシーは歩み寄り、真剣に目をのぞき込んだ。「何が違うの？」自分の心臓の鼓動が聞こえるようだった。聞こえずにはいられないくらい大きな音だった。あんなふうではないキスを知りたかった。紳士のキスを味わいたかった。

「なんというか……」スティーブンはジェシーの目から視線を引きはがした。見ていられなかった。その問いかける表情を、グリソンの襲撃が残した不安の名残を。「乱暴じゃないんだ。いや、少し乱暴なときもあるかもしれないが……痛めつけるのとは違う」

「どういう意味？」ジェシーは戸惑っていた。

「どう言えばいいかな。たとえばきみが誰かをすごく愛していて、会うだけで幸せな気分になるとするだろう？　きみはその相手を痛いほど強く抱きしめるかもしれない。でもふたりともその痛みは気にならない。抱き合うこと自体がすばらしいから」

「つまり激しくキスをしても、気持ちがいいときはあるってこと？」

スティーブンは顔が火照るのを感じた。照れからなのか、情熱からなのかわからない。

「そう。いわゆる、愛情表現だからね。もちろん欲望もあるよ。だがきみを愛しているならきみを傷つけようとも、きみを犠牲にして喜びを得ようとも思わないだろう。きみにも楽しんでもらいたいと思うはずだ。きみが楽しめるようにするはずだよ」

「どうやって？」ジェシーの目が無意識にスティーブンの唇に向かった。

スティーブンは息苦しさすらおぼえた。「優しくして、かな。ゆっくりと時間をかけて。甘い言葉もささやく。きみの行為が自分の心にどれだけ響いているかとか、きみのこと以外何も考えられないこととか」

「それから？」

「それから手をきみの腕に置く」スティーブンの手がジェシーの腕をとらえ、そこから滑るように肩に上がった。「そしてそっと、いやなら、振りほどいていいんだよと伝える」

「振りほどかなかったら？」ジェシーはうっとりと彼の目を見つめていた。

「そうしたら身をかがめる、ゆっくりと」彼の動作が言葉をなぞった。「そして軽く唇できみの唇に触れる」

スティーブンの口が、蝶《ちょう》の羽が触れるように軽くジェシーの唇をかすめた。そのあまりの甘美さに全身がぞくぞくする。スティーブンが声を出すと、彼の息が唇をくすぐった。

「それからもう一度キスをする」

すでに間近にあった彼の唇がさらに近づき、優しく、けれど断固とした意志を持って唇に重なった。フランク・グリソンのキスとは別物だった。全然違っていた。そしてキスが深まると、ジェシーの思考は停止した。感じられるのは彼の香りや味、体の隅々まで行き渡る心地よい刺激ときらめき、そして下腹部から広がる熱い重苦しさ。

スティーブンの口は焼けるように熱く、ジェシーの唇の上でうごめいて、開くよう促す。

彼の舌がじわじわとこじ開け、口の中に入ってきた。グリソンの舌のときのようにぞっとする感覚はなく、ただ全身に欲望の甘いおののきが走り、やがて下腹部の重苦しさが炎となって弾《はじ》けた。ジェシーの両手は知らず知らず這《は》い上がって彼のシャツを握りしめ、全身を駆け抜ける喜びに無邪気にしがみついていた。

スティーブンの腕が背中へと回り、強く抱き寄せた。たくましい太腿、固い胸板。腕で彼の首にしがみつく。スティーブンの体の温もりが全身に伝わってきた。腕で背中からきついほど締めつけられていたが、不安は欠片《かけら》も感じなかった。押しつけられている感触が心地よかった。体が溶けそうだった。彼の支えがなければ立ってもいられなかった。

スティーブンはほんの一瞬、唇を離して角度を変えると、再び唇を押しつけてキスを再開した。ジェシーの体を自分の体に押しつけるように、背中に置いた手をゆっくりと滑らせていく。ジェシーの、明らかに初体験ながらも熱い反応に火をつけられていた。スティーブンとて世間知らずな男ではない。技術と美貌を誇る高級売春婦たちや世慣れた社交界の女性たちとは経験を積んでいた。だがこれまでの女性たちに、この純真な娘に対するほどの興奮をおぼえたことはなかった。彼女がほしかった。今すぐ、全身全霊で抱きたかった。

「ああ、ジェサミン」スティーブンはささやくと、唇で首筋をなぞり、その柔らかな肌を味わった。「ジェサミン。きれいだよ、きれいだよ、ジェサミン」

ドレスの胸元の生地が、唇の行く手を阻んだ。手でそこを左右に開けば、このまま貪欲な口が胸の膨らみにたどり着けるのはわかっている。彼女を床に押し倒して、衣類を剥ぎ取りたかった。奪いたかった。自分のものにしたかった。考えるだけで武者震いがした。

だがスティーブンは望むことをどれも実践せず、代わりに抱いていた腕を緩めた。「だめだ」ジェシーの頭部に頬を寄せ、気持ちを落ち着かせるためにひとつ長い息をする。

「ごめん」少しは興奮がおさまり、彼女から手を離して後ずさりできるようになるのを待った。「ごめん」同じ言葉を繰り返した。「きみは……安心を求めていただけなのに、ぼくときたら――」

「違う！　そんなもの求めてない！」ジェシーは感情を炸裂《さくれつ》させ、手でスティーブンの手を握った。ぎゅっと強く握りしめる。「謝らないで。お願いだから、謝らないで」息も乱れていた。ジェシーは心も体も必死に落ち着かせようとした。このキスは自分が望んだことだと伝えたかった。無意識に、フランク・グリソンの記憶を拭い去ろうとしたのだと伝えたかった。けれど心がちりぢりに乱れて、上手く言葉にまとまらなかった。口を開けば、抑制のきかない泣き笑いを始めてしまいそうで仕方なかった。

ジェシーは震える手を頬に当てた。火がついたように熱かった。言葉が何も見つからず、唾をのむ。ジェシーはただ大きく見開いた目でスティーブンを見つめた。ほんの数分で、これまでの自分の世界がひっくり返ったようだった。というより、この二週間で変わっていたことにようやく気づいたということかもしれない。スティーブン・ファーガソンと出会ってからの二週間で。「わたし、いったいどうしちゃったんだろう」

スティーブンは首を横に振った。「ぼくのせいだよ。きみが弱っているのはわかっていたのに。そこにつけ込むのはならず者のやり口だ。許してほしい。今すぐでなくとも」

スティーブンは背を向けた。このまま彼女を見続けていたら、抑制がきかなくなってしまう。今度抱き寄せたら、完全に我が物にするまで手を離せなくなるだろう。

ジェシーはスティーブンのかたくなな背中を見つめた。心が引き裂かれる。彼はもうわたしを求めていない。背中を向けている。ジェシーはスカートのひだを指で握りしめた。少なくともこういうときドレスは便利だ。しがみつける。ジェシーは口を開きかけたが、結局、涙に喉を塞がれて、何も言えなかった。

「ぼくたちのレッスンもここまでにしたほうがよさそうだね」スティーブンは断固として背を向けたまま、こわばった声で言った。

ジェシーは一瞬、彼を見つめたが、やがて踵《きびす》を返すと駆け足でドアから出ていった。

遠ざかる足音を聞き、スティーブンは全身の力が抜けるのを感じた。まるでジェシーと共に体からすべての活力が消えてしまったようだった。振り返り、誰もいない廊下を眺める。そしてゆっくりと歩み寄ってドアを閉めると、自分のベッドに戻った。どさりと腰を下ろして仰向けに横たわり、組んだ両手に頭をのせて天井を見つめる。いまだ体は欲望でほてったままだった。わずかでも気を許せば、ジェシーを追って廊下へ飛び出してしまいそうだった。ああ、彼女がほしい。

だがエリザベスと婚約しているんだぞ！　彼女への義務は、愛は、責任はどうなる？　だめだ。どれほどジェシーに欲望を感じようと、どうすることもできない。妻になるのはエリザベス。彼女とそう約束した。彼女の父親にも誓った。彼との約束は破れない。ジェシーへのキスはエリザベスとジェシーだけでなく、三人全員を裏切ったも同然だ。

スティーブンはうめき声をあげてベッドから起き上がり、窓辺に向かった。心がざわついて、横になっていられなかった。どこを見るでもなく、寒い九月の夜を見つめる。エリザベスはいつ到着するのだろう。到着したらすぐに、彼女と結婚してこの町を離れよう。グリソンがジェシーにしたことはサムに話して、サムの手に委ねるのだ。グリソンへの報復もサムに任せよう。このままここに留《とど》まって、自分の手で果たすわけにはいかない。この町を離れなければ。できるだけ遠く、できるだけすぐに。でなければ道義心も義務もすべて忘れることになりかねない。

所作のレッスンは中止するしかなくても、スティーブンは予定どおりジェシーの送り迎えを始めた。

翌朝ジェシーが朝食に下りていくと、彼はすでにテーブルに着いてほかの男たちや母親と談笑しながら食事をしていた。驚きだった。こんなに朝早く彼が起きてくることはめったになかったから。

　声をかけるスティーブンに軽く会釈して、ジェシーは席に着いた。何事もなかったように声をかけるのは、彼には簡単なことなのだろう。けれどジェシーはそれほど世慣れた人間ではない。夜中までキスのことばかり考えて寝返りを繰り返していた。スティーブン・ファーガソンとキスをしたことに愕然《がくぜん》とし、それを楽しんだことにさらに愕然とした。

　あんな人に惹《ひ》かれるなんてどうなってるの？　少しも尊敬していないし、全然好きなタイプと違うのに。サムとは全然違うのに。真っ当な女性は好きでもない相手に欲望を感じたりしないものだと思ってきた。本音を言えば、こういう体が焼けつくような欲望自体を知らなかったわけだけれど。本当に、知らなかった。これってふしだらな女だという証拠だろうか？　誰とキスをしても同じように感じるのだろうか？　いや、フランク・グリソンのキスではこんなふうに感じなかった。となると、好きな人限定ということになる。

　ということは、スティーブン・ファーガソンが好きってこと？　口が裂けても認めたくないけれど、考えてみれば、そうだとしか思えなかった。彼に手を借りるようになったここ数日、どんどん距離が縮まっていた。態度は堅苦しいけれど、優しくて、温かみのある人だとわかるようになっていた。あの礼儀正しさも、一緒にいれば慣れてしまうものだ。こっちが部屋に入っていくたびに彼が椅子から立ち上がるのも、テーブルに着こうとすれば椅子を引いて待つのも、ドアを持って先に通させようとするのも、もうおかしいともなんとも思わなくなった。いまだに理解できない言動も多いけれど、それでもユーモアのセンスがあるのもだんだんわかってきた。銃で撃たれたときには人間的な深みさえかいま見えた。それに、なんといっても見た目がいい。近くにいてもいやな気がしない。いや正直に言えば、一緒にいて楽しい。それも、やっぱり好きだということなんだろう。

でも、彼はこの辺りの人間じゃない。ここでやっていけるほどタフでも、頑丈でもない。ここで生き抜く術《すべ》もわかっていない。だいいちそこまで長く留まるはずもない。

別の女性と婚約してるのだから。

そう、問題はそこだ。ひと晩中、何度堂々巡りを繰り返しても、結局たどり着くのはそこだった。悔しくなるほど、涙が出たのもそこだった。それもこれも彼が悪い。別の女性と婚約していながらキスをしてきた彼が。道義心も道徳心も、思いやりもあったものじゃない。たとえ婚約者がそばにいなくったって、ちゃんとした真面目な男なら、婚約しているのに別の女性にキスしたりするわけがない。

だけど、それで彼が悪党になるなら、わたしはどうなる？　ジェシーにとっては目をつぶりたい事実だった。サムが今連れてこようとしている女性とスティーブンが婚約しているのは、最初からわかっていた。そのミス・エリザベス・お上品《ハイトーン》はあと一日二日でこの町に着くのだ。ああもうっ、いったいなんだってすでに結婚してるも同然の男とキスなんてしたの！　彼とキスをしている間、その女性のことをこれっぽっちも考えなかったなんて。なんてこと！　なんにも考えなかった！　これじゃあおつむが空っぽのばかと同じだ。恥ずかしいにもほどがある。

そして今、こうしてスティーブンから数席離れた場所に座っていても、想像がついていた照れくささだけでなく、前夜に感じたあのわけのわからない興奮までもが押し寄せてきて、ジェシーはますます恥ずかしくてたまらなくなった。髪の生え際まで赤くなり、誰にも気づかれていないことを祈るしかなかった。いったいどうして朝のこんな時間に、しかも朝食のテーブルで、スティーブンに抱きしめられる感触や柔らかく攻める唇を思い出さなくちゃならないわけ？　どうして突然全身が張りつめて、体の奥深くに重苦しい切なさみたいなものを感じなくちゃならないの？　こんなの、どうかしてる。

ジェシーは考えも感覚もすべて振り払った。無視よ、無視。動揺しているのを周囲に悟られるわけにはいかない。だって当のスティーブンは落ち着き払って素知らぬ顔で、いつもと変わりなく振る舞っているじゃない。これって彼が本当は悪党だっていう証拠かもね。ジェシーは卵をフォークで口に運びながら、腹立ち紛れに思った。ちゃんとした男なら、わたしみたいに照れたり、どぎまぎしたりするものでしょうに。

食事は長くかからなかった。食欲もなく、とにかくテーブルから早く離れたくてたまらなかった。ジェシーは母親が不審がってあれこれと訊いてこない程度に食欲を見せるとすぐ、皿を押しやって席を立った。

「製材所に行くのかい、ミス・ランドール？」スティーブンも席から立ち上がった。

「そう」

「それならぼくも一緒に行こう」

ジェシーはまじまじと彼を見つめた。「製材所に行くの？」

「ああ。ジョーに話がある」

「こんなに朝早く？」

スティーブンは肩をすくめた。「いつでもいいが、ついでだからね」

ジェシーは眉をひそめた。どういうこと？　わたしを甘い言葉で言いくるめて何かするつもり？　でももしわたしにそんな下心を持っているとしたら、昨夜はどうしてやめたの？　スティーブンが何を考えているのか、ジェシーにはさっぱりわからなかった。それでも彼が何かしら目的を秘めていることだけはわかっていた。

「どうぞ」ジェシーはぶしつけに答えた。「来たいなら来れば」

「ジェシー！」アマンダがぎょっとした顔で叱りつけた。

ジェシーは顔を歪《ゆが》めた。どうやらスティーブンは母まで魔法にかけてしまったらしい。

重い足取りでスティーブンを従えてドアを出た。家を出て製材所までの道のりを並んで歩きながら、ジェシーはちらちらと隣に目をやった。スティーブンはいつもと変わらぬ涼しげな顔で黙っていたが、それでも口元と目元が張りつめているのがうかがえた。彼もこの状況にぴりぴりしているらしい。だったらなぜついてきたわけ？　わけがわからなかった。

　その日も次の日も、スティーブンからジェシーに話しかけることはほとんどなく、人前では失礼に当たらない程度に必要最小限の言葉を口にするだけだった。製材所でもスティーブンはほとんどジョーのオフィスにいて、彼と話し込んだり、時にはふたりで作業場のさまざまな工程を見て回ったりしていた。そんなスティーブンの関心ぶりがジェシーには煩わしくてならなかった。どうして金持ちの東部男がモンタナのちっぽけなみすぼらしい製材所にこんなに関心を持つの？

　それでも彼がジョーと工場の話をしていないときは、もっと煩わしかった。ジョーのオフィスではなくジェシーが仕事をしている外の広い事務室で、話しかけるでもなくただ座っていたからだ。それでいて時折、視線を向けてくる。それが何よりどきどきしてならなかった。五日後にはついに神経が限界に達し、ジェシーは彼にくるりと向き直って、苛立《いらだ》ちをぶつけていた。「いったいどういうつもりよ、そんなとこに座って！　なんのために毎日ここに来るの？　どうして帰らないの？」

　スティーブンはゆったりと眉を吊《つ》り上げた。「そんなにぼくがいやかい？　心外だな」

　ジェシーは顔を歪めた。「いやじゃないのはわかってるでしょ。心当たりもあるはずよ」

　スティーブンが顔に硬くよそよそしい表情を張りつけた。「言っておくが、ぼくに関しては心配することは何もない。この前の夜のことは謝っただろう。弁解の余地のないことだった。だがもう二度とあいったことは起きない。ぼくはフランク・グリソンじゃない」

ジェシーは目を不審げに細めた。「ということは、それが理由？　グリソンのことが！あなた、わたしを守ってるつもりなの？」

「身も蓋もない言い方だが、まあそうなるかな。きみが父に打ち明けたがらないとなると、ぼくが自分で見張るしかない。あんな獣がうろうろして隙をうかがっているような場所に、きみを仕事に来させるわけにはいかないだろう。ぼくが守るしかない。父だって常にきみと事務所にいられるとは限らない。しょっちゅう伐採場に出かけているからね」

「仕事に来させるわけにはいかない？」ジェシーは危険な口調で繰り返した。「させるだの、させないだの、どうして自分にそんな権利があると思うの？」

「もちろん、なんの権利もないとも。しかしきみが二度とフランク・グリソンに不当な扱いをされないようにする責任はある」

「どうして？」ジェシーは吐き捨てるように尋ねた。

「どうして？　どうしてって、決まっているだろう。レディだからだよ。レディが襲われるかもしれないのにそれを見過ごせば、男として失格だ」

「わたしはレディじゃないわ。知ってるでしょ。ズボンをはいているし、それってたしか、あなたが指摘したんじゃなかった？　だけどもっと肝心なのはね、わたしは自分で自分の身を守れるってこと。あなたに守っていただかなくたって結構」ジェシーはわざとらしくスティーブンの口調をまねた。

「そうだね、まあこの前と同じぐらいには大丈夫だろう。あのときはたしか、ぼくが駆けつけたことをそう邪魔には思っていなかった」

ジェシーはぎりぎりと奥歯を噛《か》みしめた。いちいち思い出させるところが、この人らしい。「銃があるわ。そう、それを使う。わたしだって用心してるんだから」

「それはぼくもだ」

ジェシーはうなりたい気分だった。「あなたみたいにむかついて、腹が立って、煩わしい男、知らない！　いいから、放っといて！　あなたにつきまとわれるのは迷惑なの！」

「こっちだって楽しんでるわけでもなんでもない」スティーブンは言い返した。「腹立たしいとか煩わしいとか、それがどういうことか、きみ自身に対処せずにすむきみにわかるはずがない！　まったく、きみほど苛つく女性はこの世にふたりといない。まさに気性の荒い赤毛の魔女だ。きみとなんて出会わなけりゃよかった！」スティーブンの声が轟《とどろ》いた。これまでの人生で、女性に怒鳴ったことは一度もなかった。なのにジェシーが相手だと、あっという間に感情の抑制がきかなくなる。神経がすり切れてしまう。ここ二日ほどほとんど眠れていなかった。ジェシーのことばかり考えて、彼女がほしくて、その欲望を克服しようと必死にもがいて。それでも日中は、せめてサムが戻るまでは自分が見張らなければという使命感でここにいたのだ。一日中ジェシーと同じ部屋で過ごすのは拷問だった。それなのに彼女ときたら、それを感謝するどころか非難してくる！　しかも何より腹が立つのは、自分でも理解できないことに、そこまで腹立たしい女性にいまだ欲望を抱いていることだ。

ジェシーはスティーブンの言葉で目に涙がこみ上げたが、すぐに瞬《まばた》きで追い払った。違う、泣いたりしてない！　彼から嫌われたぐらいで、傷ついたりするはずがない。ほかの男たちからもっとひどい言葉を投げかけられたこともある。これは猛烈に怒ってるだけ。彼があまりに理不尽で、頑固だから。

ジェシーの目に涙がきらめくのを見て、スティーブンはふいに怒りから冷めた。なんてことだ、泣かせたのか？「ごめん」駆け寄って手を取りたかったが、その勇気はなかった。ジェシーに触れるのは危険きわまりない行為だ。「わかっているだろう。ぼくを追い払うのは簡単だ。ジョーに何があったか話せばいい」

「いやよ！　絶対にいや！　そうでなくてもジョーは心配事ばかりなのに」

「なぜ？」

「それは……」ジェシーはもじもじした。まずい、口が滑った。ここでスティーブンにジョーの心配事のどちらか一方でも話したら、きっとこてんぱんに叱られる。「そう、丸鋸《まるのこ》の刃のことよ。すぐにでも必要だから」

「ジェシー……」スティーブンは眉をひそめた。「少しはぼくを信頼してくれないか。ぼくも実業家だ。納期に間に合わせる必要性は理解している。だがそのためにきみを危険にさらしてもかまわないとは少しも思わない。父だってきっと同じだろう」

「だから、そこが問題だって言ってるの。今度のことを知ったら、ジョーはグリソンが最も必要なこの時期に彼をくびにする。わたしはそんなことの責任を負いたくない」

「そんなことってなんだい？ ファーガソン製材所が今年の最終船積みを出荷できないことか？ それがそこまで重大なことなのか？ それになぜ父は朝からあんなにそわそわしている？ 眉間に皺《しわ》を寄せたままだし、少なくともすでに十回は外のようすを見に出ているじゃないか」そこで言葉が途切れた。少しずつ不安が現実味を帯びていく。心の中がすっと冷たくなった。「サムに何か？ サムとエリザベスに何かあったってことなのか？」

「ちょっと待ってよ、大げさにしないで。たしかにジョーはそわそわしているけど。でもまあちょっと遅れてるだけだから。前にもあったの。普段ならジョーだって、さほど心配しなかったと思う。でも本当にジョーは今、新しい鋸《のこぎり》刃が必要なのよ。サムが一刻も早く届けようとがんばってくれてるのはわかっているし」

「どのくらい遅れている？」

「普通なら昨日着いているところ。でもサムは前日の夜には間に合うように予定を前倒しにしてた」

「なのにまだ到着していない。二日遅れというわけか」

「ちょっと！」ジェシーはうんざりして声を張り上げると、首を横に振った。「あなたったら、また大げさにしてる。たった一日遅れじゃないの。それにいろいろと理由もあるでしょうに。レディと一緒となると、ペースだって落ちるじゃない」

「サムが急ごうとしても？」楽観的な口調にかかわらず、ジェシーの声にそこはかとなく不安がにじんでいるのをスティーブンは感じ取っていた。「ぼくの印象では、よほどのことがない限りペースを落とさない気がする」

「時には、どうしようもないことだってある」ジェシーの声には説得力が欠けていた。ジェシーも不安を募らせ始めていた。サムが昨日到着しなかったときには、ただスティーブンのお上品な婚約者のせいだと思っていた。でも考えてみれば、ジョーとサムは例の丸鋸の刃をすぐにでも必要としている。しかもあのサムが、どこかのレディが怖がったり不満を言ったりしたからといってペースを落とすとも思えない。「何があるかわからないんだから」

「だから父があれほど心配しているわけか」スティーブンは罪悪感をおぼえた。万が一エリザベスに何かあったらどうする？　しかも自分がノーラスプリングスで別の女性に欲望を抱いている最中に！

ジェシーは彼の顔を見つめた。スティーブンが激しい不安に陥っている。それは顔を見ればわかった。こうなるのはわかっていた、でもできれば見たくなかった。彼が心配しているのは、サムが連れている女性のこと。愛している女性のこと。心がねじれそうだった。と同時に、スティーブンが気の毒でならなくなった。慰めてあげたかった。何かしら言葉をかけてあげたかった。けれど何も思いつかなかった。一瞬置いて、ジェシーは静かに仕事に戻った。

それからは昼も、夜になっても、時の経《た》つのが驚くほど遅く感じられた。スティーブンはますます罪悪感と不安に苛《さいな》まれた。兄とエリザベスに起こり得る災難ばかりが頭に浮かんだ。しかもその災難が起こっている間、自分はジェシーへの欲望に気を取られていて、彼らが町に到着する日程が過ぎていることにすら気づかなかったのだ。エリザベスは自分の婚約者だ。なのにサムに迎えを任せてからというもの、彼女のことを思い出しさえしなかった。それどころか胸に手を当てて考えると、エリザベスがまだ到着していないことを喜んでいた気がする。彼女の到着はすなわち、ジェシーと過ごす時間の終わりを意味するから。だからなぜまだ到着していないのか、考えようともしなかったのだろう。

今ですら、こうしてエリザベスのことを心配しながらも、完全にジェシーを頭から追い出せずにいる。気づくと心がさまよい、ジェシーを思い描き、彼女の唇の柔らかさや体の素直な情熱を思い出している。我ながら、なんというろくでなしだとスティーブンは思った。婚約者のことだけを考えなくてはならないときに、ジェシーに欲望を抱くとは。

いっそ馬を手に入れて、サムの一行と出会うまでミズーラまでの道のりを遡ろうか。だがそれには、ジェシーを無防備なまま製材所に置いていくことになる。それだけはどうしてもできなかった。ジェサミン・ランドールに対してはなんの責任もない、考えるべきはエリザベスのことだけだ、とどんなに自分に言い聞かせても。ジェシーに、欲望の火がついていた。エリザベスにはこんな気持ちにならなかったのにだ。ジェシーがほしくてほしくて、たまらなかった。心がふたりの女性の間で引き裂かれそうで、そう感じることが情けなかった。正しく名誉ある道は、どう考えてもひとつしかない。スティーブンはそのまま夜遅くまで眠れず、翌朝目覚めたときも、まだ罪悪感と煮えきらなさを引きずったままだった。

ここ数日と同じようにジェシーと一緒に製材所まで歩いていき、前日と同じように静かに腰を下ろした。だがそれは不可能に近かった。ジョーもジェシーもとても仕事に集中できる気分ではなさそうだった。

午前の半ばごろ、叫び声が聞こえた。製材所の騒音にかき消されて、ほんのかすかな声だったけれど。突如緊張が走り、三人は体をこわばらせた。耳を澄まして待つ。物音が近づいてきた。廊下から足音が聞こえ、材木置き場で働いている男のひとりが、ドアから顔をのぞかせる。「荷馬車が着いた！　戻ってきましたぜ！」

スティーブンは椅子から飛び上がった。安堵が広がる。エリザベスは無事だった。ジェシーに目をやった。そこで安堵に心残りと残念さがまじった。スティーブンはエリザベスを出迎えるためにドアに向かいながら、これで永遠にジェシーとはお別れだと思った。そして突如心の奥で、後戻りできないものかと考え出していた。

だがジョーはすでに喜びいっぱいの顔でドアから駆け出していた。ジェシーも続いた。

彼女がスティーブンを振り返る。「さあ、急いで。戻ってきたのよ」

ジェシーはズボンとシャツ姿で、髪は一本の三つ編みにして背中に下げていた。これほど美しく、そそられる女性は見たことがないとスティーブンは思った。

「ああ」彼は言った。「すぐ行く」そして鉛と化した足を前に進めた。

11

材木置き場に大きな貨物用の馬車が停《と》まっていて、周囲に製材所の労働者たちが集まっていた。スティーブンが出ていくと、ちょうどふたりの男が高い荷馬車の座席から降りてきたところだった。ひとりは先住民で、もうひとりはバーリー・オーエンズという名のもう少し年配で髭面《ひげづら》の男だ。ふたりは笑いながら男たちと言葉を交わし、荷馬車の背後の巨大な木箱を示した。先住民の男が馬車の背後に回り込んで、木箱をくくりつけていた縄をほどき始め、その間にバーリーはジョーと握手をして話し始めた。

スティーブンは周囲を見回した。一頭立て馬車がどこにも見当たらない。スティーブンは眉をひそめた。軽い一頭立て馬車が重い荷を積んだ荷馬車より遅くなるとは考えにくい。スティーブンは、冷たい風を体に受け止めてわずかに身を震わせながら、材木置き場から通りに出てみた。左右に目を凝らしてみる。サムとエリザベスはどこにいるんだ?

スティーブンは材木置き場に引き返した。男たちはラバから馬具を外したり、荷台から重い丸鋸《まるのこ》の刃を降ろしたりと忙しそうにしている。積み荷を降ろすのを指示していたジョーが振り返った。ジョーは男たちのもとを離れ、満面の笑みでスティーブンのもとにやってきた。

「やっぱりサムに任せたからには心配はいらなかったな。ほんの少し遅れただけですんだ。どうやら川の水位が上がって、途中一、二箇所橋がまずいことになっていたらしい。で、バーリーとジム・トゥ・ホーシーズは遠回りしなきゃならなかったんだそうだ。心配することはなかったな」ジョーはふっふっと笑った。

「しかしサムとエリザベスは?」

「そっちも大丈夫だ。あと数日で着く。おまえの婚約者が途中ちょっと具合が悪くなったらしい。で、サムが荷馬車だけ先に行かせた。ちゃんとあとから来るよ」

「具合が悪い? どういうことです?」

「そうかっかするな。心配することはない。バーリーの話じゃ、たいしたことはないらしい。一日中、馬車に揺られ続けるのが辛《つら》くなったんだろう。二、三日もすれば回復するってことで、サムも付き添って近くの農家で厄介になっているそうだ。ほかの連中はサムが丸鋸の刃と一緒に先に送り出したんだと。今うちがどれだけあの刃を必要としているか、あいつはわかってたからな」

「そうですか」緊張が全身から引いていき、スティーブンは頬を緩めた。エリザベスに深刻な事態は起こっていなかった。彼女にとっては多少過酷な旅だったかもしれないが、とりあえず今は誰かの家にいる。回復するまで世話をしてくれる農家の妻もいる。少し休めば、元気を取り戻すだろう。「それでは、心配することはないんですね？」

「ああ、そうだ。サムに任せとけば、きっと彼女を元気にして出発させてくれるさ」ジョーは満面の笑みを浮かべた。荷馬車にちらりと目をやる。「おい、待て！　その刃には触れるな！」そしてジョーは作業を指揮するために軽やかに荷馬車に駆け寄った。

スティーブンは父の後ろ姿を見守りながら、胸がすっと軽くなっていることに気づいた。唯一の問題は、この安堵感《あんどかん》がエリザベスが無事だとわかったからなのか、それとも彼女に向き合うまであと数日の猶予が得られたからなのかはっきりしないことだった。


新しい大きな丸鋸の刃が装着され、作動し始めたとき、ジョセフ・ファーガソンにとってそれはまるで音楽のように聞こえた。けたたましく甲高い機械音が製材所の静けさを破り、男たちが歓声をあげる。すぐに最初の丸太が台車に乗せられ、鋸《のこぎり》に近づけられた。鋸の刃が木に食い込む。木片が飛び散り、おがくずがもうもうと空中に舞った。ジョーは隣にいるジェシーとスティーブンを振り返って、にやりと笑った。

「よし、商売再開だ！」声を張り上げる。

だが何を言ったのか、ふたりは推測するしかなかった。音という音をかき消すほどのけたたましい音だ。だが機械の振動を全身で感じ、スティーブンも興奮していた。同じでないにしてもある程度は、父が今どういう気持ちでいるかもわかった。仕事で勝利を感じたことはこれまで何度もある。だが今のこの気持ちはなんというか、これまでよりもっと刺激的で、もっと直接的だった。

三人はしばらく作業を眺めたあと、背を向けて事務所に引き返した。ドアまでたどり着いたところで、ジョーがジェシーとスティーブンを振り返って言った。「そうだ、おまえたちふたりは部屋にいてくれ。俺は町で人に会ってくる」そして丸鋸の刃を目にした瞬間からほとんど絶やさなかった笑みをさらに輝かせた。

スティーブンは意外に感じて、父を見つめた。まだまだ自分たちと腰を下ろして、新しい刃に関する喜びを分かち合いたがっているとばかり思っていたのだ。けれどジェシーにとっては意外でもなんでもなかった。ジョーの行く先に見当はついている。丸鋸の刃が到着し、工場の借金がまもなく返せることを直接イライアス・ムーアに知らせたいのだ。

ジョーは製材所を出ると、口笛を吹きながら通りを歩いていった。コートを忘れ、身を切るような北風が体に吹きつけていることすら気にはならなかった。ポケットから懐中時計を出して、見る。午後も遅く、もう銀行は閉まっている時間だ。まあいい、ムーアに開けてもらえばいいだけだ。こんないい知らせは早く伝えてやらないと。それぐらいの例外なら、ムーアだってそう腹も立てずに認めるだろう。なんせあいつの懐には数千ドルが転がり込むんだからな。まったく、守銭奴もいいとこだ。

さすがに今日ぐらいはムーアもあの苦虫を噛《か》みつぶしたような顔に笑みを浮かべるだろうか。いや、ないな。ジョーにはあの男が微笑《ほほえ》み方を知っているとは思えなかった。

鍵のかかった銀行のドアを叩《たた》いて数分、ようやくかんぬきが外れ、事務員が顔を見せた。そしてさらに数分話し声がしたあと、ついにムーアがドアを開けて、ジョーを中に招き入れた。

「何事だ、ファーガソン。就業時間内に話せないことか?」銀行のロビーを抜け、自分のオフィスにジョーを通しながら、ムーアは不機嫌そうに尋ねた。「こっちはもう帰り支度をしていたところだ」

「たいていのところはまだ就業時間内だぞ」ジョーは陽気に言い返した。「ほかの人間は、銀行が扉を閉めたずっとあとも働いてるんだ」そしてにっと笑う。「みんな汗水垂らして働かなきゃ、銀行に払うものも払えんだろ」

ムーアは顔をしかめた。長く陰気な顔をした、痩せた貧弱な男だ。顔の印象の大半を占める大きな鼻に、ちょこんと小さな眼鏡をのせている。その眼鏡の上から人を舐《な》めるように見るのが彼の癖で、そうなると見られたほうはこれまでに犯した罪をすべて思い出して萎縮してしまう。今もムーアはその芸当をジョーに試みていたが、ジョーはそれを跳ね返して笑っていた。

「喜べ、いい知らせだ。今夜は気持ちのいい夜になるぞ」

「そうなるには、おたくに融資した金をさっさと返してもらうしかない。わかってるだろう、すでに振り込み期日は過ぎてるんだ。今月末までに支払いがないときには――」ジョーが手を振って言葉を遮った。「そう焦るな。脅すことはない。もうその必要はないんだ。金はちゃんと支払う。今日新しい丸鋸の刃が届いた。それを知らせに来たんだ。すでに稼働中だ。つまり、木材は予定どおり出荷できる」

ムーアは慌てて口を閉じた。目をぱちくりさせる。「いや、そいつは驚いたな」薄く微笑む。「おめでとう。それは我々双方にとっていいことだ」ムーアは立ち上がってジョーの手を取った。

ふたりはそれから数分、新しい鋸の刃についてや最終の積み荷を船で出荷してから支払いを受け取るまでにどれくらいかかるかなどの話を交わした。それからムーアはジョーを入り口のドアまで見送った。従業員たちの姿はすでになく、行内はがらんとしている。

銀行家はジョーと共に外に出ると、念入りにドアを施錠した。ジョーが製材所に向かうのを見届けてから、反対側の、自宅方向に向かって歩き始める。だが彼は途中で小さく回り道をして狭い脇道に入った。そしてポケットから出した紙きれに短いメモをしたため、小さなぼろ家のドアの下に押し込んだ。

その夜夕食をすませて書斎にいると、窓を叩く音が聞こえた。ムーアは立ち上がって台所に行き、勝手口のドアを開けた。巨大な姿が暗闇からぬっと現れ、中に入ってきた。

「俺に用があるってか？」フランク・グリソンが尋ねた。

銀行家は冷たい目で彼を見つめた。「用でもなければ、誰が貴様を呼んだりする？」

「はあ？」

ムーアは顔をしかめた。「来い。ここでは話せん」

グリソンは重い作業靴で固い床板をずしずしと鳴らしながら、痩せた男のあとについて廊下を渡り、書斎に入った。書斎に入るなり、ムーアはドアを施錠して向き直った。「よくもへまをしてくれたな」

グリソンは肩をすくめた。「言われたとおりやったじゃねえか。丸鋸の刃だってちゃんと壊した。そうしたら今度は、サムがいなけりゃ納期に間に合いっこねえからサムを片づけろ、だ。あの日はジェシーが馬で伐採場に行くのを見かけたから、てっきりサムが一緒に給料を取りに戻ってるんだとばかり思ってた。あれが弟だなんて、わかりっこねえだろう。ファーガソンの息子がもうひとりいたなんざ、誰も知らなかったんだ」

グリソンは苦々しげに顔を歪《ゆが》めた。あの男、人違いだろうがなんだろうが、あのときに殺しときゃよかった。そうしたらこの前だってあのイタチ野郎にジェシーとのことを邪魔されずにすんだのに。あの野郎、あれ以来粘っこくジェシーに張りついてやがる。しかしまあ、こっちがその気になれば、あんな野郎は屁《へ》の突っ張りにもなりゃしない。都会育ちで体も小さいし、あのしゃれた格好を見る限り、戦いとなりゃ二分と持たねえだろう。それでもうざいやつには変わりない。それと、あの件をジョーに話したかどうか。イライアス・ムーアから金をもらって製材所を痛めつけている間は、クビになるのは困る。「都合のいい言い訳は聞きたくない」ムーアの鋭い声でグリソンは我に返った。「わたしがほしいのは結果だ！　貴様はまだなんの結果も出せてないじゃないか。サムはなんの障害もなくミズーラに行って、鋸の刃を持ち帰ってきた。ジョセフ・ファーガソンが今日銀行に来て、これで借金が返せると自慢していったよ。まったく、なんてことだ。いったいなんのために貴様に金を払っていると思っている？　わたしはあの製材所を閉鎖させたいんだ」

「自分に支払うって言ってるのをわざわざ邪魔するなんぞ、わけがわからねえ」

ムーアの唇がねじれた。「貴様にはわからないだろうよ。いいか、あの製材所はわたしにとって、ファーガソンが借金を支払って得る利益よりはるかに価値があるんだ。わたしは直ちにあの製材所を廃業に追い込みたい。わかるな？」

グリソンは肩をすくめた。「ああ。しかしあんなことがあったあとだ、これからは用心してくるだろう」

「また別の事故を仕立てるんだ。誰も確信までは持てやしないさ。サムのことは貴様に任せたぞ。いいな、どれだけ疑われてもかまわん。尻尾だけはつかまれるな。そうすれば誰も何も証明できん」

言うだけなら簡単だろうよ。グリソンは胸がむかむかした。ファーガソン親子を裏切って危険にさらされるのは、ムーアじゃない。だがグリソンは何も言わなかった。「で、俺は何をしたらいい？　新しい刃をつぶすか？」

「いや。それはあからさますぎる。それに新しい鋸を台無しにするのはだめだ。あれはあったほうが価値が出る」ムーアは一瞬考え込んだ。「丸鋸の動力はなんだ？」

「はあ？」グリソンはぽかんとした顔で見つめた。

ムーアはため息をついた。ばかを相手にするのはこれだから嫌いだ。「丸鋸はどうやって動かしている？」

「ああ、そのことか。エンジンだよ。蒸気エンジン」

「中央に一台でか？」

「ああ。一台で全部動かしてる」

「それを使用不可能にできるか？」

大男は肩をすくめた。「それは、難しいことじゃない。サム以外、直せるやつもいねえし」

「サムは戻っているんだろう？」

「いや。戻るのはしばらく先だ。途中で足止めを食ってるらしい。弟の女がどうとかこうとかで」グリソンはふんと鼻を鳴らした。「いったいどんな女があんな野郎につくのやら」

「そうか」グリソンの無関係な話は無視して、ムーアは言った。「それは好都合だ。その蒸気エンジンに細工しろ。すぐにだ」

「ああ、ボスはあんただ」

ムーアは小さな包みを手渡した。「いつものように半分だ。残りは仕事を終えたとき」

グリソンは包みを上着のポケットに押し込んだ。半分ずつか。まったく、銀行家の支払い方はどうにも好きになれない。この野郎、こないだは撃った相手がサムでなくスティーブンだったからって、全額を払うのを拒否しやがった。誰だってしそうな間違いだったってのに。ムーアと付き合うのは蛇を扱うようなものだ、絶対に気を抜けねえ。ああ、早くこんな仕事は終えちまいたい。そんときにはこの町を出て、新しい土地でやり直せるだけの金もできてる。ファーガソン親子のことを考えると、そうするに越したことはねえ。


二日後の夜、スティーブンは廊下の先から聞こえる男たちの声で目を覚ました。起き上がり、一瞬混乱した。周囲は漆黒、まだ真夜中らしい。眉をひそめ、闇の中で手探りしてベッド脇の灯油ランプをつけた。鈍い明かりのそばで懐中時計を手に取って開く。真夜中どころではなかった。頭がぼんやりするのも無理はない。眠ってからまだ一時間足らずだ。いったい何事だろうと、スティーブンはベッドを下りると重いガウンを羽織り、廊下を渡って階段を下りた。裏手の廊下に目をやると、奥のドアの周囲に男たちが集まっているのが見えた。家のこの一角に入るのは初めてで、そこがどういう部屋なのかはわからなかった。男のひとりが振り返り、スティーブンを見つけて後ずさりした。

「ああ、そうか！　ミスター・ファーガソン、申し訳ない。あなたのことを忘れてた」周囲の男たちも顔を向けると後ずさりし、道を空けてスティーブンを部屋に通した。

「どういうことです？　いったい何が？」スティーブンは男たちの脇を抜けて部屋に入り、はたと足を止めた。

そこは広い寝室だった。見るからに女性の部屋だが、ベッドに横たわっているのは女性ではない。父だ。ベッドカバーの上に服を着たまま横たわり、目を閉じている。「これは！　いったいどうしたんです？」

スティーブンは大きな二歩でベッドまでの距離を埋めた。「お父さん？　いったいどういうことなんです？　父に何が？」

血がべっとりとジョーの髪を固まらせ、額にもにじみ出ていた。

女性の手が伸びてきて、そっとスティーブンの手からランプを受け取った。振り返り、そこで初めてジェシーも部屋の中にいたことに気づいた。

「ジェシー！」本能的に彼女の手を取っていて、その手をジェシーがしっかりと握り返してくれた。「いったい……何が？」

ジェシーは首を横に振った。「わからない。今、彼らに運ばれてきたところだから」

そのときベッドの反対側にアマンダもいることに気づいた。彼女は水を張ったたらいで布を絞っていて、やがてベッドに身を乗り出し、その布をジョーの頭部の血まみれの傷口に軽く押し当て始めた。アマンダの目には涙が浮かんでいた。

スティーブンは息を吸って、部屋に集まっている男たちに目をやった。ベッドの足もとにバーリー・オーエンズの姿があった。両手で帽子を握りしめ、不安そうにジョーの姿を見つめている。彼がいてくれてよかったと、スティーブンは思った。顔を合わせた機会は少ないが、それでもバーリーには荒々しい外見にもかかわらず、良識のある男だという印象がある。「何があったんです？」スティーブンはその質問をまっすぐバーリーに向けた。

男が目を向けた。今夜は少し老けて見えた——いや、少しどころじゃない。「それが俺にもさっぱり。夜更けにたまたま立ち寄ったんだ。酒場は閉まっちまうし、だったら新しい鋸の刃のことでジョーと軽く祝杯でも挙げようかと思って。製材所の事務所にいなかったもんでしばらく待って、帰り際、なんとなく作業場をのぞいてみて。新しい刃のようすでも見たくなったのかなんなのか、自分でもわからないけど。そうしたら、ジョーがいた。エンジンのそばで、こんなになって倒れてた。頭は血まみれで、声をかけても返事もなくて。エンジンに吹き飛ばされたのか、辺りはめちゃくちゃで。ひょっとしたら直そうとしてたとか……」バーリーは顔を曇らせ、力なく話し終えた。「わからないけど」

そのとき、医師が肘で人を押しのけるようにして入ってきて、ベッドに駆け寄った。

「なんだかわたしもここに住んでるみたいだ。しょっちゅう呼ばれて来てる」

　医師はベッドにかがんでそっとジョーの頭部の傷を触診した。まぶたを片方開けてみる。

「軽い脳震盪《のうしんとう》だな。何にぶつけた？」

「正確なところはわかってない」バーリーが答えた。「たぶんエンジンの金属片か何か」

「いずれにしても頭蓋骨は影響ない。その点は幸いだった。運がよければ、ひどい頭痛程度ですむだろう」

　医師は鞄《かばん》から医療品の類いを取り出して、頭の傷を洗浄し始めた。「いずれにしても、ここできみたちにできることは何もない。みんな、ベッドに引き上げてくれ。ジョーが目を覚ますには少し時間がかかりそうだ。彼が目を覚ますまで、わたしからは何も言えない」

「大丈夫だから」ジェシーはスティーブンに静かに言った。「男の手は今は必要ない」

　ジェシーは言葉にしなかったがスティーブンには伝わった。男たちがこうして集まっていても、助けどころか邪魔になる。「そうだね」スティーブンは向きを変え、ごく自然に指示を発していた。「さあ、みなさんはもう休んでください。何かあれば、お知らせします」

　数人がうなずくと、男たちはぞろぞろと列を成してドアに向かい出した。やがて部屋の中はがらんとなった。医師がスティーブンに向かって言った。「ジョーは二度頭を打っている。相手が何かは別として」

「え？」

「正面に近いこの部分以外に、後頭部にも大きな瘤《こぶ》がある。正面の傷のほうが出血量が多いから、先に気づくが、衝撃は後頭部のほうがより強かったとしても不思議はない」

「エンジンが爆発して、吹き飛んだ欠片《かけら》が当たったわけではない、と？」スティーブンは医師の顔を強く見つめ返して、尋ねた。

ホルツワース医師は顔を曇らせた。「断言できるかどうかは別としてね。理由はふたつの傷の位置だ。飛び散ったエンジンの破片がどうやって頭の前後に当たる？」医師は言葉を切った。「推測するとすれば、誰かに大きくて尖《とが》ったもので頭を強く殴られたと、そうなるだろうね。こういう傷を数えきれないほど診てきたよ。瓶か銃を手に取って相手の頭を思いきり殴りつける。飛び散った金属の欠片はおろか、ほかには切り傷も打撲も一切見当たらない。それに、そのエンジンは動いていなかったんだろう？」

「ええ、そのはずです」スティーブンはまずジェシーに、それからバーリーに目をやった。ふたりはうなずいた。

「となると」バーリーが低い声で言った。「どっかのくそったれがジョーを襲ったのか」

医師は目を細めた。「相手の狙いはファーガソン親子だ。きみも気をつけたほうがいい」

スティーブンは再びジェシーに目をやった。ジェシーは目をそらした。

「今の段階でわたしにできるのはここまでだ」医師は続けた。「まあ、誰でも同じだがね。きみたちももう休みなさい。特に、きみ。わたしの記憶によれば、きみは床を離れてまだ二週間程度だろう。睡眠が必要だよ」

スティーブンは言い返しかけたが、アマンダがすっと割って入った。「今夜ジョーにはわたしがついているから。あなたは休んで、ミスター・ファーガソン。何かあったら、起こすから」

「ですが、そこまで甘えられません。あなたには荷が重すぎる」

「スティーブン……」ジェシーがスティーブンの手を引いて、ドアに向かいだした。スティーブンははっとして、つながった手に目をやった。ジェシーの手を取ったことすら覚えていなかった。まさか、こんなに長くずっとつないでいたのか。あまりに心強くて心地よくて、今さら放す気にはなれなかった。「あなたやわたしより、ママのほうがずっと看病には慣れてるから。ママに任せるのがいちばん」

「わかっているが、そこまで彼女に負担をかけられない」スティーブンはそう言ったが、そのとき、ベッドでぴくりとも動かない父を見るアマンダの目を思い出した。父を愛しているのか？　しだいにそれが確信となった。だとしたら父の看病をしたがるのも無理はない。「わかった。しかしあとで必ず交代してもらうよ」

「もちろん」ジェシーはそう言って、スティーブンを部屋から連れ出した。母がジョーに抱いている気持ちはジェシーも気づいていた。何年も前から。その母のことだ、今どれだけジョーとふたりきりになって、誰にも見られずに思いきり泣きたいと思っているか。スティーブンも、あれほどいつも冷静な彼が今は口元と目元にいやなこわばりを浮かべている。よほどショックだったのだろう。おそらく怪我《けが》をした人間を見るのは初めてだっただろうから。そのうえ彼はジョーの息子、肉親、しかも再会したばかりだ。そうなるとますます衝撃は強いはず。ここは西部の万能薬の出番かもしれない。たっぷりと強い酒。

スティーブンはジェシーについて部屋を出て廊下を渡り、台所に入った。

「座って」ジェシーは小さなテーブルのそばの簡素な椅子をスティーブンに示すと戸棚に向かい、母が時折やってくるジョーのためにこっそりと隠してあるアイリッシュウィスキーの瓶を捜した。

「ミセス・ランドールは父を愛してるのかい？」スティーブンは尋ねた。

「え？　ああ。そう見えた？」

「見えた」

「そうよ」ジェシーは瓶を見つけると、栓を開け、彼のためにグラスにたっぷりと注《つ》いだ。そして少し考えて、別のグラスに今度は自分用に少なめに注いだ。「気になる？」

スティーブンは驚いたように顔を上げた。「いや。まさか。母は亡くなったし、家を出たのもそのずっと前だ。父が別の場所に安らぎや愛を見つけても、責められない」

ジェシーはテーブルに飲み物を置き、目をそらして言った。「でもママは違うでしょ……あなたのお母さんみたいに上流階級の出じゃないし。だからお父さんにふさわしくないって言うんじゃないかと思ってた」

「ジェシー！」スティーブンは猛然とジェシーの手首をつかんで引き寄せ、自分に向き直らせた。「きみはぼくをそんな人間だと思っているのか？　セントルイスの社交界に出ているかどうかで人を判断するような？　アマンダ・ランドールは立派な人だよ。それに社交界にだって、一般社会の売春婦も敵《かな》わないほど身持ちの悪い女性もいる」

ジェシーは思わず彼の目を見た。そんな女性たちの道徳観念をどうして知っているのと口先まで出かかったが、不要なことは言うまいときつく唇を合わせた。

「きみのお母さんは淑女だよ。非の打ちどころのないすばらしい女性だ。そしてきみも」スティーブンが目をのぞき込んだ。「余計なことは考えるんじゃない、ジェサミン」

膝がかすかに震えた。彼から〝ジェサミン〟と呼ばれるといつもこうなる。ジェシーは膝の震えを隠そうとふいに腰を下ろした。「あなたがどう思うかわからなかったの。もし彼が……あのふたりが――」

「寝ているとしたら？」

ジェシーはうなずいた。「本当のところはわからない。なんとなくそんな気がするだけ。ふたりともすごく用心深いから。ジョーはママの体面を傷つけるようなことは絶対にしない。でも一度夜中に目を覚ましたときにね、ママの部屋から彼の声が聞こえてきた。おやすみって」ジェシーはスティーブンの反応が気になって、横目でちらりとようすをうかがった。なぜスティーブンにこんな話をしたのか、自分でもわからなかった。自分の感じていることを誰かに話したことはない。サムにさえも。けれどどういうわけか、スティーブンがどう思うかを知ることが何より肝心な気がしてならなかった。

「ぼくはいいことだと思うよ、父にとって、いやふたりにとって。きみのお母さんは懐の深い優しい女性だ。それにどこから見ても淑女そのもの」スティーブンは手を伸ばし、ジェシーの手を取って指を絡ませた。軽く握って、親指でそっと手の甲を撫《な》でる。「それより肝心なのは、きみの気持ちだ。父のことを不快に思っていないかどうか」

彼のとらえ方が意外で、ジェシーは肩をすくめた。こういうことが公になったとき、ふしだらだと言われるのは男ではなく女のほうだから。「最初は、少し」

「お母さんを辱めるつもりはなかったと思う。母が亡くなるまで、父は結婚できない立場だった」

ジェシーはうなずいた。「ええ、でもあなたが町に来るまでわたしはそのことを知らなかった。母はジョーのことも彼の結婚のこともわたしに話そうとしなかったし、サムとの間でも禁句みたいになってた。でもわたしはジョーが好きよ。ジョーが母を傷つけないようにせいいっぱい気を遣ってくれてたのもわかってたし。愛人みたいには扱ってなかった。

誰にも知られないようにしてくれてた。いい人だと思う。それにわたしだって、それを知ったときにはもう大人だった。男女のこととかも、わかってた」

スティーブンがにっと笑った。「ふうん？　男女のことってどういうことかな？」

ジェシーは真っ赤になって、睨《にら》みつけた。「わかってるくせに」そしてスティーブンの手を振り払った。彼にこんなふうに撫でられていると、なんとなくおかしな気分になってくる。自分が自分でなくなるような。

赤くなったジェシーはきれいだ。スティーブンは彼女を見つめながら思った。少しだけ上向いた鼻にキスをしたくなっていた。額にも、頬にも、唇にも。思いがけない欲望がむくむくとこみ上げてくる。スティーブンは顔をそらし、ウィスキーをひと口煽《あお》った。今は女性に気を取られているときじゃないだろう！　父親が別の部屋で意識もなく死の淵《ふち》をさまよっているというのに、なぜジェシーにキスをしたいなんて考えている！

スティーブンはウィスキーの熱い炎が喉を伝い、胃袋に火を灯《とも》すのを感じながら、指をきつくグラスに巻きつけて中の液体を見つめた。「父が死んだらどうすればいい、ジェシー？　巡り合ったばかりだというのに、もしここで死なれたら？」

ジェシーの心はすぐさま彼に寄り添った。スティーブンのいつもの冷静な仮面が剥がれている。生々しい苦悩の表情が露《あらわ》になっている。ジェシーは立ち上がってそばに行き、慰めるように肩に腕を回した。一瞬スティーブンが体をこわばらせた。やがてふうっと荒い息を吐き、体の向きを変えてジェシーの胸に顔を埋《うず》めると、背中にきつく腕を回してきた。泣いてはいなかった。それでもスティーブンが体を震わせて涙を堪《こら》えているのはわかった。ジェシーは涙がこみ上げ、彼を抱きしめると頭に頬を寄せた。彼の髪は柔らかかった。

「心配しないでいいから」ジェシーはささやいた。「ジョーは死んだりしない。ジョセフ・ファーガソンはタフだもの。誰かに頭を殴られたぐらいで、死ぬもんですか。一度なんてね、わたしはまだ小さかったけど、ジョーが木の下敷きになるのを見たことがある。そのときだって、彼はほんのかすり傷程度で無事だった」

スティーブンは、ジェシーの甘い温《ぬく》もりと女性らしい慰めを求めるように顔をさらに深くすり寄せた。その状態に一瞬心が舞い上がる。ああ、なんて彼女は柔らかい。なんていいにおいなんだ。こうして彼女に包まれて、彼女の強さと温もりに浸っていると、まるで天国にいるような気がする。

だがいつまでもこうしてはいられない。それはスティーブンにもわかっていた。いつ人が台所に入ってきて、この姿を目撃されるかわからない。ジェシーはただ慰めているつもりでも、この姿が彼女の評判に傷をつけるのだ。しかもこのままだとすぐにただの慰めですまなくなりそうなのは、スティーブン自身が誰よりもわかっている。腕に抱く彼女の体がこんなにも柔らかくて温かく、しかもその肌と自分の唇を隔てるのはナイトドレスとガウンだけ。おまけに胸の膨らみまで伝わってくる。すでに全身の血がさらに温もりを増して体を巡り出していた。

　スティーブンは背筋を伸ばしてジェシーから離れた。ジェシーは誰かに操られているように、ぎこちなく背を向けた。背を向けたまま、自分のグラスを手に取ってウィスキーを飲む。スティーブンはそんな彼女を見つめた。ウィスキーを飲む女性を見るのは初めてだった。火を噴く強さに息ぐらい切らすかと思いきや、ジェシーは息も乱さず飲み干した。

　スティーブンの唇にふっと笑みが浮かんだ。ばかだな、決まっているじゃないか。ジェシーのことだ、たとえこれが初めてのウィスキーでも、そんなことを悟らせるわけがない。

　目がおのずとジェシーの背筋を追い、尻を撫で、ガウンの下のようすをうかがう。スティーブンは咳払《せきばら》いをして、目を背けた。いったい何をしているんだ？　彼女の親切心を、欲望に結びつけずにとらえることもできないのか？　ジェシーのそばにいると、自分がどんどん好色になっていく気がする――しかも今は父親が深刻な状態だというのに。

　スティーブンはウィスキーを飲みながら、意識を集中させた。考えねばならないことがたくさんある。やらねばならないことも。それらに意識を集中させていれば、少しは気が紛れるかもしれない。父の容態からも――ジェシーのことからも。

　ジェシーはスティーブンを振り返った。彼は自分を見てはいなかった。視線を感じたのは気のせいだったようだ。気のせい、そして自分のどうしようもない欲望のせい。そばに行ったときはただ思いやりと彼を救いたい一心だった。でも彼が顔を埋めて、強く抱きしめてきたとき、全身が熱くなるのを感じた。肌がざわついて、血が駆け巡っていた。下腹部の奥深くに熱く重い塊のようなものができて、ぞくぞくとうずき出した。スティーブンの顔を引き寄せて、キスがしたくなった。彼が前にしてくれたように、強く激しくしたかった。首筋に唇を這《は》わせて、指を髪に埋めて、全身で強くしがみつきたかった。どうしてよりにもよって、こんなときにそんなことを考えてしまうんだろう。わたしは娼婦《しょうふ》の魂を持ってるの？　ママはずっとジョーにこんな気持ちでいたの？　ああ、もしそうだとしたら、どうしてママがジョーの愛人にならずにいられたのかわからない。

そう思ったところで、ジェシーは愕然《がくぜん》とした。やだ、どういうこと！　わたしはこの人の愛人になろうと思ってるの？　たった数日の情熱のために、世間体も何もかも捨てるの？　ばかな、ほんの二週間前には好きでもなんでもなかったじゃないの。ジェシーは必死に二週間前自分が彼をどう思っていたかを思い起こそうとした。上品な服でなよなよしていて、ひとりじゃなんにもできないようすだった。体格も細くて頑丈そうじゃなくて、本物の男っぽくなかった。サムとは違ってた。サムがわたしの理想だったのに。

本当に、サムとは違う。ジェシーは薄い笑みを浮かべた。彼はサムとは全然違う。でもサムにはこれどころか、これに近い感情すら抱いたことがない。今ではもう顔もすぐには思い出せないくらい。浮かぶのはスティーブンの顔だけ。

「それじゃあ」ジェシーはガウンの脇に手を這わせながら言った。手のひらにぐっしょり汗をかいていた。「わたしはもう寝るね。しばらくしたらママと付き添いを交代するから」

「そのあとはぼくに声をかけてくれ」スティーブンは目も上げなかった。グラスを、まるでそこに世界の秘密でも隠されているように見つめ続けていた。

「わかった」ジェシーは一瞬躊躇《ちゅうちょ》しながらも、背を向けて部屋をあとにした。

彼女が出ていくと、スティーブンはテーブルの上で腕を組み、そこに吐息と共に頭を埋めた。ああ、ジェシー。いったいぼくはどうすればいい？

12

「スティーブン！」押し殺したような声がして、肩を揺さぶられた。

スティーブンは眠ったまま低くうなり、寝返りを打った。肩への執拗《しつよう》な揺さぶりに根負けして、うっすらと目を開ける。ジェシーがかがみ込んでいた。ナイトドレスを着て、真っ赤な髪を肩で波打たせて。髪の先端はスティーブンの胸を覆うベッドカバーに触れている。

まだ眠りから覚めきらず、何も考えられないまま、スティーブンは彼女の髪に手を伸ばした。撫《な》でるように手を走らせ、柔らかな巻き毛を手のひらに滑らせる。立ち止まって、なぜジェシーがナイトドレス姿で、しかもそそるように髪をほどいた状態で自分のベッドにいるのかとは考えもしなかった。ただ本能的に反応していた。手が彼女の手首をとらえて、そのままゆっくりと腕を這《は》い上がる。ジェシーの目が大きく開く。振り払うことも可能なはずだが、彼女は振り払わなかった。わずかな息遣いだけで、あとは彫像のように微動だにしない。スティーブンの手がジェシーの首筋をとらえ、さらに顎から頬の曲線をなぞった。顔から髪を払い、そのままそこに留《とど》まる。

「きれいだ」スティーブンはつぶやき、緩い官能的な笑みを浮かべた。

ジェシーの体にぞくりとおののきが走った。ベッドの彼の隣に横たわることしか、考えられなかった。キスをしてほしかった。肌に触れてほしかった。体が焼けるように熱かった。まるで肌のすぐ下で炎が火花を上げたようだった。体の奥底で何かがどくんどくんと拍動し始め、苦しいほどの空《むな》しさが満たされるのを切望していた。

スティーブンの手がジェシーの顔を引き寄せた。彼もジェシーを迎えるために顔を持ち上げる。唇が触れ合う直前、一瞬動きを止めて、ふたりは互いの目を見つめ合った。その時間が永遠にも思えた。ジェシーの耳の奥で自分の鼓動が轟《とどろ》く。やがてそっと、スティーブンの唇が触れた。彼はキスをした。ジェシーをベッドに引き寄せながら、何度も何度も繰り返し。気づくとジェシーは彼の上に覆い被《かぶ》さって、彼の舌を口に受け入れていた。そして指をカバーに埋《うず》めて、情熱的にキスに応えていた。

欲望の熱気でスティーブンの眠気はすっかり消滅していた。全身の隅々までが煌々《こうこう》と息づいていた。それでもジェシーがなぜ突如ベッドに現れたのか、そのことを不思議にも思わなかった。自分の行動が分別に基づいているかどうかも考えなかった。自分の欲望とそれを受け入れる彼女の肉体のことしか考えられなかった。

スティーブンはくるりと起き上がってジェシーを組み敷いた。ベッドカバーが邪魔をして直接体は触れ合わなかったが、スティーブンはそのカバーを取り外すために体を離す間も惜しんで、ひたすら熱く体を押しつけ続けた。スティーブンが腰を思わせぶりにぐいぐいと押し当てると、たとえベッドカバー越しにでも彼自身の大きく硬くなったようすがまざまざと伝わる。ジェシーは切ない声をあげて、ふたりを遮る障害を取り除こうとしきりに両脚を動かした。両腕を彼の首に回してしがみつき、無我夢中でキスを続ける。

スティーブンは低くうめいてカバーをジェシーの腰まで引き下ろし、手をローブに滑り込ませて胸を覆った。まだジェシーの肌との間にはナイトドレスがあったが、それは薄く、肌の温《ぬく》もりや胸の硬くなった頂は手のひらからはっきりと伝わってくる。その胸を愛撫《あいぶ》するうち、スティーブンの息が喉の奥で乱れた。ああ、触れたい、肌の滑らかさをじかに感じたい。スティーブンは気持ちが先走って震える指で、ナイトドレスの小さな丸いボタンを順に外していった。そしてドレスとローブを肩まで押し開き、ジェシーの姿を見下ろす。

彼女の胸はふくよかながら上向きで張りがあり、先端は桜色だった。顔は目を閉じてのけぞらせていて、キスで赤く濡《ぬ》れた唇はかすかに開いている。まさに、情熱に身を任せた女性そのもの。官能的で魅惑的で、男を虜《とりこ》にする。スティーブンは両方の胸を撫で、片方をそっと手のひらで包んだ。その先端を翻弄するように指を動かしてみる。小さなつぼみがますます硬くなるのを見ると、欲望が熱く強く体を貫いた。身をかがめ、何よりも柔らかな肌に唇を寄せる。舌を先端に絡みつけると、ジェシーがもだえた。その声にさらに欲望を煽《あお》られ、先端を口に含む。

ジェシーは背中を弓なりにそらした。両手をスティーブンの髪に埋め、彼の口が生み出す欲望の波が押し寄せるごとにその手を握りしめては開く。体を駆け抜ける興奮に我を失っていた。叫びたいような泣きたいような気分だった。彼をもっと体の奥に感じたかった。このままずっと触れ続けてほしかった、キスをしてほしかった。

「スティーブン、スティーブン」息が荒くなった。両手が彼の背中を滑り、肌に食い込む。

スティーブンは低くうなり、口を広げて、さらに胸の膨らみをむさぼった。

そこで隣室から咳《せき》が聞こえ、スティーブンの動きが止まった。自分を覆い尽くす欲望の霧の中に初めて理性が差し込んだのだ。自分がどこにいるのか、突如思い出していた。ジェシーの肉体が今も、そしてこれからも自分が快楽の対象にできるものではないことも。

理性と本能が支配権を巡って、激しい争いを繰り広げた。そして結局は、いつも共にあった理性が勝った。スティーブンはジェシーから離れて横たわった。片腕を目の上に当ててすべてを覆い隠し、やり場のない苛立《いらだ》ちを小さく吐き捨てた。

ジェシーは朦朧《もうろう》としたまま目を開けた。彼に目をやる。そして自分の半裸に気づくと喉元から熱気がせり上がった。慌てて衣類を引き上げ、胸元でかき合わせる。ベッドを出ながら、涙がこみ上げた。恥ずかしい、またも熱くなって我を忘れてしまうなんて。スティーブンには途中でやめるだけの精神力と道徳心があったのに――もしかして途中で興味をなくしただけ？　ああ、だとしたらもっと屈辱的。

「起こしに来たの」ジェシーは低い早口で言った。涙が喉を塞ぐ。「ジョーの看病を代わりたいと言ってたから。それじゃあ……わたしは自分の部屋に戻るね」

ジェシーはドアから飛び出して、階段を駆け下りた。

「ジェシー！」スティーブンは起き上がって声をかけたが、無駄だった。すでに彼女は消えていた。なくした。手を離してしまった。心が空しさでうずくようだった。彼女がほしくてほしくてたまらず、追いかけずにいるだけでせいいっぱいだった。

きっと憎まれているだろう。こんなことをしてしまうとは。ここまで無様で、野蛮で、品位に欠けるまねをしたのは初めてだ。知性も教養も吹き飛んでしまうとは、どうかしている。相手にこれまでにない強い欲望をおぼえただけじゃないか。愛情をおぼえただけ。

スティーブンは低いうめき声をあげて横たわり、枕に顔を埋めた。愛。まさか、彼女を愛しているのか？　常軌を逸している。恐ろしすぎる。辛《つら》すぎる。未婚のまま彼女を抱けないのは、愛する女性を辱めるわけにはいかないからか？　しかも自分にはすでに別に結婚を誓った女性がいて、ジェシーとは結婚できないからか？　だからこんなに苦しいのか？

いや、これが愛のはずがない。単なる情熱だ。ただいつもより幾分強いだけの情熱。愛のわけがない。奇妙な野生児みたいな娘だ。話し方にも品がないし、振る舞いもがさつだし、着るものにしても食べ物にしても芸術にしても、何ひとつ上質なものに慣れていない。着るものも男物で、行動もまるで女性らしくない。助けを求めてくることもなければ、柔らかで魅惑的なまなざしを向けてくることもない。それどころか生意気で、頑固そのものだ。

いや、それでも魅力はある。美しくて、強くて、知性があって、いたずらっぽくて、自然で。しかも温もりも、懐の深さも、優しさもある。持っている性質ならいくらでも挙げ続けられる。ないものを挙げるほうがたやすい。鈍感さと退屈さと愚かさ。キスはまるで上質な酒を味わうようだった——刺激的で、燃えるようで、美味で。どんな女性にもここまで強く惹《ひ》かれたことはない、ここまで欲望を感じたことはない。いや、ただの欲望じゃない。それをはるかに超えたものだ。

現実を直視しろ。スティーブンは自分に言い聞かせた。認めろ。おまえはジェシーを愛している。愛しているんだ。エリザベスに対するほのぼのとしたものとはほど遠い形で。強く、熱く、情熱的に。

しかも決して実らない。

ジェシーを自分のものにするのは不可能だ。この愛をいい形で実らせることはできない。エリザベスと婚約している。彼女への誓いと、彼女の父親と死の床で交わした約束がある。名誉と義務と正しい行いこそが価値観の土台となる社会で育った。男が自分の責任を反故《ほご》にするなど考えられなかった。理性が第一で、感情は問題外。理性のない衝動的な行動は疫病と同じ。激しい感情は一般人のもの、マクレラン家やコールドウェル家の人間には縁はない。仮に運悪くそういう感情を抱いたとしても、それに基づいた行動などあり得ない。感情がやるべきことの妨げになることなど許されない。

エリザベスと結婚しなければならない。彼女を捨てるなどろくでなしの所業だ。しかも彼女はわざわざ結婚のためにセントルイスからやってきているのだ。ここで結婚しなければエリザベスの世間体は台無しになる。セントルイスにも戻れなくなる。人生そのものを破壊してしまう。エリザベスに対してそんなことはできない。ジェシーへの愛はこちらの身勝手、こちらの苦悩だ。エリザベスには関係ない。

スティーブンはふっとため息をついて、ベッドを下りた。自分の取るべき道はわかっている。どうしなければならないかも。これからはできるだけジェシーを避けよう。避けきれなければ、せめて触れないように。いや、できれば姿を見ないようにするのが最善だろう。スティーブンは決意を再考するのを避けるように、決然と着替えを始めた。けれど胸の奥で、心が鉛になったようだった。

ジェシーが目を覚ますと、周囲に日差しがあふれていた。窓には冬の寒さを遮るためにどっしりと重いカーテンがかかっていたが、それでも部屋がひどく明るい。ジェシーはべッドから飛び起きて窓辺に駆け寄り、カーテンを開けた。白っぽい冬の太陽がすでにほぼ真上で輝いている。嘘《うそ》、もう昼近い！　こんなに大幅な寝坊はいったいいつ以来だろう。

ジェシーは大急ぎで着替えをすませて、階段を駆け下りた。男たちがすでに昼食のために集まっている。しまった、午前中の仕事が全然できていない。ジェシーは台所に駆け込み、鍋やフライパンから直接自分の皿に料理を盛り始めたところで、どのみち今朝は仕事がなかったことを思い出した。製材所は今日は休みだ。巨大なエンジンが鼓動を始めない限り、死んだも同然。エンジンは壊れている。直せるのはサムだけだ。

ジェシーは台所で立ったまま食事をいくらか流し込むと、残りはごみ箱に捨てた。もう食欲はなかった。

ジェシーは母の部屋に向かった。ドアは閉まっていたがそっと押し開けて、中をのぞいてみる。ジョーはいまだベッドに横たわったまま、目を閉じていた。母は隣に座って膝に縫い物をのせ、せわしなく両手を動かしている。何かせずにはいられないのだろう。

「具合はどう？」ジェシーは小声で尋ねた。

母が顔を向けて、微笑《ほほえ》んだ。「ジェシー」口調はいつもと変わりなかった。「小声で話さなくていいのよ。それで目が覚めるならよくなったってことだから」母はふっとため息をついた。「具合はよくないわよ。すごく悪い。でもわたしは何もしてあげられない」

「大丈夫」ジェシーは母に駆け寄り、肩を軽く叩《たた》いた。「ジョーはよくなるわ。タフだもの」

「そうよね、本当にそう。わたしったら、ばかね」

ジェシーは一瞬背筋を伸ばして、ジョーを見た。頭の中には、愛だの欲望だの上流階級だの、わけのわからないことが渦巻いていて訊《き》きたいことが山のようにあった。生まれて初めて自分はどうすればいいのか、どう振る舞うべきなのか、わからなくなっていた。母の知識と経験が聞きたくてたまらなかった。でも今はどうしても尋ねられなかった。目の前でジョーが生死の境をさまよっていることに比べたら、取るに足らないことの気がする。こんなときに母に余計な負担をかけるのは残酷すぎる。今は手を貸すべきときなのに。

ジェシーはそこで母に別れを告げ、コートを着た。自分でも何をするつもりなのかわからないまま、製材所に向かって歩き出していた。事務室に向かう廊下を歩いていたとき、機械が黙しているがらんとした作業場のほうから金属音がした。ジェシーは足を止めた。誰かいる。でもどうして？　心臓の鼓動が速まり出した。ひょっとして犯人が？

ジェシーはそっと両開きドアから作業場に入った。薄気味悪いほど静まり返っていた。またも金属音、そして声を抑えた悪態。作業場の中央、蒸気エンジンがある辺りからだ。ジェシーは足音を忍ばせて近づいた。

エンジンの前で灯油ランプが赤々と灯《とも》っていた。その脇に男が座り込んでいる。くだけた服装で、服も手も顔も油まみれになって。周囲に道具が散らばっていた。ジェシーの口がぽかんと開いた。

「スティーブン！」

男が顔を上げた。「ジェシー！　今日は来ないと思っていた」彼は脚を組んで座っていた状態から滑らかに立ち上がった。

「寿命が一年縮んだかと思った。こんなところから音が聞こえて」

「どうしてそんなに怖がる？」スティーブンが尋ねた。

ジェシーは口ごもった。「だって、ほら、知らない人かもしれないし。それに……」

「犯人かもしれないと思った、か」スティーブンは巨大なエンジンのほうを示した。

「犯人って？」

「ジェシー……ごまかすのはよせ。そんな時間はない。ぼくの目は節穴じゃない。きみはそう思っているようだけどね。それは父も同じかな。なぜふたりとも、何が起こっているのか打ち明けてくれなかった？」

「なんの話かわからない」

「とぼけるのもいい加減にしないか。ぼくがここに来たときは、丸鋸《まるのこ》の刃が壊れたばかりだった」スティーブンは指でひとつずつ要点を強調していった。「その翌日、きみとぼくが待ち伏せされ、兄に面影が似ていたぼくが銃で撃たれた。そして今、新しい刃が届いてすぐ、機械に動力を送り込むエンジンが謎の故障。と同時に父も負傷した。偶然の一致にしては無理がありすぎる。それだけじゃない。エンジンを調べてみたが、明らかに人の手が加わった形跡があった。壊れたのは偶然じゃない。要因あってのことだ。父は不審者の気配を聞きつけてようすを見に来て、殴られたか。いやひょっとすると、父も不能にしようとしたか」スティーブンは言葉を切った。「で……相手は誰だ？」

ジェシーはため息をついて、階段に座り込んだ。「わからない。こっちが訊きたいくらい。わかってたら、わたしが止めてた」

「どれくらい前から気づいてた？」

「変だと思ったのは最初から、壊れた丸鋸の刃を見たときから。断面がきれいすぎた。いかにも割れるように仕組まれてた。でもジョーはあなたにもサムにも言うなって。心配かけたくなかったんだと思う。それに話したところでどうにもならないし」

「サムも知らないのか？　刃が自然に壊れたと思っているのか？」

「たぶん」ジェシーは肩をすくめた。「でもサムは鋭いから。いずれ感づいた気もする」

「父は犯人に心当たりがないのか？」

「ジョーかサムに恨みを抱く人間だと思う。でもあのふたりにここまで恨みを持つ人なんて、見当もつかない」

「恨み？」スティーブンは首をひねった。「そうかな？　一回ならそうかもしれないが、三回だろう？　単なる恨みで人がそこまでやるとは考えにくい。何か別の理由がある気がする。おそらくは金にまつわることが。たいていの場合はそうだ。この製材所が廃業に追い込まれて得する人間は誰かいるかい？」

「問題はそこ！」ジェシーはお手上げと言わんばかりに両手を挙げた。「誰もいないの！ノーラスプリングスの人間はたいていなんらかの形で製材所にかかわってる。ここで働いてたり、輸送にかかわってたり、労働者相手に物を売ってたり。地主はわたしたちに木を売ってるし、でなくても森林地を貸してる。谷間に牧場が二軒あるほかはこの町のすべてが製材所にかかわってるの。うちが立ちゆかなくなったら、町全体が寂れてしまう」

「商売敵とか？」

「商売敵なんて、はるか遠くまで行かなきゃ一軒もないわ。それにこの辺りじゃ、何軒製材所があっても仕事はうなるほどある。今、木材の需要は増加の一方だから」

スティーブンは眉をひそめた。「となると、合点がいかないな」

「そう」

ジェシーのあまりに疲れきったようすに、スティーブンは抱きしめて慰めてやりたくなった。その衝動をぐっと堪《こら》える。彼女のそばにいるときは仕事に徹すると決めたばかりだ。個人的にかかわれば、そのまま危険領域に足を踏み入れてしまう。本音を言えば、こうして姿を見ているだけでも目の前の問題に気持ちを集中させるのが難しいほどだ。

「よし。それじゃあ基本的なことから確認していこう。エンジンが壊れたら、どうなる?」

ジェシーは奇妙な目を向けた。「製材所が操業できなくなるに決まってるでしょ」

「ずっと?」

「サムが戻るまでは。エンジンに詳しいのはサムだけだから」

「となると、少なくとも二、三日」

「ええ」

「それでもし部品が必要となれば、あと二週間か、下手をするともっと」

「そうなるかな。部品を船便で取り寄せなきゃならないから」

「で、製材所の操業を数日ないし数週間停止したら、どうなる?」

ジェシーがそわそわし出した。「注文に応えられなくなる。相手はどこか別のところから木材を買って、うちは取り引きを逃す」

「そうしたら、その結果は?」

ジェシーは体をもぞもぞさせた。「どうしてそんなことを訊くわけ?」

「動機を突き止めたいんだよ。何かあるはずだ。そうでないと三度も、製材所の操業を邪魔しようとするわけがない」

「話したって知られたら、ジョーに殺される」

「何を話したら?」

「今度の注文をこなせなかったら、ここを閉めるしかなくなるってこと」

「完全に？」

「そう。ジョーとサムには銀行に借金があるの。数年前ここを改装するときに借りたお金。それから鋸《のこぎり》の刃が壊れて、新しい刃を買うためにさらに借りたお金。今は取り引き先から支払いを受ける直前で、現金が乏しいから」

「つまり借入金の支払い期限が迫っていて、ファーガソン製材所には今の注文をこなさずに支払うだけの金はない。そういうことか？　そして今操業を停止すれば、注文をこなすのは不可能、と」

ジェシーはうなずいた。「そう。銀行がここを取り上げることになる」

「となると、そいつが利益を得るじゃないか。いや、この場合はそこか……銀行が」

「そうかしら。だって、製材所が手に入ったとしても操業しなきゃ意味はないわけだし、銀行側はこの商売のことを何も知らない。わたしならむしろ借金を返済してもらったほうがいいと思うんだけど、違う？」

「普通はね。それに経営者でもなければ、こんなことをしてまで銀行としての利益を追求したりはしないだろう。機関の仕業としては考えにくいことだ。ひょっとすると、ジョーが追いつめられれば、製材所を手頃な価格で自分に売ってくれると考えている者がいるのかもしれない。もしくは銀行が自分に売ってくれると。かなり値引きした価格で」

「まあね。だけど買う人なんていないと思う。それにここまで強引にジョーに売らせようとするなら、その前に一度ぐらい商談を持ちかけてきていてもおかしくないでしょ」

「それはそうだが……」スティーブンはそこまでのことを振り払うように、肩をすくめた。

「少なくともひとつの問題は、ぼくに解決できる。その借金は代わりにぼくが支払おう」

ジェシーは低くうめいた。「わたし、本当に殺されちゃう。ジョーはあなたのお金を当てにしたくないの。お金目当てで再会を喜んでるって思われたくないから」

スティーブンは顔をしかめた。「そんなふうに思うわけないだろう。父の負債も払わずに、破綻するのをただ黙って見ていろと言うのか？」

「ジョーは誇り高い人だから。施しを受けるのは好まない」

「施しじゃない。ぼくは彼の息子だ。できることはなんでもする。立場が違えば、父だって同じことをしてくれると思う」

「そうだけど」

「だったらぼくが父のためにすることに、どうして異議を唱えられる？」

「誇りがあるから。たぶんあなたのお母さんがお金持ちだったことと関係してると思う。ジョーは彼女を自分の世界に連れてきた。でも彼女はそちらの世界に戻っていった」

「いや、母はジョーにじゅうぶんな金がないから去ったわけじゃない。母は贅沢《ぜいたく》な人じゃなかった。ここで生きていくには、繊細で弱すぎる女性だったんだと思う」スティーブンはふっと息をついた。「しかし父の気持ちもわかる」一瞬、考えた。「ここは、そうだな、取り引きを結ぶのはどうだろう。それなら父やサムも施しと受け取らずにすむ。ぼくが金を貸すか……もしくは出資する形で。そうなるとぼくにとっては投資だ」

ジェシーの顔が華やいだ。「そうね！　それなら上手くいくかも。あなたに何かしら見返りがあるなら、ジョーだってうんと言ってくれるかもしれない」

「よし。借入金の額は？」ジェシーの返事を聞き、スティーブンはうなずいた。「いいだろう。手元にセントルイスの銀行の信用状がある。その額ならそれで間に合う」言葉を切って、考え込む。「しかしそれでこの一連の出来事がやむとは限らない。もし犯人の目的がここを売却させることなら、攻撃を続けてそこまで追い込んでくるはずだ」

ジェシーはうなずいた。「そうよね」

「逆に考えると……仮にぼくが支払いをすませて、こういった出来事がやんだとしても、それはそれで結局犯人はわからずじまいになる。確かめようがない」

「ええ。犯人はジョーにしたことから逃げおおせてしまう。あなたにしたことからも」

「となると」スティーブンの目にいたずらな光が躍った。「罠《わな》を仕掛けてみるか？」

ジェシーの顔に満面の笑みが広がった。「どうやるの？」

「借金の肩代わりをぎりぎりまで先延ばしにして、その意思があることも悟られないようにする。犯人が誰であれ、共通する仮説は、製材所が納期を守れない限り借金を支払えないことだ。なのにすぐに操業を再開するとなったら、どうすると思う？　もう一度攻撃せざるを得なくなる」

「そしてそこをわたしたちが捕まえる」

「ご名答」

「やりましょう！」ジェシーが床の上を這うようにしてにじり寄った。「わたしたちでこっそり監視しておくのよ。犯人には絶対に悟られないように」

「わたしたち？　何を言うんだ、だめだめ。きみに監視は任せられない。それはぼくがやる……それとあとひとりかふたり。誰なら信頼できる？」

「どういう意味よ、任せられないって？」ジェシーは怒りを露《あらわ》にした。「わたし以上に信頼できる人間がいると思うの？　もちろんあなたのことも含めてよ！　この間フランク・グリソンにやられそうになったからって、わたしが戦いに向かないなんて思わないで。あれは不意を突かれただけ。射撃なら誰にも負けないんだから、それに――」

「そうじゃない、きみの能力や信頼性を問題にしているわけじゃないんだ。きみに怪我《けが》をさせるわけにはいかないから！」

「それならあなただって、ほかの誰だって同じでしょ。わたしの記憶じゃ、この間フランク・グリソンと揉《も》み合ったときもそう健闘してなかったじゃない」

スティーブンは真っ赤になった。「きみにそう思われてるのはわかってたよ、ミス・ランドール。たしかに、怪我のせいで動きも注意力も鈍っていたのは認める。そこにグリソンのパンチが入った。だが今じゃもうすっかり傷も治った」

スティーブンの自尊心を傷つけた。それはジェシーにもわかっていた。これがもし母か、今、彼の教えを受けてここを目指している女性なら、すぐさまなだめようとしただろう。でも、女性だからって、計画のかやの外に置かれるのはまっぴら！　家でただじっと待って、あとであれこれと聞かされるなんていや。ジェシーは胸の前で腕を組み、スティーブンを睨《にら》みつけた。「わたしを閉め出す権利は、あなたにない。わたしも見張りに加わる」

「だめだ」スティーブンは奥歯を食いしばって言った。

「あなたがどう言おうと、わたしはやるから。それでも閉め出すって言うなら、犯人がこれは何かあるなと疑うくらい大騒ぎしてやる」

ふたりは一歩も譲らず、互いに睨み合った。やがてスティーブンの唇がひくひくし出したかと思うと、突如にやりと大きく開いた。「たしかに、きみならやりかねない」

満足げにジェシーもにやりと笑い返した。「でしょ？」

「そんなことをしていたら、いつか身を滅ぼすよ」

「かもね。でも少なくとも人生、退屈はしない」

スティーブンは、半ば楽しげに半ば苛立たしげに首を横に振った。「わかった。ぼくと一緒に見張ろう。それなら少なくとも、きみがばかなことをしないように見張っていられる」

ジェシーがくすくすと笑った。「それはこっちの台詞《せりふ》よ」

その言葉には、さすがのスティーブンも噴き出した。「まったく、きみって人は」ほかの女性相手にこんな会話を交わすことなど、想像もできなかった。なんて口の減らない女性なんだ。実に生き生きとしていて楽しい。彼女と一緒の人生なら、退屈することなどなさそうだ。毎朝ジェシーの隣で目覚める暮らしはどんなだろう？　彼女と笑って、話して、喧嘩《けんか》をする暮らしは？　彼女が相手だと、ほかの誰もが従順に見える。

だめだ、何を考えている？　スティーブンは決然と自分の考えを引き戻した。昨夜ジェシーを避けると誓ったばかりじゃないか。それもあって、今朝はエンジンを見に製材所までやってきたのだろう。それなのに、キスをして彼女の顔からいたずらっぽい笑みを消したくなるとは、彼女と生きる人生を思い描くとは。

スティーブンは顔を背け、放っておけば彼女に伸ばしてしまいそうな両手をポケットに押し込んだ。くそ！　問題に気持ちを集中させないか！「ほかはどうだい？」よそよそしい口調で、スティーブンは尋ねた。「ほかに信頼できそうな人間は？」

ジェシーは急に意気消沈して見えた。「うーん、バーリー・オーエンズかな。ここができたときから、ジョーと一緒に働いてるし。彼が信頼できないとなると、誰も信頼できなくなる。それからジム・トゥ・ホーシーズ。サムは気に入ってて、信頼してる」

「そうか。わかった。それじゃあ見張りはそのふたりと交代でやろう」

「ちょっと待って。いくらなんでも先走りすぎじゃない？　そもそも計画そのものがわからないんだけど。エンジンが壊れて、製材所は機能を失ってるのよ。すぐに操業を再開するって言ったって、その方法もないのに」

「簡単だよ。直せばいい」

「どうやって？　エンジンに詳しいのはサムだけなのよ。わたしなんて蒸気エンジンどころか、ここの機械の半分も直せない」

「そうか、ぼくがここにいて幸運だったね」

「あなた、蒸気エンジンの直し方がわかるわけ？」ジェシーが目を見開いた。

「ああ。しかしそんなに驚かなくても。傷つくだろう」

「だってあなたってば……高級じゃない！」

スティーブンが今やすっかり埃《ほこり》や泥や油にまみれた、粗末な服を見下ろした。そしてそっとジェシーの顔をうかがう。ふたりは同時に噴き出した。

「もうっ、言ってる意味わかってるでしょ！　金持ちってこと。蒸気エンジンなんて扱ったことないでしょうに」

「それがあるんだよ、あいにくとね。十五のときから祖父の商売を手伝ってきた。仕事場に出入りを始めたのはその前からだ。ぼくの家族がどんな商売で財を成したと思う？」

ジェシーは首を横に振った。

「海運業だよ。蒸気船だ」

「嘘」ジェシーの口がぽかんと開き、目に希望が宿った。

「嘘じゃない。きみには想像できないほど、いろんな蒸気船のエンジン室に入ってきたよ。大型船もあれば、小型船もあった。子供のころは積み荷やそれが生み出す利益より、船の機械のほうに興味があってね。機械を扱う男たちについて回って、いろんなことを教わった。ここのエンジンはぼくの慣れているものと同じじゃないが、構造はよく似ている。問題はもうわかった。パイプが一、二本損傷を受けただけだ。簡単に直せると思う。損傷した部品は取り替える必要があるだろうから、完全な状態には戻せないかもしれない。だが新しい部品が届くまで動かせるぐらいには持っていけると思う」

「ああ、スティーブン！」ジェシーはうれしさのあまり両腕を広げ、抱きついて音をたててキスをしたいくらいだった。けれど現実には一歩も動かず、ただ燃えるような笑みでのみ喜びを表現した。「すばらしいわ」ジェシーは両手を強く握りしめた。「ジョーがどんなに喜ぶか」

「父の具合は？　目は覚めたのかい？」

ジェシーは首を横に振った。「ううん。なんの変化もない。残念だけど」

スティーブンはエンジンに向き直り、レンチを手に取った。うずくまり、作業を始める。

くジェシーはそのようすを眺めた。これ以上留まる理由はなかったが、それでも離れがたくてぐずぐずしていた。彼の両手の動きを眺める。油汚れが染みついて、もはや手入れも行き届いていない。それでも指は長くほっそりとしていて、しなやかだった。動きも速く、繊細で手際がいい。その指が肌に触れ、同じように優しく繊細に体を探っていったときの感覚がよみがえった。

スティーブンがレンチを力いっぱいねじり、手と腕の筋肉がぐっと引きしまる。たくましかった。同じたくましさを、昨夜抱きしめられたときにも感じた。初めて会ったときには軟弱な人だと思ったけれど、間違っていた。今ではわかってる。細い体つきと仕草に、身に着けているものとハンサムすぎる顔立ちに惑わされていた。役に立たないというのも間違いだった。怠惰で無知な金持ち男なんかじゃない。ずっと仕事をしてきた人だった。知識も経験もあった。持って生まれた才能も、決断力も勇気も。

慎重に抑制した表情が示すほど冷酷な人でもなかった。それもはっきりしている。胸のうちには、おがくずに点いた炎のように回りが速くて、爆発もする熱い情熱が燃えているのだ。その熱さを思い出し、ジェシーはふっと頬を緩めた。昨夜も炸裂《さくれつ》寸前だった。すんでのところで留まったけれど。

もちろんジェシーとしては喜ぶべきところだろう。なんといっても、彼は婚約している。別の女性を愛していて、別の女性と結婚することになっている。どのみちたった数夜の楽しみに終わるものなら、やめておくに越したことはない。それでもほんの少し、スティーブンが離れたことに不満を感じずにはいられなかった。どうしてと思わずにはいられなかった。あれは婚約者への愛情からだろうか？　そう思うと、胸のどこかに熱くむずむずした感覚が走った。でなければ、婚約者に不義理はできないから？　そう、どうせならそう考えたほうが気分はいい。もちろん、別の可能性もある——わたしが単に欲望の対象にならなかったとか。その考えだけは、どうにも気に入らないけれど。

「スティーブン？　夕べどうしてキスをやめたの？」本来、率直で正直な人間だ。なんであれ、ジェシーには遠回しに訊くことなど思いもつかなかった。

スティーブンのレンチが音をたてて地面に落ちた。弾《はじ》かれたように振り返る。「は？いったい何を考えているんだ？」

「何をって言われても」ジェシーは肩をすくめた。「ただ普通に気になったから」

スティーブンは信じられないと言わんばかりの声をあげて、落ちたレンチを拾った。

「普通なんて、きみにいちばん縁遠い言葉だろうに」

「わたしに？　冗談でしょ。あなたのまわりの女性たちに比べたら、わたしなんて痛々しいほど普通だと思うけど。だって、やることなすことわざとらしい作り物ばかりじゃない」

「ぼくはそれに慣れてるからね。だがきみは……まあいい、きみには敵《かな》わない」スティーブンは作業に戻った。

「で？」

「でって？」

「わたしの質問にまだ答えてない」

スティーブンはため息をついた。「それは、男に尋ねることじゃない」

「どうして？　わたしは知りたいのよ」ジェシーは身を乗り出して、スティーブンをまじまじと見つめた。「スティーブン・ファーガソン！　あなた、赤くなってる？」

スティーブンが嘲笑《あざわら》うような目を向けた。「そんなこと、あるはずないだろう」

ジェシーはくすりと笑った。「やだ、赤くなってる！　世慣れた人だと思ってたのに」

「そんな質問をされるのに慣れてないだけだ。大胆すぎると言われたことはないのか？」

「そんなの、しょっちゅう。ねえ、いいからどうしてやめたか話して」

「いいだろう」スティーブンはレンチを脇に置いて、真剣な顔でジェシーに向き直った。

「きみはきれいな女性だ、ジェシー。ぼくはきみが心底ほしい。だがきみの弱みにはつけ込めない。きみは純真な人だ。そんなきみをたぶらかせば、ぼくはどうしようもない下劣な男に、ろくでなしになる。わかるね？」

「あなたはほかに愛している人がいるから」

スティーブンはためらいながらも、言葉を選んで告げた。「ほかに約束した人がいるからだ。彼女と約束した。それはもう取り消せない。ぼくはきみと結婚はできない。それにきみのような女性は、軽い関係を受け入れるべきじゃない」

感情の泡がぷくぷくとジェシーの胸の奥で膨らんだ。泣きたくなった。けれどそれが悲しいからかうれしいからかはわからなかった。ジェシーは顔を伏せて、瞬《まばた》きで涙を押し込んだ。「ありがとう」なんとか笑みを浮かべる。自分から尋ねておいて、聞いたとたん泣き出すのはフェアじゃない。「あなたっていい人ね、スティーブン・ファーガソン」

「それにきみは美しいレディだよ、ジェサミン・ランドール」その瞬間ふたりの目と目が合う。やがてスティーブンは目をそらすと、仕事に戻った。

ジェシーは立ち上がり、ズボンのお尻から埃を払った。「みんなには、いつ仕事を再開すると言っておく？ 大半は今日ようすを見に来ると思うけど」

スティーブンは仕事を見つめて、眉をひそめた。「明日の朝かな。今夜中にはなんとかなるだろう。それからこれ以上何か起こらないように警護する」

「了解」

ジェシーは作業場を出ると、廊下を渡ってオフィスに向かった。不気味なほど静まり返っていた。これがもしひとりなら、おかしなことが連続しているのと誰もいなくてがらんとしているのとが相まって、少しは恐ろしく感じたかもしれない。けれどそう遠くない場所にスティーブンがいると思うと、心強かった。叫べば、きっと飛んできてくれる。

ジェシーは首を横に振った。わたしったら、いったいどうしたんだろう。男に守ってもらいたいなんて思ったことなかったのに。それにたとえ誰かに守ってほしいほど不安になったとしても、スティーブン・ファーガソンに守ってもらおうなんて考えなかったはず。

作業員たちは午後いっぱい、入れ替わり立ち替わりやってきてはジョーの具合を尋ねてきた。ジェシーは彼らに、明朝には製材所を再開できると伝えた。フランク・グリソンは姿を見せず、ジェシーは胸を撫で下ろした。たとえ拳銃が手元にあるとはいえ、彼とふたりきりになるのはうれしくなかった。

それでもグリソンは翌朝には現れた。ジェシーは彼の姿を見たとたん、面倒なことになるとぴんときた。その朝ジェシーは早くに目を覚ますと、朝食代わりに冷たいスコーンをふたつナプキンに包み、取るものも取りあえず製材所にやってきていた。ジョーなしで作業を開始するのに緊張していたのと、作業員たちが出勤してきたときにきちんと出迎え、自分が責任を持ってやっていくことを示して安心させたかったのだ。それともうひとつ、早朝に家を出たのには大きな声で言えない理由もあった。グリソンに襲われて以来ずっとやってきたように、スティーブンと一緒に製材所まで歩きたくなかったからだ。前夜、自分なりにじっくりと考えて、やはりスティーブンの言うとおりだという結論に達した。彼との間に恋愛感情が芽生えたところで、実る可能性はない。だったら自分にできるのは、できるだけ彼に近づかないことしかない。

そうして今、ジェシーは製材所の玄関ドアの脇に立ち、階段を上がってくる作業員たちを出迎えていた。どっしりとしたウールの上着と帽子を身に着けていても、早朝の空気は冷たく、吐く息は白かった。あと数週間もすれば、雪が降り出して冬支度を始める。作業員たちはみんな上機嫌で、冗談を飛ばしたり笑ったりしながら、ジェシーや同僚と挨拶を交わしていった。きっと仕事ができるのがうれしくてたまらないのだろう。みんなも同じように不安だったに違いない。製材所が数週間閉鎖されるのではないかと。ジェシーの立場に関しても、誰も尋ねてはこなかった。

グリソンが来るまでは。目の隅に彼が近づいてくるのが見えていたが、ジェシーはそちらに顔を向けなかった。運がよければ、言葉を交わさずにすむかもしれない。

でも、運はなかった。グリソンはまっすぐ階段の下にやってくると、挑むように両方の拳を腰につけて、ジェシーの正面に立ちはだかった。目は憎悪でぎらついていた。

「いってえ、どういう了見だ?」グリソンが怒鳴った。「俺にひと言の挨拶もなく、うちの連中を仕事に呼び戻すとは!」

「製材所の作業員が働くか働かないかまで、あんたが決めることだった?」

「俺はここの現場監督だ。ジョーがいないとなりゃ、命令を出すのはこの俺だろう。どっかのおとこ女じゃなくてな!」

「へえ、あんたにそんな権利があるとは知らなかった。ご心配なく。ジョーが復帰するまで、わたしが業務を受け継ぐから。彼の助手だしね。ジョーもそれを望んでいる」

グリソンは荒い口調で毒づいた。「わかってねえな。仕事の再開を触れ回る前に、なんで俺にひと言言わない。手間をかけさせやがって。また連中を帰さなきゃなんねえだろ！」

ジェシーは背筋を伸ばして、射るような目で睨んだ。「そんなことはさせない。彼らはあなたに雇われてるんじゃない。ファーガソン製材所に雇われてんの。いったいどうしてそこまで必死に彼らから日当を取り上げるわけ？」

「日当ですんだほうがましだからだ。目玉や脚や、下手すりゃ命を失うよりはな」

「ばかばかし——」

「そうじゃねえか」グリソンが畳みかけた。「エンジンは壊れたんだろ。誰が直した？わかってるぞ、あのよそ者だろ！　東部から来たあのめかし込んだ野郎だ。あいつに製材所の何がわかる？　そんな野郎にどうやってエンジンが動かせるんだ？　どうせものの数分もしないうちに爆発するのが落ちだ。そんな危険な場所でうちの連中を働かせられねえ」

周囲にどんどん人だかりができていった。製材所の中に入ろうとしていた足を止める者もいれば、何事かと中から外に出てくる者もいた。作業員たちがしだいに落ち着きをなくすのが肌で感じられた。どんどんグリソン寄りになっていくのがわかる。給金は失いたくないが、都会者は信用できない。そのうえグリソンによって危険が起こる可能性まで植えつけられた。ジェシーの周囲がざわめき出した。みんなを留まらせるにはどう言えばいい？

「ミスター・ファーガソンは製材所のことはよく知らないけど、蒸気エンジンには詳しいの。直してくれたんだから。もう新品同様に動く」

「詳しいことはわかんないけどよ、ジェシー」男たちのひとりがゆっくりと話し出し、いったん言葉を切って柵越しに煙草《たばこ》を吐き捨てた。「おいら、あの若造がそう言ったからって命を危険にさらすのはごめんだわ。サムが戻るまで待ったほうがいいんじゃねえか」

「そんなの、何日も先よ！」ジェシーは反論した。「だから、わたしが言ってるじゃない。もう安全なんだってば！」

「あいつが言ってんだろ」

「どこまで信頼できる男か、わかんないし」

「先延ばしにしたほうがいいんじゃないかな」

男たちが口々に話し出した。やがてひとり、ふたりと去り始める。ジェシーは手のひらに爪を食い込ませ、その状況をやるせなく見つめた。なんてやつよ、フランク・グリソン！　石頭で何もかも台無しにするなんて！

「待て！」自信に満ちた澄んだ男の声が材木置き場の奥から聞こえてきた。「どうやらぼくが議題になっているようだ。みんな、結論を出す前に、まずはぼくの話を聞いてほしい」

ジェシーは振り返った。材木置き場の入り口にスティーブンが立っている。落ち着き払って、身に着けているのもいつもの上品な衣装だ。見かけは散策をする優雅な紳士そのもの。けれどその目は冷ややかで、まっすぐグリソンを睨みつけていた。「グリソン、何か不満でも？　きみが若い女性をいたぶるのが好きなのはわかっているが、この製材所や例のエンジンについて不満があるならぼくにぶつけてもらいたい。この意味、わかるな？」

「おお」グリソンは野獣のような笑みを浮かべた。目は不気味な光を放っている。「あんたにぶつけられるなら、それに越したことはねえ」グリソンは両手で拳を握りしめて、スティーブンに向かい始めた。

13

スティーブンは落ち着いたようすでグリソンを待ち構えていた。ジェシーの心臓が大きく打ち始める。グリソンは戦う気だ。スティーブンが現れた瞬間、グリソンの目に血の欲望が宿るのが見えた。グリソンは一度本気になれば、スティーブンが二度と立ち上がれなくなるか死ぬまで手を緩めない。この辺りで誰よりも巨漢で、卑劣な男だ。グリソンを止める勇気のある者などいない。

グリソンはスティーブンの正面で立ち止まると、顔を睨《にら》みつけた。これまで何度も使って上手くいっていた威嚇。しかし、スティーブンはひるむ気配もなければ目もそらさなかった。ただ見つめ返すだけ。しかもその顔には蔑みの表情すら浮かんでいる。それがグリソンの血を煮えたぎらせた。

「エンジンはきちんと作動する。危険もない。ぼくが保証する」

グリソンはわざとらしく横を向き、地面に唾を吐いた。「保証?」声をあげて笑う。「そんなものが何になる? 気取ったよそ者の言葉を信じろとでも?」グリソンが目を細め、声を尖《とが》らせた。「あんた、何さまのつもりだ？　仕事を始めろだなんだと俺らのことに口を挟んでよ。エンジンは安全だ？　いってえなんの権限があって、うちの仕事に首を突っ込む？」

「うちの？」スティーブンはわずかにおもしろがるような口調で繰り返した。「ジョセフ・ファーガソンがきみを共同経営者にしたとは知らなかった」スティーブンはグリソンを目で退けると、ほかの男たちに向き直り、ゆっくりと自信たっぷりに彼らを眺めた。「ぼくの名はファーガソンだ。だから、ファーガソン製材所の操業を再開する権限があると思っている。ここはほかの誰でもない、父の会社だ。通常なら父が指揮を執り、それが叶《かな》わないときには兄のサムが執る。だが父のジョーは、ここの蒸気エンジンを壊そうと目《もく》論《ろ》んだ悪《あ》しき人間に襲われた。ジョセフ・ファーガソン製材所を操業不能にしようと目論んだ犯人にだ。サムがいれば、そんなことは決して許さなかっただろう。だが今、サムはいない。だからぼくがやるしかない。ぼくもジョーの息子だ。サムがいればそうしたように、父を傷つけ、父の仕事を台無しにしようとした犯人の目論見は断じて阻止する。だから、ぼくには権限がある。これ以上の権限を持つ人間がここにいるとは思わない」

スティーブンの目がグリソンをとらえた。冷たく、挑むように。男たちがそわそわし、何かしらひそひそ話を始めた。ジェシーの頬が緩んだ。たいした話術だわ、スティーブン・ファーガソン。グリソンと一緒に帰ろうとしてたみんなが、明らかに考え直し始めている。

「みんながぼくを知らないのはわかっている」スティーブンはひと呼吸置いて続けた。「だが、ぼくはファーガソン家の人間だ。その名はこの一帯でそれなりに意味を持つと思う。その名に恥じることは今までも、そしてこれからも絶対にしない。さあ、今日の作業とその分の手当に関心がある者は、中に入ってくれ」

スティーブンは製材所に向かおうとしたが、グリソンが再度行く手を遮るように前に立ちはだかった。「待ちやがれ！　うちの連中に指示を出すのはてめえじゃねえ」

「ぼくのところで働く者にはぼくが指示を出す。きみも含めてね。もしきみがここでの仕事を続けたいなら、だが」

「俺をクビにはできんぞ！」

「まだここで働くつもりなのかい？　そうか。なら、やってみるといい。いや、ぼくはてっきりきみは拒否しているんだと思っていたよ。怖くてとても働けないってね」

ジェシーはひっと息を吸い込んだ。どうしよう、スティーブンは火に油を注いだも同然。グリソンは爆発寸前になっている。どうしてグリソンを刺激するの？　グリソンがどう出るか、わからないの？　スティーブンがジョーの息子だからといって、手加減する男じゃない。怒り狂っていたらなおさら。ぼこぼこにされてしまう。

「なんだと？」グリソンが声にどすをきかせた。スティーブンが小ばかにした顔で見つめる。

　ジェシーの考えとは異なり、スティーブンの行動はすべて計算ずくだった。グリソンは明らかに自分の影響力を利用して、作業員たちがスティーブンやジェシーに従わないように画策していた。製材所の操業を止めるのが目的なら、エンジンに小細工するよりはるかに効率的だ。そうなると、ここはグリソンの力をそぎ落とすしかない。グリソンの力は腕力。そこでスティーブンは彼を戦いで打ち負かすことにしたのだ。そうすれば男たちはグリソンではなく、こちら側につく。グリソンが製材所に到着したときから、この男とはどちらが上かをはっきりさせるしかないだろうと見ていた。それに、ジェシーの名を表に出すことなく、この男にジェシーにしたことの報いを受けさせる絶好の機会だ。

　グリソンを迎え撃つ心構えはできている。望むところだ。

「この俺を弱虫扱いするのか？」グリソンが続けた。

　スティーブンは肩をすくめ、さらにさりげない姿勢を取った。けれど実のところは感覚という感覚を研ぎ澄まし、筋肉も神経も準備万端に整えていた。「製材所で働くのがどれだけ怖いか、さんざん話していたのはきみじゃないかな。それが何よりの証拠だろう」

　グリソンの目が真っ赤に燃えた。「弱虫呼ばわりは許せねえ！」大声で怒鳴り、巨大な拳をスティーブンめがけて振り上げる。

　ジェシーの心臓が喉から飛び出しそうになった。大声でスティーブンに警告を促したかった。けれど彼の気をそらす勇気はなかった。ジェシーは手すりを握りしめた。

グリソンの拳を浴びればたいていの男はひとたまりもない――命中したなら。だが拳がスティーブンの顔に到着したときには、スティーブンの姿はもはやその場になかった。彼はひょいと脇にかわすと同時に、拳を力いっぱいグリソンの腹部に打ち込んでいた。グリソンは口からひゅーと空気をもらし、滑稽なほど驚いた顔になった。

スティーブンは即座に後ずさりして、コートと上着を脱いだ。群衆の中のひとりが手を伸ばしてそれを受け取る。「よし、これで殴り合いにふさわしい格好になった」スティーブンは両手を持ち上げ、ボクサーらしい構えを取った。「どうだ?」

グリソンは呼吸を取り戻した。「この、くそったれ――」頭を低く下げ、体当たりすべく突進する。少なくともいつもは相手の出端《ではな》をくじくのに効果的な戦法だ。だがそれもスティーブンは軽やかにかわし、突進先を失ったグリソンはよろめいて地面に倒れ込んだ。毒づきながら、すぐに立ち上がり、グリソンは怒りをたぎらせて振り向いた。さらに拳を振り上げてスティーブンに向かっていく。

「やめて!」ジェシーは悲鳴をあげ、必死に助けを求めてまわりを見回したとき、ちょうど材木置き場に入ってきたバーリーとジムの姿に気づいた。ふたりとも足を止め、興味深げに戦いを眺め始める。何をやっているのとジェシーはふたりを怒鳴りつけたくなった。どうしてどうにかしようとしないの? この先どうなるか、わからないの? ジェシーは戦いには目も向けず、慌てて階段を駆け下りると、野次馬をかき分けてバーリーのもとへ急いだ。「バーリー！　バーリー、お願いだから止めて。このままだと殺される！」

バーリーは肩をすくめた。「別にいいだろう。やつはもともと気に入らなかったし」

ジェシーは唖然《あぜん》とした。「嘘《うそ》！　本気で言ってる？　ジョーの息子よ。サムの弟なのよ」

バーリーが奇妙な目を向けた。「俺が言ってんのはファーガソンのことじゃねえ。グリソンだ。ほら、見てみな、今にもファーガソンがぼこぼこにしそうだ。なあ、ジム？」

ジムは意識を戦いに集中したまま、低い声で応じた。

それでもジェシーは目をみはったままだった。「え？　スティーブンのことじゃ――」くるりと目を向ける。群衆がびっしりとつめかけていて、よく見えなかった。もっとよく見るためにじりじりと門に向かって移動する。

スティーブンの頬骨にそのうち痣《あざ》になりそうな赤黒い打ち身跡が見えた。だがフランク・グリソンの顔ははるかにひどい状態だった――あちこち痣や血だらけで、片目は大きく腫れ上がっている。グリソンは肺から機関車みたいな音をたてていたが、スティーブンは息遣いさえ乱れていなかった。軽やかなステップでグリソンの重い拳を避けながら、軽いジャブやパンチを繰り出している。その動きは速く、しかも拳は強烈だった。グリソンは朦朧《もうろう》としているのか大きくふらついていて、パンチもほとんど当たってはいなかった。

バーリーの言ったとおりだ。スティーブンが勝ちかけてる！

なかなか現実のこととは受け入れがたかった。なにしろ予想と正反対なのだ。

「いい戦いぶりだ」バーリーが隣で言った。「ありゃあ、かなり訓練を積んでるな」小さく忍び笑いをもらす。「サムが知ったらきっと驚くぞ」

でもわたしほどじゃないかも。ジェシーはグリソンを叩《たた》きのめすスティーブンを呆然《ぼうぜん》と見つめた。バーリーの言うとおりだ。スティーブンはプロのもとで学んだに違いない。男たちの乱闘は数えきれないほど見てきた。なかには上手い人もいた。だけど今のスティーブンほどの精密さとスピードを持つ人は見たことがない。サムでさえ、ここまでじゃない。

スティーブンの強烈なパンチがグリソンの顎の右に命中し、グリソンはよろめいてどさりと地面に沈んだ。起き上がらなかった。そのまま、静かに。スティーブンはまくり上げていた袖を伸ばすと、持ってくれていた男からコートと上着を受け取った。取り巻いていた者たちはいまだ突っ立ったまま口をぽかんと開けて、地面に伸びたフランク・グリソンを見つめている。人々の顔に一様に浮かぶ驚きの表情に、スティーブンは笑みを堪《こら》えきれなかった。その顔を見れば、誰もがスティーブンが地元の暴れん坊と対等に渡り合えるとは、ましてやノックアウトするとは思っていなかったのは明らかだ。

スティーブンは製材所の入り口への階段を上がって後ろを振り返った。「さあ、ぼくはこれから仕事を始める。ほかに正当な収入を稼ぎたい者は？」

「俺も行くぜ、ファーガソン！」男たちのひとりが叫んだ。「どっから見てもあんたはジヨーの息子だ。間違いねえ」

「よし。それじゃあ仕事に取りかかろう」スティーブンが背を向けて中に入ると、男たちは次々とあとに続いた。

「じっとしてて！」ジェシーはぴしゃりと叱りつけると、スティーブンの頬のすり傷を上から軽く叩いた。「今、薬をつけてるんだから。あなただってせっかくフランク・グリソンを叩きのめしたのに、あとからひりひりして苦しむのはいやでしょ」

「いたっ！　おいおい、もう少し優しくしてくれても」

「甘えたこと言わないで」ジェシーは最後にもう一度顔に薬を叩いて、後ずさりした。

「はい、これでよし」

「薬瓶を持った女性よりは、フランク・グリソン十人のほうがまだましだ」スティーブンはにっと笑って、机から離れた。

ジェシーはわざと顔をしかめてみせ、薬の瓶をどんと置いた。

「おやおや、まるでぼくが負けなかったのが残念だったみたいな顔だな」スティーブンがからかうように言った。

ジェシーはきつく睨みつけた。「ばか言わないで。わたしだって、負けてほしくなかった」

「だが、ちっともうれしそうじゃない」

「うれしいってば。すごくうれしい」ジェシーは自分の机まで歩いていってから、くるりと振り返った。「なんで教えてくれなかったの？」

「何を？」

「あんなふうに戦えること。まったく、あれがあなたの本業かと思いそうになった」

「まさか。プロのボクサーとなんてリングに上がれないよ。だがプリンストン大学時代に身に着けた」スティーブンはボクシングのポーズを取った。「護身のためにね。もちろんクリーンベリ規約に則《のっと》った、れっきとしたスポーツとしてだ。だが喧嘩《けんか》でも戦法は同じだ」

「あなたには、グリソンを叩きのめせるとわかってた」

スティーブンは肩をすくめた。「まあね。ここでやった短いスパーリングで、向こうの出方はおおかたわかっていたから。やつは腕力に頼る。スピードはない。相手を近づけて連打する。となれば、ぼくが足を使ってパンチをかわし、なおかつ自分のパンチを命中させられれば、そのうち負かせると思った。何はともあれ、疲れさせればいいと」

「だったら話してくれればいいじゃない！　どうして？　わたしを心配させたかった？　わたしがあなたを守ろうと拳銃を持ち出したときは、さぞかしおもしろかったでしょう」

「そんな、おもしろいなんて。ジェシー……どうしたんだ？　怒っているのか？」

「違う、そうじゃない！　なんでわたしが怒らなきゃならないの？　あなたがあの獣から自分の身を守れるってことを教えてくれなかったからって。どうやったらあなたがぼこぼこにされずにすむかって、さんざん心配して気を揉《も》んでたからって。どうしたら――」

「わかった、わかったから。ごめん。きみをそこまで動揺させてたことに気づかなくて」

「動揺させた？　それどころじゃない。本当に怖かったんだから！　あなたが死んじゃうんじゃないかって。血まみれになって――」声が割れ、ジェシーは顔を背けた。

「ジェシー……」スティーブンが背後に近づき、両腕に手を置いた。頬を髪に寄せる。

「考えてもいなかったよ。ぼくがばかだった。きみの心痛に気づかなかったとは」

心臓が激しく高鳴り出した。彼の息が髪をくすぐり、その刺激が体の隅々にまで広がっていく。「心痛じゃないわ！」ジェシーはなるたけ声を冷静に保ちながら叫んだ。

彼に心を動かされちゃだめ。二度とそんなことにならないと誓ったじゃない。さっきまであんなに腹が立ってたのに。どうして今は骨が溶けかけたみたいになってるの？　このまま振り返って、体を押しつけたくなってるの？　こんな短い時間に気持ちがころころ変わるなんて。めまぐるしすぎる。いたたまれない。こんなの、いつものわたしじゃない。

「スティーブン、お願い」ジェシーは彼から離れた。

スティーブンは腕を両脇に落とした。本能的に手を伸ばしていて、自分が何をしているか意識もしていなかったのだ。ジェシーには近づかないと決めた誓いを思い起こす。こんなにすぐに破るとは！　誓いを守る気があるなら、今後はもっと自分を律しないと。

問題は腕に抱いた彼女があまりに心地よかったことだ。勝利で気持ちが高揚していた。エネルギーと興奮がまだ体に満ちあふれていた。それをジェシーと分かち合いたかった。彼女を笑顔にして、自分と同じように勝利を喜んでほしかった。抱きしめる権利がある気がした。あの一瞬はすべてが完璧《かんぺき》だった。だが今は、この腕が痛いほど空《むな》しい。これが正しい道なのだと自分に言い聞かせても、空しさは一向に埋まる気配すら見せない。

スティーブンは顔を背け、ジェシーに手を伸ばせなくなるように両手をポケットに押し込んだ。軽く咳払《せきばら》いをする。「悪かった。もうしない」その瞬間、沈黙が落ちた。

やがてジェシーが事務的な声で言った。「それじゃあ、これからどうするか決めましょうか。現場監督もいなくなったし。製材所をどうやって運営していく？」

会話の方向が定まったことにほっとして、スティーブンは振り返った。「代わりの人材がすぐに見つかるとも思えないし、当分は現場監督なしでやっていくしかない。ふたりでできるだけ作業に目を配っていこう。なんといっても、どれも技術のいる仕事だ。職人たちはそれぞれの役割を熟知している。現場監督の仕事は彼らの仕事ぶりを監督することと、問題が起こりそうになったら対処すること。数日、父が回復するまでなら、きみとぼくで代わりができると思う。きみはこの事業を細部まで知っているんだったね？」

ジェシーはうなずいた。「ええ。何がどうなって、誰が何をするかはわかってる。でもここの仕事は力仕事が多くて、わたしはやったことがない。職人たちが怠けてたり間違ったことをしてたりしたらわかるけど、問題はわたしの指示を彼らが聞いてくれるかどうか」

「指示はぼくが出そう。にわか仕立てだが、今度のことでそれなりにぼくに一目置いてくれているだろう。彼らが恐れている男を叩きのめしたからね。指示はぼくが代わりに出す。ぼくたちはチームだ。力を合わせれば、ひとりの男の穴埋めぐらいはできる。違うかい？」

これから数日ずっとスティーブンといられる。間近で働ける。ジェシーは興奮と不安を同時におぼえた。やれる自信はない。でもここであとに引くわけにはいかない。

「わかった」感情が顔に出ていないことを祈りながら、ジェシーは答えた。「一緒にやろう」

ジェシーとスティーブンがそれからほぼ二日間共に過ごしたところで、ジョーがようやく意識を取り戻した。それでも残念ながら、襲った犯人のことは何もわからなかった。作業場から物音が聞こえたのでようすを見に行き、そこで背後から頭を強打されたらしい。ジョーの体はいまだ弱っていて、意識も曖昧で、さらに数日は激しい頭痛も続いた。仕事に復帰できないジョーに代わって、ジェシーとスティーブンは引き続き彼の代役も務めた。

ジェシーとスティーブンは日に数回製材所の中を見て回り、仕事の進行具合や質を確かめた。ジェシーにとって意外だったのは、職人たちの仕事ぶりがフランク・グリソンが監督していたころとなんら変わりがなかったことだ。それどころか少し速まっているようにすら思えた。ひょっとすると、みんなジョーの財政難に気づいていて、がんばってくれているのかもしれなかった。グリソンがいなくなったことで働きやすくなったとも考えられた。そのへんは推測でも、これだけははっきりしていた。みんな、スティーブンに一目置いていた。誰もが、木材に関してはスティーブンよりずっと詳しいにもかかわらずだ。スティーブンのほうも、予想以上に作業員たちに対して気さくにおおらかに接していた。

ジェシーは仕事の合間を見つけては、スティーブンにこの商売について教えた。作業場に連れ出して、それぞれの作業工程をひとつひとつ説明して回った。以前ジョーも彼に製材所を案内したことがあったが、そのときはこまごましたところまでは見せていなかった。さらにジェシーの仕事の大半を占める、帳簿や給与台帳、取引文書の類いも見せた。製材所の顧客について、どこがどれだけ買ってくれるかも説明し、あらゆる経費の明細書も示した。

幸いスティーブンは有能で、それらをすぐにのみ込んだ。ジョーが呼ぶところの〝かったるい数字仕事〟を把握できるだけの事業経験があるのは明らかだった。しかもスティーブンは商売について学ぶのを楽しんでいた。実際、ほどなくしてスティーブンの頭の中では事業の改善案がざわつき出していた。

それでもスティーブンにとって何より刺激的で、何よりすばらしい経験は、ジェシーのそばで働くことだっただかもしれない。ふたりは、互いの気持ちが推し量れるほど長時間一緒に働き、延々といろいろなことを話し合った。エリザベスを気に入っている理由のひとつに彼女が知的な会話のできる女性だということがあったが、それでもそのエリザベスでさえ、蒸気船関連の話になると退屈したようすを見せたものだった。だがジェシーはいかにも楽しげに製材所の話をした――スティーブンがこれまでレディと話せるなど夢にも思わなかったさまざまな話題、たとえばボクシングへの関心や機械関連のことなども。彼女から製材所の蒸気エンジンの仕組みを図で説明してほしいと頼まれ、ふたりして遅くまでその話題に没頭したこともあった。作業員たちもみなとっくに家路につき、夕食を食べ損ねたことにすら気づかずに。

夜は夜でこっそり製材所に戻り、ジョーに怪我《けが》を負わせてこの事業を台無しにしようとしている犯人を待ち伏せした。監視は、ふたり以外に信頼できる男たちを四人集め、ふたりずつ三班に分かれて行った。スティーブンとジェシーは毎晩最初のシフトで、暗くなった製材所でひっそりと身を潜め、ときには小声で話したりもした。不審なことは何も起こらなかった。だがスティーブンはいつしか静かな暗闇でジェシーと過ごす時間が楽しくなっていた。世界でふたりだけになった気がした。誰もかれもが何もかもが、はるか遠くに感じられた。

幸せを感じていることは否定できなかった。父が伏せっていて、父の事業の行く末がどうなるかもわからないときに、しかも実の兄と自分の婚約者がまだ到着もしていない状況のときに、そんなふうに感じることには罪悪感があったけれど。それでもスティーブンは毎朝、意欲と気力に満ちあふれて目を覚ました。このままノーラスプリングスに留《とど》まれたらと思うことも何度もあった。そうしたら、毎朝目覚めた瞬間からすがすがしい杉の香の漂う空気が吸えて、歩いて製材所に仕事に行けるのだ。ジョーとサムに出資して事業に加えてもらって、この先ずっとここで暮らす。ジェシーと結婚して、彼女のためにかわいい家を建てて、それから……。

だが、ただの夢だ。現実にはなり得ない。現実にはエリザベスは今にも到着し、自分は約束どおり彼女と結婚する。ノーラスプリングスだろうがどこか別の土地であろうが、ジェシーと幸せに暮らす道はない。

そのことがスティーブンの心を常にかき乱していた。ひとりの女性が男にとってここまで大きな存在になるとは考えたこともなかった。彼女の笑顔を見たいがためだけに気のきいたことを言おうと必死に知恵を振り絞るとは、彼女の姿を見るだけで心が浮き立つとは。だが自分にとってのジェシーがまさにそれだ。ずっと一緒にいたかった。一緒にいないときは彼女のことばかり考えていた。ジェシーを見つめるのが、彼女と話すのが、笑顔を見るのが何より好きだった。ふさふさとした赤い髪も、モンタナの空のように青い瞳も好きだった。要するに彼女の何もかもが好きなのだ。以前は苛立《いらだ》たしいと、呆《あき》れると思っていたことでさえ、今では愛《いと》おしく、魅力的で、そそられることに思える。

彼女を愛していて、しかも日々触れ合える環境にありながら、抱くこともキスをすることも思いを告げることもできないというのは、スティーブンにとってはまさに拷問だった。おまけに奇妙な所有欲にすら苛《さいな》まれていた。ジェシーのすぐそばに立ったり、彼女をじろじろと見つめてきたりする男がいたら、誰彼かまわず怒鳴りたくなるのだ。働いているジェシーから目も離せなかった。彼女が立ったり歩いたりするたび、目がすり切れたデニムパンツに包まれたしなやかで形のいい脚に磁石のように吸い寄せられ、張りつめた丸い尻を手で撫《な》でたくてたまらなくなる。そうなると、必然的に考えることがますます好色になっていった。ついには彼女の脚の間に手を入れて生地の上から突き当たりまで撫で上げ、ズボンのボタンを外してずり下ろし、今度は直接柔らかな肌に指を這《は》わせることまで妄想する有様だ。そのころには、もちろんすっかり体が火照っていて、数分数字に集中して冷静にならないことには見苦しくない姿で机を離れることもできなかった。

欲望の熱い鉤爪《かぎづめ》にとらえられていないときでも、体中にふつふつとたぎるものがあった。積もり積もって、ほんのわずかな刺激でも炎となって噴き出しそうな火種。これほど苦しく、執拗《しつよう》な情熱は経験したことがなかった。強まった欲望が、ジェシーへの愛でさらに増幅していた。こんな欲望、以前の自分ならあり得ないと笑い飛ばしていただろう。しかし今は現実のものだと身をもって知っている。自分自身が翻弄されている。

もしジェシーも自分と同じように苦しんでいると知ったなら、スティーブンはきっと肝をつぶしたことだろう。ジェシーも自身がスティーブンに欲望を抱いていることは前々から気づいていた。けれど彼とグリソンの戦いまでは、それが愛だとは思っていなかった。あのとき、不安と恐怖に襲われて思い知らされたのだ。スティーブンを愛していると。けれどただの欲望のほうが、どれだけ気持ちが楽だったかわからなかった。

どうして、これまで考えもしなかったような人を愛してしまうの？　サムのことは？何年もの間、ずっとサムを愛していると思ってきたのに。あれは本当じゃなかったってことだろうか？　どうすればいいの？　このわけのわからない、今にも爆発しそうな気持ちをどうすればいい？

ジェシーは自分の気持ちを理解しようと、じっくりと慎重に感情を分析していった。サムに初めてのぼせ上がったのは、十四かそこらのときだった。強い感情はすぐに落ち着いたものの、そのままサムを愛し続けていた。今になって思うと、サムに抱いていた愛情は自分が思っていたような恋愛感情ではなかったのだろう。うぶで、未熟だった。スティーブンのことを考えたときに体の内側で始まる、あの弾《はじ》ける感覚や興奮やほとばしる喜びをサムに感じたことはない。サムのことは、妹が兄を思うように愛していたのかもしれない。

ジェシーはスティーブンに目をやり、彼と初めて会ったときの印象を思い出した。怠惰で無能で、弱くて、ただめかし込んだ伊達男《だておとこ》だと思っていた。でも本当はタフで忍耐強い人だ。尊敬できて、働き者で、独創性にあふれた人だ。見かけだけで、中身を見ていなかった。偏見に満ちた、自分勝手な見方しかしていなかった。でも今は彼が心から愛せる人だとわかっている。

もちろん、そんなことはこの際、別問題。どんなにスティーブンを愛していようと関係ない。彼が別の女性と婚約している事実に変わりはないんだから。スティーブンはエリザベスを愛している。きっときれいで、女性らしい人なんだろう。彼の住む上流社会でも決して恥をかいたりしない人。もしエリザベスという存在がなくても、自分がスティーブンと結婚するなんてあり得ないことなのはわかってる。たとえ欲望は抱いたとしても、レディでもない女を妻には迎えないだろう。わたしはレディじゃない、レディになることもない。都会には、彼の世界には住めない。四六時中スカートをはいては暮らせないし、ただ座ってはいられないし、女が口出ししてはいけないとされていることに口出しせずにはいられない――たとえどんなに頭ではわかっていても！

スティーブンの愛を勝ち取る可能性はない。彼の花嫁になる可能性も。そうでない関係は自尊心が許さない。どんなに愛していても、愛人にはなれない。だとしたら、絶対に彼と寝てはいけない。二度とこの前の夜のような状況になってはいけない。あんなふうに欲望が高まったら、彼を止める気になれなくなる。そうは思っていても、残念ながら誘惑を完全に断ち切るのは不可能だった。なにしろ製材所の仕事も一緒、見張りも一緒、毎日起きている時間の大半を共に過ごしているのだ。だからジェシーはできるだけ彼の体に触れないように気をつけた。何か見せたいものがあって気を引きたくても腕に手を置かないようにして。仕事中もできるだけ距離を置くようにして。

それがこんなに大変だとは夢にも思わなかった。スティーブンはたびたびそばにやってきては、身をかがめて手元の仕事をのぞき込んできた。片手を机の上に突き、もう片手をジェシーの椅子の背に当てて、すぐそばまで顔を近づけて。くるんと上を向いたあり得ないほど長いまつげと頬、そして遅い午後のわずかに伸びかけた髭《ひげ》が目と鼻の先にあった。ちょっぴり刺激的な香水の香りや彼のかすかな肌のにおいも感じられた。彼のたくましさ、男らしさも伝わってきた。手を伸ばして、指で顔を撫でたくてたまらなくなった。眉や口のラインをなぞりたくてたまらなくなった。真夜中のように黒い、ふさふさとした髪に触れたくてたまらなくなった。ほんの少し背筋を伸ばして、唇を彼の唇に押し当てたくてたまらなくなった。

その唇がどんな感触かは知っていた。どんなに温かくてずるいかも、どんなに優しくて激しいかも。彼の腕がどんなふうに背中に回り、どんなふうに全身がぴたりと添うように抱きしめるかも知っていた。自分を椅子から立ち上がらせ、唇を押しつけて、そして……。

そうなるとジェシーは決まって首を横に振り、自分を現実に引き戻した。鉛筆を痛いほど強く握りしめて、理性に従えと体に命じて。やがてスティーブンは心を芯まで震わせるジェシーを残し、その場を立ち去るのだった。そのうちきっとましになる。ジェシーはそう自分に言い聞かせ続けた。けれども真実は逆だった。日が経《た》つにつれ、スティーブンを求める気持ちは増す一方だった。

長く一緒にいればいるほど、会話を交わせば交わすほど、姿を見れば見るほど、ジェシーはますます彼を愛するようになった。彼の人となりもわかった。怠惰な者には無愛想で手厳しく、年齢のために仕事のペースを保てなくなった老人には優しく。微笑《ほほえ》む彼、悪態をつく彼、悔しがる彼、熱くなる彼。そんなスティーブンをジェシーは愛した。この新しい事業を学ぶのにまるで子供みたいに熱中していたかと思うと、倍ほどの年齢の男にも負けないくらい深い洞察力を示すこともあった。ただの男じゃなかった。たとえこのまま何年も一緒にいても、彼について新しいことを発見し続ける気がした。けれどジェシーにそんな機会はない。スティーブンとの時間は数日に限定されている。

スティーブンはいなくなる、別の女性と去っていく。そう思うと胸が苦しくなった。彼の手を引いて自分のベッドに引きずり込みたくなった。抱いてほしいとせがみたくなった。どんな手を使っても彼をつなぎとめたくなった。そんな自分の気持ちに愕然《がくぜん》とした。こんなの、わたしじゃない。体を、女の常套《じょうとう》手段を使って、どんなことをしてでも男を引き止めようと思うなんて。もちろん本気でやるつもりはない。そんなことをして、この先、生きていけるわけがない。スティーブンに顔向けできない。彼はあんなにちゃんとした人なんだから。それでも魔が差したという事実だけでも、ジェシーにはひどく衝撃だった。この自分がそこまで彼を好きになって、追いつめられていることが信じられなかった。

夜ベッドに入ると、スティーブンを思って、彼の腕に抱かれることを想像して、ジェシーの頬はわずかに緩んだ。そしてそのあとは決まって、この先の長く孤独な年月が頭に浮かび、顔を枕に埋《うず》めてむせび泣くのだった。

14

ジェシーは書き込んでいた数字列から顔を上げると、背伸びをして、肩と首の凝りをほぐすように首を回した。部屋の奥にいたスティーブンがふっと含み笑いをする。「数字で目でも回りだしたかい？」

ジェシーも微笑《ほほえ》んだ。「まさか。視界はぼやけてきたけど」口にはしなかったが、肩が凝るのは帳簿に長い数字を書き込んでるからだけではなかった。部屋にいるスティーブンの存在が気になってならないから。あえて顔は上げなかったけれど、今朝はやけに彼の視線を感じた。スティーブンがそばにいると、仕事に集中するのが難しかった。

ジェシーはこっそり彼を盗み見た。すると目を離すのはもっと難しかった。仕事を始めて数日で、スティーブンはいつものスーツを断念した。日が暮れるころにはおがくずだらけになったからだ。それからは作業員たちと同じような厚手の、もっとラフな服に変えた。今日の彼はデニムパンツにフランネルのシャツ、それに厚手のセーター。髪も以前より伸びて乱れている。前より素朴で、だらしなくて、どことなく幸せそうだ。

その感覚をジェシーは我ながら意外に思った。以前のスティーブンを不幸そうだと思っていたわけではない。でも今の彼の顔には何かがある。目のきらめき、口元の柔らかさ、興味深げな表情。人生を楽しんでいるような何かが。以前の彼にはなかったものだ。

じっと見つめていることに気づいて、ジェシーははっと視線をそらした。気まずさを取り繕うように立ち上がって窓辺に向かう。そこで突如息をのんだ。「見て！」

「なんだ？」スティーブンはすでにそばに来ていた。「わあ、雪か！」

窓の外にふわりとした白い欠片《かけら》がはらはらと舞い落ちていた。たいていは地面に当たると同時に消えていく。

スティーブンがジェシーに顔を向けた。「いつもこんなに早い時期に雪が？」

ジェシーは肩をすくめた。「いつもじゃないけど、九月の終わりか十月の初めに降る年はあったかも。そういえば今朝、山の上のほうは雪が降りそうな気配だった」

「雪が降ったら、この辺りはきれいだろうね」

ジェシーは微笑んだ。「そりゃあね。山が雪化粧して、松やモミの木にも雪が積もったら、本当にきれい――特にそれで晴れ渡ると、空は青いし、太陽が辺りをきらきら輝かせるしで。そうなると何もかもが新しく見えるの。この薄汚れた古い製材所までもが」ジェシーは衝動的に振り返って、スティーブンの手を取った。「行こう」

「どこへ？」

「外」ジェシーは彼を廊下へと連れ出した。正面ドアにたどり着くころにはふたりとも駆け出していて、息を切らし、笑い声をあげながら身を切る寒さの中へと飛び出した。

正面の階段を駆け下り、建物の軒先から外に向かう。雪が肌を濡《ぬ》らし、ひんやりと冷たかった。ジェシーは首をのけぞらせ、その雪をめいっぱい顔で受け止めた。その姿をスティーブンはうっとりと見つめた。ジェシーの頬は寒さでピンクに染まり、肌は輝いていた。雪の結晶がその肌をかすめ、まつげに絡みつく。美しかった。思わずその顔に舞い落ちた雪にキスをする自分が思い浮かんだ。肌の温《ぬく》もりと雪の冷たさが同時に味わえた気がした。雪が溶ける感覚も舌に浮かんだ気がした。その瞬間、スティーブンの体を欲望が貫いた。衝撃で体が震えるほど強烈な欲望だった。

ジェシーが口を開けて、舌で雪を受け止めた。スティーブンは身震いした。もちろん寒いからではない。全身を熱気が駆け巡っていた。ジェシーにキスをしたかった。雪と一緒に自分の舌も口に入れてほしかった。彼女のシャツを開いて、胸の膨らみに舞い落ちる雪をひとひらずつ口で拭い取って、最後にはその先端を……。

スティーブンはごくりと唾をのんで、身を翻した。ばかな！　こんなところで彼女を襲ってキスをしたら、どうなると思っている？　誰の目に留まるかもわからないのに。

スティーブンは咳払《せきばら》いをした。「ここは寒いな」

ジェシーが振り返って、わざとらしく顔をしかめてみせた。「弱虫！　本当、東部のお坊っちゃんは我慢ってものが足りないんだから」

顔は温かく笑っていた。からかっているのだ。スティーブンも応じたかった。捕まえようと手を伸ばしたかった。そうすれば彼女は逃げ出し、そこから追いかけっこが始まる。きっとどきどきして楽しいだろう。鬼ごっこをする子供のように走りながらも笑い声が止まらないに違いない。だが彼女も自分も子供じゃない。彼女を捕まえたとき自分がどうなるか、何をせずにはいられなくなるか、わかっている。

スティーブンは小さく首を横に振った。「中に入ろう」

ジェシーの顔に失望が宿った。それとは別に――スティーブンが思いとどまった理由に対する理解のようなものも。「わかった」

ジェシーは背を向けて建物の中へと向かい、スティーブンも続いた。ジェシーの顔から笑顔も輝きも拭い去る自分が憎らしかった。こんなにも愛していながら、悲しみしか与えていない。

ふたりともそれからはほとんど口もきかず、互いに目も向けず、仕事に没頭した。スティーブンはファイルの内容の確認に、ジェシーは帳簿つけに。どちらも外の雪が激しさを増していることに気づかなかった。けれども午後遅くになってついにジェシーが、建物の外で吹きすさぶ激しい風音に気づいた。

顔を上げて、眉をひそめる。「今の聞こえた？」

「何が？」

「風よ」ジェシーは椅子を立って窓辺に向かった。窓の外には、数時間前とは別世界が広がっていた。雪はもはや舞い落ちていなかった。鉛色の空をかき消すほどの勢いで空から落ち、風も猛烈な勢いで吹き荒れている。ジェシーの顔が曇った。「すごい風」

スティーブンも窓辺に合流した。と同時に事務室のドアが開き、ウィル・コガンが入ってきた。コガンは木引き職人の頭で、この製材所で最も熟練した技術を持っている。フランク・グリソンが突如いなくなってからは、事実上、彼が職人たちを束ねる役割を担っていた。コガンはスティーブンとジェシーに会釈した。「ミスター・ファーガソン。ジェシー。天候がかなりまずいことになってきた。みんな、吹雪になるって言ってる。今日は早めに切り上げて、視界があるうちに家に帰ったほうがいいんじゃねえかな」

「そんなにひどいのか？」スティーブンは尋ねた。

「ああ。あいにくと」

「それじゃあ、切り上げよう。みんなを家に帰してくれ」

「わかった。ありがとう、ミスター・ファーガソン」

コガンが急いで出ていくと、スティーブンはジェシーを振り返った。「きみも帰ってくれ」

「あなたを待ってる。わたしのほうが道に詳しいから」

スティーブンは目をみはった。「おいおい、ジェシー。ぼくだってばかじゃないんだよ。同じ道をもう何度も歩いているんだ」

「やだ、変に取らないで」一瞬ジェシーの視線が柔らかくくすぐるように顔に留《とど》まり、スティーブンの胸の鼓動が速まった。「でもあなたは吹雪を知らないでしょ。吹雪《ふぶ》いたら、何がなんだかわからなくなるの。道を歩いてたって、そこがどこかも」

スティーブンはまだ少し信じがたいようすだったが、それでもこう言った。「わかった。一緒に帰ろう。ファイルを片づけるから待っていてくれ」

ジェシーが帳簿を閉じ、机を整える間に、スティーブンはファイルの束を棚に戻した。いったん机に戻り、まだ目を通していない束に手を伸ばしかけて、ふと表書きが目に留まる。父の走り書きに近い文字で大きく〝ムーア関連〟と書かれている。スティーブンはファイルの手前で一瞬手を止め、眉をひそめたあと、手に取って開いた。

「例の銀行家、名前はなんていった？」

「銀行？　イライアス・ムーアだけど、どうして？」

「まだわからないが」スティーブンは数字が記載されたページをめくって、その裏の法的文書を読み始めた。「やはり変だな」

「何が？」ジェシーも気になって、そばに行った。「融資のこと？」

「そうだ。融資は銀行から受けたと言っていなかったか？」

ジェシーはうなずいた。「そう。ジョーはいつもそうしてる」

「だが、これは違う」

「どういうこと？」

「ほら」スティーブンはファイルをジェシーに差し出した。「見てごらん。手形の署名はジョセフ・ファーガソン。だが振り出し先は銀行じゃない。イライアス・ムーア個人だ。それとこの不動産信託証書」スティーブンは約束手形をめくって、担保合意書を表に出した。「ここがこの融資の担保になっている。相手はイライアス・ムーアだ、銀行じゃない」

「何がなんだか」

「ぼくもだよ。ちょっと持っていてくれ」スティーブンはそのファイルをジェシーの手に預けて、棚に向かった。フォルダーの背にざっと爪を走らせて、別の茶色いフォルダーを引っ張り出す。開いて、すぐにぱらぱらとめくった。「あった、これだ。銀行へ振り出した手形は今年の早い時期に取り消されている。七月六日」

「ジョーが追加融資を受けた日よ。丸鋸《まるのこ》の刃が壊れて、買い替える資金が必要になった」

「そのとき新しい手形に署名して、古いものと差し替えたんだな」スティーブンはすばやく目を走らせながら、書類をめくった。「あった！　イライアス・ムーアからの手紙だ。銀行としては担保不足で、追加融資に応じられないとある。しかし知己の間柄で、返済が滞ることがないのもわかっている。そこで個人的に資金を融通してもいいと」

ジェシーはふんと鼻を鳴らした。「どうせ高い金利でもふっかけたんでしょ。あの悪い爺《じい》さんが他人のためにひと肌脱ぐなんてあり得ない」

「ところが、利率は変わりない」スティーブンはジェシーに目をやった。「ムーアは父の友人ではないんだね？」

「長年仕事上の取り引きはあったけど、それだけ。ジョーはムーアをあまり好きじゃなかった。それどころか、守銭奴って呼んでたくらい」

「どうやら見えてきたね」

「え？　ちょっと待って、全然ついていけてない。ジョーに融資をしたのが銀行かムーアかで、何がどう違ってくるわけ？」

「大違いだ」スティーブンはジェシーの手からファイルを取ると、自分が手にしていた分と共に机に置いた。興奮状態で、ジェシーの手を握る。「この前ふたりで話したことを覚えているかい？　返済ができなくて銀行が担保権を行使すれば、ここは銀行のものになるときみは言った。だけど、それが今度のことに関係するとは考えられないと」

「もちろんよ。だって誰がわざわざこんな危険なまねをして、ここを銀行の手に渡らせようとする？　銀行みたいな組織がジョーを破綻させる陰謀に荷担するなんてあり得ない」

「ああ。イライアス・ムーアにも事業を通じてそれなりに見返りはあるが、あくまで間接的なものだ。しかし彼が個人的に融資を行ったとすると、話はまったく違ってくる。担保権を行使するのが銀行ではなく、彼個人なら、この製材所は彼のものになる」

「本当だ！　だとすると、ムーアには立派な動機がある」ジェシーの顔が一瞬輝き、やがて曇った。「だけどあのイライアス・ムーア？　彼が夜こっそり忍び込んで蒸気エンジンに手を加えたり、大型鋸《のこぎり》の刃を壊す？　森の中で待ち伏せしてわたしたちを襲う？」

「自分で手をくだす必要はないだろう。金は持っている男だ。人を雇えばいい」

「誰を？」

「まだなんとも。父に恨みがあってのことか、ただ罪の意識がないだけなのか」

「心当たりがあるってこと？」

「確信があるわけじゃないけどね。ぼくがここに来てから、そいつがずっとトラブルメーカーだった。きみにやましい願望を抱いていて、それを阻むジョーとサムを疎ましく思っていた男だ」

「フランク・グリソン？」

スティーブンはうなずいた。

「でもどうして？　ここが閉鎖されたら、給料も得られない――あ、そうか。ムーアからたっぷりせしめていたら、給料なんて関係ない」

「しかもジョーとサムに何かあれば、きみを手に入れられるというおまけもある」

ジェシーは鼻白んだ。「わたしを手に入れるためにそこまでする男がいるわけない」

「ばか言うんじゃない」スティーブンが目を向けた。茶色い瞳が突如熱い光を放っていた。「きみのためなら男はどんなことでもするよ」

ジェシーは急に息苦しさをおぼえた。唾をのんで、何かほかに言葉を探そうと周囲を見回す。部屋の中は静まり返っていた。どくんどくんと自分の血液の流れる音が耳の奥から聞こえてくる。そのときようやく、この部屋の静寂さがいつもと異なることに気づいた。「機械が止まってる。やだ、すっかり忘れてた。みんなもう帰ったみたい」

「そうだね」スティーブンはジェシーの顔から目を離した。「ファイルに気を取られて、なんの途中だったか忘れていたよ」

「わたしたちもそろそろ帰ったほうがいいわね――雪が」

スティーブンはうなずいて、壁の大きな時計に目をやった。「ああ。いつの間にかずいぶん時間が経《た》ってしまった」スティーブンは戸棚にファイルを戻し、引き出しに鍵をかけた。

ふたりはコートと帽子を身に着けると、戸締まりをして事務室を出た。正面玄関に行き、ジェシーが手でドアを押し開けようとするがドアはびくともしない。ジェシーはもう一度ノブを回し、今度は強く押した。するとわずかに開いたものの、すぐにばたんと閉じた。

「どういうことだ？」スティーブンが脇に来て尋ねた。

「風よ。すごい風。外からドアに吹きつけてる」

スティーブンは両手をドアに当て、ジェシーと息を合わせて押した。ドアがじりじりと少しずつ開き始める。と次の瞬間、蝶番《ちょうつがい》が壊れそうな勢いでいっきに開き、ふたりとも雪の中に投げ出された。すでに一面厚い雪に覆われていて、しかも吹雪で前も見えない。

スティーブンは毒づきそうになるのをぐっと堪《こら》えた。「何も見えない」

「ええ」風の音にかき消されず声を届かせるには、両手を丸めて拡声器のように口に当てるしかなかった。ジェシーは手すりを手探りし、それを伝ってそろそろと階段を下り始めた。その背後でスティーブンがどうにかドアを閉める。振り返ったとき、すでに視界にジェシーの姿はなかった。

「ジェシー？　ジェシー、どこだ？」

「ここよ」階段から声がした。「今三段目」

「姿が見えない！」

「足で探りながら下りて。しっかり手すりにつかまって」

「ここはまだいい。だが下まで着いたらあとはどうする？」

「ここよりは視界が開けてるかも」

そうは思えなかったが、スティーブンは肩をすくめてジェシーを追って階段を下りた。やっとのことで地面にたどり着くと、目の前にジェシーが手すりの端に手を添えて立っていた。スティーブンを見つめている。その目に疑問が浮かんでいるのが見えた。

凍《い》てついた風がスティーブンのコートはおろか、その下のセーターまで貫いた。冷たさが骨まで染みてくる。体が凍りつくまでにアマンダの家にたどり着けるかどうか。「道はわかりそうか?」スティーブンは声を張り上げた。

「わからない」ジェシーは階段からじりじりと離れ出した。吹雪が姿をかき消す。

冷たく言いようのない恐怖がスティーブンの心臓をわしづかみにした。「ジェシー!」

「ここよ!」スティーブンにはどれだけ離れているのかわからなかった。次の瞬間、ジェシーの姿が目の前に現れた。「だめ! 戻って!」ジェシーが階段を身振りで示した。

「え? しかし――」とはいえ、この寒さの中で話し合うのは愚かでしかないと、スティーブンは開きかけた口を閉じて階段に体を向けた。

上がるのも下りたときと同じくらい時間がかかり、正面のドアをふたりが体をねじ込めるだけ開けるのにはさらに手間取った気がした。中に入ると、ふたりは大きく足踏みして衣服の雪を払い落とし、寒さへの遅滞反応か、そこで初めて体を震わせた。

「無理よ」そう言うジェシーの歯が小さくかたかたと鳴った。

「しかし、やるしかない」

「なんにも見えないのよ。どれだけ知ってる道でも、これじゃあ無理。少しでも道を外れたら、路上で凍死してしまう。だめよ、やむまで待ちましょう。せめて少しおさまるまで」

このまま何時間もジェシーとふたりで過ごすとなると、スティーブンには誘惑を堪える自信がなかった。なんとかなると反論しようとしたところで、今しがた、目の前でジェシーの姿が雪の中に消えたときの恐怖がよみがえる。吹雪を強行突破しようとして彼女が死んだら、どうする？　だめだ、そんな危険は冒せない。スティーブンはうなずいた。「わかった」

ふたりは事務室に戻り、ジェシーはランプに火を灯《とも》した。スティーブンは鋳鉄ストーブに火をおこし、さらに薪《まき》をくべる。「少なくともここなら薪にする木はたっぷりある」軽く冗談を言って、材木置き場の方向を手で示した。「凍え死ぬこともない」

ジェシーは小さく笑った。「そのとおり。お腹《なか》の足しにはならないけどね」そう言って体の中心部を軽く叩《たた》いた。「もうぺこぺこなのに」ジェシーもまた、ここでスティーブンとふたりきりだということをいやになるほど意識していた。しかもそれがこれから何時間も、ひょっとするとひと晩中続くかもしれないのだ。できれば会話は軽い感じに保ちたかった。

「ぼくもだ。だが飢え死にするほど長くここに閉じ込められることもないだろう」

「もちろん」ジェシーは周囲を見回した。「せっかくだし、仕事に戻る？」

「そうだね。それじゃあぼくは、例の手形をもう一度慎重に調べてみよう」

ふたりは仕事に取りかかった。けれどジェシーはなかなか数字に集中できなかった。部屋の中がいつになく静かすぎた。機械や蒸気エンジンの地響きするような音や、巨大な電動丸鋸の空気を切り裂く甲高い音に慣れきっているのだ。完璧《かんぺき》な静寂はさらに耐えきれないほどスティーブンの存在を意識させる。彼の一挙一動が耳に届いた。椅子の上で体を動かすたびに、ページをめくるたびに、小さく吐息をつくたびに。

「どんな具合？」黙って数字を書き加えているふりを続けることに耐えきれなくなり、ジェシーは声をかけた。こうして神経をすり減らしているよりましだ。

スティーブンは肩をすくめた。「ここにあるのは、見たことのあるものばかりだ」

「わたしにはわからない。どうしてイライアス・ムーアがここをほしがるわけ？　どうやって利益を上げるの？　ムーアは材木のことも製材所のことも何も知らない。職人のことだってわかってない。彼にとっては利子を回収するほうがずっといい取り引きだと思うけど」

「そうだね。高値で買い取りたい者でもいれば合点がいくんだが」スティーブンは息をつき、鼻梁《びりょう》をつまんだ。「とにかく、もう限界だな。ランプの明かりだけでは暗すぎる」

彼の言うとおりだった。夜が近づくにつれ、窓からの明かりはどんどん鈍り、ふたつのランプでは広い闇に小さな光の輪をふたつ作るだけだ。ここに、夜間の仕事の備えはなかった。

ジェシーは帳簿を閉じた。一瞬互いを見つめ合う。自分の心臓の鼓動が彼の位置まで届きそうで怖かった。どうして彼とふたりになるとこんなにも動揺するのだろう？

と、そこで閃《ひらめ》いた。「そうだ！　ああ、なんでもっと早く思いつかなかったの？」

「なんだい？」

「一階にジョーの部屋があるのよ。ほら彼、この数週間、ここで寝泊まりしてたから。ストーブや家財道具も持ち込んでた。となると食べ物もこっそり隠してるかも」

「そういうことなら」スティーブンは立ち上がった。「調べてみよう。見つからなくても、時間つぶしにはなる」

スティーブンは片方の灯油ランプの火を消すと、もう片方で行く手を照らしながら薄暗い廊下を進んでいった。突き当たりに一階へ通じる小さな階段があった。下りていくと、機械類のある作業場と壁を隔てて小さな廊下があり、そこにいくつかドアが並んでいた。ひとつは備品室だった。そしてもうひとつは、ほうきやモップなどの掃除道具用の小さな収納庫。三つ目のドアの先は小部屋になっていた。そこにはたしかに誰かが住んでいた、そうでなくともある程度の時間を過ごしていたと思える形跡があった。

片方の壁際には円テーブルと椅子、向き合う形で棚がふたつ据えられていて、本や瓶や缶が並んでいる。部屋の中央には小さなフランクリンストーブと薪の山、奥の壁際には狭い鉄製のベッドと毛布。目が吸い寄せられるようにベッドに向かい、スティーブンは直ちに引きはがした。ベッドのせいで、卑猥《ひわい》な映像が閃光《せんこう》のように頭にちらついた。自分とジエシーの絡み合う姿が。それがせめて顔に表れていないことを祈るような気持ちだった。

ジェシーの姿を見ないようにしていたせいで、スティーブンは彼女が自分と同じ反応を見せていたことに気づかなかった。頬を赤らめ、ベッドから目をそらすようにしてそれ以外の物をきょろきょろと見回していたことに。

ジェシーはストーブに近づくと、火をおこし始めた。スティーブンはベッドから、そして執拗《しつよう》に頭から離れないジェシーとふたりきりだという事実から気をそらそうと、棚に歩み寄った。「きみの言ったとおりだ。父は食料を保管していた。皿とフォークの類いも」

スティーブンは身をかがめ、瓶や缶をひとつひとつ手に取った。「豆。ビーツのピクルス。これは……なんだろう。チョークチェリー？　期待できないかな」

「そんなことない、チョークチェリーはジュースにするとおいしいんだから。シロップにしてもジャムにしても。きっとママの手作り。よかった……飲み物が必要だったのよね」

「そうだね」スティーブンはその瓶をうさん臭そうに見て、元に戻した。「これも何かの瓶づめだな」ずんぐりとした瓶を持ち上げて、ラベルを読む。「バーブ、ジャム？」

「バーベリー。それもママの。バーベリーもおいしいジャムになるのよね。見て、キャンディーもある」ジェシーは微笑んだ。「ジョーはこういうのをちびちび食べてたのね」

「まともな食事にはならないが、少なくとも飢えずにはすみそうだ」

ふたりは瓶や缶を開けてテーブルに置くと、奇妙な食事に取り組んだ。何もかもひとり分しかなかったので、皿は一緒に使うことにして、スプーンはジェシー、フォークはスティーブンと分け合った。とはいえ、半分ぐらいは手を使ったのだけれど。カップもひしゃげた錫《すず》製のものがひとつだけで、ジェシーはそこにチョークチェリーのジュースを注《つ》ぐと、まずは先に自分が飲み、わずかにジュースの染みをつけた唇でにっこり微笑んでスティーブンに差し出した。スティーブンはそのカップを受け取り、彼女の唇が触れたことを強く意識しながらジュースを飲んだ。反対側から飲むべきなのはわかっていた。だがそうする気にはなれなかった。ジェシーの味をたとえわずかでも感じたかった。

親密な空気の中での食事だった。狭いベッド以外ほとんど何もない部屋だという事実を忘れることもできなかった。一脚だけの椅子をジェシーに譲ると、スティーブンが腰かけるのはベッドの隅しかなかった。最初は立っていたのだが、どうも食べにくく、それにひと晩中立ち続けるわけにも、冷たく薄汚れた床に座り続けるわけにもいかない。

スティーブンはジェシーの食べるようすを見つめた。唇が開き、白い歯が未調理らしきオクラを噛《かじ》り取る。ジェシーの唇の味が、その感触が伝わってくるようだった。舌で唇を舐《な》めそうになるのを食い止めるだけでせいいっぱいだった。午後の早い時間に、彼女が舌で雪を受けていたのが思い出された。そのときどれだけその唇にキスをしたかったかも。

ジェシーが目を向けた。「何?」不審げに尋ねた。

スティーブンは首を振って、我に返った。「何って?」

「どうしてじっと見てるわけ?」

「いや、その、何を食べているのかなと思って」

「ん、オクラのピクルスだけど。食べてみる?」

スティーブンは眉を片方吊《つ》り上げた。「いや、いい」

「いいから、ほら、食べてみて」ジェシーは微笑んで、オクラの残りを差し出した。

どきりとした。彼女の手から食べるという誘惑には抗《あらが》いきれなかった。「それじゃあ」

スティーブンは口を開けた。ジェシーが野菜を舌に滑り込ませる。指が唇をかすめた。

できればそのまま唇を閉じて、指ごと口に含みたかった。ゆっくりと、優しく……。

思わず顔を背けた。こんなことを考えるのはやめなければ。このままエロティックな妄想を続けていたら、朝まで持たない。しかし、エロティックな妄想をせずに何時間もこうしてふたりきりでいるのも無理だ。

スティーブンは酸っぱくて歯ごたえのいい野菜を咀嚼《そしゃく》してのみ込んだ。「ありがとう。ぼくは自分の皿によそった分だけにしておくよ」

「弱虫」ジェシーは赤紫色の小さなビーツをつまんだ。「これも少しどう?」

「それもピクルスだろう? 遠慮しておく」

ジェシーはくすくす笑った。その間に指に垂れたビーツの汁を舌ですくい取る。欲望で血がたぎった。そのピンク色の尖《とが》った舌が自分の肌を這《は》うことしか考えられなかった。

ジェシーがビーツを齧り、紫色の汁が一瞬唇を染めた。スティーブンは両手でぐっとベッドにしがみついた。でなければ彼女の唇からその汁を舐めようと、身を乗り出してしまう。自分の口元が緩むのがわかった。煮えたぎった血がうねりを上げて全身を駆け巡り、下腹部が脈打ち出す――欲望の証《あかし》、用心しなければ我を忘れるぞという警告。

「さあ」ジェシーはもう一度ビーツをつまんで、スティーブンの唇に近づけた。瞳に熱い茶目っ気のようなものが浮かんでいる。そしてビーツを唇に軽く当てて、促した。

スティーブンは口を開いて、ビーツをとらえた。口に含みながら、ジェシーの指先に舌を走らせる。ジェシーの目がかすかに開いた。そのまま目と目を見つめ合う。互いの息が乱れ、速まり出した。やがて無言で、ジェシーは指を差し出した。誇示するみたいにほんの少し曲げた状態で。親指と人差し指の先にはいまだ紫色の汁が染みついていた。

どちらも押し黙り、ただ燃えるように熱い目で見つめ合っていた。そしてひと言も発しないまま、スティーブンは口を開けてジェシーの指を唇で包むと、紫色の滴を吸い取った。さらにむさぼるように指に舌を絡ませる。酸味と塩味、それにジェシーの味がした。

心臓の鼓動が激しく高鳴っていた。スティーブンはジェシーをつかんで膝に引き寄せたくなった。彼女が弱々しく喘《あえ》ぐまで、抱きしめてキスをしたくなった。ベッドに押し倒して、互いに一生忘れられないほどとことん抱き合いたかった。

ジェシーも見つめていた。目もそらさず、唇をかすかに開いて。ジェシーもキスを求めていた。スティーブンに触れられたかった。それだけじゃない――いろんな激しい、淫らなこともしてほしかった。どういうものかはまだよく知らない。けれど自分がどうしようもなくそれを求めていることだけはわかっていた。

スティーブンの目がジェシーの唇に向かった。そのふっくらとした官能的な口を見ると、さらにどうしようもなくキスがしたくなった。欲望で体が炸裂《さくれつ》しそうだった。息もできなかった。考えることも。「じ……じゃあ、外のようすを確認しようか。雪がやんだかどうか」

ジェシーはゆっくりとうなずいた。「そうね」

どちらも部屋を出ようとはしなかった。

スティーブンは手を伸ばし、指先でそっとジェシーの顎をなぞった。その優しく、官能的な仕草にジェシーが軽く目を閉じる。スティーブンの指が首筋を伝うと、ジェシーの肌が息づき出した。スティーブンの指が喉のくぼみに達し、フランネルのシャツに触れたところで一瞬止まった。そこから今度はシャツの上をさらに進み、胸の膨らみに行き当たる。彼の手が優しく胸を包み込むと、ジェシーは喉の奥で低い声をもらした。

「ジェサミン」スティーブンが発すると、その名がまるで詩のように聞こえた。「きみはなんてきれいなんだ。きみのためなら、悪魔に魂を売ってもかまわない」

「そ……そんな……ことはしてほしくない」息が乱れて苦しい。

「きみが求めなくてもだ」スティーブンは軽く手に力をこめ、親指で胸の頂をなぞった。目が欲望に燃える。ああ、触れたい。味わいたい。見たい。

スティーブンはジェシーの体を引き寄せると、膝に抱きかかえた。「お願いだ、止めてくれ、ジェシー。ぼくを止めてくれ」首筋に顔を埋《うず》めて、つぶやく。

「いやよ」ジェシーは顔を傾けて、彼の飢えた口に首筋をさらにさらけ出した。

その誘惑に抵抗できる意志の力など、スティーブンには残っていなかった。低くうめいて、首筋の柔らかな肌に唇を寄せ、腕を添えてジェシーの背中をしならせる。空いているほうの手は片方の胸を包み、その先端がシャツの生地を持ち上げるほど硬く張りつめるまで揉《も》みしだいた。ジェシーが甘い声をもらし、膝の上で身をくねらせた。体内で情熱が白熱し、そのうちやめられるという甘い希望を吹き飛ばしていた。

スティーブンは何度も何度も名前を呼びながら、手でジェシーの顔を上向かせると唇を近づけた。そして荒々しく唇を重ねると、舌を縦横無尽に動かして深い深いキスをした。

ジェシーの体は震えた。両手で彼のシャツを握ってしがみつく。ふたりは何度も何度もキスを繰り返した。飢えたように口を重ね、舌に愛を絡ませて。スティーブンは身を引いて空気を吸い込むと、一瞬目の前の彼女をうっとりと見つめた。温かで柔和な表情、輝く瞳。そこには愛があった。美しかった。これこそ、男が女性に期待するすべてだ。

スティーブンは指で背中に下がる長い三つ編みをとらえ、端を結んでいる紐《ひも》をほどいた。

手を差し込んで分厚い縄をほどいていく。やがて髪は手の中で大きく波打ち、輝く炎のように背中にこぼれ落ちた。その髪が熱くなく、肌にひんやりしていることが意外なほどだった。スティーブンは柔らかな感触を確かめるようにきゅっと髪を握りしめた。

「この髪が好きだ」スティーブンは手に取った髪を唇に近づけて、優しく口づけした。「背中になびくようすも。炎のようで。サテンのようで」

スティーブンは指で髪を梳《す》いた。ふさふさとしていて腰よりも長い。首元の髪に鼻をすり寄せ、香りと肌触りに溺れる。情熱が重く強く鼓動していた。心の奥底で、朝になれば後悔に苛《さいな》まれるとわかっていた。それでも本能的に、ここまで来たら抱かずに離れるのは不可能だともわかっていた。今この瞬間、ジェシーは自分のものだった。自分も彼女のものだった。最も原始的な基本的な意味で。教養も礼儀作法も道徳規範も何も入り込む余地はなかった。そんなすべてを押しのけるほどの、狂おしい欲望があるだけだった。

スティーブンは髪にキスをした。首筋にも、耳にも。肌をくすぐる彼の熱い息がジェシーの体におののきをもたらす。ジェシーは両手をおずおずとスティーブンの胸から首へと滑らせた。指先が髪に触れるまで首筋を這い上がる。自分はどうすればいいのかわからなかった。ぎこちなくて、おまけに経験もない。それでも彼に触れずにいられないことだけはわかっていた。彼の肌をじかに感じたかった。

スティーブンが息をのむのがわかり、ジェシーは動きを止めた。「だめだ」スティーブンがかすれた声でつぶやいた。「だめだ、やめないでくれ、頼む」

「どうすればいいのか。ただ……あなたに触れたくて」

「触れてほしい」彼の声が震えていた。「すごく……」また息をのむ。「いい気持ちだ。ああ、ジェシー……」スティーブンはジェシーの手の感触を求めて顔を傾けた。

ジェシーは両手を彼の髪に差し入れた。ふさふさとしていて、思っていたより柔らかい。ジェシーは彼の髪を梳くように指を走らせて、その感触を楽しんだ。

スティーブンはジェシーの首筋に鼻をすり寄せると、喉のくぼみまで唇をずらした。くぼみの輪郭を舌でなぞって、一瞬中に舌を差し込んでから、さらに下へ唇を進ませたところでシャツが行く手を阻む。スティーブンはいちばん上のボタンを手で外し、次は胸の上のボタンとなったところで、ちらりとジェシーの顔をうかがった。問いかけるように。

「抱いて」ジェシーはその無言の問いかけに小声で答えた。処女を捧《ささ》げる覚悟があることをはっきりと。それから唇を彼の唇に近づけて、もう一度ささやく。「お願い、抱いて」

スティーブンは長く濃厚なキスをした。かすかに震える指でボタンを外していく。ジェシーは熱い思いにかき立てられて彼の髪に指を埋め、たまらず唇を重ねた。彼の口が取り憑《つ》かれたようにジェシーの口をむさぼる。体が震え出した。ジェシーはこれまでに経験のない熱い感情と衝動の波に翻弄され、夢中で彼にしがみついていた。

スティーブンはシャツを開き、肩までぐっと押し開いてから頭をもたげ、ジェシーを見つめた。シャツの下は、細い紐レースの飾りがついているだけの平凡な白い綿のシュミーズ一枚だった。これよりもっと薄い下着も見たことがあった。レースがもっと繊細で、上質なシルクを使った洒落《しゃれ》たデザインのものも知っていた。けれどこの平凡なシュミーズほど欲望をかき立てられたことはなかった。生地はふんわりと胸の膨らみを包み、その柔らかく揺れる丸みを明らかにしていた。肌より濃い色の胸の頂が透けて見えていて、さらに硬くなった先端のつぼみが生地を押し上げている。

スティーブンはすっと息を吸い込み、はやる気持ちを抑えた。身をかがめ、その先端のまわりに舌を走らせる。ジェシーが体をこわばらせ、わずかに背中をのけぞらせた。彼の舌が生地越しにつぼみを翻弄し、いたぶって、ますます硬く張りつめさせる。そこで濡れた生地越しに息を吹きつけると、またもジェシーは唇から小さく喘ぎ声すらもらしていた。スティーブンはもう片方のつぼみにも同じ魔法をかけた。感情もろとも翻弄されたジェシーはいつしか脚も動かしていた。スティーブンが手を下腹部から太腿の間へと滑らせる。ジェシーが喉の奥から低い驚きの声をあげ、その手ごと締めつけるように脚を閉じる。

スティーブンは顔をもたげてジェシーを見た。目を閉じ、だらりと頭から力を抜いている。スティーブンが脚の間で手をリズミカルに動かすと、ジェシーの腰も共に揺れた。シュミーズは胸の先端の上だけ濡れて透き通り、すでにはっきりと奥のつぼみも見ることができる。スティーブンがかき立てた欲望で、きつく熱く硬く張りつめている。

スティーブン自身の欲望も大きく膨らんでいた。硬く、準備も整っている。本音を言えば、すぐにでも彼女に突き立てて情熱の限りを尽くしたかった。だがジェシーのために、時間をかけなければ。スティーブンはそう自分に言い聞かせ、シャツを完全に彼女の体から剥ぎ取った。シュミーズの肩紐も下ろして、胸の膨らみを露《あらわ》にする。その瞬間、スティーブンはうっとりと、何週間も夢に描き続けてきたみずみずしく丸い膨らみに魅入られた。身をかがめ、その柔らかく揺れる果肉に口を寄せる。そして丸みをゆっくりと先端に向かってキスでなぞり、最後にそのきゅっと張りつめた肉のつぼみを唇で包んだ。

深々と口の中に含み、つぼみを吸い込んでは舌で打ちつけて、ジェシーが息を荒らげて身をくねらせるまで翻弄する。その間に手はズボンのボタンを外し、熱く湿った女性の中心部に忍び込んでいた。滑らかな肉のひだを指で優しくかき分けて、奥へと滑り込む。

喉の奥から低いうめき声がもれた。体に火がついていた。これほどまでに甘い拷問があるだろうか。ジェシーがしきりに両手を動かし、腕に、背中に、髪に指を埋めてくる。尻を手に向かって持ち上げ、もっと深く満たされようとしてくる。だめだ、これ以上はもう待ちきれない。彼女の中に入らなければ。入って、すべてを知らなければ。

スティーブンはふいに立ち上がり、いったんジェシーの足を床に下ろさせた。ジェシーが目を瞬かせる。その瞳は陰りを増し、欲望で朦朧《もうろう》としていた。まさに、欲望に我をなくした女性そのものの姿だ。スティーブンの体が愛《いと》おしさでさざめいた。手を伸ばしてもう一度その胸を手で包み、宝石のような先端を愛撫《あいぶ》せずにはいられなかった。スティーブンは身をかがめて、それぞれの胸の先に軽くキスをしてから身を引いた。

「スティーブン……?」ジェシーは喪失感に呆然《ぼうぜん》とした。ここでやめたりしないわよね? こんなところに置いてかないわよね? よくわからないけど、すばらしくて壮大で、ほしくてほしくてたまらないものが目の前に迫っているのに。ああ、切なくて胸が苦しい。

スティーブンは頭からセーターを抜き取ると、指がもつれるほど急いでシャツのボタンを外した。ジェシーの顔に笑みが広がる。よかった、彼は服を脱ぐためにやめたんだ。目の前でスティーブンがシャツを脱ぎ、床に落とした。贅肉《ぜいにく》のないたくましい胸、それを縮れた黒い体毛が覆っている。触れたらどんな感触だろうとジェシーは思った。目の前の胸に両手を走らせて、その小さくて平たくて男らしい乳首を撫《な》でてみたいとも思った。彼が触れてくれたときみたいに、彼の乳首も引きしまってずきずきうずき出すの?

スティーブンは靴を脱ぎ、また立ち上がって残りの衣類も脱ぎ捨てた。完璧《かんぺき》な裸体でジェシーの前に立つ。ジェシーの心臓はもはや手に負えないほど荒々しく暴れ出していた。目の前のスティーブンはもはや紳士ではなく、生身のたくましい男だった。自分の女を強く求める男だった。その女になりたいと、ジェシーは息苦しいほど熱く思った。彼を受け入れたい、彼を喜ばせたい、永遠に彼を自分のものにしたい。

ジェシーは両腕を差し出した。スティーブンはいっきに距離をつめると、ジェシーを腕に抱きかかえてキスをした。目もくらむ永遠のキスだった。ジェシーにとっては今しがみついている彼が、めくるめく世界の唯一の錨《いかり》だった。
　スティーブンはジェシーをベッドに横たえると、少しずつ露になる柔らかな白い肌に両
手を這わせながら、服を脱がせた。渇望感で本当は衣類を引き裂きたいほどだったが、肌
の美しさに魅了され、繰り返し愛撫するために少しずつしか脱がせられなかったのだ。
　やっとの思いでジェシーを裸にすると、スティーブンは上にのしかかった。スティーブ
ンの硬くたくましい体がぴたりと寄り添う感覚に、ジェシーは息をのんだ。骨格も筋肉も
自分とはまったく違っていた。わくわくするほど違っていた。ジェシーはもっと強く引き
寄せようとスティーブンの体に腕を回した。もっと、もっと、彼のすべてがほしかった。
　ジェシーの痛みを軽減するためだろう、スティーブンがせいいっぱい自分を抑えて、ゆ
っくりと中に入ってきた。ジェシーは低くうめいて、首をのけぞらせた。痛みはあった。
けれどそれより快感のほうが、彼に満たされた満足感のほうが強かった。スティーブンが
自分の不慣れな肉体を押し広げながら、空《むな》しさの芯を、切なさの芯を満たしていく。ジェ
シーは彼のむき出しの背中に指を食い込ませ、吐息で彼の名を呼びながら、ヒップを突き
上げてさらに自分を彼に向かって解き放った。
　スティーブンは我を忘れそうになり、一瞬動きを止めて自制心を呼び起こした。そして
また動き始め、互いの情熱を少しずつ積み上げていくように、ゆっくりと慎重に腰を動か

した。本能的なものだろう、ジェシーも一緒に動いていた。その初々しさと情熱の組み合わせがスティーブンから理性も自制心もすべて奪い去り、発熱した荒々しい興奮へと追いやっていた。彼は激しく突いた。強い快感がジェシーの下腹部の奥深くで炸裂しては、体を波打たせて外へと出ていく。スティーブンが声をあげて身を震わせた。と同時に自分自身をジェシーの中に解き放つ。容赦なく荒れ狂うエクスタシーの中で、ふたりは互いに我を忘れて強くしがみついた。

「ジェシー」スティーブンがつぶやいた。「愛してる、愛してる」

15

ベッド上方の小さな窓からひと筋の光が顔に差し込み、スティーブンはまぶたを開いた。一瞬朦朧《もうろう》とした充足感に包まれる。体は壁際に押しやられ、隣には温かな体が寄り添っていた。枕に赤い髪がこぼれ落ち、幾筋かはスティーブンの頬にもかかっている。ジェシーだ。

甘く、満ち足りたけだるさに酔いしれながら、スティーブンは目を閉じ、彼女のにおいと感触を楽しんだ。夜中に二度目を覚まし、その都度愛し合った。何度だろうと、ジェシーの胸に触れながら抱かずにいることなど不可能だ。実際、今も抱きたくてたまらない。だが明るい朝だ、この状況で真実から逃げ隠れはできない。彼女を抱いてはいけないのだ。昨夜の自分は人間のくずとしか言いようがない。エリザベスと婚約している。彼女との約束がある。ジェシーとは結婚できない。彼女の名誉を汚すだけだ。

なのに、こんなことをして。

スティーブンはため息をついて身を起こすと、両手で髪をかき上げた。いったい何をしている？　今さらエリザベスとの結婚は取り消せないんだぞ。彼女に義務があるんだぞ。

スティーブンはジェシーに目をやった。白い素肌に真っ赤な髪を散らして、ぐっすり眠っている。彼女の背筋から腰にかけての曲線にそっと手を這《は》わせた。なんて柔らかな肌だ。なんてはかなげなんだ。

ジェシーはぼくのものだ。この体を、彼女の純潔をぼくが奪った。義務ならジェシーに対してもあるだろう。いや、義務だけじゃない。彼女とは、ほかのどんな女性とも経験したことのない一体感をおぼえた。どんな魅力的な女性とも、どんなに経験豊富な女性とも味わったことのない感覚だった。あの強烈な瞬間、ジェシーは本当にぼくのものだった。ぼくも彼女のものだった。体がひとつになり、心も魂も絡み合っていた。それをどうして諦められる？　どうして自分の一部を欠けさせたままで生きていける？

スティーブンは低くうなって頭を抱えた。くそ！　なんでこんなことに？

だが考えてみれば、ジェシーが気を引いてきたことは一度もない。愛していると迫られたことも一度もない。スティーブンはジェシーから目を離さないまま、小さく微笑《ほほえ》んだ。ここで、悔やんだところでどうなるものでもない。これまでの人生で最もすばらしい夜だった。最も刺激的で、最も満たされた夜だった。これから先、二度と経験することなく生きていけるかどうかもわからないくらいに。

かといって、ジェシーと結婚できるのか？　たとえエリザベスの父親と死の床で交わした約束を反故《ほご》にしても、愛のためにエリザベスも自分の名誉も捨てたとしても、ジェシーとは結婚できるとは思えない。互いにふさわしくない。何もかも違いすぎる。おそらく、言い争いもせずに過ごす日など一日たりともないだろう。ジェシーは遠回しな言い方すら知らない。ほかの女性たちのように、表情を凍りつかせたり、声を低めたりすることで不快感を表す女じゃない。大声で自分を主張する。怒鳴ったり、何かを叩《たた》いたり、ときにはさらに物を床に――下手をするとぼくに――投げつけたりすることすらある。目に怒りをたぎらせ、頬を紅潮させ、炎のような髪がぱちぱちと音をたてそうな形相で。礼儀作法どころか、その声が他人の耳に入るかどうかすら気にかけない。

もちろんジェシーと話すのが楽しくないわけじゃない。興奮のせいだろうが怒りのせいだろうが、きれいな瞳が輝くのを見るのは楽しいし、冴《さ》えた考えやちょっとした冗談を聞くのも楽しい。話しやすく、一緒にいて楽な相手だ。気まずさもぎこちなさも感じない。喧嘩《けんか》すら、楽しいと思えることもたびたびある。

だがそれだけではどうにもならない。愛だけでは。ジェシーの気持ちを考えなくては。結婚して、彼女を連れて帰るのは無理な話だろう。ぼくの住む世界に順応できない。本人もそれを望まないだろう。ジェシーがセントルイスかニューヨークで惨めな思いをするのはわかりきっている。母がここでそうだったように。

スティーブンはジェシーを起こさないようにそっとベッドを出て、服を着た。部屋の中は凍えるほど寒く、小さな金属製のストーブに歩み寄って中の石炭をかき回す。石炭が赤く輝き出したところにたきつけの細い棒を数本つめ込み、その上に大きめの薪《まき》を何本か組んでから両手を火にかざし、体が温まるのを待った。そしてまた物思いに沈んだ。

時間が経《た》つにつれ、罪悪感がどんどん重くのしかかり、自分のしたことが許しがたいものに思えてならなかった。欲望は、いや愛ですら、言い訳にはならない。ふたりとも、自分には大切な女性なのに。どこまで無謀で自分勝手で、浅はかな男なんだ。

そしてジェシーが目を覚ますころには、スティーブンは自己嫌悪の泥沼に陥っていた。もはやジェシーと顔を合わせるのも怖かった。朝になって正気に戻れば、悔やんでいるに決まっている。軽蔑してもいるだろう。ジェシーから軽蔑されるのは耐えられない。

目を覚ます気配がしたとたん、スティーブンは部屋を飛び出したくなったが、あえて留《とど》まった。何をされようと何を言われようと、当然の報いだ。あれだけ卑怯《ひきよう》なことをしたのだから、せめて怒りぐらいは受け止めなければ。スティーブンはベッドへと向き直った。ジェシーが目を開け、顔を向けた。これほどそそられる女性は見たことがないとスティーブンは思った。枕やシーツの上で波打つ髪が平凡な白い布に映え、大きな瞳はまるで春の空のごとく澄んでいる。カバーからはみ出るむき出しの肩は柔らかく曲線を描いていて、その下にある裸体をにおわせている。深く悔いているこの瞬間ですら、スティーブンは痛いほどの欲望を感じていた。

「おはよう」ジェシーは小声で言った。恥ずかしくて落ち着かなかった。男性とひとつ部屋で、しかも裸で目覚めるのは奇妙な気分だ。でも同時に、わくわくもしていた。体はいまだ昨夜の名残から、慣れない形でうずいている。いろいろな意味で見知らぬ相手も同然だった男性が、ある意味、これまで誰も知らなかった自分を知っているのだ。ついでに言うなら、これまでほかの誰にもこんな気持ちを抱いたことはなかった。昨夜はすばらしくて、野性的だった。いまだ自分がしたことを思うと頬が熱くなる。スティーブンはわたしをどう思ってる？　大胆で、ずうずうしい女だと思われてる？　それとも未経験で不器用な女だと？　昨夜は彼も同じように無我夢中で、圧倒されてて、熱くなっているようすだった。でも今朝になってみると自信はない。ジェシーはとにかく安心がほしかった。

「おはよう」スティーブンの声は低くざらついていて、どこかぶっきらぼうに聞こえた。ひょっとして、怒ってる？　ジェシーは身構えた。「ジェサミン、夕べは、ごめん」

「ごめん？」ジェシーはベッドに起き上がった。そのほうが心も支えられる。裸はさらさないようにカバーをしっかり胸のところで握りしめた。

「そう」スティーブンは目を合わせられず、背けた。「きっとぼくを恨んでいるだろう」

「恨む？」ジェシーは繰り返していた。ああもう、ばかみたい。オウムじゃあるまいし！

「ああ。すぐに許してもらえなくても仕方がないと思っている」

「許すって、何を？」声が重く響いた。

「ぼくが……したことだ。きみを奪ったこと。犯したこと」

「本当にそう思ってるの？」ジェシーは涙を押し込めた。昨夜のことをそんなふうに見ていたなんて。あれをただの欲望や辱めだと？　わたしにはあんなにもすばらしくて、刺激的なことだったのに。魂に届く行為に思えたのに。それなのにスティーブンには軽蔑に値する行為だったなんて。「わたしから純潔を奪ったから自分は大悪党だと」

「ジェサミン！」それでもまだジェシーの憮然《ぶぜん》とした態度には、スティーブンをぎくりとさせるだけの力はあった。「そうじゃない。ぼくは……」スティーブンはそこで言葉を堪《こら》えた。だめだ、今は愛の告白をするときじゃない。何もしてやれないのに愛していると言うなど、それもまた悪党の所業だ。虫のよすぎる話だ。彼女にはなんの助けにもならない。

「ぼくは別の女性と婚約していながら、きみにあんなことをしたから――」

ジェシーはわずかに顎を持ち上げた。目はすっかり乾いていたが、それでも声はまだかすかに震えた。「あなたはほかの女性と結婚する。そんなこと、わかってる。わたしだって、ちゃんと目を開いてたの。あなたにたぶらかされたわけじゃない」

「きみは初めてだった。責任はぼくにある。ぼくのしたことは間違っていた。責任も取れないとわかっていながら、きみをこんな立場に追いやって……卑劣な男だ」

「責任！」ジェシーはかっとなった。「どこに目をつけてるわけ！　あなたは紳士らしい態度とやらをとりたいようだけど、あいにくとわたしにはそんなものに付き合う義理も義務もないの。たしかに肉体的には初めてだった。でも自分が何をしてるかぐらいはわかってた。あなたがわたしと結婚するつもりがないってこともちゃんと気づいてる。あなたが愛しているのは……エリザベスだから」その言葉を堪えるのは難しかった。ジェシーは一瞬言葉を切って、深く息を吸った。「わたしだって、一緒にベッドに入ることと奥さんになることが同じだなんて思ってない。あなたにたぶらかされても、誘惑されてもいない。わたしが望んだことなの。あなたは責任を取る必要なんてない。そんなことはしてほしくない。あなたの奥さんになるなんて、頭に銃を突きつけられたってごめんよ！」

スティーブンの心に燃え上がった怒りが、罪悪感も自己批判も瞬時に焼き払った。「本気で言っているのか？　ぼくと寝ておきながら、結婚はしないと！　どうして？」

「自由な女だからよ！」

「自由？　孤独のほうがまだ近い」

「女が自由でいるためにはそれしかないのかもね」

スティーブンは体が震え出すほどの、激しく、すさまじい怒りを感じた。怒鳴りつけたかった。ジェシーをつかんで、揺さぶって、愛していると認めさせたかった。妻になると言わせたかった。駆け寄ってジェシーをベッドから引きずり出さずにいるだけでせいいっぱいだった。スティーブンはいたたまれず背を向けて、壁に拳を打ちつけた。背を向けたまま怒りと闘う。荒れ狂うすさまじいおのれの感情に衝撃すらおぼえていた。

ようやく気持ちがある程度おさまったところで、スティーブンは壁際を離れた。ジェシーを振り返ることなく、平坦《へいたん》な声で告げる。「外に出ているから、服を着てくれ。そろそろ家に帰ったほうがいい」

「わかった」

ジェシーの落ち着いた声にまたも小さく怒りがこみ上げたが、スティーブンは部屋を出てぴしゃりとドアを閉めた。

ジェシーはその後ろ姿を怒りに包まれて睨《にら》みつけた。よくもこのわたしを義務扱いしてくれたわね！　しかもわたしが義務から解放してあげるって言っているのに、どうしてそこまで怒らなきゃならないの？　不公平もいいところよ。これじゃあ、わたしが何も傷ついていないみたいだわ！　わたしが彼を傷つけたみたい！　昨夜はすばらしかったのひと言も言わずに、義務だの責任だの、おまけにごめんだなんて。押し殺した苛立《いらだ》ちの声をあげて、ジェシーは間近にあった本をつかむと、床に投げつけた。ほかに投げるものが何もそばになくて、仕方なくベッドの鉄の枠をつかんで力いっぱい揺さぶる。次の瞬間、涙が堰《せき》を切ったようにあふれ、頭板につかまって心が空になるまで泣き崩れた。

しばらくしてスティーブンと事務室で合流したときには、ジェシーはすっかり青い顔で黙り込んでいた。どちらも、昨夜のことにも今朝のことにもひと言も触れなかった。ふたりとも新しい不安定な感情に翻弄され、混乱しすぎて気持ちを上手く言葉にできなかった。ふたりは重い足取りで家に向かった。居心地の悪い沈黙が延々と続き、澄んだ空と町一面雪に覆われた純白の美しさに気づくことすらなかった。

帰り着き、スティーブンはアマンダにひと晩帰れなかった理由をたどたどしく説明したが、意外にも彼女はほとんど気に留めていなかった。「仕方ないわ。ジョーにも、吹雪の中を無理して帰るより、製材所にいるほうが安全だからと言い聞かせてたの。さ、早く彼に顔を見せに行って。あれやこれやと心配ばかりしてたんだから」

ジョーは裏手の居間でうろうろと歩き回っていて、スティーブンとジェシーが入っていくなり、満面の笑みでふたりを抱きしめた。スティーブンも父を強く抱きしめ返した。そうしていると自分の悩みもいっそ打ち明けたくなったが、考えてみればジョーはジェシーとのことを誰より知らせられない相手だ。ジェシーを実の娘同然に思っている。

スティーブンは後ずさりした。「具合はどうです?」

「いいよ。かなりよくなった。頭痛もようやく消えてくれてな。そろそろ仕事にも戻れそうだ」父はにっと笑い、ジェシーの母親に目を向けた。「まだ話してないのか?」

アマンダが頬を染めて、首を横に振った。部屋の奥へと進み、ジョーの手に手を滑り込ませる。「まだ。あなたに任せるわ」

ジョーはその手を口に近づけて、キスをした。そしてスティーブンを見た。「アマンダと結婚することにした」

「結婚！」

「ママ、すてきだわ！」

ジェシーは駆け寄って母親に抱きついた。スティーブンは驚きながらも、やがて穏やかに微笑んでアマンダの手を取り、その手を掲げて優雅にお辞儀をした。

「すばらしいですよ、こんなにもすてきな方をファーガソン家に迎えられるなんて。父はなぜもっと早くに申し込まなかったのかと、ぼくには不思議なくらいだ」

「おまえがこの町に来て、母親のことを聞かせてくれてからいちおう考えてはいたんだ」ジョーは肩をすくめた。「しかしこの前みたいなことがあっただろう？　ぐずぐずしてたらとんでもない大ばか者で終わっちまうと気づいた」

「おめでとう」スティーブンは父の手を取った。「ぼくも本当にうれしい」

ジョーは片目をつぶって、息子の手をぎゅっと握りしめた。「ありがとう。こうなったからには、おまえの兄貴が戻ったらすぐに式を挙げるよ」

「いっそ合同で挙げたら？」ジェシーが明るい口調で提案した。だがそこには母親の視線を即座に引き寄せるほどの冷ややかさが潜んでいた。「だってサムが戻るってことは、スティーブンの婚約者も到着するってことじゃない」

「ああ、そうか」ジョーはそこで未来の妻に視線を移し、結果的にスティーブンのこわばった表情は目にしなかった。「どうする、アマンダ？　若者の騒ぎに便乗するか？　盛大な祝いになるぞ」

アマンダはちらりとスティーブンの顔を見た。「わたしたちがどうこう言えることじゃないわ。大切な式だもの、スティーブンの婚約者がいやがるかもしれないでしょ」

「エリザベスならきっと歓迎してくれますよ」スティーブンはきつい口調で言った。「とても素直な女性なので」そこでジェシーの顔を横目で盗み見ずにはいられなかった。彼女も見ていた。唇をこわばらせ、大理石像のように蒼白《そうはく》な顔で。スティーブンの言葉でさらに強く奥歯を噛《か》みしめ、目を燃え上がらせて、ついに顔を背けた。

「だったら、わたしも盛大な式にふさわしい服を探しておかないと」ジェシーはそう言って、部屋をあとにした。

アマンダも暇《いとま》を告げて、娘のあとを追う。スティーブンはふっとため息をついて、ジョーのそばのベッドに腰かけた。

「何か気になることでも？」

スティーブンは首を横に振った。「いえ、違うんです。父さんとミセス・ランドールのことは心から喜んでる」そこで言葉を切った。「自分を襲った相手のこと、本当に何も覚えていないんですか？」

ジョーはうんざりしたように首を振った。「ああ。覚えていればとっ捕まえて――」

「なぜ打ち明けてくれなかったんです？」スティーブンは静かに尋ねた。

ジョーはため息をついた。「悪気はなかった。ただ心配させたくなかったんだ」

「自尊心のせいで、問題を抱えていることを言えなかったと」

ジョーが顔をしかめた。「何を考えているかはわかるが、おまえの金は受け取らんぞ」

「ジェシーからあなたが行きづまっていると聞きました」

「そういや、あの娘《こ》はいったいどうした？　この間からどうもようすがおかしいが」

「話題をすり替えないでください。あなたが他人の厚意にすがりたくないのはわかっている。しかしぼくが他人だと思われているのは辛《つら》い」

「そうじゃない！　そっちこそ、俺を誘導するのはよせ。おまえの金は受け取らん」

「貸すのだとしたらどうです？　ムーアと同じ条件で製材所を担保にしてもいいし、もしくはぼくが出資する形にしてもいい。ファーガソン製材所の経営に三人目のファーガソンが加わったところでなんの問題もないでしょう？」

ジョーは考えた。「いや、それもだめだな。サムが同意するわけがない。それにおまえにしてもだ、住まいからこんなに遠く離れた製材所でいったい何ができる？」

「実のところ、この商売にかなり興味が出てきているんです。ここに住ん……」スティーブンはそこで言葉を切り、内心で自分を引き止めた。いったい何を考えている？　ここに住めるわけがないだろう。エリザベスがいるんだ。仕事があるんだ。祖父への義理もある。

「そうですね。ぼくの住まいはここから遠く離れている。しかし、父さんとサムにならば信頼してぼくの分の仕事も任せられる」

「それはそうだが」

「だったら決まりだ」スティーブンは、手形貸付を完済する意思をとりあえずは隠しておき、製材所の事故を仕組んだ男を捕まえる計画を父に説明した。

ひととおり話し終えて部屋を出ようとしたところで、ジョーに手で引き止められた。

「いや、まだ話は終わってない。何かほかにも気になっていることがあるんじゃないのか？　どうして話してくれない？　俺が力になれるかもしれんだろう」

スティーブンは首を横に振った。「いえ。別に」

「こっちに向かってる若いお嬢さんのことじゃないのか？　おまえの婚約者の。この雪で立ち往生しているかもしれないと心配なんだろう？」

「そんな」スティーブンは目を見開いた。「そうか！　考えてもみなかった！」罪悪感がいっきに押し寄せてきた。エリザベスも吹雪に遭っているはずなのに、それを一度も考えなかったとは。「もし途中で吹雪に遭遇していたら、今ごろ凍りついているかもしれない。ぼくが捜しに行かないと」スティーブンはドアに向かいかけて、足を止めた。「だめだ。ぼくにはどこを捜せばいいのかもわからない。そうだ、捜索隊だ。捜索隊を要請しよう」

「おいおい、俺はなにも動揺させるつもりで言ったんじゃない。まあ、落ち着け。俺が言おうとしたのは、心配する必要はないってことだ。サムはこの一帯を知り尽くしている。吹雪が来るのも予測がついていただろうよ。どこかに避難しているだろう。山小屋か、洞穴か……何もなけりゃ差しかけ小屋を自分で作ってな。そのお嬢さんは無事だよ」

「本当に？」

「ああ。考えてもみろ。息子がどこかの雪の中で凍死している可能性があるなら、俺がここまで落ち着いてるか？ 大丈夫だ。嵐のせいでもうしばらく遅れるかもしれんが、そうだな、あと二、三日待ってやれ。そうしたらおまえの期待どおりに到着するから。ここの山を、サムほど詳しい者もいない。それに、捜そうにも今どこにいるかもわからんじゃないか。橋のせいで迂回《うかい》することになったって、バーリーも言ってただろう」

「それなら、少し安心しました」

ジョーは一瞬探るような目で息子を見つめた。「そうか、それじゃなかったとしたら、いったい何をそんなに気に病んでる？ 何かが棘《とげ》みたいに引っかかっているんだろう？」

スティーブンは首を横に振った。「話せるようなことは何も」

「ジェシーのことか？」

スティーブンははっと顔を上げた。「どうしてそれを？」

「勘だよ。しかし図星か。どういうことだ？ 夕べあの娘と何かあったのか？」

スティーブンは苦しげに目を向けた。「軽蔑してください。それだけの理由はある。ぼくは夕べのあの状況につけ込んだ。ジェシーにつけ込んだ」

ジョーがじっと見つめた。「無理やり迫ったって言うのか！」

「まさか、とんでもない！　ぼくを誰だと思っているんです！」

「だったら何があった？　あの娘は自分の意思でそうしたのか？」

「ええ」スティーブンの声は低く、耳を澄まさなければ聞き取れないほどだった。

「だったらおまえのせいばかりとも言えんだろう。ジェシーも関係していることだ」

「彼女もそう言っています」スティーブンの声は苛立っていた。「ですが、ぼくがもっとしっかりすべきだったんです。もっとしっかり踏みとどまるべきだった」

ジョーが小さく頬を緩めた。「誰が相手であれ、ジェシーが踏みとどまったりするか？　いいか、ここの女たちは、おまえが育った環境にいる女性よりずっと自立心が旺盛だ。特にジェシー。あの娘は昔から自分のことはなんでも自分で決めてきた」

スティーブンはまじまじと父を見つめた。「気にならないんですか？　ぼくに腹が立たないんですか？　こんな卑劣なことをしたのに」

「もちろん気になるさ。俺はジェシーがかわいい。だが、あの娘がなんでも自分の望むままにやろうとするのもわかっている。それと女に心を奪われた男が、まともにものを考えられなくなることもな」ジョーが言葉を切り、ふと不安げな表情を見せた。「あの娘を愛してる、よな？」

「もちろん愛していますよ！　どうして愛さずにいられます？　あんなにもきれいで、おおらかで、率直な女性を。そのうえ強くて、頭もよくて、愉快だ。そばにいるだけで、彼女がほしくてほしくて、まともにものも考えられなくなる。だけど、ぼくに何ができます？　ほかの女性と婚約しているんですよ。エリザベスとは一緒に育ちました。彼女はぼくを信じているし、頼ってもいる。彼女の父親とも親しかったんです。亡くなるとき、彼にエリザベスと結婚すると約束しました。その約束をどうして破れます？　どうしてエリザベスを裏切れます？　結婚するというぼくの言葉だけを頼りに、すべてを投げ捨ててこの国を半ば横断してくる女性に背を向けたら、ぼくは男じゃなくなる」

父はうなずいた。「おまえの問題はわかった。しかしまあ、死の床での約束ってのはあまり重く考えないほうがいいだろう。なんだか脅しみたいじゃないか。しかしそのお嬢さんと結婚の約束をしたなら、彼女に対しては何かしらの義務がある。だがなあ、これから一生彼女への義務で生きていくのか？　自分が惨めな気持ちで、幸せになんぞできるのか？　愛のない結婚は辛いぞ」

「しかし愛し合って結婚したお父さんたちだって、結局どうなったかを思うと」

ジョーはため息をついた。「そうだ。絶対に上手くいく保証などどこにもない。しかし愛すらない関係に、上手くいく可能性があるわけがない。俺はこの人生ですばらしいふたりの女性に愛されただけでも幸運だったと思う。たしかに心が打ち砕かれることもあったが、かといって、愛のない血の通わない結婚生活のほうがよかったとは思わん。よく考えろ。義務は立派なことだ。名誉もしかり。しかし、そんなものが夜おまえの体を温めてくれるか？　十二月をまるで四月みたいに感じさせてくれるか？　それができるのは愛だけだ」

ジェシーもスティーブンもせいいっぱい何事もなかったようにして過ごした。ジェシーはスティーブンに冷ややかでよそよそしい態度をとり、スティーブンは礼儀正しく接した。だがどちらも一緒に過ごした夜を、魂に響くほどの情熱を思い出さずに相手を見ることはできなかった。胸のうちにあふれる愛情を意識せずに言葉を交わすことはできなかった。お互い、距離を置くだけの賢明さは持ち合わせていた。スティーブンは製材所のジョーの部屋に移り、それでジェシーと階段一階分だけの距離で眠る必要はなくなり、ジェシーのほうも夜スティーブンの姿を目で追わずにすむようになった。それでもジェシーは夜中にたびたびスティーブンとの官能的な夢で汗をびっしょりかき、体をうずかせて目を覚ました。昼間は昼間で、気づけば仕事をしている彼を見つめては、皮膚の下の筋肉の滑らかな動きや肌に当てられた唇の熱さを思い出していた。

スティーブンがほしかった。愛していた。どちらの事実も、自分がどれほど望もうと否定のしようがなかった。けれど、彼がほかの女性と婚約している事実もまた否定のしようがない。たとえ欲望は抱いてくれても、彼の愛は別のところにある。

製材所の夜から二日後の午後、ジェシーはスティーブンとこれ以上同じ部屋にいることが耐えられなくなり、早めに仕事を切り上げて雪を踏みしめながら家に戻った。応接間に入ると、ハルモニア・テイラーが膝に大きな箱を抱えて待っていた。町に住む、裁縫で生計を立てている未亡人だ。

ジェシーが唖然《あぜん》としていると、ミセス・テイラーは跳ねるように立ち上がってジェシーの手に箱を押しつけた。「本当にミス・ランドール、ごめんなさいね」ミセス・テイラーはがっしりとした体格に不釣り合いな、甲高い少女っぽい声で言った。「三日前に仕上がっていたんだけど、雪のせいでここまで来られなくて」

「それはまったくかまわないんですけど、でもこれは？　わたし何も――」

ミセス・テイラーはいたずらっぽく笑うと、彼女特有の媚《こ》びているのか煩わしいのかわからない表情を浮かべた。「そりゃそうよ。これはサプライズ。あなたへの贈り物なの」

「贈り物？」

「そう。中に手紙が入っているわ。彼からの手紙」

「彼？」ジェシーはいまだ何がなんだかわからなかった。

「だから」ミセス・テイラーはまたもにっこり微笑んでから、くすくすと笑った。「例のすてきな紳士じゃないの」

ジェシーは目を見開いた。「ミスター・ファーガソン？」

「そう、ミスター・ファーガソン。ミスター・スティーブン・ファーガソン」

ジェシーはミセス・テイラーを丁重に送り出すなり、大急ぎで箱を持って二階に駆け上がった。ベッドに置いて、蓋を開ける。そこではっと息をのんだ。中に、薄青色のベルベットのドレスが入っていたのだ。震える手でそれを箱から取り出し、体に当てて鏡をのぞき込んでみる。

美しかった。こんなに高級で上品なものを手にしたのは初めてだ。シャンパン色のレースが袖口を覆い、襟元を彩っている。スカートは背後につけられた小粋なバッスルに向かって引っ張られるように後ろだけ膨らんだデザインで、そこにも何段も、ティアード型になったベルベットのひだの先にあしらうようにレースが施されている。これって〈スウェンソン・ストア〉にあるありったけのレースじゃない？　しかもこのベルベット！　なんて柔らかくて贅沢《ぜいたく》な感触。しかもわたしの本当の瞳の色。スティーブンは気づいてたの？　それでこれを選んだの？

ジェシーは鏡で自分の顔を見た。大きな瞳、柔らかな唇。体に当てたドレスを撫《な》でてみる。手を軽く滑らせるようにして胸の膨らみから腹部、そして下腹部へと。

ジェシーは凍りついた。わたしったら何をしてるわけ？

とたんにドレスをベッドに放り投げた。これって、男が親しい女性に贈る類いのものでしょう？　妻とか……愛人とか。ひょっとしたらスティーブンは罪悪感を和らげようとしている？　結婚もしてやれないのに処女を奪った罪悪感を。でなければわたしの奉仕への対価のつもりかも。

ジェシーはその美しいドレスをひっつかむと、丸めて床に投げつけた。ありったけの毒を込めてスティーブンを罵る。そして自分の愚かさも激しく罵った。やがてジェシーは窓辺の椅子に腰を下ろし、しばらくそのまま外に目を向けていた。スティーブンとふたりで過ごした夜のことが頭をよぎった。そして床に打ち捨てた美しいドレスのことも。母と、母がジョセフ・ファーガソンを愛して過ごした年月のことが頭に浮かんだ。ジョーとの関係を公にはできなくても、妻として誠実に愛した年月。母も、今の自分みたいに苦しんでいたんだろうか？　夜は枕を濡《ぬ》らし、朝は空《むな》しさと寂しさを抱えて目覚めていたんだろうか？　母はそれでもそばにいたいと思っていたのかもしれない。結婚を申し込まれる前ですら、きっと。母はジョーを恨む言葉も、自分の立場を愚痴るような言葉も一度も口にしたことがない。

そんなことを考えているうちに日が暮れて、外も暗くなってきた。食堂から聞こえる話し声やかちゃかちゃと鳴る音で夕食が始まったのはわかっていたが、ジェシーは動かなかった。食事をする気になれず、座って、ただぼんやりと外を眺めていた。

芝生の上で何かが動く気配に気づいて、そこでようやく我に返った。通りの普通の歩行者とは明らかに異なる、こそこそとした動きだ。ジェシーは背筋を伸ばして、わずかに身を乗り出した。今のはいったい何？

最初は影が重なり合っていて、何かはわからなかった。やがて影のひとつが少しずつ木から離れ、そこで人だとわかった。人が木の背後に隠れているのだ。ジェシーは目を細め、透かすようにしてその影を見つめた。日が落ちても部屋の灯油ランプをつける気になれなかったことが幸いした。影の男はどこか人目を避けるような態度で、それが背筋をざわつかせる。影は何かを待つように、家の二階をじっと見上げていた。

玄関のドアが開いて、閉じた。ポーチの階段を下りる足音がジェシーにも聞こえてきた。影が木の背後に溶け込んだ。家から出てきた人物が前庭を過ぎて、通りに出る。スティーブンだ。ジョーの部屋に泊まるために製材所に引き返しているのだろう。一瞬置いて、影の男がスティーブンを追うように庭を離れた。さっと月明かりがその顔を照らし出す。

フランク・グリソン。

ジェシーの体に緊張が走り、ひっと息がもれた。フランク・グリソンがスティーブンのあとをつけている。そんなことをする理由なんて何ひとつ思い浮かばない。恐怖でぞくりとした。グリソンはスティーブンを憎んでいる。スティーブンにみんなの前で負けたから。恥をかかされたから。解雇されたから。それにもしスティーブンが思っているとおり、グリソンが一連の出来事の犯人だとしたら……。

ジェシーは椅子から飛び上がり、急いで作業靴とコートを身に着けた。たしかに正々堂々と戦えばスティーブンが勝つだろう。けれどグリソンはあの性格だ、今度ばかりはそれは見込めない。正々堂々とした戦いになるわけがない。ジェシーは階段を駆け下りると、食事中の母親を捕まえて、自分がどこになぜ行くのかを小声で伝えた。それから大急ぎで雪の中に飛び出し、製材所へ向かった。

ジェシーが到着したとき、製材所の前は暗く、静まり返っていた。ジェシーはフランク・グリソンの気配がないか周囲に目を配りながら、足早に建物に向かった。足音を忍ばせて正面の階段を上がり、製材所のドアを開けて、中に滑り込むとすぐに閉める。一瞬立ち止まって、耳を澄ませた。何も聞こえなかった。

足音を殺して廊下を渡り、事務室の鍵を開けて中に入った。窓から差し込む鈍い月明かりを頼りに奥の自分の机まで行き、右手のいちばん上の引き出しを開ける。そこにリボルバーが入っているのだ。ジェシーは弾が入っているのを確認してから、また足音を忍ばせて事務室を出ると一階に向かう階段を下りていった。

フランク・グリソンがスティーブンのあとをつけていなかったとしたら、我ながら間抜けな行為だと思った。心臓がハンマーを叩くみたいな音をたてている。緊張と不安でわずかに吐き気までしてきた。ジェシーは壁伝いに、ジョーの部屋の開いたドアからもれる明かりに向かってじりじりと近づいた。まだなんの音も聞こえない。

ドア口で足を止め、ドア枠越しにそっと中をのぞく。小さなテーブルの上で灯油ランプが赤々と燃えていた。誰もいない。

突如背後から轟音《ごうおん》が聞こえ、蒸気エンジンが作動を始めた。沈黙を突如貫いた音にジェシーはびくりとした。思わずドア口に寄りかかる。心臓の音が胸に強く響いていた。心配ない、ただの機械よ。その音に死ぬほどびっくりしたってだけ。

でもどうして夜のこんな時間に、機械が？　さらなる恐怖に胸をわしづかみにされ、ジェシーは作業場へと急いだ。ドアを引き開けるなり、床に目が行った。いつもはおがくずで覆われている床に、くっきりとおがくずのない線がついている。何かを引きずった跡だ。

スティーブン！

ジェシーは音を気にかけることなく、中に飛び込んだ。作業場の中はやかましく、ジェシーのたてる音が聞こえる状態ではなかった。前方に明かりが見え、ジェシーはそれを目指した。巨大な電動丸鋸《まるのこ》の甲高いうなり音が作業場中に満ちていた。

ランプの丸い明かりに男の影が浮かび上がった。身をかがめて、別の男のぐったりとした体を肩に担ぎ上げると、丸太用の台車に向かってのしのしと歩いていく。ジェシーは恐怖のあまり動けなくなった。グリソンがスティーブンを担いでいる。ということは意識をなくしているか、死んでいるか。

グリソンがわずかに体の向きを変え、肩の荷を担ぎ直した。ランプの明かりがスティーブンの頭をちらりと照らし出す。髪はべっとりと濡れて固まっていた。顔にも真っ赤な血が染みている。グリソンは低い鼻息を吐いて、スティーブンの体を丸太用の台車に投げ込んだ。脇のレバーを手に取り、ぐっと押す。丸太用の台車はがたがたと音をたてて電動丸鋸に向かって動き出した。

その光景がつかの間の麻痺《まひ》状態からジェシーを解き放ち、叫ばせていた。「やめて！　グリソン！　やめて！」

グリソンが振り返って、ジェシーに目を留めた。いったん顎が下がり、やがてにやりと笑う。「ほう、色男が切り刻まれるのを見に来たのか？」騒音の中で声を張り上げる。

ジェシーはグリソンに銃を向けた。「やめなさい。さあ！　でないと死ぬわよ」

グリソンが笑い出した。「おまえに俺が撃てんのか？　できるもんならやってみろ！　女にそんな度胸がありっこねえ」

台車はスティーブンを乗せて、容赦なく進んでいく。わたしが止めないと。ジェシーはひとつ息を吸い、標的を定めて、引き金を引いた。

拳銃の炸裂音《さくれつおん》は台車と丸鋸の轟《とどろ》くような騒音にほとんどかき消された。銃弾がグリソンの胸に命中し、のけぞらせる。シャツに赤い血が広がり、グリソンがよろめいて倒れた。

ジェシーにそれを見ている余裕はなかった。引き金を引くなり駆け出して動力装置に飛びつき、停止レバーを入れる。けれどそれで終わりでないのはわかっていた。丸鋸が回転を止めたところで、スティーブンの体はまだその鋭い歯に向かって流れている。ジェシーは、床でなんとか起き上がろうともがくグリソンに目を向けることなく、次の動作へと移った。

動く台車の脇にある停止レバーに駆け寄って、ハンドルをつかみ、思いきり押す。動かなかった。必死にもう一度試みる。ついには頭を下げ、足を踏ん張り、ハンドルを両手で握りしめてレバーに全体重をかけて押した。かちっとわずかに動いた。台車ががたがたと揺れて停止する。

ジェシーは長い取っ手に寄りかかった。膝から力が抜けていた。震えながら、振り返る。台車は——スティーブンの頭は——鋸《のこぎり》の鋭い歯までわずか数センチのところだった。ジェシーは額の汗を拭った。脚の筋肉がゴムになったようだった。グリソンに目をやる。彼は起き上がろうとするのを諦め、仰向けに横たわっていた。シャツの前面が真っ赤だ。

「くそ！」小声で言った。「まさか、おまえにやられるとは」

ジェシーは乾いた唇を濡らした。声を落ち着かせるだけでせいいっぱいだった。「ここが暗くて運がよかったわね。わたしはあんたの頭を狙ったのに」

ジェシーは振り返って台車によじ登った。落ち着くのよ。グリソンを縛り上げて、保安官と医者に引き渡さなきゃならないんだから。でもその前にスティーブンを確認しないと。

ジェシーはスティーブンの上にかがみ込んで手を取り、指を手首に押し当てた。とぎれとぎれだけれど、たしかに脈はある。ありがとう、神さま。彼は生きてる！

16

スティーブンは朦朧《もうろう》としながらも意識を取り戻した。周囲は薄暗く、テーブルの上の灯油ランプが唯一の明かりだが、それも芯が低く抑えられている。低いうめき声がもれた。頭が割れそうだ。

父がすぐにベッドにやってきて、満面の笑みを見せた。「スティーブン！　目が覚めたか！　ああ、よかった。どうやら俺より頭が固かったな。おまえが意識をなくしてたのはほんの二時間だ」

「頭の中で小人が百人、ハンマーを持って暴れてる」

「そうだろう、そうだろう。フランク・グリソンの野郎なら、頭だって割りかねん」ジョーがまずいと言わんばかりに頭をさすった。「俺としたことが」

「フランク・グリソン？　彼の仕業なんですか？　何があったんです？」

「本当に聞きたいか？」

スティーブンはうなずき、すぐさまその動作を悔やんだ。「ええ」小声で言った。

「夕べおまえは製材所にいたんだ。テーブルで計算か何かをやってた」

「ええ、それは覚えています」

「おまえはドアに背中を向けてた」ジョーは叱責するようにちっちっと舌を鳴らした。

「男なら、ここで肝に銘じておけ。これからは絶対にドアに背中を向けて座っちゃならん。

特にフランク・グリソンみたいな野郎と敵対しているときはな」

「彼がぼくの頭を殴った？」

ジョーはうなずいた。「そうだ。それからおまえの体を作業場まで引きずっていった」

「どうして？」

「おまえを消すためだよ。そんなことをすりゃ、あそこを閉鎖するしかなくなるのに、そこまで考えなかったらしい。とにかく、おまえを切り刻みたかったようだ」

「それで何が？」

ジョーはジェシーがどのようにしてグリソンを見つけ、製材所まであとをつけてスティーブンの命を救ったかを説明した。「バーリーとジムがすぐに到着して、グリソンを医者のところに運んだ」

「生きているんですか？」

「ああ。まだまだくたばりそうにない。ジェシーは的を外したのを悔しがってたよ。だが、それがかえってよかったんだ。グリソンは医者のところに運ばれて、何もかも白状した。

製材所の出来事も、おまえを撃ったのも全部自分の仕業だとな。どれもこれもイライアス・ムーアの差し金だったそうだ。それで保安官がムーアの家に急行した。どうやらミズーラからここまで鉄道が通ることになったらしい。それで大手の製材会社がこの辺りの木材に関心を示し出したそうだ。で、連中が最初に相談を持ちかけたのが地元の銀行。ムーアってわけだ。ムーアは話をすっ飛ばして、もうすぐ製材所が担保流れで手に入れることだけを告げた。そうなると連中は買収に興味を示すだろう？　思惑どおりだったんだろうな。そこでムーアは大急ぎで俺をはめにかかったわけだ」ジョーが含み笑いをした。「今回捕まったのはこの件だけだが、保安官はまだやつを取り調べてる。どうやらここに至るまでに、もっと重大なことをやった疑いもあるらしい」

「鉄道か。なるほど。気づくべきだったな。ここに鉄道が通っていたら何ができるかと、ちょうど考えていたところだったんですよ」スティーブンは額を手でこすって、眉をひそめた。「ジェシーはどこです？」

「あの娘《こ》のことは心配ない。おまえに付き添いたがったんだが、保安官からどうしても話を聞きたいと言われてね。しかしまあ、若い娘そのものの取り乱しようだったよ」

スティーブンの目がおのずと閉じかけた。「彼女に礼を言わないと」声がくぐもる。

「ああ。朝になればな。今はまだ眠ったほうがいい」

ジョーは息子に目をやり、びっくりして二度見した。すでにスティーブンは父のアドバイスに従っていた。

次にスティーブンが目を覚ましたときには、頭痛もだいぶおさまっていた。部屋には誰の姿も見当たらず、そろそろとベッドを出た。一瞬、頭がふらついて胃もぐるぐるしたが、どちらもそのうちにおさまった。窓に近づき、カーテンを引く。どうやら朝のようだ。スティーブンは頭を動かさないように最大限の注意を払いながら着替えると、階下に下りていった。台所ではアマンダと手伝いの女性がせわしなく朝食の後片づけをしていた。

「まあ、起きたのね！　今ちょうどようすを見に行こうかと思っていたところ」アマンダはスティーブンを椅子へと促した。「さあ、かけて。朝食は食べられそう？」

「たぶん。軽くなら」スティーブンは周囲を見回した。「ジェシーはどこに？」

アマンダは首を横に振った。「やっとベッドに追いやったところ。あなたは夜通し看病するほどの病状じゃないって言ったんだけど、夜明けごろまで起きてて。あの娘のことだから、どうせすぐに起き出して、あなたのようすを見に行くんでしょうけど」

スティーブンは落胆した。ジェシーに会って、話しておきたかったのだ。一刻の猶予もない気がしていた。「そうですか」

アマンダのスコーンとベーコンで胃が落ち着くと、一緒にもらった鎮痛剤は驚くほど効果があった。台所を出るころには、気分はほぼいつもと変わりなかった。

スティーブンが自分の部屋に戻ると、従者が中であれこれとスーツを整えていた。チャールズはうんざりとしたようすで、スティーブンのデニムパンツにブーツにシャツといった出で立《いた》ちを眺めた。

「今日もそういったものをお召しになるおつもりで?」恐ろしく丁寧な口調でチャールズは尋ねた。

「ああ、そう思っている」

「よろしゅうございます」チャールズは背を向けて、スーツを衣装だんすに戻した。

「ここではこういう丈夫な服のほうがいいんだよ」

「そうでございますね」

「チャールズ……おまえはもう西部に魅力を感じていないと思っていいのかな?」

チャールズがくるりと振り返った。「そうなんです。というより、想像していたところと違っていたと言いますか」

「とすると、ニューヨークに戻るとなればうれしいか?」

従者の曇った表情がいっきに輝いた。「それはもう、願ってもないことでございます」

「よかった。その願いはすぐにでも叶《かな》うぞ。エリザベスが到着すれば」

チャールズは笑みを堪《こら》えきれなかった。「ほっといたしました。あなたさまとミセス・ファーガソンにご一緒できるなんてこれほどの幸せは――」

「いや、ぼくは違うんだ。なんというか、できればエリザベスをニューヨークに送り届けずにすめばと思っている。だから、おまえに同行してほしいんだよ。エリザベスが無事に機嫌よくニューヨークに着けるようにしてやってほしい」

「わたしにはどういうことかわかりませんが？」

「ぼくはミス・エリザベスと結婚しないことにした」

「それはつまり、今はということでしょうか？　ここではと」

「今、ここでも。永遠に、どこでも」

チャールズは唖然《あぜん》として目を丸くした。「旦那さま！」

「気が変わったんだよ、チャールズ。心も、それに何もかも」

チャールズは使用人らしく、それ以上は踏み込まなかった。「はい。承知いたしました」

そしてお辞儀をすると、部屋を出ていった。

スティーブンはブーツを脱いでベッドに横たわると、組んだ両手で後頭部を支えた。痛みに一瞬、顔が歪《ゆが》んだが、すぐに忘れた。天井を見つめ、計画を練って頬を緩める。

しばらくして、小さくためらいがちなノックが聞こえた。ジェシーがさっと部屋の中に滑り込んできて、すぐにドアを閉める。一瞬立ち止まってスティーブンを見つめてきた。

そしてスティーブンも見つめ返した。

彼女は地元の裁縫屋に頼んで縫ってもらっていた薄青色のドレスを着ていた。スティーブン自身、ここ数日のめまぐるしさでほとんど忘れかけていたものだ。でき上がったドレスを着たジェシーはそのとき思い描いていた以上に美しかった。

母親のドレスと違って、サイズもぴったりだった。ウエストはくびれ、豊かな胸の膨らみは隠すよりむしろ強調されている。ベルベットとレースが彼女の美しさに柔らかみを加えていた。髪型もそうだ。ゆったりと頭頂部でまとめ、わずかな巻き毛が顔のまわりに散っている。女性らしくて愛らしかった。顔も輝いている。

「こんにちは、スティーブン」声がやけに小さく恥ずかしげだった。

「ジェサミン」スティーブンは彼女の美しさに吸い寄せられるように、立ち上がっていた。「なんて……きれいなんだ」ほかに言葉が出なかった。

ジェシーはにっこりと微笑《ほほえ》んだ。えくぼができ、頬が染まる。「ありがとう。あなたが起きられてよかった。それに……元気そうで」

「きみのおかげだよ。きみに命を救ってもらった。またも。たいしたことないなんて言わないでくれ。ぼくには大事なことだ」

「わたしにも大事なことよ」ジェシーは柔らかく、かすかに震える声で続けた。「あなたを愛しているわ、スティーブン。あなたに抱いてもらいたくて、ここに来たの」

欲望が下腹部を締めつけた。「ジェシー……」

ジェシーは唇を舐《な》めた。手が氷のように冷たかった。こんなに怖い思いはいまだかつて経験がない。「あなたがもうしないと誓ったのも、この前のことを悔やんでいるのも知ってる。でも今度は、あなたが罪悪感をおぼえる必要はないから。わたしはもう初めてでもないし、あなたが道を踏み外させたわけでもない。わたしはこうしたいからしてるの」

ジェシーは自分の髪からピンを引き抜いた。豊かな赤い巻き毛が滝のように肩に流れ落ちる。ジェシーが微笑んだ。紛れもない誘惑の合図。スティーブンは声も出せず、ただ魔法にかけられたように呆然《ぼうぜん》と見つめることしかできなかった。

ジェシーがドレスを貫く小さなパールのボタンに指をかけ、ひとつずつ外し始めた。まずは喉が露《あらわ》になり、それから柔らかく揺れる胸の膨らみ、そして白いレースのキャミソール。スティーブンの目が彼女の指の動きを追い、滑らかな肌とそれを包む薄い布に釘《くぎ》づけになった。スティーブンが息を吸うたびに布が張りつめたり緩んだりして、胸の形をうかがわせる。ワイン色の胸の先も透けて見えていた。硬くなった先端が布を押し上げている。

ジェシーはボタンをすべて外し終えると、肩をすくめて床に落とした。ペチコートの紐《ひも》もほどき、ドレスの上に脱ぎ捨てる。今やジェシーは下着とストッキングだけの姿でスティーブンの前に立っていた。そして目をスティーブンの顔に向けたまま、キャミソールを留めているピンクの蝶結《ちょうむす》びのひとつをほどく。さらに次の蝶結びも。スティーブンの目は小さなサテンのリボンをほどく指の動きを追った。ジェシーが息を吸うごとに布が左右に開いて、美しい胸の形が謎めいた影を帯びながら少しずつ露になる。

欲望が熱く体を貫き、全身に火を注ぎ隅々まで燃え上がらせた。「自分が何をしているのかわかっているのか？」

「もちろん、わかってる」低くかすれたジェシーの声が、さらにスティーブンを煽《あお》った。歩いて近づき、わずか数センチのところで立ち止まる。「夕べあなたを見つけたとき、息があるかどうかもわからなかった。あんなに怖かったことはなかった」

ジェシーはスティーブンのシャツのボタンを外し始めた。ゆっくりと指を動かしていく。「そのときわかったの。あなたを愛してるって。もうあなたなしでは生きられない」

ジェシーはシャツの中に手を入れて左右に開き、胸をむき出しにした。そして彼を見つめた。瞳はきらめき、顔は欲望で紅潮していた。両手を下ろしたところには、欲望のたしかな証《あかし》があるのもわかった。彼が求めてくれている。それだけわかればじゅうぶん。

ジェシーは前に踏み出して彼の乳首に唇を押し当て、胸毛に頬ずりをした。スティーブンがびくりと胸をもたげ、低いうめき声をあげる。「ジェシー……」笑っているようにも、喘《あえ》いでいるようにも聞こえる声だった。

ジェシーはその小さなつぼみを舌で弾《はじ》いて、くるりと舐めた。彼の体が熱くなるのが伝わってくる。「この前もこうしたかったの。でもいやかもしれないと思って」

「いやなものか！　感じすぎてどうにかなりそうだ」

「よかった」ジェシーはにっこりと微笑み、肌をつまむようなキスを始めた。「これもしたかった。あなたにはわたし以外のことは考えてほしくない。わたしの名前も世間体も気にしないでほしい。あなたの奥さんになれないのはわかってる。それでもあなたのそばにいたい。あなたに二度と抱かれずに生きてなんていけない。抱いて、スティーブン」ジェシーは澄んだ瞳でスティーブンの目の奥をのぞき込んだ。「わたしをあなたの愛人にして。東部に戻るなら、わたしもついていく。あなたがそうしろと言うなら、どこにだって住む。愛して。そしてわたしにも愛させて」

ジェシーの瞳はきらめいていた。顔全体が愛と欲望で輝いていた。濡《ぬ》れた唇にたまらなくそそられる。欲望と愛でスティーブンの体は芯まで震えた。スティーブンは身をかがめ、両手を髪に差し込んでキスをした。唇を強く重ね、舌で征服する。

そして彼女の名前や愛と情熱のこもった甘い言葉をささやきながら、何度も何度もキスを繰り返した。互いの残りの衣服を剥ぎ取り、嵐のようにベッドで身を重ね、何日もの間、気が狂いそうになりながら封じ込めてきた渇望を解き放つ。ふたりはもつれ合い、転がりながら互いの唇をむさぼり、体をまさぐり、欲望を確かめ合った。やがてスティーブンがジェシーの脚を開き、深々と中に体を沈めた。ジェシーも柔らかな吐息をついて脚をスティーブンの体に絡ませ、共に動き出す。互いの情熱が炸裂《さくれつ》し、満ち足りたつかの間の忘却の彼方《かなた》へと放たれるまで。

激しいセックスの名残でいまだ汗ばみ、震える体で、スティーブンはジェシーを腕に抱いて横たわっていた。ジェシーは満ち足りたようすで胸に顔をすり寄せている。

「愛しているよ」スティーブンはささやいた。

ジェシーがかすかに微笑み、胸にキスをする。「わたしも愛してる」

「だがきみの申し出は断るしかない」

ジェシーの体がこわばり、はっと目が開いた。「え？」

「きみをぼくの愛人にはできない」

傷心が顔に広がり、ジェシーは顔を背けて、ベッドを下りようとした。スティーブンが慌てて腕をつかむ。

「だめだ！　待て！　ぼくの言い方が悪かった」

ジェシーが睨《にら》みつける。「これにいい言い方なんてあるわけ？」

「違うんだよ。ぼくはきみを求めている。全身全霊できみを求めて、愛している」

ジェシーは混乱していた。「だったらどういう――」

「こんなに愛しているきみを愛人にはできない。そんな、きみの名誉を汚すようなことは」

「名誉なんて、どうでもいい！」

スティーブンの唇が愉快そうによじれた。「最後まで言わせてくれ。ぼくはきみを愛している。なのにこれから一生、人目をはばかりながらきみに会いに行くのはごめんだ。片時も離れたくない。正々堂々ときみを愛していると言いたい。きみをぼくの妻にしたい」

ジェシーの顎が落ちた。「なんて？」

「きみと結婚したい。ぼくと結婚してくれ」

ジェシーは一瞬言葉をなくし、ただ驚いて彼を見つめることしかできなかった。「でも、でも彼女のことは？　あなたの約束は？」

「ここ数日、ずっと悶々《もんもん》としていた。昨夜、死にかけたことで、ようやく目が覚めたよ。自分がどんなに愚かだったか気づいた。ぼくはエリザベスを愛していない。彼女の父親とどんな約束をしようと結婚はできない。適切だからという理由だけで、退屈で惨めな生涯を送るわけにはいかないんだ。きみとは離れられない。だからといってきみを愛人なんて屈辱的な立場には置けない。エリザベスはいい女性だ。彼女のぼくへの気持ちも、ぼくと同じようなものだ。理解してくれると思う。昔からの友人として」

ジェシーは疑わしげだった。「あなたが別の女性を選んだら、わたしなら絶対理解なんてしない。ぶん殴るかも」

スティーブンはくすりと笑った。「だろうね。だけどエリザベスは違う。彼女はぼくを求めていない。彼女はただ義理の母親と離れたいだけだ。ぼくは彼女に責任がある。しかし今朝どうすればいいかを思いついたんだよ。それを説明して、彼女にはニューヨークに行ってもらうつもりだ。ちょうどチャールズがここを離れたがっているからね。彼が付き添ってくれるだろう。ニューヨークに行けば、彼女はイザベル・クランプトンと暮らせる。ああ、なぜもっと早くこのことを思いつかなかったのか。イザベルはエリザベスの父親の遠縁でね。事情があって今はお姉さんのところに身を寄せているんだが、彼女ほどエリザベスのお目付役にふさわしい女性はいない。ふたりならきっと上手くいく。どちらも教養も知性もある女性だ。それにエリザベスには父親が遺《のこ》した信託財産がある。ぼくも管財人に名を連ねているし、彼女たちが快適に暮らせるように額を増やすことも可能だ。彼女がぼくと結婚するためにセントルイスの家を飛び出したことを、ニューヨークじゃ誰も知らない。彼女の世間体も守られる。ひょっとするとエリザベスにも、そこで愛する相手が見つかるかもしれない」

ジェシーはまじまじと彼を見つめた。「本気で言ってるの？」

「もちろんだとも！」スティーブンは強くキスをした。「それで、結婚してくれる？」

ジェシーは声をあげて笑い出した。彼の首に腕でしがみつき、顔にキスの雨を降らせる。

「ええ。ええ、結婚する。本当に、あなたったらどうかしちゃったんじゃないの！　でも安心して、セントルイスに行っても、あなたに恥をかかせたりしないから。わたしもレディになれるようにがんばる。もう絶対に悪態をついたり、物を投げたり、銃を撃ったりしないから」

「おいおい。ちょっと待ってくれないか」スティーブンは体を離して肩をぐっとつかみ、目をのぞき込んだ。「ぼくたちはセントルイスには行かない」

「え？」

「聞こえただろう。きみを都会で暮らさせるわけにはいかない。美しい野生の薔薇《ばら》を摘み取ってガラスの花瓶に挿して、ただ枯れるのを眺めていられると思うのかい？　きみをそんな目には遭わせられない。結婚してここに住もう。ぼくはモンタナが好きだ。ここの仕事も好きだ。ジョーに頼めば、製材所に資本投資させてもらえると思う。もしだめでも、何かほかの仕事を見つければいい。まだまだ未開の地だ。やりたいことができる」

「でも……でも恋しくならない？　あとで悔やまない？」

スティーブンは首を横に振った。「いや。父と兄のことをもっとよく知りたい。何かを築きたい。戻ったところでぼくには何もない。祖父はぼくがいなくてもやっていく。会社は別の誰かに作り上げた無味乾燥な生活だけだ。祖父はぼくがいなくてもやっていく。会社は別の誰かに任せればいい。売却する手もある。いずれにしても、ぼくは祖父のために生きることはできない。ここに来て、きみに出会って、生きているのを実感した。断言するよ。ぼくはきみといる限り、誰も何も恋しくなったりはしない」

ジェシーの目に涙があふれた。「あなたは最高よ。誰よりも優しい。頭がおかしくなるぐらい愛してる。あなたを愛してる」

ジェシーはスティーブンに抱きついて、もう一度キスをした。そしてたちまちふたりとも心地よさに迷い込み、抜け出せなくなった。

ずいぶん経《た》ってから、ふたりは身支度を整えて応接間に下りていき、新しい恋人たちだけが持つ親密さで自分たちのつないだ手を眺めながら、ふたりの将来を静かに語り合った。

午後も深まり、スティーブンとジェシーがそうして互いの目に溺れているとき、玄関の階段を上がる足音が聞こえたかと思うとバーリー・オーエンズが家に飛び込んできた。

「ミセス・ランドール！　スティーブンはどこに？」

「ここだよ、バーリー」

バーリーが応接間に顔をのぞかせた。「なんだ、夕べ丸鋸《まるのこ》でばらばらにされかけたわりには、ずいぶんと元気そうじゃねえか」

「まあ、おかげさまで。それで、バーリー……何か知らせがあるんだろう？」

「さっき製材所に行ってたんだ。で、誰を見かけたと思う？　何を隠そう、我らがサム・ファーガソンだ」バーリーは自分の問いかけに自分で答えた。「それとあんたの婚……」

そこでスティーブンとジェシーのつないだ手を見て、口ごもった。「いやその、ミス・エリザベスも一緒だった」

スティーブンとジェシーは互いの顔を見つめ合った。ジェシーの胃が不安できゅっと縮む。突如、今日の午後のことはすべて夢で、スティーブンが今にも立ち上がって自分を置いて出ていくような気がしてきた。

だが彼は微笑んで、ジェシーの手を握りしめた。「行こう。行って、結果を潔く受け止めるんだ。心配するな。彼女は大丈夫だ」

スティーブンは立ち上がると、ジェシーに手を貸して立ち上がらせた。

「やっと到着してくれてよかった。ふたりとも無事なんだね？」

バーリーは言葉をなくしたように、ただうなずいた。

ジェシーはたじろいだ。「スティーブン……本当に？」

スティーブンは振り向き、ゆったりと微笑んだ。目には熱い決意が輝いている。「ああ。愛しているよ。ぼくはきみと結婚する」スティーブンは身をかがめて、たっぷりとキスをした。「さあ、行こう」

ジェシーの顔にまばゆいばかりの満面の笑みが浮かぶ。「ええ、どこへでも」

ジェシーがスティーブンの腕に手をかけ、ふたりは共にドアを出ていった。

訳者あとがき

一八八八年、ひとりの若者がセントルイスからモンタナ州ノーラスプリングスに向かいます。若者の名はスティーブン・ファーガソン。亡き母の手紙で、亡くなったと聞かされていた父と兄が生きていると知り、二十二年ぶりに会いに行くのです。けれども現代とは異なり、その道のりは容易なものではありません。長い長い鉄道の旅。列車が着いた先はモンタナ州第二の都市ミズーラ。そこから駅馬車に乗り換え、また何日も何日も馬車に揺られていくのです。山を越え、谷を越えて、ようやくたどり着いた先で彼を待っていたのは……。

この作品『眠れる森の貴婦人』は人気作家キャンディス・キャンプがクリスティン・ジェームズ名義で一九九〇年に出版した作品です。至るところにモンタナの美しくも厳しい自然、そしてそこでたくましく生きる人々への賛辞がこめられています。

裕福な都会育ちの生真面目な紳士スティーブン。そしてモンタナの山の中という閉鎖された環境で生まれ育ち、旺盛すぎるほどの自立心を持つジェシー。生きてきた環境や価値観だけでなく、性格まで正反対のふたりが、互いの好奇心を刺激され、互いの美点に気づいたとき、恋が芽生えるのは当然といえば当然なのかもしれません。けれどスティーブンにはセントルイスに婚約者がいます。ジェシーを選べば、その婚約者を裏切ることになる。悩み苦しむスティーブンに、父親が言います。「義務は立派なことだ。名誉もしかり。しかし、そんなものが夜おまえの体を温めてくれるか？　十二月をまるで四月みたいに感じさせてくれるか？　それができるのは愛だけだ」まさに厳しい大自然の中で生きてきた人だから言える言葉。この父親ジョーとジェシーの母親アマンダの穏やかながら強い大人の愛もこの作品に温かな深みを添えています。

ところでこの作品には、実は兄のサミュエルを主人公にした続きもあります。続きといいますか、おそらくは時間的には同時進行なのでしょう。別作家の筆によるものですが、本作品を読まれればサミュエルのロマンスのお相手が誰なのか、なんとなく察しがつかれるはず。きっと彼らも幸せになってくれることでしょう。

杉本ユミ

二〇一四年二月

訳者　杉本ユミ
兵庫県出身。英米文学翻訳家。主な訳書に、ミーガン・ハート『星の王子と汚れた天使』、キャサリン・コールター『ハリー卿の麗しき秘密』『招かれざる公爵』（以上、MIRA文庫）があるほか、ハーレクイン社のシリーズロマンスを数多く手がける。

☆　☆　☆

眠れる森の貴婦人

2014年2月15日発行　第1刷

著　　者／キャンディス・キャンプ
訳　　者／杉本ユミ（すぎもと　ゆみ）
発 行 人／立山昭彦
発 行 所／株式会社 ハーレクイン
東京都千代田区外神田3-16-8
電話／03-5295-8091（営業）
0570-008091（読者サービス係）
印刷・製本／大日本印刷株式会社
装 幀 者／ナガイマサミ（シュガー）
表紙イラスト／吉田さき（シュガー）

ISBN978-4-596-91581-8

伯爵夫人の縁結びⅣ
恋のリグレット
キャンディス・キャンプ
佐野　晶　訳

秘密の婚約破棄から15年。悲しい誤解を知った社交界の華フランチェスカは、償いのため元婚約者の公爵に花嫁を探し始めるが…。感動のシリーズ最終話！

レディは真珠で嘘を隠す
アン・グレイシー
古沢絵里　訳

亡き父との約束を果たすため、悲しい決意を胸にロンドン社交界にデビューしたキット。そんな彼女に富豪紳士ヒューゴーが近づいてきて…。貴重初期作。

拾われた1ペニーの花嫁
カーラ・ケリー
佐野　晶　訳

新しい雇い主が亡くなり、途方に暮れたコンパニオンのサリー。最後の銀貨で紅茶を飲んでいたところ、海軍提督チャールズ卿に便宜上の結婚を申し込まれる。

奔放な誘惑
ステファニー・ローレンス
杉浦よしこ　訳

社交界デビューを控えた美しき4姉妹の長女キャロラインは、後見人のトワイフォード公爵を訪ねた。だが公爵が若くハンサムな放蕩者と知って戸惑う。

貴公子と無垢なメイド
ニコラ・コーニック
佐野　晶　訳

ある晩、メイドのマージェリーは謎の男に唇を奪われた。後日、彼女の働く屋敷へやってきた男は、彼女が20年間行方知れずの伯爵孫娘だと告げて…。

黒の貴婦人
ジュリア・ジャスティス
青山陽子　訳

熱いキスで彼が愛に目覚めたと思ったのに…。長年の片思いに終止符を打つため、男爵令嬢は黒衣で正体を隠し、忘れられない一夜を過ごそうと決心する。

公爵シルヴェスターの憂い
ジョージェット・ヘイヤー
後藤美香 訳

社交界に興味のない令嬢フィービに突如縁談が舞い込んだ。誰もが羨む相手だが彼女には最悪の印象を残した尊大な公爵で…。巨匠ヘイヤーの代表作！

ひと芝居
ジョージェット・ヘイヤー
後藤美香 訳

18世紀、若い女相続人を救ったのは青年に扮した姉と令嬢に扮した弟。美しい〝兄妹〟は英国社交界を見事にだまし通せるか!? G・ヘイヤー初期作。

自惚れ伯爵の執愛
キャサリン・コールター
清水由貴子 訳

傲慢な伯爵は求婚を断った初心な令嬢を強引に妻にするが…。C・コールターが最も愛する主人公たちのために長年推敲を重ねた、こだわりの初期作。

ハリー卿の麗しき秘密
キャサリン・コールター
杉本ユミ 訳

社交界に突如現れた美貌のハリー卿——その正体は、完全無欠のオベロン侯爵へ仇討ちを目論む若き令嬢だった！ 一八一六年、華麗なるロマンスの幕が開く。

眠りし姫のとまどい
マーガレット・ムーア
正岡桂子 訳

我が身の幸せを望まず、領主として暮らすジリアンの前に、ある日、〝恋の放浪者〟と呼ばれる騎士が現れる。彼は姉からの意外な便りを携えていた。

狼を愛した姫君
デボラ・シモンズ
岡 聖子 訳

旅の途中で賊に襲われ、騎士の兄弟に救われたマリオン。記憶を失った彼女は彼らの城に滞在することになり…。名作〈ディ・バラ家〉の物語、第1弾！